U0505142

本书为国家社科基金青年项目“新世纪民族志小说研究”

（13CZW074）研究成果

叶淑媛 著

二十世纪以来
民族志小说研究

人民出版社

序言：文学人类学理论研究的重要收获

程金城

20世纪以来的中国小说相对于传统小说发生了极其深刻的变化，作品内容的丰富性和叙事方式的多样性是空前的；与之相应，对创作现象的研究范式、批评方法和理论概括也在不断变化着。这种创作和理论双向探索的趋新现象还在继续，特别是小说创作内容的无限拓展性和理论研究的跨学科交叉性，为批评范式的创新提供了各种可能。叶淑媛博士的《二十世纪民族志小说研究》就是一种借鉴人类学民族志理论对小说书写新内容新现象的归纳分析，一种批评范式建构的新尝试，体现出鲜明的探索精神和原创意识，是文学人类学理论与实践的重要收获。

叶淑媛在硕士研究生期间攻读文艺人类学方向，学位论文是维柯的《新科学》研究，后来有了《人文时空：维柯与〈新科学〉》一书的出版。博士研究生期间，研究方向是中国现当代文学，主攻现当代小说，学位论文是《1990年代以来的民族志小说研究》；博士后进站后则是这两方面研究的拓展和深化，其间还有现当代文学方面研究的其他专著出版。这种学习背景和学术积累，为这一命题的研究做了充分准备并打下坚实基础。

本著首先在理论方面有较重要的突破。作者明确提出“民族志小说”的概念并进行系统论证，对文学人类学的理论研究和学科建设有较重要的意义。从章节设置和论述内容可以看出，著者用了相当大的气力和丰富的资料，梳理了文学人类学学术体系和理论观点，分析了文学人类学研究的新进展及其可能拓展的空间，在此基础上，厘清人类学与文学的关系，以及从人类学小说到民族志小说的路径，提出了民族志小说的概念。这可以说是在人类学的“大道理”下对民族志小说的“小道理”的研究，是在把握理论前提下的理论探索，而不是概念的简单推衍。作者提出民族志小说的批评应该包含四个维度：一是关注小说具有怎样的民族志书写维度；二是在知识性与审美性融合的维度上重点看小说的艺术审美性；三是关于民族性的超越维度；四是史论结合的批评视野。这些见解都是新颖的，是有学理性和理论前瞻性的。从“导论”《民族志小说的提出及研究思路》和第一章《民族志小说理论探源》可以看出，淑媛在理论上颇下功夫，从概念的辨析到学派观点的梳理，再到文学与人类学、民族志的关系论证，等等，围绕已经遇到的理论问题和潜在的问题尽可能进行探讨，深入思考，解惑答疑，其中的看法多有突破点。这是继原型批评、人类学小说、写地方、非虚构小说等具有人类学因素的文学研究范式之后新的理论探索，具有多方面的启示性。

在小说批评实践方面，本著做出了切实的努力，在大量细读小说文本的基础上，对民族志小说现象进行了具有原创性的总结概括和理论抽象。作者认为民族志小说是新世纪小说的新浪潮，为此追溯了20世纪以来，特别是新时期以来这一文学现象的来龙去脉。书中结合小说作品的具体解读，论证了一系列相关创作现象，这是本著最能呈现“文学性”特质的部分，也是最能体现著者个人感悟和概括能力的内容。这些内容

贯穿了民族志小说创作的一些核心问题，诸如历史人类学与文学叙事的复合，非虚构写作与历史民族志小说的关系，汉族作家“写民族文化”的新探索，边地书写与族群文化记忆，在神话与现实的交织中探秘民族文化的密码，汉族作家的民族志小说复杂的文化立场，少数民族作家对母族文化的文学呈现，藏族历史生活图景和民族心魂的安放，汉族作家与少数民族作家的民族志小说比较，当代生活认知与民族志小说的关系，后殖民图景中“第三世界”文化焦虑的隐喻，新世纪蓬勃进取与虚无颓废交织的都市文化精神，乡村的文化隐秘，等等，都是很重要的命题。这些命题都来自于小说文本和创作现象，既具有厚实的基础，又有理论上的敏感。同时，著者对民族志小说的文体做了探讨，同样结合创作实践，研究了词典体新民族志小说、志书体民族志小说、方志体、“地方性知识”与地缘文化心理的诗意描述，等等。可以说，这是目前较完整、有深度的民族志小说的研究和范式探索，其建构性体现在具体的批评实践中。

民族志小说，是典型的跨科学、跨领域的交叉研究，如何理解人类学与文学的关系，找到两者的契合点并生成新的理论观点和研究范式，难度很大。中国虽然有文史哲一体融通的传统，但是，人类学、民族志和现代小说研究，都以近现代以来的理论体系和学科体系为基点，其交叉与融通需要与之相应的理论修养、知识积累和学术训练，这对研究者是极大的考验。而在当下，跨界研究在森严的学科体制和固化的评价机制面前是要冒风险的。所以，跨界研究是有很大压力的。然而我以为，学术上理性的、有控制的探险是需要的，或者是应该鼓励的，这比那些不断重复、故步自封的所谓研究要有意义得多，它所提供的启示有利于学术发展和学科建设。学术界应该营造激励创新、勇于探索的氛围，跨学科交叉研究需要鼓励和支持。基于这样的理解，我赞赏有学理性的、勇于学术探索的研究，赞赏有学术抱负、自由意识和质疑精神的研究者。也基于此，叶淑媛和她的民族志小说研究的成果值得肯定和赞赏，值得学界与读者充分关注。

（本文作者系兰州大学文学院教授、博士生导师）

目　录

导论：民族志小说的提出及研究思路

一、民族志小说的提出与研究目标

民族志小说的提出建基于对中国20世纪以来，特别是当代丰厚的小说创作现象的观照之上，是在对这种文学现象的梳理和剖析中提出的研究课题，也是在文学与人类学跨学科理论视野下研究20世纪小说的一种思考和实践。

20世纪以来的民族志小说体现了中国小说在处理中国化和世界性关系的发展中的新变化——小说书写族群文化，同时具有民族志般的文化记忆功能。仔细梳理文学现象，会发现这样的小说在沈从文等人的作品中已经初现端倪，并在20世纪90年代以来形成了一个新浪潮。

这些小说对族群和所在地方的自然物候、地理风情、人文脉息进行追本溯源的生动描绘，呈现出鲜明地书写“地方性知识”的特色，具有民族志般的文化记忆功能。民族志与“地方性知识”密切相关，强调关注和研究各种不同文化间的差异性，主张做具体细微的田野个案考察，通过实践活动认识丰富多彩的“地方性知识”，以区别于全球化知识或普遍性知识。当然，小说写“地方性知识”或许并不符合所谓事实的“真实性”或“客观性”尺度，却往往能超越于此，表达出情景化的个体经验并解释经验背后更为深邃的文化意义。相比那些语言呆板或者有自我中心文化霸权意识的民族志，其文化描述更为真实，而且因为其文学表述的灵动和情感性审美因素，它比传统的枯燥的人类学作品更容易吸引读者，引起共鸣。

在民族志与文学相融合的视角下对当代小说进行概观，可以看到这样的作品非常多：张承志的《心灵史》(1991年)，韩少功的《马桥词典》(1996年)、《暗示》(2002年)，潘年英的《伤心篱笆》(2001年)、《木楼人家》(2001年)，方方的《乌泥湖年谱》(2000年)，赵宇共的《走婚》(2001年)、《炎黄》(2001年)，轩锡明的《三水故事》(2004年)，阿来的《尘埃落定》(1988年)、《空山》系列小说(2005—2009年)、《格萨尔王》(2009年)、《瞻对》(2014年)、《蘑菇圈》(2015年)，朗顿·班觉的《绿松石》(2009年)，江洋才让的《康巴方式》(2010年)，格绒追美的《青藏词典》(2015年)，次仁罗布的《祭语风中》(2015年)以及系列西藏题材的中短篇小说，乌热尔图的鄂温克题材的系列小说，芭拉杰依的《驯鹿角上的彩带》(2016年)，昳岚的《雅德根》(2017年)，迟子建的《额尔古纳河右岸》(2005年)，方棋的《最后的巫歌》(2010年)，郭文斌的《农历》(2010年)，王安忆的《我爱比尔》(1995年)、《富萍》(2000年)、《月色撩人》(2009年)，金宇澄的《繁花》(2012年)，霍香结的《地方性知识》(2010年)，萧相风的《词典：南方工业生活》(2010年)，张绍民的《村庄疾病史》(2010年)，李锐的《太平风物》(2006年)，林白的《妇女闲聊录》(2008年)，孙慧芬的《上塘书》(2010年)，梁鸿的《中国在梁庄》(2010年)，阎连科的《炸裂志》(2013年)，王蒙的《这边风景》(2013年)，贺享雍的《乡村志》(2014

年），康赫的《人类学》（2015 年），冯玉雷的《禹王书》（2018 年），等等。

这些小说对本土文化、族群文化的书写中所蕴含的多元文化理念，文化主体间性立场、走向田野的创作态度也是民族志书写的方法。其关注不同文化群体的生存和生命样态的现实关怀、民族文化的变迁与认同等问题，也是民族志的研究对象和内容。但更重要的是，它们是以小说文体的面目出现在当代文坛的，并且大部分作品在文坛都取得了较大的反响。虽然我们从这些作品中得到了文学的审美熏陶，但很多时候我们也得到了许多知识和文化思考。这些作品已经成为文学批评和文化批评共同关注的对象。当然，文学批评本身就具有文化批评的性质，只是进行文化批评需要更为宽阔的视野和庞杂的知识。

基于对大量的当代小说的阅读发现：上述小说与后现代人类学实验民族志的"写文化"有相通之处，而且，这些小说在书写民族文化的同时，具有一种超越民族寻求人类文化共通性的追求。民族志与小说的融合沟通建构了一种新的小说形式——民族志式的小说，并形成了一个小说新浪潮。

然而，由于研究范式转换的滞缓和评论家知识视野的局限，评论界较少从民族志小说的角度去解读这些作品，局限了对中国当代小说多样性的认识。但在 2012 年之前，也有一些学人以敏锐的学术眼光，注意到了当代小说的民族志性质。首先是叶舒宪在《文学与人类学相遇——后现代文化研究与〈马桥词典〉的认知价值》一文中指出韩少功的《马桥词典》具有"人类学、民俗学家的田野调查作业笔记"的性质，这启发我们思考当代小说与人类学民族志之间的联系。[①] 其他比较重要的研究还有：李裴直

① 叶舒宪：《文学与人类学相遇——后现代文化研究与〈马桥词典〉的认知价值》，《文艺研究》1997 年第 5 期。

接以“民族志小说”概念进行文学批评，她在《自述体民族志小说——从〈高老庄〉看中国小说新浪潮》一文中通过对贾平凹的《高老庄》文化内蕴的解读，指出这是一部自述体民族志小说，同时简单区分了民族志式的小说和小说式的民族志。[①]张海云和端智在《民族志与文学文本的创作——以〈三水故事〉为例》一文中通过评析轩锡明的小说集《三水故事》(包括《背水者》、《苦糜子炒面》和《陶之祭》三部中篇小说）指出文学文本和民族志具有的相似性和共通性使小说民族志化也成为一种可能。[②]张中复在《历史民族志、宗教认同与文学意境的汇通——张承志〈心灵史〉中关于“哲合忍耶门宦”历史论述的解析》一文中指出《心灵史》将历史民族志书写的学术性维度与宗教认同、文学表达相融合，是一个复杂的文本。[③]还有俞世芬、赵林云、刘兴禄等学者也注意到小说的民族志特征，论述了几部当代小说的民族志特征。[④]以上学者在论述中虽然都没有进行“民族志小说”界定，但对民族志小说研究有很大的启示意义。2012年，笔者在博士学位论文《1990年代以来的民族志小说研究》中归纳了当代民族志小说创作潮流，提出了“民族志小说”的概念并进行了内涵界定，从民族志小说视域进行了大量小说文本的研究和批评。此后，民族志小说的研究逐渐受到

① 李裴:《自述体民族志小说——从〈高老庄〉看中国小说新浪潮》,《民族艺术》1999年第3期。

② 张海云、端智:《民族志与文学文本的创作——以〈三水故事〉为例》,《青海民族研究》2008年第3期。

③ 张中复:《历史民族志、宗教认同与文学意境的汇通——张承志〈心灵史〉中关于“哲合忍耶门宦”历史论述的解析》,《青海民族研究》2011年第1期。

④ 参看俞世芬:《诗化的藏地民族志——评朗顿·班觉的长篇小说〈绿松石〉》,《当代文坛》2009年第3期；赵林云:《一部民族志式的“边地奇书”——评江洋才让的小说〈康巴方式〉》,《小说评论》2010年第2期；刘兴禄:《少数民族小说民族志特征探析——以当代长篇小说〈尘埃落定〉为例》,《民族论坛》2006年第10期；刘兴禄:《物界：神奇的现实——新时期少数民族长篇力作民族志书写特征探析》,《社会科学论坛》2007年第6期。

较多的关注[①]。本著作则是多年来本人结合当代小说文本和文学现象的归纳进行民族志小说批评的一部系统性著作。

民族志小说的研究现状与繁荣的创作状况之间是不平衡的。当代文学人类学在对中国古典文学、文化的阐释和其他领域的研究中都取得了令人瞩目的成就。可以这样说，对这个问题的言说在很大程度上是文学人类学能不能直面当代文学创作、进行有效的文学批评而应该重视的问题。

那么，面对当代文学创作现象，文学人类学研究如何进行言说来保证其社会化和有效性，如何去除在主流学术界把文学人类学批评作为"边缘"这样的印象和偏见呢？彭兆荣曾指出，要解决这个问题，首先要建立新的知识体制，"文学批评要具有知识社会化和学科生存的战略意识"；其次"还要得益于方法论的革新"，"在'个案研究'/'一般研究'之间凌空架起一座桥梁，尽可能避免以往文学批评中'大而无当'，'往而不返'的假定性和空洞性；同时拥有很强附着力的案例。二者构成互为你我的、逻辑的、生活化的知识叙事。因此，恰当而有效的批评已经从对批评的理想追求转变到了具体的方法和务实的手段上来……"[②]那么，立足于对当代民族式的小说文本的细读和分析，进行一种案例式的、具有实证精神的文学批评是非常必要的。不过，进行这样的文学批评，存在的最主要的问题是"如

---

① 参看王万鹏：《〈炸裂志〉：民族志小说的典范意义》《宁夏大学学报》2014 年第 6 期；汪荣：《族群文化、现代性遭遇与地理的想象——王海小说中的南方诗学》《海南师范大学学报》2015 年第 6 期；冯清贵：《藏地叙事的民族审美建构——论次仁罗布的长篇小说》《祭语风中》《民族文学研究》2017 年第 2 期；战玉冰：《民族志、边地志与生活志——尹向东小说创作论》，《阿来研究》2020 年第 01 期；韩高年：《用小说书写"文化史"和"民族志"》，《丝绸之路》2021 年第 3 期；吴道毅：《民族志叙述与中华民族共同体书写的交汇——吕翼中篇小说创作论》，《中南民族大学学报》2022 年第 1 期；以及刘光禄：《民族文学中"非遗"的民族志书写及其意义》，《东北师范大学学报》2020 年第 5 期；等等。也出现了向月婷、高龙豪等人的硕博士学位论文 10 余篇。

② 彭兆荣：《文学人类学知识考古》，叶舒宪主编《文化与文本》，中央编译出版社 1998 年版，第 6 页。

何在人文学科的阐释性与社会科学的实证性之间，找到互补和再造的新方法论应用方向”①。这也是有洞见的中国学者思考的大问题。

就本书来说，应思考这样一些具体问题：当代出现的一批在小说中“写文化”的小说文本，它们与后现代人类学“实验民族志”之间是否存在相通性？小说文本是否在一定程度上有民族志书写的功能？有些小说的知识性认知性内容是否可以与以相同对象为内容的民族志之间形成一定的对照和互文？人类学的小说式的民族志和文学的民族志式的小说有什么不同？民族志小说是否只能面对原始、少数、边远族群的文学？能否面对当代社会生活进行言说？怎样去论证小说家的人类学家身份？作家怎样体现出人类学写作的意识和方法？当代民族志式的小说兴起的背景和原因有哪些？怎样对民族志小说进行文学批评，以批评实践建构起民族志小说观念？我认为解决这些问题的困难，主要在如何灵活地运用不同的人类学方法和理论对不同的小说文本进行文学批评，而这对研究者跨学科研究需要的知识量的储备和方法的使用提出了较高的要求，导致不能进行实例性的系列批评实践。也就是说，不能通过对文学现象的分析和批评实践确立民族志小说的观念，使得问题停留在思辨层面而难以解决。

对批评实践和批评的实证精神的强调同时也意味着对新理论以及新的批评范式的建构。因为，当代文学批评长期遭人诟病的一个主要原因就是那种“在批评实践中从理论到理论、‘以玄说玄’、‘以空对空’”②的缺乏实证精神的批评的盛行。文学研究者失去了对文本细读的兴趣和能力，脱离文本进行夸夸其谈的批评太多，也就使文学批评失去了效用，也就谈不上新理论和批评范式的建构。对此进行反思，给我们的启示是：文学批评

① 参看《重估大传统：文学与历史的新对话——中国文学人类学研究会第六届学术年会宗旨》，《中国文学人类学研究会通讯》2011 年第 2 期。

② 吴义勤：《中国新时期文学的文化反思》，江苏文艺出版社 2009 年版，第 233 页。

在处理文学文本、文学现象与理论之间的关系时，应该通过对文学文本、文学现象的分析、归纳和总结形成观点和理论，而不是以现成的理论去套文学现象。这样，才能实现批评的效用，也才能形成当代文学的原创性研究。

从当代小说具有的民族志性质这个文学现象出发，对它的深入思考就投向了民族志书写这个人类学的话题。

而恰恰在民族志书写的问题上，20 世纪 60 年代以来人类学家在对传统人类学的“科学性”的反思过程中，已经对人类学民族志与文学文本的互文、交界融合进行了充分的论证。这为本论文进行民族志小说研究奠定了理论基石。

20 世纪 60 年代以来，在后现代主义思潮中，人类学家开始反思被称为人类学的翅膀的民族志的“表述危机”，开始揭示民族志被遮蔽了的“文学性”。由此，传统人类学理论的架构和话语方向向人文科学偏移。美国人类学家克利福德·格尔兹（Clifford. Geertz）的阐释人类学思想，以及“深描”概念的提出沟通了民族志与文学文本弥合的桥梁。至 20 世纪 80 年代中期，以詹姆斯·克利福德（James.Clifford）与乔治·E. 马库斯（George. E.Marcus）编著的《写文化：民族志的诗学与政治》（1986 年）为标志，形成了轰轰烈烈的“写文化”运动。与此同时，乔治·E. 马库斯和米开尔·M. J. 费彻尔（Michael M.J.Fischer）在《作为文化批评的人类学》（1986 年）一书中，则指出完全可以将民族志作为一种文学批评的文本加以分析。20 世纪 90 年代，伊凡·布雷迪（Ivan. Braldy）等人编辑出版了《人类学诗学》一书，提出了“人类学诗学”，这是一群超凡脱俗的人对人类学的文学表述做出的新的阐释。人类学诗学探讨传统撰写中诗学的表述在其中的地位，从而思索和探讨了多种可能的民族志写作方式，对“诗化民族志”以虚构和想象这样的文学性书写何以成为可能进行了深入的论证。

虽然民族志文本与文学文本的融通早已存在，但经过人类学界这股思潮的冲击后，“人类学的文学化写作”的合法性从理论上得以确立。人类学和文学在民族志书写层面上怎样“越界”、产生互动行为，是我们审视人类学与文学的一个新视角。这不仅对人类学的民族志书写是一个拓展，对于文学理论的更新和拓展也是一个契机，借助这股思潮，文学理论也进行了刷新。那么，民族志与文学文本的融合就可以作为人类学与文学两个学科的结合部，文学人类学跨学科研究就是一个新的领域。

在国内学界，对于民族志的“真实性”、主观建构性，以及民族志与小说之间的联系，人类学学者庄孔韶、高丙中、彭兆荣等都进行过理论上的探讨，他们对中国人类学研究视域的开拓做出了贡献。如庄孔韶的“不浪费的人类学”思想，指出文化直觉的表达是人类学文本表述必不可少的组成部分，这实质上是将中国文化中“直觉体悟理解论”进行了具体化。人类学学者们的写作实践则进一步推动了人类学与文学的跨学科研究。林耀华的《金翼》、庄孔韶的《银翅》等，还有其他学者的文学化表述的人类学作品，成为人类学写作实践和研究对象，也给文学写作者提供了一种借鉴，并成为文学人类学批评的参考文本。

而在以文学为基础进行的文学人类学跨界研究中，在萧兵、叶舒宪、彭兆荣、徐新建等学者的倡导下，迄今为止，已举办了九届中国文学人类学年会。在每年的年会上，都有对文学的人类学书写、民族志的文学性的相关讨论，这些讨论影响深远，影响了一大批青年学者走向文学人类学领域的研究。“走向人类、回归文学”，这是萧兵先生曾对文学人类学的精神的表述，他以此倡导以文学的形式来丰富人类学的表达方式。“人类学小说”则是叶舒宪等学者从文学的人类学研究角度进行探讨，并提供了诸多启示的一个概念。总体上，神话原型批评、中国古代文化典籍的诠释与破

译、文学与仪式、地方性表述、多民族文学建构等方面，是文学界的文学人类学研究的重镇所在。

无论如何，民族志与文学的融合这个视野为我们提供了观照当代文学的新视域。在这个视域中，可以看到20世纪许多小说书写族群文化、具有民族志般的文化记忆功能。这些小说描写“地方”“族群”，真实生动地描绘自然物候、地理风情、人文脉息，并进行追本溯源的文化考察，书写“地方性知识”是它们呈现出的鲜明特色。在这些层面上，小说与民族志有着共通和融通之处。因为民族志的典型特点就是与“地方性知识”密切相关，强调关注和研究各种不同文化间的差异性，主张做具体细微的田野个案考察，通过实践活动认识丰富多彩的“地方性知识”，以区别于全球化知识或普遍性知识。不过，对于事实的“真实性”或“客观性”尺度，小说所写的“地方性知识”或许并不精确符合，但小说却发挥了其超越性特色，表达情景化的个体经验，并能细致入微地、生动感人地解释经验背后更为深邃的文化意义。这样一来，相比一些有自我中心主义文化霸权的民族志，小说的“文化”描述更为真实。而文学表述那灵动的语言和情感性的审美因素，使其比传统的呆板枯燥的人类学作品更容易吸引读者，引起共鸣。因此，民族志式的小说成为当代文学中的一个新潮流，体现了当代文学创作新的变革。从民族志与文学文本之间具有互文关系的研究视角，对新世纪文学进行深入的文学批评尚未得到有效的展开，是一个尚待深入的领域。

本书从民族志与文学文本的互文性角度来研究当代小说，提出民族志小说的研究课题，在明确的问题意识中，进行了一体两面的研究：一方面以格尔兹的“地方性知识”、阐释人类学思想，詹姆斯·克利福德、乔治·E. 马库斯等的“写文化”和“实验民族志”倡导，以及“人类学回归于文化批评”等观点，再加上伊万·布莱迪的“人类学诗学”等思想为资源，并观照小说自身的文学性，在人类学与文学之间的沟通与融合之中，在理论上提出民族志小说的观念；另一方面，结合具体的小说文本，通过运用不同的人类学理论与方法，进行文本细读式的民族志小说批评，来确立民族志小说观念，并尝试建构一种民族志小说批评的范式，为当代文学人类学研究提供新理论视角和新的批评方法例证。此外，本书选取的民族志小说都是典型性文本，因此前的文学批评没有对其民族志性质进行充分的讨论，本书希望从民族志小说批评的角度，对其文学史意义进行重新评价。应该说，民族志小说是一种新兴的小说现象，对此进行的研究是当代文学人类学研究中一个值得重视并有创新性的研究课题。

二、批评视角的转换：从人类学小说到民族志小说

本著作把民族志小说作为文学研究和批评对象，是在学界关于人类学小说概念和研究的基础上进行的进一步的思考。

随着 21 世纪初人类学及其交叉学科的发展，人类学小说开始进入国人的视界。2000 年，小说家、社会学学者潘年英的长篇小说《故乡信札》《木楼人家》和中短篇小说集《伤心篱笆》以“人类学笔记系列”为副题，由上海文艺出版社出版。2001 年，小说家赵宇共先生的两部长篇小说《炎黄》和《走婚》以“中国上古文化人类学小说”为副题，由作家出版社出版。几乎同时，两位作家出版了系列以“人类学”命名的小说作品。“人类学小说”在此时的确立并非巧合，而是当代文学发展的必然，是当代作家的文学人类学写作意识的明确标举。而在此之前，小说的人类学写作已经在好几部重要的小说作品中得到了较好的呈现。如霍达的《穆斯林的葬礼》(1987 年)，张承志的《心灵史》(1991 年)，韩少功的《马桥词典》(1996

年），王旭烽的《茶人三部曲》（1999年）等作品都有人类学写作的意义。因为这些小说里，民族群体的精神文化、心理意识通过不小篇幅的民俗描写，流动地存在于民族的历史长河之中，“写文化”是小说情节、场面和细节的有机组成部分，在人物的性格塑造中立足于文化性格和文化冲突来开掘小说人物的文化心理。人们在读小说时也了解了一个群体的文化性格和文化精神，这些是小说内蕴的一个重要组成部分。因此，这些小说是有人类学性质的。不过，作家们尚未明确地把人类学小说作为自己写作的理念。

潘年英和赵宇共之所以明确标举自己的作品为“人类学小说”，源于二位作家的明确的人类学小说的写作理念。他们二人是“借助于‘人类学’的思想来实现一种文学写作的突破”。在谈到自己和赵宇共的“人类学小说”创作时，潘年英这样说：

> 须知，赵宇共先生在写作《炎黄》和《走婚》两部长篇巨著之前，已经发表过若干长短篇小说，是鲁迅文学院和北大作家班的毕业生，在文学创作的道路上完全可能有更多的期待。笔者在写作这一“人类学笔记系列”之前，也是发表过相当数量小说作品，并曾获得过庄重文文学奖的文学创作者，但也正如笔者在《伤心篱笆》后记里表述的那样，这也是一种有预谋的文学写作行动：“如果说《故乡信札》的主题是反映现实变迁的愁思忧怀，《木楼人家》的主题是对往日温馨生活的回忆，那么，《伤心篱笆》则总体上再现了‘少数’文化在外来强势文化冲击下自然走向衰败的无情历史。”毫无疑问，这也同样是一种“一心二用”的写作行动。①

① 潘年英：《人类学写作的再思考》，《百色学院学报》2008年第3期。

赵宇共和潘年英的“人类学小说”对文学写作的突破是值得肯定的。此后，被称为“人类学小说”的作品或者有人类学小说特色的作品在文坛大量地出现，而具体作品的性质和解读要分别看待。

叶舒宪、牛晓梅、权雅宁等初步论述过“人类学小说”的特征，在“人类学小说”这个大概念下对当代小说现象进行观照，并初步进行了人类学小说的批评实践。叶舒宪在《人类学小说热潮背后潜隐着文化反思与批判精神》一文中将韩少功的《马桥词典》、阿来的《尘埃落定》、范稳的《水乳大地》、姜戎的《狼图腾》、贾平凹的《怀念狼》归为人类学小说，并指出人类学小说的特征：一是他者性，即以文化他者的另类眼光，来打破正统文化观念的束缚，启发对文化多样性的思考；人类学小说的另一共同特色是带有相当色彩的学术性和争鸣色彩。①

牛晓梅的论文《人类学小说试论》收入叶舒宪主编的《国际文学人类学研究》一书中。牛晓梅的“人类学小说”囊括了有原始主题的小说，叙事性人类学田野报告，反映巫术、神秘主义、自然主题、追寻原始思维的小说，反映异文化的、他者的小说，少数民族作家写本族文化的小说，等等。此外，除文学家的人类学小说外，还有人类学家写的人类学小说。②这样看来，一方面牛晓梅抓住了人类学小说的一些特征，另一方面这个概念存在着内涵过分泛化的问题。因为在这个大概念之下，马凌诺斯基的《西太平洋的航海者》这样的人类学经典的科学民族志文本也归在其中，这当然是不恰当的。因为，这部经典人类学著作带有一定的主观性，我们可以从文本书写方面来论证，但不论如何它的书写中心不是小说的故事性和审美形象。把《西太平洋的航海者》与沈从文的《月下小景》相比，与

① 叶舒宪：《人类学小说热潮背后潜隐着文化反思与批判精神》，《文艺报》2006 年 3 月 25 日。

② 牛晓梅：《人类学小说试论》，载叶舒宪主编《国际文学人类学研究》，百花文艺出版社 2006 年版，第 115—124 页。

韩少功的《马桥词典》相比，其间的差异是巨大的。如彭兆荣指出的，我们是不能漠视人类学与文学两个学科之间的本质差别的。不论人类学家在写作民族志时怎样运用文学手段，它仍然在人类学本身的范围内，原则上忠于并指向社会基本事实。而文学作品可从社会事实出发，但却指向以虚构和想象进行文学世界的营造，目的在于审美。

学者权雅宁对赵宇共的小说《走婚》和《炎黄》进行了人类学小说批评。她在《本土人类学小说对批评的挑战——由〈走婚〉、〈炎黄〉引起的文化思考》[①]一文中，针对评论界对赵宇共的小说《走婚》和《炎黄》批评“失语”的状况，批评中国学者“不学无术”而没有能力对涉及多种知识的文学文本进行批评。权雅宁用考古学家石兴邦的话指出《走婚》和《炎黄》“是以文学的形式表述历史过程的科学作品”，只有具有一定科学、历史素养的学者型批评家才有能力对其进行深度解读。接下来，权文对这两部作品进行了解读，在一定程度上指出了《走婚》《炎黄》对史前人类文明史书写的学术意义，但没有对文本进行深层次的学术分析，从而也没有表现出文学人类学批评应该具有的以知识体系进行文本言说的批评功能和效应。权文还从人类学书写“他者”的角度勾勒当代人类学小说的版图，归入这个版图中的作品基本如上述叶舒宪先生所指。然后，权文归纳《走婚》和《炎黄》作为人类学小说的意义，从批判现代文明病、回归神话的角度将其归结为世界范围内的文化寻根思潮中。这些观点和思路以叶舒宪的人类学小说思想作为纲领，但没有深入对文本的关联性批评中。不过，权文重新界定了人类学小说的边界：“首先是人类学思想的全面贯注，包括人类学的跨文化视野，对地方性知识的重视，对边缘化、‘他者’的深切关

① 权雅宁：《本土人类学小说对批评的挑战——由〈走婚〉、〈炎黄〉引起的文化思考》，《中南民族大学学报》2006 年第 6 期。

注和认同。其次在文本的内容方面，即对地方性知识、本土文化、边缘文化诸如巫术、仪式、宗法制度等的充分展示，这种展示不仅仅是表达人类学思想的手段，它本身甚至是目的。第三在获取资料时，强调田野作业和融入‘他者’之中。”[①] 这个界定在“他者”和“地方性知识”这两个关键词的基础上，明确指出了人类学小说的一个重要维度：资料来源和写作方式的人类学写作性质。这是非常具有启发性的观点。权文对人类学小说批评需要知识能力进行深层学术探讨的看法也是非常有见地的。不过可能由于论文篇幅所限，没有对照民族志具体地指出小说体现了怎样的地方性知识。同时，对人类学小说之所以为小说的想象性、情感性、虚构性，以及族群精神的文学表现这些属性强调不足。

霍香结的“人类学小说”的文学观念也值得重视。霍香结明确说他的《地方性知识》是一部“人类学小说”，他以对微观地域性写作的探讨来表达自己关于“人类学小说”的看法。在《地方性知识》中，霍香结以对微观地域性写作的探讨表达了自己关于“人类学小说”的看法。他说：

> 作为地方性知识的来由，有以下三个途径：
>
> a. 田野考察
>
> b. 半经验方法
>
> c. 经验（包括童年经验）
>
> 它涉及的内容，首先是语言能力，即语言学，内部之眼，以及在场的获得，这是基本的；其次是可以厚描述所需的知识谱系。这些知识谱系作为一个整体，呈现为地方性知识和这种写作的思维能力。

---

① 权雅宁：《本土人类学小说对批评的挑战——由〈走婚〉、〈炎黄〉引起的文化思考》，《中南民族大学学报》2006 年第 6 期。

> 我把这种写作称为微观地域性写作，也即人类学小说的一般界定。①

霍香结对人类学小说的界定主要指出了人类学小说所具备的知识性维度，小说以深描呈现“地方性知识”所要求的知识谱系，以及获得地方性知识的三条途径。这个关于“人类学小说”的看法，将人类学小说与西方的民族志写作、中国的方志写作具体化地对照和拉近，使其颇具启发性的意义。本书在界定民族志小说的知识性维度，以及知识获得途径时沿用了霍香结的这个观点。不过，霍香结对小说的看法需要商榷，他认为小说的根本精神就是和学术一样的实证，因此拒绝想象和虚构，这意味着拒斥了小说的审美性。所以，对于他的“小说”观念，是要存疑的。

从以上梳理可以看出，对于人类学小说研究尚处于探索过程中，而从人类学小说的批评实践来看，也远未展开。在我的思考之中，以“人类学小说”这个概念展开文学批评，需要从以下三个方面作进一步的思考。

第一，“人类学小说”这个概念的内涵泛化，需要注意每一步具体的小说文本与人类学在哪个层面上的结合，小说与人类学著作怎样进行区分，人类学家笔下的“人类学小说”和文学家笔下的“人类学小说”在指向上有无本质的或者说学科的根本区分，对这两类文本进行评价的立足点、评价的方法以及文本的评价点是否应该是两个体系等问题。这些问题是建立有效的文学批评范式无法回避的问题。

第二，建立在“人类学小说”这个概念基础上的文学批评多在传统人类学关注“他者”“边缘”这个角度进行描述和思辨，而对小说文本中的“他者”意味着什么却少有深入的学理分析。缺乏对“他者”所涉及的“地方

① 霍香结：《地方性知识·后记》，新世界出版社2010年版，第483页。

性知识”的理解，就无法把握“他者”的文化精神，也难以进行有效的小说批评。应该说，许多边地小说描写少数族群，都带有“他者”色彩。但这并不意味着这些地域性小说和少数族群小说就一定有人类学意义。而判断其是否有人类学意义的关键是作为人文学科的小说所阐释的区域文化、族群文化的描写是否比较严谨，是否能与人类学这种社会科学的实证性之间具有认知关联性。如果小说呈现出来的“地方性知识”能够承担书写相同对象民族志的文化功能，那么这样的小说才能算作人类学小说，进而也可以称为民族志小说。如果，文本对“他者”的描写只是吸引眼球的想象的奇风异俗，那么，不管多么奇异的“他者”描写，也不具备人类学小说里的知识性阐释的文化功能。另外，还有一个需要注意的现象是，当代人类学研究已经不再局限于“异域”“原始”“他者”这些远处的文化，也包括纷繁复杂的当代生活“圈子”这些近处的文化。综合这些考虑，就有必要重新审视“人类学小说”这个概念，以及怎样有效地进行文学人类学批评。

第三，人类学小说批评必须要重视民族志知识研读和对民族志书写方法的学术性研讨这一维度。受到知识视野的限制，许多批评对具体的、不同的小说文本涉及的民族志知识没有深入地了解。这样，就使批评缺失了民族志知识研读和对民族志书写方法的学术性研讨。这个问题与第二个问题紧密相关。然而，这一维度是文学人类学批评的一个非常重要的维度。文学人类学自身的多维度和复合性决定了文学人类学是一个多学科知识复合型的、多维的批评。作为人类学小说，必然也体现出诸如历史人类学、社会人类学、语言人类学、认知人类学、宗教人类学等文化人类学的不同向度，这些向度在小说文本的解读中要承担起解读小说内涵的作用，由此才能完整地、深刻地阐释作品的内涵。这在当代文学批评中还未得到充分的重视，或者意识到了，但还未进行充分有效的批评。

民族志小说就是在对人类学小说的思考中，从人类学的民族志与文学文本的融合这个层面上提出来的比较具体的概念。而对于民族志小说的界定，可以从知识性、族群性、审美性、情感评价和文化反思这四个层面来观照其文体特征，并综合这些层面来进行文学批评。具体到批评方法方面，要从小说自身出发，同时意味着：注意分析小说内容中比较严谨的民族志知识，注意书写方法上小说与民族志的相通或者融合之处，能够灵活运用人类学的多种理论和方法，并结合小说的审美特性来进行文学批评。

三、批评范式的建构：民族志小说批评四个维度

此前，方克强在20世纪90年代初就提出了“文学人类学批评”，他指出“文学人类学批评主要包括两个方面，即原始主义批评与神话原型批评”①。并以这两种批评方法对中国现当代文学作品进行了批评，比如对鲁迅作品的解读，令人耳目一新。这对于运用人类学的方法进行现当代文学的研究具有启发性。我现在提出的民族志小说批评，是把它作为文学人类学批评的又一个方面，一个新的领域，作为对文学人类学批评的新的补充。

关于民族志小说的研究，它典型的特性是一体两面性：一方面，把格尔兹等反思人类学家们对民族志的文学性的揭示和探讨，马库斯等的“写文化”和实验民族志作为思想资源，同时观照文学自身的审美性，来沟通人类学与文学，这作为理论基础来提出民族志小说的观念；另一方面，结合具体的小说文本，通过运用不同的人类学理论与方法，进行深入的民族志小说批评，用批评实践进一步确立民族志小说观念，并尝试建构一种民

① 方克强：《文学人类学批评》，上海社会科学院出版社1992年版，第9页。

族志小说批评的范式。这是新理论和新的批评范式的建构。其要义是避免那种感性的、印象式的、缺乏学理的论说，还要摆脱那种“从理论到理论、‘以玄说玄’、‘以空对空’”① 的批评。它试图把人类学的理论和方法运用在文学文本、文学现象的分析、归纳和总结中，在二者的互动中形成民族志小说观念，进行民族志小说批评，从而形成有一定原创性的研究。

民族志小说的批评应该包含以下四个维度。

一是关注小说具有怎样的民族志书写维度。重点是从人类学民族志书写的视角，从民族志所要求的田野作业、参与观察的方法，以及通过学习等途径得来的资料性、知识性等具体方面来观照小说是否也具备了这样的特性，然后来进行小说的民族志批评。而面对不同的小说文本，会发现其蕴含着不同的人类学思想，而不同的人类学分支的民族志书写也各具特色，有不同的方法要求，那就要灵活运用人类学民族志的不同理论和方法进行批评。表现在具体的民族志小说批评中，会发现批评是多元的、交叉的批评，历史人类学、认知人类学、社会人类学等思想和方法都可能用在文学批评中。

二是在知识性与审美性融合的维度上重点看小说的艺术审美性。民族志小说批评不只是对作品内容的批评，也就是说不只是研讨作品所具有的民族志知识性的表达，它的价值更在于作品的美学意义。无论如何，小说不是民族志，小说的表述要将民族志的资料记载或者学术研究的知识转化为小说的世界，要以情节、场景、人物、意象等文学要素来表达。那么，作者以文化想象对民族志知识所进行的文化移情，就是这部小说成败的关键。因为，这决定了这部小说是否具有艺术性和审美性。诚如斯言，“文学人类学的更重要的使命是将批评观照的重心从民族志信息提供的知识

① 吴义勤：《中国新时期文学的文化反思》，江苏文艺出版社 2009 年版，第 233 页。

转到文化接触场景中，我们的情感、情绪无疑是反映、审美、欲望、幻想、认同等更复杂广泛的体验。这根本上涉及我们文化想象以及对文化想象进行处理加工的文化移情过程，即以文学为特殊文化接触媒介的主体重构问题”①，也就是说，作品中的意象、象征、情感、叙述和情节等艺术元素的审美批评是判断作品文学价值的重要尺度。此外，也是至关重要的一点，小说的民族志内容不只是进行风俗、礼仪等外在的特征化展览，而且是要传达出族群内在的文化精神。同时，优秀的民族志小说还会对其所描写的生活文化进行反思，在深切而广阔的人类性视野和胸怀中表达人文关怀。

三是关于民族性的超越维度。民族志经常书写的是一种“地方性知识”，而民族志小说在承认地方知识和解释话语自主性的同时，更要关注小说怎样努力寻求人类各种文化符号意义的共通性，小说是否兼具民族性与世界性。因为“‘地方性知识’本身就是一个相对的概念，任何知识系统在与比它包含范围更广的知识系统相比时都是地方性的，这就将原本与‘地方性’似乎相对立的‘普遍性’也纳入‘地方性’的视野中，倡导和阐释价值的多元立场”②。文化多元立场是当今社会和谐发展最具包容性的人类性的命题，也是民族志小说应有之义。因此，一方面，民族志小说批评要始终观照小说文本在地域、族群文化的民族志性质的书写中体现的文化独特性，也要在世界性的层面观照小说超越民族、族群的人类共通性的价值。“民族性的超越”因此也成为民族志小说及其批评的一个维度。这也意味着，批评家只有在跨越文化震撼之后，才能站在多样化和包容性的

---

① 陶家俊：《后伽达默尔思潮的文学人类学表征——论读者反映论之后的文学研究》，徐新建主编《人类学写作——中国文学人类学研究会第四届年会文辑》，四川大学出版社 2010 年版，第 209 页。

② 汪民安：《文化研究关键词》，江苏人民出版社 2007 年版，第 42 页。

文学批评立场。

四是史论结合的批评视野。在分析当代民族志小说时，注意将其置入当代文学史中，梳理其发展脉络，辨析其文学意义和价值，剖析当代的文学环境与民族志小说之间的相互影响。从而才能对民族志小说的文学价值有较为客观的判定，也就能对当代文学的总体面貌和价值有较为客观的认识。

四、民族志小说研究的意义和难点

民族志小说研究是文学与人类学跨学科研究的一种思考和实践。它走进、吸收、消化了西方的人类学思想和学科知识，结合中国当代小说创作实践和文学发展的道路，来探索属于中国的文学理论和批评话语体系，这也是新文科建设的一种尝试。

民族志小说研究对当代小说研究领域有一定的拓展，对于人类学方法运用于文学研究的可能性及相应的思路做了积极的探索，因而对当代文艺理论建设应该有学术意义和价值。对当代民族志小说创作现象的归纳和剖析，以及比较深入的小说文本解读和评析，应该能为认识当代小说的多元面貌和评估其价值提供一个视角，能为当代文学批评提供新的方法借鉴。因此，本研究具有一定的创新性、前沿性，有一定的理论价值和实践意义。

民族志小说研究的难度是显而易见的。首先是提出和界定民族志小说观念，要将“民族志的文学写作理论”与当代文学创作现象结合起来，从文艺理论角度确立民族志小说概念是一个难题。其次，结合小说现象和小说文本进行民族志小说批评，存在三方面的难点：一是要对不同小说涉及

的不同的民族志知识谱系进行深入的研读，二是如何灵活运用人类学的理论与方法对小说进行恰当的有效的批评，三是在文学史和文学思潮中辨析小说的文学意义和价值。

这些要求我一方面必须阅读大量的民族志书籍、进行必要的田野考察、掌握民俗知识和一定的社会学知识，还要进行文献考据，也了解社会国情；另一方面，还必须阅读大量的当代小说，并在20世纪以来文学的总体格局中总结归纳民族志小说思潮，进行文学价值评判。至于能否恰当地运用相关人类学理论和方法进行文学批评更是一个挑战，因为这个研究话语体系的建立，要立足于中国文学研究才能真正解释中国当代文学，才能与世界对话。

在本研究中，研究的目标也是对这些难点的突破。受学力所限，有诸多不尽如人意之处。特此说明，并请方家指正。

第一章　民族志小说理论探源

一、民族志及其相关概念辨析

本书提出的“民族志小说”概念是借用了人类学学科的“民族志”与文学体裁中的“小说”合成的概念。而“民族志”这个词语对于不熟悉人类学的读者可能会存在各种歧义性、含糊性的理解。所以，有必要首先对民族志的含义进行辨析。

（一）民族志的含义：一种文化志

民族志是人类学学科的重要概念。格尔茨（C.Geertz）描述过民族志在人类学中的位置：“如果你想理解一门科学是什么，你首先应该观察的，不是这门学科的理论和发现，当然更不是它的辩护士说了些什么，你应该观察这门学科的实践者们在做些什么，在人类学或至少社会人类学领域内，实践者们所做的，就是民族志。”① 格尔茨的这段话是对民族志之于人

① ［美］克利福德·格尔茨：《文化的解释》，韩莉译，译林出版社 1999 年版，第 6 页。

类学重要性恰当的阐释。人类学经常说“民族志是人类学的翅膀”，确实，理解民族志就等于理解人类学，人类学借助于民族志的翅膀而翱翔。

那么，何谓民族志?

人类学对民族志的含义是这样描述的：“民族志（ethnography），其词根‘ethno’来自希腊文‘ethnos’，意指‘一个民族’‘一群人’或‘一个文化群体’；‘graphy’来自希腊文‘graphein’，意为‘记述’。又译文化志，是 20 世纪初期由文化人类学家创立的一种研究方法，主要是指人类学家对其研究的文化对象或目的物作田野调查，深入特殊的社区生活中，从其内部着手，通过观察和认知，提供相关意义和行为的客观的民族学描写而形成民族志描写，然后再对其进行分析、比较，以期得到对此文化的基本概念。”[①] 从这段话可以看出：“民族志”一方面是人类学最为独特、核心的研究路径和方法；另一方面是建立在田野工作第一手观察和参与之上的关于习俗的撰写，或者通常说是关于文化的描述，以此来理解和解释社会并提出理论见解，是一种关于文化展示的过程与结果的文本。可以说，在民族志概念的内涵中，“文化”是其核心意义。所以，民族志也可以称为“文化志”。

不过，ethnography 被称作民族志，最初主要与 ethnology（民族学）相关。这两个概念在 19 世纪的欧洲大陆广泛流传的时候，重在对不同人群（people）、民族（nation）和种族（race）等文化人群的研究。晚清时期，ethnology 进入了我国知识界。民族学家杨堃梳理了这个概念在国内引入和翻译的情况：“光绪末年，我国最初从英文翻译的民族学著作叫‘民种学’，同年，从日文翻译的叫‘人种学’。一九〇九年，蔡元培在德国留学时，译为民族学。一九二六年，蔡氏发表《说民族学》一文，才开始引起

---

① ［美］卢克·拉斯特：《人类学的邀请》，王媛、徐默译，北京大学出版社 2008 年版，第 106 页。

我国学术界的重视。”[①] 在注释中，杨堃还提到“1903 年译有《民种学》一书，系德国哈伯兰原著，英国鲁威译成英文，林纾和魏易转译为中文。同年,《奏定大学堂章程》内，列有‘人种学’，即 ethnology”。[②] 不论如何，中国引入人类学早期，对 ethnology 的翻译是民族学、人种学概念并用，而且更多地用“民族学”一词。但这里的民族学的“民族”采用的是一种广义，即包括了人种、部落、部族、种族、民族等。相应地，ethnography 翻译为民族志，已经是跨世纪的约定俗成。

民族志既然是民族学的概念，那么，民族志为什么被称为人类学腾飞的翅膀而成为人类学的核心概念？这需要厘清民族学与人类学的关系问题。

首先，人类学（Anthropology）这个概念，一般认为由希腊文 Anthropos（人、人类）和 logos（学问、科学）构成，意思是研究人的学问。它最早于 1501 年，被德国学者洪德（Magnus Hundl) 用来指人体解剖学和生理学的研究，相当于今天所说的体质人类学。

民族学，英语 Ethnology 源于希腊文 Ethnos(民族、族群）和 logia(科学)，意思是民族、族群的研究。1830 年，法国物理学家昂佩勒在制订学科分类表时，就把它作为人文学科分类的一个学科名称，划分为一个单独学科。1839 年，在著名博物学家爱德华兹（W.F.Edwards）的倡导和组织下，巴黎成立了世界上最早的民族学会（Societe Ethnologique de Paris)，巴黎民族学会一般被认为是民族学学科正式成立的标志。此后，在 19 世纪 30—40 年代成立的各国“民族学会”，都显示出早期的民族学是一个范围广泛的概念，包括人类体质和人类文化。英国人类学家 A.C. 哈登在

① 杨堃:《民族学概论》，中国社会科学出版社 1984 年版，第 3 页。

② 杨堃:《民族学概论》，中国社会科学出版社 1984 年版，第 22 页。

1910 年出版的《人类学史》中指出：“‘民族学’这一术语常被用作‘人类学’的同义词，用来概括人类学科学的整个领域。正是在这种意义上，它才成为突出的字眼，并于 1839 年被爱德华兹（W.F.Edwards）选用作为巴黎民族学学会的称号。”① 我国学术界也认为早期的民族学包括人类学，《中国大百科全书・民族卷》对“民族学学会”词条的解释是：“民族学包括人类学。1839 年 W.F. 爱德华兹首先建立的巴黎民族学学会，1842 年美国成立的美国民族学学会，1843 年英国伦敦建立的民族学学会，都包括体质人类学在内。”② 我国著名学者杨堃也指出：“研究人类的社会生活的，叫作文化人类学或社会人类学，亦即我们所说的民族学。”③ 这些都可以看出，早期的民族学包括了人类学。

1859 年，巴黎民族学会开始出现分化，分为“人类学会”和“民族学会”两个学会，前者以人类的体质研究为主，后者以研究文化为主。此后，其他国家，比如英国、美国，也都在民族学会之外创立了人类学会。这意味着民族学与人类学的并列，以及各自有相对明确的研究对象。但是，随着民族学和人类学的发展，人类学和民族学学科在不同的国家有着不同的含义，并且出现了混用的现象。所以，1933 年联合国教科文组织在成立有关的国际学术组织时，将其命名为“国际人类学与民族学联合会”。1954 年，联合国教科文组织发表报告书，由法国著名学者列维-斯特劳斯执笔的人类学部分称：“在当今世界，各国几乎一致同意以‘人类学’为最佳之定名，其中包括：（1）体质人类学——从事由动物进化为人类的研究以及从解剖学和生理学特征上对人类种族的研究，（2）民族志——从事田野考察并对此进行描述，（3）民族学——根据第一手的民

---

① ［英］A.C. 哈登：《人类学史》，廖泗友译，山东人民出版社 1988 年版，第 90 页。

② 《中国大百科全书・民族卷》，中国大百科全书出版社 1986 年版，第 326 页。

③ 杨堃：《民族学概论》，中国社会科学出版社 1984 年版，第 7 页。

族志资料所做的综合研究。"[①] 沿着列维-斯特劳斯的定义，近三四十年来，一些国家的学者也都趋向于用"人类学"这一名称，形成了"人类学"取代"民族学"的趋势。

另外，在民族学和人类学两个术语之外，"文化人类学""社会人类学"这两个名称也会经常出现。但这不过体现了不同国家的人类学研究传统使用术语的不同偏好而已，美国的人类学研究传统中喜欢用"文化人类学"，英国的人类学研究的学术传统中则更喜欢用"社会人类学"。而究其实质，民族学、人类学、文化人类学、社会人类学这些名词在研究文化这一点上并无实质性的区别。英国人类学结构功能学派的代表人物 A.R. 拉德克里夫-布朗（A.R.Radcliffe-Brown）指出："民族学和社会或文化人类学这几个名词，用于文化或文明的研究上，通常是没有一定的区别的。"[②]

在我国许多学者也持此观点。林惠祥教授指出："文化人类学是专门研究文化的人类学……这种科学还有其他名称，如社会人类学、民族学都是。"[③] 林耀华也认为："英国的'社会人类学'（Social Anthropology）、美国的'文化人类学'（Cultural Anthropology）和当前合称的'社会文化人类学'（ Social — Cultural Anthropology），无论从研究对象和范围来说，都基本上等同于民族学，彼此之间也经常互相通用。"[④]

通过以上对人类学与民族学关系的梳理可以看出，在文化和文明研究这个关键点上，人类学基本上等同于民族学。不过，从我国的具体情况来看，我国的民族学存在广义和狭义之分。"广义的民族学，既包括一般的分子学科，如民族理论与民族政策、民族史、民族文化、民族语言、民族

① 转引自何星亮：《关于"人类学"与"民族学"的关系问题》，《民族研究》2006 年第 5 期。

② 转引自何星亮：《关于"人类学"与"民族学"的关系问题》，《民族研究》2006 年 5 期。

③ 林惠祥：《文化人类学》，商务印书馆 1991 年版，第 1 页。

④ 林耀华主编：《民族学通论》，中央民族学院出版社 1991 年版，第 1 页。

宗教、民族艺术等，也包括特殊的专门学科，如蒙古学、藏学、西夏学、突厥学、纳西学等学科。狭义的民族学通常等同于西方的‘文化人类学’或‘社会人类学’。”[①] 然而，不管广义的民族学、狭义的民族学还是人类学，研究和书写民族或者族群文化的民族志，是这些学科研究共同的研究方法、书写方法，以及研究成果的主要表现形式。所以，今天来看，中文将“ethnography”翻译为民族志，学理上有所不足，主要是“以往民族志研究方法论上的‘文化’缺失，即缺乏对其‘文化’之‘信息’本质的理解”[②]。这对那些不了解人类学专业的人来说，很容易望文生义地把它理解为对某个民族（狭义的民族概念，比如某少数民族）的记述。

所以，更准确地来看，ethnography 指的是文化志。《人类学词典》(The Dictionary of Anthropology）对 ethnography 的定义是：“通过比较和对照许多人类文化，试图严格和科学地逐渐展开文化现象的基本说明。由此，通常经过田野研究，ethnography 成为一个专门的既存文化的系统描述。”[③]《韦氏词典》对 ethnography 的英文解释是：“The study and systematic recording of human culture also: a descriptive work produced form such research.”[④] 即对人类文化的研究和系统性的记录，以及由此形成的描述性著作。这些词典对 ethnography 的解释，都着重强调了其文化志的内涵。

（二）民族志研究中“民族”“族群”含义的界定

由于民族志并不等同于对某一个民族的记述，民族志的研究也就不局

① 何星亮：《关于“人类学”与“民族学”的关系问题》，《民族研究》2006 年第 5 期。

② 张小军、木合塔尔·阿皮孜：《走向“文化志”的人类学：传统“民族志”概念的反思》，《民族研究》2014 年第 4 期。

③ Thomas Barfield, The Dictionary of Anthropology, Oxford: Blackwell Publishers Ltd.1997, p.157.

④ Merriam-Webster’s Collegiate Dictionary, 11TH, Springfield: Merriam-Webster, Incorporated, 2003, p.429.

限于传统意义上的某一民族。民族志的核心意思是文化志，所以它研究的对象是不同的文化群体，这些群体经常以“民族”或者“族群”的概念出现，其意义在不同的语境中具体来说主要指涉以下四个方面。

第一，新中国作为政治概念确立为民族实体的民族。1950年起，由中央及地方民族事务机关组织科研队伍，对全国由地方上报的四百多个民族名称进行识别。在当时全面学习苏联的大背景下，新中国中央政府组织的民族识别采用了斯大林对民族的定义：“民族是人们在历史上形成的有共同语言、共同地域、共同经济生活以及表现于共同的民族文化特点上的共同心理素质这四个基本特征的稳定的共同体。”[①] 当然具体的识别实践是复杂的，肯定不能根据一个概念就达到完全的明晰的识别。费孝通、潘光旦等人类学家、民族学家并未教条地以斯大林的民族定义界定民族群体，而是发挥各自的学术特长做出最终判断，而且强调了民族是一个历史概念的认识。学者们的意见通过政府文件和法律的形式上升为国家意志，被认定的民族在政治上就成为明确的民族。经过长期的工作，到1987年，民族识别和更改民族成分工作已基本完成。[②] 就全国范围而言，中国56个民族的格局最终确立。除了人口占绝大多数的汉族之外，其他55个民族也有各自的民族命名，如藏族、回族、满族、傣族等等，并时常被统称为少数民族。这56个民族有着各自区分性的文化特征，各民族的文化特征是每一个民族内部的人们在历史上长期形成的共同的特征。这样，各个“民族”实体成了民族学明确的研究对象，特别是对“少数民族社会的调查研究”直接成为民族学为民族政策服务的依据和参考。这也是一提起“民

① 斯·普·托尔斯托夫：《苏联民族学的任务》，见中央民族学院研究部编《民族问题译丛——民族学专辑》，民族出版社1956年版。

② 参见黄光学：《民族识别和更改民族成份工作已基本完成——国家民委副主任黄光学答本刊记者问》，《中国民族》1987年第2期。

族”，许多人就直接将其等同于少数民族的惯性认知。不论如何，在中国被识别确定为少数民族的 55 个民族，有民族志性质的小说对其文化的书写，都是民族志小说研究的对象。

第二，民族—国家性质上的民族（nation）。根据民族的政治、主权和领土扩展而来，围绕一个核心的民族形成多民族“共和”的民族—国家性质的共同体，比如中华民族。1902 年，梁启超在其《论中国学术思想变迁之大势》中正式提出“中华民族”的概念。[①] 并大力提倡民族主义，要求国人迅速培养民族主义，以抵御西方民族帝国主义的侵略。并认为建设民族国家（nation—state）是救中国的唯一法术。[②] 梁启超的倡导为中国知识界所普遍接受，民族主义思潮轰轰烈烈地兴起。这些都可以看出，民族和“中华民族”的概念都是近代以来伴随着民族主义的兴起和民族国家建构的产物。费孝通先生把“中华民族”的概念进一步学科化，认为：“中华民族作为一个自觉的民族实体，是近百年来中国和西方列强对抗中出现的，但作为一个民族实体则是几千年的历史过程中所形成的。”[③] 在这个民族实体中，“华”本是古代中国中原地区部分国人的自称，与“华”相对的则是周边地区的“夷”核心的民族，这是先秦时期中国对人群的基本分类。但在其后的历史发展过程中，“华”与“夷”并非绝对对立，只是存在文化上的差异。许多时候，“夷”也能够遵从“华”的文化理想，“华”也吸纳了许多“夷”的文化。各民族在历史上“交往、交流、交融”，手足相亲，守望互助，形成“你中有我，我中有你”的关系。到了近代，西

---

① 梁启超：《论中国学术思想变迁之大势》，载《饮冰室合集》（影印版）文集七，中华书局 1989 年版，第 1、21 页。

② 梁启超：《论民族竞争之大势》，载《饮冰室合集》（影印版）文集十，中华书局 1989 年版，第 35 页。

③ 费孝通：《中华民族多元一体格局》，中央民族学院出版社 1989 年版，第 1 页。

方文化的强势进入和列强的入侵，使人们认识到，古代的“华”“夷”都属于一个整体的中华民族。1939 年，顾颉刚发表了《中华民族是一个》的文章，引起了广泛关注，成为民国时期民族学界的热点议题。其后，对中华民族的共同性的认识一直在深入。1989 年，费孝通先生的《中华民族多元一体格局》一书出版，书中所说的中华民族“多元一体”的理论很好地概括了中华民族的多样性与整体性。今天，我们说中华民族包括 56 个民族。这 56 个民族的“民族”与中华民族相比，前者表示文化和情感共同体，后者主要表示政治和情感共同体。本书在整体谈到中国文学的民族性建构时，“民族性”的含义基本采用了民族—国家意义的含义。

第三，当代人类学对已有的民族和人群分类进行拆分重组而有具体所指的“族群”。“族群”这个概念的历史要比“民族”概念悠久得多，但从“名”的角度说，20 世纪 60 年代，西方学术界才大量地运用族群概念进行学术研究。族群在美国最初讨论的是少数族裔的问题，后来的研究中主要指各个移民集团。而进入中国学界之后，在概念上引起广泛的争论，但同时有许多学者的族群实证研究广泛展开，产生了大量的民族志作品。总体上，族群作为学术概念其内涵弹性很大，不同的学者使用族群概念进行研究时，对已有的民族和人群分类开展了各式各样的拆分重组，来满足其理论和现实追求。而现在在族群概念的运用上，族群“往往指涉的就是地域集团或者不同的‘民系’”①。比如在汉人社会研究中，南方某一保持着鲜明的自我文化系统的一个村庄，如《马桥词典》的马桥人；又如体现了明显的区域文化特征和文化精神的上海人。把这些对象以族群的概念来描述和研究，在人类学界已取得卓有成效的成果。比如，在族群理论的视角

① 麻国庆：《明确的民族与暧昧的族群——以中国大陆民族学、人类学度的研究实践为例》，《清华大学学报》2007 年第 3 期。

下丌展田野工作来撰写民族志作品具有代表性的黄淑娉教授主持的对岭南地区族群的研究。黄淑娉教授主持研究的“广东族群与区域文化研究”课题，于1994—1999年间，组织大批研究人员，在广东17个县市做了实地田野调查，进行全面的综合研究，最终出版了《广东族群与区域文化研究》和《广东族群与区域文化研究调查报告集》。这个课题的研究对于广东汉族“民系”的研究具有开创性的价值。其实，在少数民族社会研究中，族群也指涉同一民族在不同的社区生活的居民或者“民系”。比如杜磊（Druc C.Gladney）的《中国穆斯林》，对中国4个回族社区进行民族志描述，来讨论不同社区的回族在族群认同上存在的文化差异。

第四，作为某一分散了的人类群体成员们相互认同和建立起潜在的文化模式为特征来区分出的群体。早期的人类学确实是以异域的非西方社会作为民族志研究和书写的主要对象，原始人、野蛮人、非西方人群的研究使人类学为人们所周知。但是，这种“部落研究”在今天已经消失了。“特别是因为人类学作为一个整体，现在的研究内容既包括远处的文化也包括近处的文化，既包括西方文化也包括非西方文化，既包括奇异的文化也包括熟悉的文化。”[①] 也就意味着当前人类学的研究领域已经扩展到现代社会内部，试图对当代人类行为、社会和文化现象进行整体性的描述。所以，当代人类学也常常针对当代社会内部不同的文化群体，研究其文化心理和生存方式。而在当代这个多元化的世界中，这些群体的文化身份常常会被职业、身份、性别等划分。比如在我国由于职业身份差别形成的诸如打工者、艺术家、乡村妇女等各有鲜明的文化特征的人群。那么，采用人类学的民族志田野考察以及参与观察的方法进行研究和民族志书写，比如对乡村女性，或者农民工的文化心理及其生存状态进行研究，也会形成好的民

① ［美］卢克·拉斯特：《人类学的邀请》，王媛、徐默译，北京大学出版社2008年版，第82页。

族志。

总之，民族志中的“民族”并不等同于有些人望文生义理解的少数民族。“民族志”这个概念中的“民族”在不同的语境下可以指称上述的少数民族、民族国家、族群以及某一文化群体。而民族志的实质则是对不同文化人群的研究和书写不同文化的文化志。

相应地，民族志小说研究的对象也就与民族志研究的对象一致，既涉及少数民族、中华民族，也涉及各种族群，以及某一具体的文化群体。在民族志小说研究的行文中一般根据其所在的语境会出现“民族”“少数民族”“族群”等称谓，但对于书写的文本本身具备民族志的内涵，就取其“文化志”的含义，所以民族志小说更准确地也许可以称为文化志小说。而由于“文化志”这个词在中国人类学学界并不通行，因此继续沿用了学界学术传统中的“民族志”的叫法。从民族志小说的内涵来看，民族志小说是探索当代小说对不同文化人群的描写的文化价值和艺术价值。所以，对民族志小说的理解也就不能望文生义等同于少数民族小说，尽管少数民族小说经常会成为民族志小说的主要形态。

民族志作为人类学这样的社会科学的研究和书写方法，它与属于人文学科的文学交界融合形成了民族志小说。民族志小说是两个学科共同发展、双向运动的结果。

二、民族志的发展及其与文学文本的交界融合

20 世纪 60 年代以来，在后现代思潮的影响下，传统人类学理论的架构和话语方向发生了向人文科学的偏移。美国人类学家格尔茨的阐释人类学思想，詹姆斯 · 克利福德与乔治 · E. 马库斯等的《写文化》，乔治 · E.

马库斯和米开尔·M. J. 费彻尔的《作为文化批评的人类学》，伊万·布莱迪的《人类学诗学》等著作通过对民族志书写中存在主观性和文学性的揭示和论证，以及“写文化”对“实验民族志”的倡导，指出：文化作为一套有意义的体系被呈现出来以后，已经不可能是客观的描述，撰述者也不可能再保持未加调节的身份，民族志可以借用小说叙事和人物塑造的手段来展示对象的生活形式及其内在意义。因而，完全可以将民族志作为一种文学批评的文本加以分析。民族志与文学不仅在叙事方式上有相通之处，而且都作为“部分的真理”可以达至对对象的“真理性”认知。这意味着人类学向文学跨界汲取思想资源，两个学科之间的相遇和融合，掀起了人类学的实验民族志书写，从而沟通了文学与人类学的合流，人类学界的民族志写作，也一定程度上具有小说的性质，形成了小说式的民族志。

人类学界的小说式的民族志，对文学研究的影响也是巨大的。它为文学转而外求于人类学进行文学理论的刷新提供了借鉴和理论基础。

（一）民族志的发展及其文学性问题的观照

按照哈登的《人类学史》对人类学发展的阶段划分，也是目前学术界通行的观点[①]，民族志的发展分为三个阶段：前民族志、经典民族志（科学民族志）和实验民族志。

1. 前民族志

民族志是“人类学的翅膀”和根基，但民族志的历史远比人类学的历史长得多。从西方人类学学科的历史来看，以描述相异于本己文化的“他者”为业的西方人类学，是发源于欧洲的帝国主义文明在其迈向世界的进程中殖民主义的一个侍女，是在19世纪中期成长起来的。但世界各个民

① 转引自高丙中：《民族志发展的三个时代》，《广西民族学院学报》2006年第3期。

族在文明早期就有大量的关于“异文化”的描述文字，都可以宽泛地看作早期民族志，或者前民族志。

在西方，民族志的传统是希罗多德的《史学》和孟德斯鸠的《波斯人信札》的传统。而《马可·波罗行纪》是地理大发现之前的民族志代表作。地理大发现之后，民族志书写主要表现为传教士、殖民地官员、探险家、游客和商人关于海外民族的奇风异俗和逸闻逸事的报告和笔记。不过，学者们往往将其视为人类学写作的素材和资料来进行解读和利用。一些有人文学科素养的知识分子，像泰勒和弗雷泽就利用这些资料进行人类学的理论概括，来发现人类在文化进化、文化类型等方面的理论。由于使用这些材料的学者没有进行过亲身考察，而未加分析地使用别人记录的未经实地调查的资料，形成了“收集资料的主体和理论研究的主体相分离，或者说业余的资料员与专业的理论家分工的格局。人类学家往往‘将有利于自己体系的传说和文化要素从社会背景中分离出来，作为例证’”。“这一时期民族志主要指尚未摆脱‘案头作业’模式的特殊的文本形式，具有‘对人性的普遍性抱有信念和欧洲中心主义’‘资料不是实地调查的结果’和‘选择性利用资料’的特征。”[①] 这也是弗雷泽、泰勒这些早期的人类学家被称为“摇椅上的人类学家”的原因。

中国有关“他者”的文献记载出现的时间相当早。如周代的《礼记·王制》在对中央王国的强调中对中华夏、夷、蛮、戎、狄的“五方之民”进行了描述，在对比中比较关注“野蛮人”和文明人之间的区别，当然对“中央王国”的“中华夏”和“四夷”的文化差异采取了较为宽容的立场，这也许可算是较早的比较民族学记述。而从中国的历史发展来看，有《礼记》的“五方之民”的区别联系，同时也有《春秋公羊传》就衍生的“大一统”

① 转引自高丙中：《民族志发展的三个时代》，《广西民族学院学报》2006 年第 3 期。

传统。二者为“多元一体”的政治文化理念和中华民族共同体意识提供了思想资源。

现代中国学者们更加倾向于将《山海经》看成是一部具有世界性意义的民族志作品。《山海经》对王室领域之外的远方异族（135 国，实际上只是放大了继嗣群）进行了想象性的描述。在《山海经》中，“中央王国”及其与“他者”之间的相互关系并不是重点，它更加突出“边缘世界”的人、半人、物品、动物，对文明中的自我—他者关系的思考也更为复杂。①

《山海经》之外，中国古代的许多史书典籍和志书中存录了大量的民族志资料。修史纂志是中国古代文化的一个重要传统。中国古代的许多史书志书，对国内非中原王朝的异族和边地进行了记载。比如，司马迁《史记》中的《匈奴列传》《南越列传》《东越列传》《西南夷列传》等。又比如东汉赵晔的《吴越春秋》，晋代常璩的《华阳国志》，唐代樊绰的《蛮书》，宋代周去非的《岭外代答》，清代爱必达的《黔南识略》，包括《二十四史》中的部分内容，都可以看作大量的民族志资料。记载其他国家和地区的具有民族志资料的古代史籍志书也有许多。比如宋代赵汝适的《诸蕃志》，元代汪大渊的《岛夷志略》、周达观的《真腊风土记》，明代马欢的《瀛涯胜览》和费信的《星槎胜览》，清代黄书璥的《番俗六考》，等等。这些著作，不论是中央王朝的官修历史，还是文人墨客的民间著述，无不包含着大量的民族志资料。总之，至 1842 年魏源的《海国图志》印行之前，这些作品以及中国古人编撰的浩瀚的志书都可以看作接近于民族志的前民族志。

之所以将中国古代的志书也归结为前民族志，原因是：在中国，与“民族志”紧密相关的“人类学”一词，直到严复翻译赫胥黎的进化论著

① 王铭铭：《西学“中国化”的历史困境》，广西师范大学出版社 2005 年版，第 266 页。

作的时候才真正出现。[①]“社会科学”的概念也只跟20世纪的历史有关系。《史记》这样的历史学著作暂且不论，至于浩瀚的方志，中国学术界对于方志的性质，或以方志归属历史，或以方志归属地理。近代学术研究开始将方志学与民族志联姻，并以西方学科建制和学术规范建立了人类学民族志学术规范。在这个学术规范之下确立的民族志确实是与中国传统志书书写以及方志学有区别的。但不论如何，我们不能拒绝以现代学科语言对古代文化的言说。古代的志书之所以能以人类学话语进行言说，也是因为从志书在中国古代社会发挥的文化功能来看，一些志书中有类似于西方人类学民族中心主义的特色。

也有许多想象性的描写，特别是域外方志对他者的描述大多地方物产、山中怪兽、海上酋长和半人半兽，多有混乱的情况。

总之，在马凌诺斯基所创造的“参与观察法”成为民族志方法核心体系内容之前，不论西方的民族志还是中国的志书由于存在自发性、随意性和业余性写作的特点，所以可以归之为前民族志。

2. 经典民族志

民族志作为一种经典的研究手段和学术范式，经摩尔根、哈登、鲍思亚等学者的探索性工作，最终由1922年出版的马凌诺斯基（Malinowski，Bronislaw Kaspar）的《西太平洋的航海者》奠定。

《西太平洋的航海者》的基本内容是对于新几内亚东部的南马辛区域（Southern Massim ）所特有的库拉圈（Kula ring）活动的记述。全书共分为22章，每章介绍库拉系统的一个部分，所有的章节最后指向第22章，“库拉的意义”。马凌诺斯基写道：“库拉制度呈现了几个互相绞缠和互相影响的方面。举两个例子来说，经济活动和巫术仪式组成一个不可分离的

① 参看王建民：《中国民族学史》（上卷），云南教育出版社1997年版。

整体，巫术信仰的力量和人的努力也互相影响，互相塑造。”[①] 因此，马凌诺斯基认为，每个文化结构都满足了人类基本的普遍的需要。这些结构中所有的文化项目，例如家庭、宗教、经济或政治等，都作为一个整体而发挥作用，这个整体就被称为“文化”。“文化作为系统发挥作用”这一观点就是马凌诺斯基的文化功能主义。

马凌诺斯基是以“文化互为主体性”的立场进行库拉圈研究的。他说：“若我们怀着敬意去真正了解他人（即使是野蛮人）的基本观点……我们无疑会拓展自己的眼光。如果我们不能摆脱我们生来便接受的风俗、信仰和偏见的束缚，我们便不可能最终达到苏格拉底那种‘认识自己’的智慧。就这一最要紧的事情而言，养成能用他人的眼光去看他们的信仰和价值的习惯，比什么都更能给我们以启迪。”[②] 马凌诺斯基所倡导的理解他人的观念，不仅指引人类学会慷慨和宽容的气度，而且促进了现代人类学界一个达成“文化互为主体性”的观点的生成。人类学界从此认识到：文化的描写必须以直接参与和观察为基础，而且只有使用相对论的方法辨清“本地人的观点”，以直接的不带偏见的证据，才能达到“科学的”文化研究。尽管在马凌诺斯基之前，鲍亚士与他的学生已经提出历史特殊论驳斥演化论与种族歧视观点，但直到马凌诺斯基提出观点并以“参与观察法”进行的研究，才真正确立了完整的解释文化相对论的理论。

当然，《西太平洋的航海者》最大的贡献是“科学民族志”的写作方法。在这部著作中，典范地展示了马氏创造的现代田野工作与民族志方法——“参与观察法”。人类学家要参与当地人的生活，在一个严格定义的空间和时间范围内，体验人们的日常生活和思想，记录人们生活的方方面面，展

① ［英］马凌诺斯基：《西太平洋的航海者》，梁永佳、李绍明译，华夏出版社2001年版，第445页。

② ［英］马凌诺斯基：《西太平洋的航海者》，梁永佳、李绍明译，华夏出版社2001年版，第447页。

示不同文化如何满足人的普遍的基本需要、社会如何构成。此后，参与观察法成为民族志方法体系的核心内容，从而确立了“科学人类学的民族志范式”，包含这样一些基本规则：“其一，选择特定的社区；其二，进行至少一年的现场观察；其三，能够使用当地语言；其四，先从本土的观点参与体验，但最终要达成对对象的客观认识。”① 通过这些规则，人类学家实现了搜集材料的主体与理论研究的主体的合一，也就是用一套有效的科学规则把资料员和研究者的身份完美地合二为一，使民族志具有了内在性和亲历性的特点。

自马凌诺斯基以后，民族志一直被认为是客观的科学的描述，这种“科学的民族志”成为 20 世纪 20 年代以后人类学民族志的主流，它及其所依托的田野作业作为一种组合成为学术规范。在马凌诺斯基之后，“民族志则既可以指涉一种特殊的学术研究方法，又可指涉用这种方法而取得的研究成果——一种特殊的文本形式”②。

文化人类学与社会人类学围绕着民族志研究而发展，它们的经典文本大多是科学民族志，除了马凌诺斯基的《西太平洋的航海者》之外，玛格丽特·米德的《萨摩亚人的成年》，埃文斯·普里查德的《努尔人》，杜尔干的《宗教生活的初级形式》，莫斯的《礼物》，拉德克里夫-布朗的《安达曼岛民》，理查德·李的《昆桑人》等著作，都被认为是以科学民族志的方法生产的经典民族志。

但是，随着20世纪60年代以来西方思想界“后现代主义”思潮的兴起，对人类学“科学性”的反思也高涨起来。后现代主义思潮内容庞杂、主张繁多，但总体上具有质疑权威、质疑科学主义、质疑结构的特征。后现代

① 高丙中：《民族志的科学范式的奠定及其反思》，《思想战线》2005 年第 1 期。

② ［美］卢克·拉斯特：《人类学的邀请》，王媛、徐默译，北京大学出版社 2008 年版，第 107 页。

主义思潮影响遍及几乎所有的社会科学和人文科学。

对于人类学来说，在20世纪60年代末，后现代主义催生了人类学的反思意识，民族志研究也被置于反思性的审视维度中。马凌诺斯基时代参与观察法所要求的主/客观平衡的方式，不再被民族志学者奉为写他们的田野经验的圭臬。1967年马凌诺斯基的日记出版，更是打乱了“科学”人类学的阵脚。在这本日记中，马凌诺斯基直言不讳地表达了他对工作地点的气候炎热的难以忍受，生活条件简陋的不满，以及对他的资讯人——土著的厌恶，而且他也远不是孤身一人生活在土著之中，全心全意地在参与观察，他经常和珠宝商人、殖民地官员在一起，也会经常待在帐篷里读小说。怀疑者们由此指出民族志“客观”的文化描述并不存在，人类学家在民族志写作中、在材料整理和意义解说上具有主观创造性。

3. 实验民族志（experimental ethnogtaphies）

对人类学的科学性的反思使人类学学科面临着严峻挑战，为了应对这种挑战，深受阐释学和福柯的权力话语（discourse）思想影响的人类学家，将目光转向民族志与文学的关系，以及跨文化描写中权力与知识关系的探讨。到了20世纪60—70年代，像埃文斯-普里查德和克利福德·格尔兹这样的人类学家“拒绝将人类学视为一种科学，而倾向于阐释研究，把人类学断然归为人文科学”①。而到了20世纪80年代，詹姆斯·克利福德等则以“写文化”为宣言，提出了“实验民族志”。通过这些讨论，他们提出了一些变革和创新民族志创作的方式。

（1）克利福德·格尔兹的“深描”与阐释主义

克利福德·格尔兹（Clifford .Geertz）（又有译为克利福德·格尔茨）

---

① ［英］阿兰·巴纳德：《人类学历史与理论》，王建民、刘源、许丹等译，华夏出版社2006年版，第170页。

于20世纪70年代初提出了影响巨大的阐释主义，“在他（和埃文斯-普里查德）手中，人类学变得与语言学相类似。各种文化不再同隐喻的‘语法’一样需要解读和记录，而是一种经翻译后可以被其他文化——时常就是人类学家自己文化的成员所理解的‘语言’”①。确实，格尔兹拒绝像结构主义人类学那样的任何形式的宏大理论。他认为人类学写作本身就是阐释。他要求人类学者以文化内部持有者的眼界，把理解文化中的细小问题作为研究的终点。格尔兹的“深度描写”（thick description）的术语借自哲学家赖尔（Gilbert Ryle），“赖尔本义是以一个孩子抽搐眼皮为例，说明一个甚至极其简单的动作都可以隐含着无限的社会内容，他把抽动眼皮作为一个文化符号条分缕析，揭示其多层内涵，进行了一个深富哲思的层次还原分析”②。格尔兹对赖尔的这种描写方式大加赞赏。他认为描写和观察方式都有特定性、情境化、具体化的性质，所以阐释不仅是对一个文本的叙述学的本文和上下文，以及话语的一般性研究，而且是对叙述本身进行更细致的分析，也就是对叙述的具体时、地、情景进行分析。

而运用到人类学中，在人类学家对异文化的参与和观察中，当地人以其象征性行动传达出该文化的意义，而人类学者通过对这些象征性行动的详尽细致的描写，实际上是做另一层次的阐释，即所谓的“深描”。当然，不可避免的是人类学家的著述是在一个创作的、利己的、文化的和历史的情境中，作者难免是一个在交流中将自己的经历与别人的经历进行互换流通的商谈者。所以，民族志的撰述体现出个人能动性对文化规则的阐释能力。所以，民族志其实是一种创作，本质上同小说一样是“制造出来的东西”。

① ［英］阿兰·巴纳德：《人类学历史与理论》，王建民、刘源、许丹等译，华夏出版社2006年版，第170页。

② 王海龙：《导读一：对阐释人类学的阐释》，载格尔兹：《地方性知识：阐释人类学论文集》，王海龙译，中央编译出版社2000年版，第20—21页。

这其中人类学者进行情感的探究可以使我们进入文化差异的最深层面。

格尔兹提出的“深描”这个概念是民族志与文学文本弥合的桥梁。在他看来，“深描”是民族志寻求文化阐释的方法，也是小说的主要特点。文学文本和民族志一样都不是寻求定律的途径，而是为了寻求意义所作的阐释。民族志“深描”和小说的“详尽细致地描写”都可以触摸人们曾经拥有过的生活踪迹。格尔兹的民族志是使用“深描”的方法寻求意义的阐释的“地方性知识”。

“地方性知识”是由格尔兹提出的另一个重要概念。地方性知识的寻求是和后现代意识共生的。全球化一方面带来了文明的进步，但另一方面也毁灭了文明的多样性。因之，通过对地方性知识的强调来求异，是后现代的特征之一。但“格尔兹所云的地方性不只是一种出发点和姿态，而且是一种方法论的缘起。他的着眼点不在于仅仅对异与同（difference and similarity）的逆向探讨，而且在于从发生学的渊源去追溯其命名学甚至思维上的歧异。”① 于是，“深描”成为格尔兹富有启迪意义的显微研究法而被运用到对地方性知识的阐释中。“地方性知识”也成为格尔兹对民族志的实质的总结，指的就是社会生活中由可观察和不可观察的方方面面构成的伦理、价值、世界观及行动的文化体系。

格尔兹之后，对人类学学术活动的主体（自我）性，人类学的文学性的认识和反思蔚为风气。在为数众多的人类学家的反思活动中，人们发现看似客观的民族志其实充满了主观性，与其极力去掩饰，不如坦然面对。

（2）詹姆斯·克利福德等的“写文化”

1981 年，法国人类学年会上，来自美国的詹姆斯·克利福德宣读了

① 王海龙：《导读一：对阐释人类学的阐释》，载格尔兹：《地方性知识：阐释人类学论文集》，王海龙译，中央编译出版社 2000 年版，第 20 页。

题为《论民族志的权威性——作为文学文本的人类学游记》的论文。在这篇论文中，克利福德对民族志文本的生产过程进行了评判，他初步的评判结果是：由于民族志者和信息人都是人，必然为主观性所羁绊，所以民族志的客观性是不存在的。而且由于民族志者经常以自己的知识标准度量世界，所以民族志对于他者的再现，可能要从政治性和知识论的视角进行辨析。①

对于民族志的主观性进行反思的成果，集中于1986年出版的《写文化》一书中。1986年，詹姆斯·克利福德和马库斯编著的《写文化——民族志的诗学与政治》出版。本书中，由人类学家和文学理论家组成的作者围绕“后现代民族志”这一主题展开论述，以民族志的文学书写和文化批评为中心，考察了田野民族志进程中各种权力关系的侵扰，但总体上主张把它当作写作或“诗作”。本书也意味着，具有反思的、多声的、多地点的、主—客体多向关系的民族志具有了实验的正当性，人类学界进入了“实验民族志”的新时代。实验民族志更多地突出了人类学者自身的主体性。在被研究者—作者—读者这一链条中，作者由以往的隐性角色转变为显性角色。

以詹姆斯·克利福德和马库斯为代表，以“写文化”作为学术宣言书的这一派人类学者自我标榜为反思人类学或后现代主义人类学家。他们相信，“实际上正像作家写小说一样，民族志撰述者也在写自己的小说”②。

詹姆斯·克利福德指出人类学家的田野民族志不过是一种寓言。他说：“民族志写作在其内容（它所说的各种文化及其历史）和形式（它的

① 转引自蔡华：《当代民族志方法论——对J.克利福德质疑民族志可行性的质疑》，《民族研究》2014年第3期。

② ［美］卢克·拉斯特：《人类学的邀请》，北京大学出版社2008年版，第119页。

文本化方式所隐含的）两个层面上都是寓言性的。”[①] 克利福德将 1981 年出版的《妮萨：一名昆族女子的生活与心声》一书作为例子来说明他的观点。这本书是美国女人类学家玛乔丽·肖斯塔克（Marjorie Shostak）对非洲昆人的人类学研究的成果。而玛乔丽·肖斯塔克在对昆人研究之前，并非专业的人类学家，她是婚后陪丈夫梅尔文调查昆人，跟昆人妇女泡在一起，加上她之前在大学时赶上欧美文化造反大潮，参加了女权运动，所以她感觉到之前以哈佛大学为导引而形成的昆人研究虽然很有影响，但缺乏女性视角。于是，玛乔丽积极地投入对昆人妇女的采访中，以期形成自己的研究观点。如本书的中文译者杨志指出的：“玛乔丽·肖斯塔克以女性视角研究昆人，意在探究：史前社会，女性生活和情感如何？女性身份对它们有何意义？在她看来，这些是人类学的‘学术问题’，也是女权主义的‘政治议题’。”[②] 在书写形式上，这是一部带有先锋意味的人类学著作，也具有小说化的色彩。《妮萨》出版后好评如潮，影响超过了人类学界，读者至今不衰。

克利福德指出《妮萨》中有三种寓言形式的记录：一是关于昆人的科学知识来源的记录，是妮萨这个“昆人妇女”作为一个连贯的文化主体的表述，是妮萨与其他昆人妇女生活相对照的自传；二是对一个女性主体性别的建构，玛乔丽·肖斯塔克在问，作为一个女人意味着什么。妮萨的故事与女性主义思想强调的许多经验和问题如出一辙；三是她们之间通过亲密的对话获得一种民族志生产和关系模式的故事，成为一种文化之间相

① ［美］詹姆斯·克利福德：《论民族志寓言》，康敏译，载詹姆斯·克利福德、乔治·E. 马库斯编：《写文化——民族志的诗学与政治学》，高丙中、吴晓黎、李露等译，商务印书馆 2006 年版，第 98 页。

② 杨志：《译序不容随风而逝》，载［美］玛乔丽·肖斯塔克：《妮萨：一名昆族女子的生活与心声》，杨志译，中国人民大学出版社 2017 年版，第 7 页。

遇，一个关于沟通、和睦的寓言，一种虚构的有效的关于亲属关系的寓言。通过对这三种形式的分析，克利福德说："《妮萨》显然是一个关于科学理解的寓言，在文化描写和探寻人类本源两个层面上起作用。（连同其他研究采集—狩猎部族的学生一道，哈佛计划——包括肖斯塔克在内——试图在人类文化发展中最长阶段寻找出人类本性的基点）《妮萨》也是一个西方女性主义的寓言，属于1970年代和1980年代重新'创造'妇女这一普遍范畴的一部分；《妮萨》又是一个关于接触和理解的民族志寓言。"① 所以，在克利福德看来，民族志的文本化过程中，报告人、信息人的口述经验到成文表述会发生根本转化，当一种文化成为"民族志"的文化时，某些本质的东西被遗失和假设，而这样的实践过程事实上是将一种正在成为过去的文化生活当作文本来抢救。克利福德说："我认为，民族志写作——被看作铭写（inscription）或文本化——的真正活力在于扮演一种救赎式的（redemptive）西方寓言。"② 寓言意味着民族志的叙述中虚构成分的存在使得叙事连续不断地指向另一种观念或事件的实践，它是解释叙述者自身观念的表述，这些表述的叙事特征是可以被构造和添加进表述过程中的故事。所以，并不存在客观书写的民族志，民族志呈现的世界都是一个被自己个体化了的、主观建构的世界。从这一点上来看，民族志可以具备小说的性质。

迈克尔·M. J. 费希尔在《族群与关于记忆的后现代艺术》一文中，指出"写文化"的任务是把文学意识引入民族志的写作实践，形成读写民

① [美]詹姆斯·克利福德：《论民族志寓言》，康敏译，载詹姆斯·克利福德、乔治·E. 马库斯编：《写文化——民族志的诗学与政治学》，高丙中、吴晓黎、李霞等译，商务印书馆2006年版，第143页。

② [美]詹姆斯·克利福德：《论民族志寓言》，康敏译，载詹姆斯·克利福德、乔治·E. 马库斯编：《写文化——民族志的诗学与政治学》，高丙中、吴晓黎、李霞等译，商务印书馆2006年版，第138页。

族志的多种样式。费希尔主要针对20世纪70年代和80年代少数族群自传的盛行，以及学术界对“被延宕、被隐蔽或被掩蔽”者的意义进行探讨表现出来的文本理论的迷恋——这些与民族志相关的现象，来探讨少数族群自传中表现出来后现代的知识和后现代艺术的表达。他指出这是一种文化批评的民族志实践，它们和文学作品之间并没有严格的界限。如果说游记和民族志是探索“原始”世界的形式，现实主义小说是探索早期工业社会中布尔乔亚的生活方式和自我的形式，那么“少数族群自传和自传体小说也许也可以成为探索20世纪晚期多元化的后工业社会的关键形式”①。因为，今天看来，那些以反叛家庭为主题的移民小说，异族通婚和文化同化与今天的社会学的概念更为相关。接下来，费希尔指出当下时代的自传体民族志写作所采用的方式，已经不是之前的现实主义的方法和风格了。因为在这个时代，真实性已经不可能是局限于现实主义的成规，“‘作为对语言的信任的现实主义已经不可再得了’，似乎‘只有超现实主义的蒙太奇、立体主义的拼贴、存在主义的寓言才是合适的选择’”②。而我们看到少数族群的自传是一种记忆的艺术，把个人移情、梦之作、替代性自我和双重焦点、交互参照、反讽的幽默作为五种主要的写作策略，并具有如下共同倾向：“元话语（meta-discourse），把注意力引向自身语言和虚构特性，将叙述者设置为文本中的一个人物，他或她的操纵把人们的注意力引向权威结构，鼓励读者有意识地参与意义的产生。”③而这些少数族群的民族志在体裁上也可以是散文、诗歌和小说。这样一来，民族志就打通了与文学

① ［美］乔治·E.马库斯、米开尔·M.J.费彻尔：《作为文化批评的人类学——一个人文学科的实验时代》，王铭铭、蓝达居译，生活·读书·新知三联书店1998年版，第241页。

② ［美］乔治·E.马库斯、米开尔·M.J.费彻尔：《作为文化批评的人类学——一个人文学科的实验时代》，王铭铭、蓝达居译，生活·读书·新知三联书店1998年版，第245页。

③ ［美］乔治·E.马库斯、米开尔·M.J.费彻尔：《作为文化批评的人类学——一个人文学科的实验时代》，王铭铭、蓝达居译，生活·读书·新知三联书店1998年版，第283页。

的界限，成为一种族群记忆的后现代艺术。

“写文化”对实验民族志的倡导集中体现了后现代民族志的文学性转向。实验民族志认为完全可以把民族志作为一种文学批评研究的文本加以分析，文学评论对故事情节、观点、性格化、内容、叙事以及风格等方面的关注都被用于考察民族志的撰述。总之，“写文化”的影响，用阿兰·巴纳德评价说：“‘田野民族志寓言’最实际的贡献是人物确实带有文学性，并关注‘文化表述者’。”① 罗伯特·恩格尔认为，可以把传统民族志看作“科学”的人类学，而把实验民族志看作“艺术”的人类学。②

（3）作为文化批评的人类学

《写文化》之外，乔治·E. 马库斯和米开尔·M.J. 费彻尔合著的《作为文化批评的人类学》一书也于 1986 年出版。在本书中，实验民族志主张人类学是一门文化批评的艺术。“文化批评（Cultural Critique）就是借助于其他文化的现实来嘲讽和暴露我们自身文化的本质，其目的就在于获得文化整体的充分认识。”③ 也就是强调人类学者对异文化的描写中要形成对本文化体系的价值和准则进行反思。并且，本书提出“人类学并不等于盲目搜集奇风异俗，而是为了文化的反省，为了培养‘文化的富饶性’”④。所以，实验民族志应该改变传统人类学将作为研究对象的非西方社会视为隔绝于外部世界的孤岛的做法，将“地方性描写”社会人类学与全球体系

① ［英］阿兰·巴纳德：《人类学历史与理论》，王建民、刘源、许丹等译，华夏出版社 2006 年版，第 183 页。

② Aunger, Robert.“On ethnography: Storytelling or science ”. Current Anthropology. Vo1.36. No.1, 1995.

③ ［美］乔治·E. 马库斯、米开尔·M.J. 费彻尔：《作为文化批评的人类学——一个人文学科的实验时代》，王铭铭、蓝达居译，生活·读书·新知三联书店 1998 年版，第 11 页。

④ ［美］乔治·E. 马库斯、米开尔·M.J. 费彻尔：《作为文化批评的人类学——一个人文学科的实验时代》，王铭铭、蓝达居译，生活·读书·新知三联书店 1998 年版，第 11 页。

的描述结合在一起，来描述地方文化的变迁过程。由此，人类学进入了“一个人文学科的实验时代”。人类学研究的视野扩展了，相应的实验民族志则提供了新的民族志书写的对象和方法。

由于以上探索，现在当“实验民族志”作为一种文本形式被人们提起的时候，首先想到是其文学化的表达方法以及研究者和其他政治力量对写作的影响这些主观性因素，实验民族志因此打通了民族志与文学文本的界限。“民族志”一词的用法也比传统的人类学中通行的用法更宽广，叶舒宪以詹姆斯·克利福德在《论民族志的超现实主义》（1981 年）一文中持有的看法指出：民族志“指某种更加普遍的文化倾向，它不仅体现在当代人类学中，也体现在 20 世纪的文学和艺术中。简言之，民族志的标签指称的是一种特有的态度——在一种陌生化的文化现实（a defamiliarized cultural reality）的人工制品中参与观察的态度”①。

（二）民族志与文学文本的互文融合

人类学“实验民族志”倡导和文化批评的一系列理论建构，直接开拓了文学与人类学两个学科的视野，不仅使传统人类学将目光转向文学领域，也成为文学理论文化转向的一种变现。应该说，文学文本与民族志之间的交叉互文性早已存在，就像被认为是人类学先驱和美学家的维柯的看法，古代的神话、史诗未尝不是古代的民族志。但无论如何，是现代人类学家在反思经典民族志和进行实验民族志的过程中，这个问题才得到第一次正视。而问题的焦点在民族志的“真实性”意味着什么。它作为人类学反思的核心，人们认识到“真实性”可能恰恰指的是“相对一致的真实”，

---

① 叶舒宪：《文学与人类学——知识全球化时代的文学研究》，社会科学文献出版社 2003 年版，第 41 页。

这种真实就是“文化的真实”。人们在民族志的书写中、在处理民族志的主题如何关联到历史政治经济的广泛过程，以及表达方式上会有差异，但这些差异应该是表面的，人类学追求内在一致性，而能够达成内在一致的原因，就在于有一个相对真实的相互理解和共享的体系，这个体系就是文化。

确实，从每一种文化体系较之于政治经济等可即时反映社会变化和差异的现实现象来看，文化体系是相对稳定的。这样，民族志的“写文化”就有了多样性的书写方式，对其进行制约的规定性是“文化的真实”。至于以带有想象和夸张等修辞手段形成的文学作品，本身也具有穿透现象的内在逻辑，也能达到“写文化”的真实。这样一来，人类学就接纳了文学的表现方式。而这个认知能得到肯定是“实验民族志”的有益探索奠定了人类学与文学的融合。詹姆斯·克利福德列举了一系列人类学家对文学的青睐之后指出：“尽管民族志学者常常被称为不成功的小说家（尤其是那些写得太好了的人），而认为文学程序渗透了再现文化的所有作品，却是人类学最近的观念。”①

在民族志发展过程和文学性转向的观照和思考中，“文学文本与民族志的交叉互文”这个命题在理论架构和话语权力层面得以合法化。具体来说，民族志与文学文本呈现出一种交叉互文的状态有以下体现。

首先，文学文本与人类学民族志内容上都可以达到对某一对象的认识。“民族志通过特殊揭示一般，通过具体揭示抽象。就像麦克白关于负罪的教导、哈姆雷特关于忧虑的教导、改邪归正的浪子关于爱与正义的寓言的教导，民族志也会教导一些具有普遍意义的经验教训。从库拉圈我们了解到秩序和整合，从双手颤抖的割礼者那里我们了解到传统和冲突相互作用；

① ［美］詹姆斯·克利福德、乔治·E. 马库斯编：《写文化——民族志的诗学与政治学》，高丙中、吴晓黎、李霞等译，商务印书馆2006年版，第32页。

从斗鸡中我们了解到阶层。巴厘人斗鸡和恩登布割礼者教导人类行为的真理，不是以果蝇教其孩子关于遗传学的方式（实验可以证实或反驳普通定律），而是以戏剧、诗歌或寓言的方式来进行的。”[①] 确实，我们喜欢小说、戏剧和诗歌，很多时候一方面是由于它们带给人们的审美愉悦；另一方面也恰恰是在一个生动的故事、一出扣人心弦的戏剧和一首箴言哲理意味的诗歌中，我们得到了对生活本质的认识。就像阿来的《尘埃落定》呈现了嘉绒地区藏族土司生活的民族地域生活图景和文化特征，仿佛一种深描式的民族志。不过，小说这种特殊性的具体描写也可以达至抽象的认识，从翁波意西被割掉的舌头我们认识了历史书写与权力的关系，从行刑人的命运我们了解了刑罚的本质，从麦其家族的灭亡我们了解到欲望怎样地毁灭人。

其次，民族志和文学文本在形式的表达上都可以有修辞学形式，如隐喻、类比、生动具体地描述、故事性、情感性、寓言等方法的运用。“民族志在竭力系统地和准确地描述真正的人这一点上，不像文学而更像科学，但它在将事实编织成一种着重突出强调模式和原理的形式上则类似于文学。就像在好的文学作品中那样，在好的民族志作品中，作者想要传达的信息不是通过直接的概化陈述，而是通过具体的描绘来传递的。”[②] 弗雷泽的《金枝》对文学的影响甚至超越了人类学，《金枝》甚至被认为是“一部文学传奇”。而列维—斯特劳斯的《忧郁的热带》也早就被公认文采斐然，充满浪漫主义的异域情调而显示出浓厚的文学性。格尔兹的弟子——人类学家拉比诺就满怀激动地宣称列维—斯特劳斯的《忧郁的热带》“是一部长篇的哲学小说。”“是法国文学中的杰作，是从巴尔扎克经福楼拜和左拉

① ［美］詹姆斯·皮科克：《人类学透镜》，汪丽华译，北京大学出版社 2009 年版，第 109 页。

② ［美］詹姆斯·皮科克：《人类学透镜》，汪丽华译，北京大学出版社 2009 年版，第 109 页。

一直延续到20世纪的伟大的虚构现实主义传统内的一个转折点。"①

民族志的叙述表达不仅与小说的叙事表达有交叉和联结，而且在其他文体上也体现了出来。比如20世纪80年代以来，人类学家对人类学诗歌的创作和研究。美国人类学家兼诗人斯坦利·戴蒙德（Stanley Diamond）于1982年出版诗集《图腾》，并组织进行了各种人类学诗歌的创作和交流活动。1985年，另一位人类学家兼诗人普拉提斯（Iain Prattis）编写的诗集《反映：人类学的缪斯》出版。这两部诗集都是写作人类学体验的诗歌，是人类学诗歌的典范之作。随着创作的兴起，评论和研究也相应展开。对其进行的评论和研究成果发表在《美国人类学家》等学术刊物上，并得到了读者的认可，形成了人类学与文学跨学科研究的派别——人类学诗学。②它提供了一种非常重要的观察视角和认识论："诗：探索人类学作品的表现手法。"③

再次，文学文本与民族志的交叉融合还表现在二者都是关于"真实"的"虚构"。民族志强调真实，但是民族志存在虚构是不争的事实，只不过实验民族志使得现在的文本理论中"虚构"一词"已经没有了虚假，不过是真理的对立面这样的含义。它表达了文化和历史真理的不完全性(partiality)，暗示出它们是如何成为系统化的和排除了某些事物的。民族志写作可以被很正确地称为虚构，在'制作或塑造出来的东西'的意义上"④。也就是说民族志所揭示的也不过是文化和历史的部分真实。"那些

① [美] 保罗·拉比诺:《中译本序：哲学地反思田野作业》,《摩洛哥田野作业反思》，高丙中、康敏译，商务印书馆2008年版，第4页。

② 参看[美]伊万·布莱迪编:《人类学诗学·前言》，徐鲁亚等译，中国人民大学出版社2010年版，第1—5页。

③ [美] 丹·罗斯:《人类学经验的诗论·编译者按》，胡鸿宝、周燕编译,《民族艺术》2005年第2期。

④ [美] 詹姆斯·克利福德、乔治·E. 马库斯编:《写文化——民族志的诗学与政治学》，高丙中、吴晓黎、李霞等译，商务印书馆2006年版，第35页。

在历史、社会科学、艺术甚至尝试中似乎是‘真实的’东西，总是可以分析为一系列限制性和表现性的社会符码和惯例……最简单的文化描述也是有目的的创造，阐释者不断通过他们研究的他者来建构自己。”①

虽然所有的真实都存在建构性。但这并不意味着个体对文化的认识存在不确定性。因为主体 / 主观性并不能成为人认识文化时戴在头上的枷锁或者蒙蔽心灵的迷雾。特别是对于那些有着深厚的学识积淀和理性精神指引的民族志者来说，他的主观性不可能颠覆他对文化的认识以及解释的真实性，或者说使他的认识不具备真理性。而从文学家的角度来看，以想象和虚构这样的最具“主观性”的形式产生的文学作品，也并不意味着完全的虚假和不真实。因为人类的思维中，“主观”虽然经常和感性联系在一起，但感性并不是混乱的低级认识思维，它恰恰是一种诗性智慧，它的想象和隐喻有着诗性的逻辑。

就像文化人类学的先驱、文学的社会历史批评的奠基者、浪漫主义美学思想的肇始者之一的意大利学者维柯指出的：原初人类的社会文化都以诗性的方式来表达，通过远古神话，我们完全可以认识其政治、诗性、法律、社会风俗、历史事件。也就是说“诗性智慧”可以达至真理的认识，维柯因此令人信服地“发现了真正的荷马”。维柯的论断也已经被考古学所证实。所以，“真实的虚构”也将民族志和文学文本联结在了一起。而人类学家也已经注意到“来自于第三世界大部分地区的大量当代小说和文学作品，也正成为民族志与文学批评综合分析的对象（例如 Fischer，1984）。这些文学作品不仅提供了任何其他形式所无法替代的土著经验表达，而且也像我们自己社会中类似的文学作品那样，构成了本土评论的自

① ［美］詹姆斯·克利福德、乔治·E. 马库斯编：《写文化——民族志的诗学与政治学》，高丙中、吴晓黎、李霞等译，商务印书馆 2006 年版，第 39 页。

传体民族志（autoethnography），对于本土的经验表述十分重要”①。

（三）中国人类学界的小说式的民族志

民族志与文学的交界融合是不是意味着民族志可以等同于文学作品呢？

在大部分情况下，应该说不可以。且不说科学民族志的“参与观察法”有具体的规则和范式，这与文学的个性化形成鲜明对照。而有文学性转向的实验民族志也不过是人类学界面临人类学表述的危机而产生的应对策略，它“承认民族志的诗学维度并不要求为了假定的诗的自由而放弃事实和精确的描述。‘诗歌’并不局限于浪漫的或现代主义的主体性：它也可能是历史性的、精确的、客观的。……民族志是混合的文本活动：它跨越不同的题材和学科”②。也就是说，民族志与文学的“对接”或“联袂”应当是两个学科间的相互提示，是跨学科中的互释互补，而不是彼此取消学科差异的完全融合。实验民族志也并未声称民族志就是文学。文学化的人类学可以开拓人类话语的疆域，我们也可以将实验民族志中具有小说特征的一类称为小说式的民族志，但它并不是文学传统意义上的小说。

这可以从中国人类学界的文学化的民族志书写来进行观照和探讨。

在中国，如果说费孝通的《江村经济》被认为是人类学马凌诺斯基式的实地调查和理论工作的民族志典范文本的话，那么，20 世纪 40 年代林耀华的《金翼》就是文学化的民族志文本的滥觞，《金翼》的写作方法甚至是想法，如果有可能避免的话，在人类学界一直都是被抵制的。但现如

① ［美］詹姆斯·克利福德、乔治·E. 马库斯编：《写文化——民族志的诗学与政治学》，高丙中、吴晓黎、李霞等译，商务印书馆 2006 年版，第 112 页。

② ［美］詹姆斯·克利福德、乔治·E. 马库斯编：《写文化——民族志的诗学与政治学》，高丙中、吴晓黎、李霞等译，商务印书馆 2006 年版，第 55 页。

今，《金翼》已经成为中国人类学界现代民族志的一部经典之作。而且，人类学界后来的学者的著作，如庄孔韶的《银翅》、黄树民的《林村的故事》、景军的《神堂的记忆》和阎云翔的《礼物的流动》都有在民族志叙述中加入故事情节的做法。

至于一些跨学科研究的学者，如潘年英的"人类学笔记"系列以及《扶贫手记》，庄孔韶的"独行者人类学"系列著作，彭兆荣的《生存于漂泊之中》和其主编的"文化人类学笔记丛书"，廖明君主编的"文化田野图文系列丛书"，叶舒宪的《耶鲁笔记》等都属于文学化的民族志著作，代表了国内人类学的文学转向。它们已经成为打破人类学当前的表述危机，以多样化的表述形式，比如小说、对话体或随笔等文体类型来探寻人类学表述的多种可能性的文本，并以"不浪费的人类学"丰富的田野所得来表述地方性知识，启发人们认识中国现当代社会的文化变迁和关注文化多样性，所以获得了人们的高度关注。这些著作不全是以"异域"为研究对象，但是必须认识到，在马凌诺斯基时期及其之前，人类学是以异域的非西方社会作为他们主要的民族志研究对象，所以马凌诺斯基使用了"部落"这个词。今天，这种对部落的研究已经消失了，"人类学作为一个整体，现在的研究内容既包括远处的文化也包括近处的文化，既包括西方文化也包括非西方文化，既包括奇异的文化也包括熟悉的文化"①。所以，从民族志既可以指涉一种特殊的学术研究方法，又可指涉用这种方法而取得的研究成果——一种特殊的文本形式的角度来说，以上文本也可以看作民族志。

对于中国人类学的文学性转向和民族志的文学化表达现象，徐鲁亚的博士学位论文《神话与传说——论人类学文化撰写范式的演变》②研讨了

① [美] 卢克·拉斯特：《人类学的邀请》，王媛、徐默译，北京大学出版社 2008 年版，第 82 页。

② 徐鲁亚：《神话与传说——论人类学文化撰写范式的演变》（博士学位论文），中央民族大学 2003 年。

《金翼》《银翅》《林村的故事》《神堂的记忆》《礼物的流动》等作品，探讨其间的文学手法，提出以“作为文学的人类学”来“开拓人类话语的疆域”。但不论如何，人类学家的民族志并不是小说，只能说是小说式的民族志。就像庄孔韶先生评价《金翼》所说：“《金翼》所写的林先生出生的社区的故事是他半生经验的积累。”“林先生在生活细部的描写上和文学家不完全相同，因为他的田野工作过程融合了很多人类学理论，行家一看便明了。他的确剖析了芬洲和东林两家的日常活动，他们的人际关系过程，试图告诉读者地方人民生活的图景，尤其是可以看到古代宗族生活文本和现实生活的有机联系。”① 林耀华本人也说：

> 《金翼》一书，是用小说体裁写成的。数十年来，不少读者、不少朋友在问：这部著作，究竟是虚构的故事，还是科学的研究？
>
> 我想说，《金翼》不是一般意义上的小说。这部书包含着我的亲身经验、我的家乡、我的家族的历史。它是真实的，是东方乡村社会与家族体系的缩影；同时，这部书又汇集了社会学研究所必需的种种资料，展示了种种人际关系的网络——它是运用社会人类学调查研究方法的结果。②

这些都提醒我们，两个学科之间的壁垒虽被打破，但各自本位意识仍然十分明显。小说式的民族志对人类学而言还是实验性的探索，因为经典民族志文本尽管面临各种指责，但它仍然是人类学研究的主要载体，学界对实验民族志积极探索的也只是民族志具体表述方法的改良。

---

① 转引自徐鲁亚：《神话与传说——论人类学文化撰写范式的演变》（博士学位论文），中央民族大学 2003 年。

② 林耀华：《金翼 · 著者序》，生活 · 读书 · 新知三联书店 2009 年版，第 5 页。

不论如何，人类学向文学的转向，以及民族志与文学文本的交界融合为中国当代文学“写文化”之维的生成提供了可供参照的范式，也意味着文学也可以有民族志书写的性质，同时也为文学理论向人类学汲取资源而建构新的理论奠定了基础。文学与人类学的融合，是对以往壁垒森严的学科分类体系的超越，是当下的学科交叉融合为核心的“新文科”建设的应有之义。从历史的发展来看，不同时代的科技革命、社会转型和社会思潮、知识更新合而为一，以“新文科”为代表的知识转型，也体现了“人”和“历史”在不同阶段的自我更新。

第二章　民族志小说：新世纪小说的新浪潮

在理解和熟悉了人类学后现代民族志的特征及其文学性，以及小说式的民族志之后，回到中国当代文学现场，就发现在小说创作中，一系列小说具有民族志式的文化记忆功能，在“写文化”这一点上与实验民族志相契合，从而也使得一种新的文学文本形式——民族志小说得以确立。可以说，非人类学专业的作家为我们提供了既有文学的审美性，也在一定程度上有民族志的“写文化”功能的民族志小说。而这种民族志小说在中国当代文学中并不鲜见，特别是新世纪形成一个小说新浪潮，成为当代小说的绚丽新风景。

一、当代民族志小说新浪潮

从当代小说文本呈现出的民族志书写的不同维度，大致可看到四种类型的具有民族志性质的小说。

其一，具有历史民族志维度的历史人类学小说。如张承志的《心灵

史》，阿来的《瞻对》，赵宇共的《走婚》《炎黄》，冯玉雷的《禹王书》，冉平的《蒙古往事》等。《瞻对》在写作方法上，将官方、民间的历史文献记载与"历史田野"的考察结合起来写历史，这二者结合形成了《瞻对》的历史民族志维度；同时，《瞻对》又充满了历史想象和文学叙事的激情，以此打通了历史民族志与小说之间的界限。因而，成为一部族群文化精神史、历史民族志与文学叙事相复合的作品。同时，《瞻对》还以知识分子立场对康巴藏区藏族文化本身的局限进行了反思。赵宇共的《走婚》《炎黄》和冯玉雷的小说《禹王书》的特色是，将想象和神话学、考古学、文献学学术研究融为一体，再以个人的文献梳理和逻辑理性来试图复原华夏族群史前社会的生活图景，其中蕴含着对华夏文化的根性的探寻的人文思考。这样的写法有书写史前文化史的历史民族志性质。在语言和具体的故事表述上，营造生动的情节和鲜明的人物形象，从而形成了鲜活的小说世界。冉平的《蒙古往事》则糅合蒙古族史书《蒙古秘史》和作者的历史想象，呈现了成吉思汗的一生及其时蒙古族生活图景，挖掘蒙古族文化精神的密码。

其二，呈现族群文化记忆的文学化民族志小说。这类型的小说也可以分为三种类型：第一种类型是汉族作家对中国文化精神的文学书写。如王旭烽的《茶人三部曲》有对中国茶文化的知识性描写以及中华民族的文化精神深透的解析，算得上是文化志小说。郭文斌的《农历》以小村庄隐喻大民族，小说既是对中国传统节气、节日的历史渊源和文化内涵进行"民族志诗学"式的描写和阐释，也是对汉族农业文明的回顾和思考，是一次中国传统文化的文学启蒙。贾平凹的《山本》为秦岭作传，从知识层面来看，小说是一部"秦岭的百科书"，写那些可为药用的草木，在秦岭中出没的禽兽，是一部"秦岭志"。作为小说，又是一部描写秦岭以及陕西 20 世纪二三十年代风云变幻的民国史的历史小说，在虚构的历史故事里思索人性，笔触所及更是在探讨秦岭的精神气质与中国人精神世界之间的深层联系。第二种类型是汉族作家在少数民族地区长期生活积淀了创作素材，或者通过对少数民族文化进行田野考察和一定的学术研究之后，以小说的形式进行的“写民族文化”的民族志小说。迟子建的《额尔古纳河右岸》想象和虚构了一个小说世界，这个小说世界对鄂温克民族文化进行了全方位的文化展演，亦展示了其在现代性进程中的文化变迁与失落，具有关于鄂温克族诗化民族志的性质。方棋的《最后的巫歌》以三峡虎族（今土家族）为载体，在瑰丽神秘的小说世界中对三峡巫文化进行了诗性呈现，具有族群文化记忆的民族志功能。王蒙的《这边风景》讲述特定的历史时期，新疆各族特别是维吾尔族的风俗文化、生活图景、精神情感，并围绕多民族国家这个中心，讲述生动的故事，塑造个性鲜明的人物，直面社会现实提出重要的社会问题，但这些都组织在一个蕴含着象征意义的小说世界里。第三种类型是少数民族作家在本族生活的小说呈现中有“写文化”意义的民族志小说。阿来的《尘埃落定》《空山》《格萨尔王》等以小说透析康巴地区藏族的文化精神，表达族群社会文化变迁和人类性的关怀，有民族志的意义。次仁罗布的《祭语风中》以及系列中短篇小说对西藏社会生活的书写，以及对慈悲、苦难、救赎等藏族文化精神的表达，也有民族志的意义。达斡尔族作家昳岚的《雅德根》通过讲述一个达斡尔萨满世家及其子孙后代近百年的兴衰的故事，将达斡尔族族源契丹，到明清达斡尔族南迁嫩江流域、戍边新疆，漫长的民族史浓缩于小说之中，第一次以文学的形式全面、深切、生动地向世人描述了达斡尔族的“雅德根”（萨满）文化，也把达斡尔族的生活形态，如渔猎、放排、游牧、农耕场景，用文字铺展开一幅形象逼真的画卷。此外，鄂温克族作家乌热尔图的系列作品，芭拉杰依的《驯鹿上的彩带》都是文学化的民族志小说。

其三，有认知人类学性质的小说。如韩少功的《马桥词典》、霍香结

的《地方性知识》、萧相风的《词典：南方打工生活》、张绍明的《村庄疾病史》、黄青松的《名堂经》、格绒追美的《青藏词典》等作品。这些小说经常从语言入手，以词典体的形式来结构小说。在结构上借鉴了塞尔维亚作家米洛拉德·帕维奇的《哈扎尔词典》以词条结构小说的写法，但实质上进行了新的文体创化，内核带有中国古代文人笔记的余韵。小说经常从一个使用系统的方言的地域族群、某种职业圈子的人所使用的语言的解析入手，但又以某个语词为中心，衍发出人物和故事，这样就以词条的形式串联起了一个活泼的小说世界。而对小说中的人物和故事为什么发生，则从语言与存在的角度加以观照和解释，由此来揭示一个村庄、一个群体或者族群的语言背后的文化心理，从而探究人的精神世界，呈现出不同群体的人的不同的生存样态，以及他们内在的文化精神，让人认知了一个独特的群体的生存。这样的小说，有着从认知人类学角度探讨语言与存在关系的性质，因为它们都具有对一个族群的语言、思维、行为、文化模式进行考察的认知人类学的维度，体现出文学创作对生活文化的深入思考。

其四，深入当代社会生活文化，具有社会人类学性质的小说。王安忆写不同时期上海文化特征的小说《富萍》《我爱比尔》《月色撩人》，金宇澄书写上海的《繁花》，这些小说具有一种上海文学的传统，强烈的文学性之下，表现不同时期的上海文化特征，以及独特的地方性特色，与社会人类学民族志对地域社会文化的剖析有异曲同工之处。康赫的《人类学》也具有勘探北京和时代精神矿脉的意义。此外，还包括借鉴了社会人类学民族志调查的方法来言说当下中国的作品，如杨显慧描写甘南藏区由传统转向现代的《甘南纪事》，林白写当下农村妇女生存状态的《妇女闲聊录》，以及将社会人类学立场与方志写作、文学表现糅合的孙慧芬的《上塘书》，阎连科的《炸裂志》，也包括近年来非虚构写作的热点作品梁鸿的《中国在梁庄》《出梁庄记》，慕容雪村的《中国，少了一味药》等。这些有社会人类学内涵的文学文本已成为人类学与文学批评综合分析的对象。其体现出的文学关怀、历史理性与文学审美性，是对20世纪80年代小说过分“向内转”的反拨。

在后现代民族志书写与小说的融合交叉这层意义上，我们将上述小说称为民族志式的小说，简称民族志小说。民族志是一种文化志，文学书写不可避免地渗透着文化意识。所以，融合民族志的写法来写小说，从文学学科的发展来看，是文学扩展文化内涵的内在诉求。这些民族志小说每一部都是作家心灵诗性创造的象征整体，在小说世界里表达文化意识。就像勃兰兑斯分析文化意识的文学表达时指出的，文学作品在其审美形式和文学表达结构中，“一种混合着诗人心灵里变化多端的想象和轻快、洒脱、飘逸的幻想，在同一部作品中将近处和远方、今天和远古、真实存在和虚无缥缈结合在一起，合并了人和神、民间传说和深意寓言，把它们塑造成为一个伟大的象征的整体”①。

二、民族志小说观念

现在对民族志小说的概念作以界定。所谓民族志小说，就是吸纳和融合了人类学民族志书写的功能，具有民族志性质的小说。它有自己的内蕴和文体特征，包括四个层面。

第一，知识性。小说呈现了写作对象所涉及的知识谱系，符合人类学民族志书写的知识要求。这种知识谱系的获得通过三个途径：田野考察，

① 勃兰兑斯:《十九世纪文学主流·法国的浪漫派》，张道真译，人民文学出版社1997年版，第26—27页。

作者经验（包括童年经验），以及对现有知识的学习。[①] 这里需要对作者经验做以说明。民族志小说里体现出的作者的经验只有在书写的时候才体现出其知识谱系的性质，在此之前，它仅仅是一些偶然事件的不连续的排列，所以小说中作者的经验必然进行了民族志知识谱系的整理和组织。

第二，族群性。民族志小说是族群文化规范下的特定事件、习俗、传统，还有各种感情和情感的总合，体现着族群认同，传达着族群情感和族群文化精神，所以具有书写某一族群的文化志的性质。

第三，审美性。民族志小说在合乎族群文化知识要求之上进行关于现实可能性的虚构、想象，将知识性、故事性和情感性整合在一起，人物、情节、环境等依然是组成小说的重要因素，语言的诗性、意义的不确定、隐喻性所指等，共同构成了民族志小说的审美性维度。

第四，情感评价和文化反思。民族志小说不以文化事实的展示和生产为旨归。作为小说，美学意识是艺术创作的核心，作家总是在文本中试图创造一个深刻主观的自我，以情感判断进行文化反思和批判，以表达人文关怀为最终目标。这一过程也许会产生误导，用美学意味的格调感染和迷惑读者的价值判断，所以民族志小说最需要警惕的也是这一点。作家一定要认识到他的美学经验中，怎样在主客观之间的统一中形成整体的美学经验来表达文化反思和人文关怀，从而使情感评判超越个人思想的局限为世人所知。所以，民族志小说对族群具体的形象描述是否体现出对其精神世界的洞察，它所进行的情感判断是否既具有族群性也具有人类性的人文关怀，这是民族志小说一个重要层面。

面对这种融合了民族志叙事的民族志小说，文学批评必须建构新的批

① 这一维度的观点参考了霍香结在《地方性知识》（新世界出版社 2010 年版）一书中对“人类学小说”的界定。

评范式，以达到对文本解读的有效言说。每一个范式从本质上来说都是一种理论体系。民族志小说是人类学与文学跨学科交界融合的结果。那么，偏向于人类学学科的小说式的民族志和偏向于文学学科的民族志小说各自呈现出怎样的创作面貌？

从上述界定可以看出，小说式的民族志和民族志小说之间既有联系也有区别。二者的共同点在于：在内容上都有“写文化”的内涵，强调知识性，作者参与观察的文化体验，以及对第一手材料的掌握。在表达方式上，都可以有人类学的视角和文学表达手段，在主题上都可以表达人类学思考。

但基于不同的学科本位意识，二者之间表现出明显的不同：其一，文本目的不同。小说式的民族志通过文化现象来揭示文化理论，并通过与其他文化的比较来表达一种相对清晰的理论和观点。小说式的民族志在描述人这一点上，不像文学而更像科学，因为它经常概化性地进行陈述。民族志小说则立足一般的民族志知识来营造具象的小说形象。作家们也更注重文本意义的隐喻性、寓言性，和多义性。民族志小说的意义是可以多方面阐释的。当然这种多义性的每一种意义也可以达到对文化或者人性某种抽象的普遍性的思考。其二，文本写作过程不同。小说式的民族志的创作过程是从“fact”(事实)到“fact”(事实)，小说性的因素也并不意味着“虚假”“不真实”，它仍然在民族志本身的范围内，要忠于社会基本事实。民族志小说的创作过程是从“fact”(事实)到“fiction”(虚构)，立足于人类学知识的基础上进行虚构和想象，以情动人，也就是更为强调审美性。① 其三，评价点不同。小说式的民族志将各种文化事实在内部织成一个评价点，进行文化事实的展示和生产，作者最终还是要尽量客观地看待文化事实，以文化内部持有者的身份认识文化模式，进行文化评价。民族志小说则是比较

① 参看彭兆荣：《再寻“金枝”——文学人类学精神考古》，《文艺研究》1997年第5期。

个人化的写作文化现象，进行个人化的情感判断和文化反思，表达人文关怀。这个评价点有时是外在于此文化的，它的义务在于对读者的唤起，唤起读者在幻想中认识到的世界的可能性，并指向可以联想的文化事实。

当然，二者之间并没有绝对的界限，民族志小说恰恰就是在文学与人类学的结合部确立起来的一种小说体式，至于属于小说式的民族志还是民族志小说，就像对任何一部作品到底是不是文学，什么是文学进行判定一样，有时候只能根据迪基所说的"共识"或者"惯例"来进行。

三、新世纪民族志小说兴盛的原因

民族志小说在20世纪就多有存在，但在新世纪以来形成了热潮。学者张未民在《对新世纪文学特征的几点认识》一文中总结了新世纪文学的六个特征：增量的文学、生长的文学、总体的文学、生活的文学、体物的文学、文明的文学。[①] 关于"增量的文学"，是说新世纪文学打破了之前文学是虚构的和想象的这样的定义，指出并非只有虚构的文学才是具有想象力的，非虚构的文学也很有力量。原因是当代真实的生活本身是非常复杂的，在复杂的生活面前，能够用你的笔如实地记录下生活的面貌，它本身就非常具有想象力，因为我们的生活经验是现代而非古典的生活，古典时代那单纯枯燥的生活才需要依赖想象力，现代生活的奇妙已经超出了我们的想象力，而且这是一个长寿的时代，作家们在不停地适应时代变化，拿出各种体式的作品，所以新世纪文学是一个增量的文学。"生长的文学"是指文学不是按照我们观念的限定来发展的，新世纪文学是一种包容的文

① 张未民：《对新世纪文学特征的几点认识》，《东岳论丛》2011年第9期。

学，不仅仅是那些纯文学作家在创作，普通民众以及各种职业身份的人都在创作，创作出带有自己知识背景和生活经验的作品。这些作品也不能以传统的文学观念逻辑来否定它们存在的价值。“总体的文学”则是指新世纪文学创作中作家们对地方和地域书写的重视，共同组成了新世纪文学多元共存的中国文学。这三点我认为也是新世纪民族志小说兴起的时代背景和文学场域。

对于新世纪民族志小说的兴盛，具体来说可以从以下四个方面来进一步分析这个新小说浪潮兴起的原因，从而深化对这种新小说流派的认识，并观照当代小说多样化的面貌。

第一，民族志小说是文化全球化境遇下，中国文学以新的姿态寻求本土文化认同以及文化“对话”的一个文学成果。

鲍曼指出：全球化一方面将世界文化置入同质化、普遍化的进程中，另一方面这一进程同时激发了强有力的本土化冲动。鲍曼把这一过程描述为“既联合又分化”。[①]我们不妨把联合看作全球整合为一体的过程，而把分化看作使各个地方更加注重保持自身独特差异性的过程。中国20世纪90年代后的社会文化氛围是全球化的一个复杂的后果，它的特点是多元主义，对差异的认可和高扬。“突然间，世界上的全部文化被置于相互容忍的交往之中，共处于一种巨大的多元主义之中，这个世界很难不去欢迎多元主义。除此之外，除了对文化差异的最初高扬之外，而且往往与这种高扬密切相关的，是对不同群体、种族、性别、弱势民族等一系列新进入公共话语领域的高扬……大众民主化的全球性发展——为什么不呢？看起来与媒体的发展有关，但又即刻在新的世界空间里表现为文化的一种新

① ［英］齐格蒙·鲍曼：《全球化——人类的后果》，郭国良、徐建华译，商务印书馆2001年版，第2页。

的丰富性和多样性。”[①] 在这样的世界多元主义的社会文化氛围中，作为一种日常表意实践的文学，与其他种种文化象征符号，比如影视戏剧、民间工艺、节庆仪式等等一起，将目光投向当代本土文化的建构，成为一种中国文学与文化对全球化和现代化的回应。

从中国文学的具体表现来看，在全球化的世界氛围中，有人类学意识的作家借助于对文化他者的认识来进行现代性的反思，终于意识到过去被奉为圭臬的西方知识系统以及主流知识也是被“建构”出来的，它们与形形色色的“地方性知识”之间也并无高下优劣之分。甚至，“地方性知识”正是我们用以反思现代性的精神家园。如果说对“地方性知识”的积淀在自发性的民间文学中源远流长，那么地方性知识对当代作家创作这样的文人文学的渗透，是作家们的自觉追求，也是当代小说本土化的一个策略。此外，文化多元主义所蕴含的文化相对论立场也使得作家们的眼界超越了本土文化观的限制，不再党同伐异，而是以宽阔的胸怀在人类性的意义上来观照各种“地方性知识”。中国文学的追求由此从 20 世纪 80 年代“走向世界”转为 20 世纪 90 年代寻求“在世界中存在”。中国文学的现代性追求已经卷入了寻求自我认同的“后现代主义”运动。所以，对中国本民族的、本土的、地方性知识的关注也在 20 世纪 90 年代以来成为文学创作的一个热点，重建中国的、本土的“地方性知识”成为众多作家的选择，以此在全球一体化的当下凸显本土文化作为一种地方性审美经验的价值。这与 20 世纪 80 年代的寻根文学是有本质的区别的。因为，寻根文学虽然向内挖掘本土文化的积淀，寻求本土文化精神，但它的主题和目标还是“走向世界”。所以，“寻根文学站在西方启蒙现代性的价值起点和问题

① ［美］詹姆逊：《作为哲学问题的全球化》，载王逢振主编《詹姆逊文集》（第 4 卷），中国人民大学出版社 2001 年版，第 388—389 页。

框架中去寻找中国传统文化，其思维并未走出西方现代性的内在逻辑，所以重建传统的愿望又落入了批判传统的圈套，落入了五四文学的国民性批判话语之中”①。到了20世纪90年代文学的“寻根”，具有一种跨文化的视野和文化相对论以及文化“对话”的全球文化观。中国作家面对全球化文化的整合和趋同，思考如何应对全球化导致的文化认同危机，如何成为“世界中一员”，如何发扬中国文学的本土性，弘扬中国文化精神，建构文学的“民族性”这些问题时，“地方性知识”和“民族志”为他们提供了最可资为借鉴的资源。这也是中国当代民族志小说在20世纪90年代开始出现并繁荣至今而形成了小说潮流的原因。

第二，作家知识结构的完备，作家兼学者的双重身份，使得诸多作家对小说持有知识性与文学性相结合的小说观念。

当代一批小说呈现出本土文化重建的自信，这与作家身份的改变和知识结构的完备是密不可分的。许多创作者除了小说创作者而外，还兼有其他的背景身份，他们是哲学研究者，是历史学者，是人类学者和民族志工作者，是语言学者，或者是文史资料的专业收集者、国学研究者，这些构成他们写作小说时最为坚实的文化功底。他们的小说已经不能用传统小说概括，也不能用先锋或者现代主义来揽廓了。“他们表现出的许多异端迹象是一种大小说观念的集成和现有文学价值观的凝聚点所在”。②这种大小说观念使作家们在创作追求上把审美的文学向文化趋近。

当然，一般来说，民族志小说的作者都对文学的文化泛化持有清醒的警觉，知道如何将这些知识和文化转化到文本接触场景中的情感、情绪、审美、想象、认同等小说世界里去呈现。以王旭烽的《茶人三部曲》为例，

① 叶淑媛、程金城:《新时期文学民族性建构之反思》，《陕西师范大学学报》2011年第5期。

② 新世界出版社“小说前言文库”编辑部:《小说前沿文库·出版说明》，新世界出版社2010年版，第2页。

王旭烽为杭州籍女作家，大学毕业于历史学专业，对家乡杭州本土人民与茶相依相伴的历史以及现实生活非常熟悉，又长期在中国茶叶博物馆从事茶文化工作，在学术方面则致力于茶文化研究，她还参与建立了第一个茶叶博物馆。

《茶人三部曲》写一个江南土著茶叶大家族六代茶人的命运，将他们的命运沉浮与1840年以来发生在杭州的重要历史事件联结起来，发掘历史事件背后的人文精神，凝眸在传统文化熏陶下中国人心灵面貌的考察。小说对杭州历史的书写，具有近代杭州地方史的意义，而对茶文化的展演和对中国茶文化精神的阐释，又有茶文化教科书的功能（实际上这部小说确实被许多茶文化爱好者奉为教科书）。小说体现出的史学和茶文化的知识性，体现了其民族志写文化的认知知识性，也显示出作家知识结构对小说认知性的巨大影响。但是，《茶人三部曲》不是为了写历史而写历史，也不是为了展演茶文化。它将严谨的史学意识、博大的茶文化与茶人命运熔为一炉，折射出中国文化精神中对美、自由、理想的向往与追求，而这正是以虚构却又鲜活生动的茶人形象体现出来的，更何况小说以高度的艺术功力以及诗意的情感判断表现了文学滋养人的情感世界的人文关怀。王旭烽在创作谈中也说过文化不等于文学，就像作家可以学者化，但学者不等于作家。这也说明，民族志式的小说之所以不是民族志而是小说，小说作者对此是有明确的文学意识的。

民族志小说应该在关注文化、发现文化状况的同时，也没有忽视对小说的特殊的审美属性的着意营造。民族志小说既有人类学所承担的文化展演功能，更要倚重于文学的审美属性，寓言式地描绘社会文化状况，在想象的人生场景中驰骋情怀、流连忘返、领悟人生体验的丰富画卷和深长意味。只有这样的民族志小说才能成为文学评论的对象。把民族志小说放在当代文化研究中去看，它给予了文学研究有益的启示，让我们思考对文学进行文化研究所应具有的审美意识。这也是对当下经常将政治、经济、社会、文学问题相互混合在一起，文学大部分情况下被用来作为论证、说明其他学科思想的工具或例子的文化研究应该思考的问题。文学研究不是排除、榨干了文学审美因素而进行文化研究。

第三，民族志小说是克服形式主义与唯美主义文学耽于某种审美自律性和语言形式结构的反拨。它作为文学的文化呈现与文化生成性意味着一种新的文学表意范式与文学解读范式的形成，是当代文学走向文体泛化大趋势的一种表现。

进入新世纪以来，文学文体的变化已经超出了对形式和技巧变革的要求，很多时候已经成为关于文学观念的本体问题的转变。关于文学与非文学的区分，传统上人们以情感性和形象性作为文学本体的特征。然而，以情感性和形象性来判定新世纪文学却遭遇了困境。因为，随着群众性写作的兴起，以及生活文化和综合类报刊作为载体对此进行大量传播，许多受到人们喜欢的文字难以以情感性和想象性来判定它们是不是文学。从普通读者的角度来看，这种泛化的文学文体在某种程度上左右了普通公众的文学阅读。至于那些民族志小说的创作者，相对群众创作来讲，他们更具有文体意识，作家兼学者的身份使得民族志小说的作者自觉或不自觉地创造出知识性与审美性兼具的小说。但他们也是新世纪文学走向文学泛化的一个组成部分。而且，进一步研究这些民族志小说的文化意识，会发现许多小说表现的知识和文化观念还意味着一种话语权力的表达，比如对性别、种族、阶级、殖民主义等等曲折而隐晦的看法，不一而足。从这个角度看，民族志小说也是20世纪70年代以来，世界范围内文化主义的兴起和文化研究大潮中的一个产物。事实也是当代许多文学教师，也包括有学术背景的作家打破学科界限集合于文化研究的大旗之下。也许他们在如火如荼的文化研究中，发现单纯强调文学的审美性，就会过度耽于审美优越而

导致一种尴尬——在文学某种审美自律的幻象中意义越来越贫乏。所以，把文化意义的生成纳入小说，把文化研究的方法也用于小说，从而生成一种新的文学表意范式与文学解读范式也未尝不可。“从方法上看，文艺批评的‘文本分析’、社会学和心理学的‘问卷调查’，以及人类学的‘民族志’即‘个案’研究，则成为今日文化研究流行不衰的主导方法。”[①] 这些方法都能用于本著所列举的民族志小说的批评之中，也说明文化研究对民族志小说的影响。

当代文学理论的发展也表明，民族志小说是在当代文化研究中对传统的文学学科的内部研究，即以审美自律性和语言形式结构来界定文学和文学研究的一种反拨。美国文学理论家希利斯·米勒在其《文学理论在今天的功能》一文中指出：“自 1979 年以来，文学研究的兴趣中心，已发生大规模的转移：从对文学做修辞式的‘内部’研究，转为研究文学的‘外部’联系，确定它在心理学、历史学或社会学背景中的位置。换言之，文学研究的兴趣已由解读（即集中注意研究语言本身及其性质能力）转移到各种形式的阐释学解释上（即注意语言与上帝、自然、社会、历史等被看作语言之外的事物的联系）。”[②]

而具体从民族志小说理论的建构来看，20 世纪 80 年代以来后现代人类学“写文化”对实验民族志的提倡，将民族志与文学文本的交叉融合这一命题合法化，进而民族志书写与文学“叙事”的融合为中国文学理论的更新提供了开拓新领域的契机。

民族志与文学的跨学科研究构建了一种新小说——民族志小说。“人类学要研究什么以及怎样表述，从这样的思想改变为植根于诗学的理

---

① 朱立元：《当代西方文艺理论》，华东师范大学出版社 2005 年版，第 431 页。

② ［美］拉尔夫·科恩：《文学理论的未来》，程锡麟译，中国社会科学出版社 1993 年版，第 121—122 页。

念——当时的、具体的、主体间的交流以及可以改变人类学故事叙述的跨文化互文性——也就是诗学或科学的‘田野的故事’。”[①] 民族志小说讲述的当然是诗学的“田野的故事”。民族志小说理论的建构具有典型的后现代特征。就像卡勒在回答“理论是什么”时，认为理论的首要特征“是跨学科的——是一种具有超出某一原始学科的作用的话语”[②]。他对此问题更明确的表述是：“理论并不是关于文学的理论。如果你一定要说这个理论是关于什么的‘理论’，那么答案就是：它能说明实践的意义，能创造和再现经验，能构建人类主体——简言之，它就像是最广义的文化。”[③] 按照卡勒的逻辑，似乎不存在只关于文学的文学理论，将文学从文化中独立出来研究得出的理论被剥夺了称为“理论”的资格。不过。从他的书名为《文学理论》这一点上看，他又并不取消“文学理论”这一概念。抛开卡勒的关于理论概念的模糊含混甚至矛盾悖反，我们看到的恰恰是消解文学与文化二元对立的努力，以及一种具有久远的历史的大文学观念的回归。这也体现了罗兰·巴尔特所说的“跨学科的性质在于创造一个不属于任何原有学科的新对象”[④]，这正是反本质主义的后现代知识观的特征。

第四，中国方志学美学传统、中国写社会事实亦擅以诗性笔法表达的诗性传统与后现代民族志方法的融通，是民族志小说知识性和艺术性兼具，取得较高的创作成就的原因。

当代文学创作有回归民族传统的趋势，最典型的例子莫过于先锋小说家的创作集体转向民族生活和民族精神书写，这也是许多小说家的共识和

① ［美］伊万·布莱迪编：《人类学诗学》，徐鲁亚等译，中国人民大学出版社 2010 年版，第 14—15 页。

② ［美］乔纳森·卡勒：《文学理论》，辽宁教育出版社 1998 年版，第 16 页。

③ ［美］乔纳森·卡勒：《文学理论》，辽宁教育出版社 1998 年版，第 45 页。

④ ［美］詹姆斯·克利福德、乔治·E. 马库斯编：《写文化——民族志的诗学与政治学》，高丙中、吴晓黎、李霞等译，商务印书馆 2006 年版，第 55 页。

选择。作家们对中国传统小说资源重新发掘和发现，力求创造性地转化包括民间在内的民族文化传统和文人创作中的文体资源和语言资源。中国有悠久深厚的方志传统，方志是中国传统文化的重要载体，也是中国古代书写“地方性知识”的重要载体。

在中国源远流长的方志传统中，一直很注重方志的实用功能与审美追求的统一。一方面，方志对地方的历史、地理、风俗文化等方面的记载要求具有真实性、知识性，另一方面方志对“美的追求”也十分明显和活跃。有时对后者的追求甚至超过了前者。方志学大师章学诚说过：方志里的“名笔佳章、人所同好，即不尽合于证史，未尝不可兼收也”。(《方志三书议》)“书其美则恶者惩，书其得则失者彰，而劝戒之义著也。”[①] 方志之美与修志者的文学修养是分不开的，许多方志名家同时又是赫赫有名的文学家，如韩愈、沈括、王夫之、顾炎武、姚鼐、王国维、章学诚等等。他们修撰的方志之美一般体现为：“博物美、山川美、风俗美和真实美。”[②]

对于作家来说，要书写“地方性知识”，一方面是以深厚的文学修养生动逼真地描写自己对地方性知识的亲身体验，类似于后现代实验民族志书写；另一方面小说描写的“地方性知识”也往往来源于方志的文献记载。当然，中国方志在体例、编写等形式上不同于西方的民族志。中国方志在章学诚之后，更有“一地之百科全书”的学问性质。西方人类学民族志则可以从本学科角度出发对某个主题如婚姻制度，某一习俗如丧葬制度、仪式礼节等进行专题讨论，其叙述方式和思考要更为深入一些，但中国方志与西方人类学民族志二者使用的方法论和认识论基本是不约而同的。不论如何，进入新世纪，方方的编年体的《乌泥湖年谱》，孙慧芬的方志体的

① 部焕元：《重修大名府志序》，王晓岩：《历代名人论方志》，辽宁大学出版社1986年版，第82页。

② 参看杜锡建：《方志美刍论》，《广西青年干部学院学报》2001年第2期。

《上塘书》，柯云路的“纲鉴体”的《黑山堡纲鉴》，李锐的风俗志与古代农书体例相结合的《太平风物》等作品不约而同地出现，都是我们看到的中国史志和方志传统被用于文学创作的直接例证。

此外，与西方文化相比，中国文化总体上重直觉体悟，擅长诗性表达，而不重实证和理性认知分析。原本需要以参与观察为依据的社会叙事表述，往往却由文学艺术来承担了。而且，中国文人一直有强烈的济世愿望，在文学艺术中表达社会担当。如高丙中指出的：“在一个较长的历史时期，中国社会在运作中所需要的对事实的叙述是由文学和艺术及其混合体的广场文艺来代劳的。收租院的故事，《创业史》、《艳阳天》、诉苦会、批斗会，都是提供社会叙事的形式。在这些历史时期，如果知识界能够同时提供社会科学的民族志叙事，中国社会对自己面临的问题的判断和选择会很不一样。”[①] 但不论如何，在一个具有以文学艺术进行社会叙事的传统中，西方后现代民族志书写一旦进入中国作家的视野，必然非常契合中国作家的文学创作路径。所以，人类学“写文化”影响所及，与那些有人类学意识的作家的创作意识相融合，推动作家们对民族志小说的有意创造。不过，这种民族志小说不再是《创业史》和《艳阳天》式的在强烈的意识形态指导下的文学创造，它表现出的是积极借鉴西方民族志对书写对象的参与观察法、对书写对象涉及的知识谱系的系统学习、作者的文化体验表达的文化相对论立场，等等。这些共同形成了小说相对严谨的民族志知识性维度。

民族志小说将中国方志美学以及以文学的形式进行社会叙事的传统与后现代实验民族志方法相融合，创建了一个新的小说文本形式——民族志

---

① 高丙中：《汉译人类学名著丛书总序》，载詹姆斯·克利福德、乔治·E. 马库斯编：《写文化——民族志的诗学与政治学》，高丙中、吴晓黎、李霞等译，商务印书馆 2006 年版，第 3 页。

小说。

总之，当代小说的面貌是多元化的。虽然用多元化来概括有点大而括之，但也是事实。而这多元中的一元，就是民族志小说创作形成了一个新浪潮。当然，不同的民族志小说文本的具体表现也不相同，根据作者的文化身份、书写方式和小说知识内容，从人类学不同理论视角可以看到不同小说文本又呈现出各自不同的特点。

第三章　历史民族志小说：历史人类学与文学叙事的复合

当代庞大的历史题材小说家族中，张承志的《心灵史》（1991 年），赵宇共的《走婚》《炎黄》（2001 年），冉平的《蒙古往事》（2005 年），阿来的《瞻对》（2014 年），冯玉雷的《禹王书》（2018 年）等作品提供了一种新的历史小说形式。从它们对历史的书写维度来看，首先，这些小说对历史的表述从历史人类学的视野着眼于一个族群的文化精神史，其表述“可以被看作一种确定族群范围的认同（ethnic identity）和集体记忆”[①]。这意味着小说描写的一个族群的历史也是一种集体记忆和族群认同，并凝聚着这个族群的文化精神。其次，这些小说具有历史民族志书写的性质。它们对历史的解读实现了历史文献和“历史田野”的结合。也就是说，对历史的认识既重视历史文献资料，也吸收了人类学独特的田野调查方法，强调对历史遗迹以及民间传说、神话这些口传史料的考察。在这两者相结合的基础上形成更为恰切的思考，来对特定地方、特定人群一段过往的历史岁月进行描述和分析，这是历史民族志的书写方法。不过，如海登·怀特

① 彭兆荣：《人类学仪式的理论与实践》，民族出版社 2007 年版，第 243 页。

所说："如何构造特定的历史状况取决于历史学家将特别的情节结构与要赋予特别意义的一组历史事件进行匹配的感性。这从根本上讲是文学的，即小说创作的运作。"① 上述作品对历史状况的构造更是有意识地达成与小说创作的运作的整合。它们书写历史以小说的情节、场景，人物的行为和心理活动等文学意象来表述，只是这些文学意象建基于作者对族群文化的深透把握之上，建基于对历史文献研读和历史的田野考察之上，符合历史逻辑与情境。可以说，《心灵史》《蒙古往事》《瞻对》《走婚》《炎黄》《禹王书》这些作品以某一族群的历史为对象，以历史民族志的书写方法表述历史，以文学语言和想象还原栩栩如生的历史情境，探究族群的文化精神，从而将历史、人类学与文学熔为一炉形成了涉及多学科的复合型文本，可以将其称为历史民族志小说，并进行文学批评。

一、《走婚》《炎黄》：历史民族志小说的典范

2001年，新世纪之初，陕西作家赵宇共捧出了共计80万字的小说《走婚》《炎黄》，并命名为"中国上古文化人类学小说"，在作家出版社出版。小说出版后，长期未引起文学界的过多关注。据这两部小说的责任编辑袁敏先生回忆：直到小说出版后的十多年，他才读到关于这两部小说的第一篇评论文字——李敬泽先生写于2001年8月的《"无用"的事与失乐园》，当时这篇文章刊登在《北京晨报》上。在这篇评论文章中，一向文风犀利而主旨敞亮的李敬泽先生的观点并不明朗，但却肯定了赵宇共先生以7年

① ［美］海登·怀特：《后现代历史叙事学》，陈永国、张万娟译，中国社会科学出版社2003年版，第178页。

的时间专心致志地写下了《走婚》和《炎黄》，全力以赴地做了一件“无用”的事，并提出了一个问题：这样的描写和还原5000多年前历史原貌的中国上古人类学小说有什么意义？今天来看，李敬泽先生作为评论家确实具有超前的意识和与众不同的眼光，因为文学思潮的发展，印证了赵宇共《走婚》和《炎黄》的文学价值。

赵宇共先生作为一名作家，在文坛并不著名，但作为一位民俗学家和文化学者，他发表过《对仰韶时期尖底器的再认识》《史前时期的社会性别：多学科的历史考察》《岸底丧葬习俗与〈周礼〉记述的比较研究》《黄帝陵地名考》《制造、传承社会性别等级差序的场所之一》等学术论文，并在20世纪90年代的民俗学界声名鹊起。但赵宇共的兴趣和志向还是将自己对上古文化的研究以小说的形式表现出来，所以他将自己与外界隔绝起来，与上古先祖神交和对话，最终历经7年写出了他的中国上古人类学小说《走婚》和《炎黄》。

赵宇共的《走婚》《炎黄》的历史书写对象是远古历史。这种写法一方面需要丰富的知识积淀，从这两部小说也可以看出作者将神话学、考古学、历史学、人类学、民俗学等多学科知识进行了融会贯通；另一方面，这种小说需要作者高度的想象力将知识转化为文学要素构建小说世界，要符合小说的审美要求，这两部小说也较好地实现了这样的转化，其描绘的远古历史图景鲜活而动人心扉，小说有一种瑰丽之美。这两方面的有机结合形成了《走婚》和《炎黄》独特的知识价值和文学价值。考古学家石兴邦评论说：“这是以文学的形式表述历史过程的科学作品，属于复原古代历史图景系统工程的一个组成部分，在文学研究中有开创性的意义。”① 小说面世后，除了李敬泽先生的短评和感叹之外，文学评论界少有关注，更

① 赵宇共：《走婚》，作家出版社2001年版，封底。

没有系统的言说，因而有学者不满地认为《走婚》和《炎黄》的冷遇说明评论界“不学无术”而没有能力对涉及多种知识的文学文本进行批评，指出只有具有一定科学、历史素养的学者型批评家才有能力对这两部小说进行深度解读。[①]今天，民族志小说为解读这两部小说提供了一个视角，可以从族群文化精神史、历史民族志与小说叙事的复合这个视野来对《走婚》和《炎黄》进行解读。

（一）《走婚》：仰韶时期母系氏族社会生活图景的人类学还原

《走婚》以描写母系氏族社会时期三个部落——鱼族、大蛙族、飞狐族——之间的故事为交织结构，其描写的远古文化属于黄河流域渭水一带，并生动地呈现了仰韶时期母系氏族社会生活的全景。《走婚》全面描述了先民们采集、渔猎、制陶、走婚、孕产、巫术等日常生活形态，万物有灵观念，子随母居、以走婚的形式进行人口繁衍的社会组织形式，以及氏族女性族后崇高的地位和神圣的法力，充满咒法巫术的战争，对抗自然灾害，多种多样的仪式等文化景观，并揭示了母系氏族社会走向衰落的必然性。这些把我们带入了5000年前先祖鲜活的生活。但《走婚》描述的这一切并非凭空想象，它对远古历史进行了充分的历史人类学研究，是建立在作者长达数年对神话学、考古学、人类学、历史学交融会通的感知和研究之上的。以小说中补天情节为例，小说写到，一场撼山动岳的地震过后，又是阴雨连绵，洪涝成灾。人们认为天塌了，漏了。于是，鱼族族后大鱼母决心补天。由于补天工程之浩大和艰辛，鱼族联合蛙族补天。

补天是一个复杂的过程，首先鱼、蛙两族合力烧制共祭天神的合盟大

① 权雅宁：《本土人类学小说对批评的挑战——由〈走婚〉、〈炎黄〉引起的文化思考》，《中南民族大学学报》2006年第6期。

祭盆，盆壁上绘画出人面鱼神和大蛙神。接下来要举行祭祀大天神的人祭仪式，两族必须各选出本族内最好的一位女子献给上天，补天才能有效。这种用于祭天的人叫神尸。做神尸女意味着也会成为神，是一种最高的荣耀，族内的女子经过激烈的竞争，最终遵从天神旨意的选择，大鱼母之女鱼水妹和大蛙母之女黑点子分别成为鱼族和蛙族的神尸女。两族筑起了升天台，在象征两族合盟补天的祭器红陶大盆中盛满鱼、蛙两族鲜血，进行献祭。再经过复杂的祭天祷告和一系列其他仪式后，随着升天台上柴火的点燃，两位神尸随着熊熊的火焰和升腾的青烟而飞升到了天上。关于这种人祭仪式，并非玄幻空想。小说以注释的形式指出这个情节是有人类学依据的："上古遇天灾时，往往用首领亲子做牺牲敬神以求免灾。汤王剪发自缚欲自焚以求天雨。古腓尼基人、希腊人逢灾荒、瘟疫时，也曾将亲子献身以求天神降临。"①

血祭和人祭天神之后，鱼、蛙两族合全力补天。补天的过程也是仪式。往挖好的火坑里不停地投入无法计数的木柴，点火来炼火坑里的五色石。五色石是蓝、红、黄、闪亮的和白色的石子，族人认为这些石子是天空、太阳、月亮、星星和云彩从塌漏的天上摔下来烧成的。鱼族人将它们收集到一起，要在火坑里烧融化，直到成为五色石岩浆。这时，善射（族内力气最大、最为善射的男子名即为善射）拉大弓，连续不断地将蘸好五色石岩浆的箭射向天空，岩浆随风飘到天上从而可以补天。大鱼母和大蛙母则双手高举向天，用自己的法力向神灵们祈祷补天成功。这个过程要一直持续到雨停，天空出现云彩，意味着"天补上了"的时候。

小说描写的补天，使我们想到"女娲补天"神话，《淮南子·览冥训》云：

---

① 赵宇共：《走婚》，作家出版社 2001 年版，第 340 页。

> 往古之时，四极废，九州裂，天不兼覆，地不周载。火爁炎而不灭，水浩洋而不息。猛兽食颛民，鸷鸟攫老弱。于是女娲炼五色石以补苍天，断鳌足以立四极，杀黑龙以济冀州，积芦灰以止淫水。苍天补，四极正，淫水涸，冀州平，狡虫死，颛民生。①

《走婚》的补天描写在许多地方是对这则神话的人类学阐释。关于“天不兼覆，地不周载。火爁炎而不灭，水浩洋而不息。猛兽食颛民，鸷鸟攫老弱”的景象，小说将其还原为一次山崩地裂的大地震，以及随之而次生的各种自然灾害：连绵大雨造成了洪灾，猛烈的雷电击中了树木、房屋、窝棚，到处熊熊燃烧，异常的气候中野兽出没危及人们的生命。然后，小说将远古巫文化的知识贯穿到补天的情节中，详细地描述了补天的祭祀仪式和过程。小说将补天置于母系氏族社会，也是有知识依据的，神话学研究也普遍认为女娲补天神话是与女性始祖在母系社会中的形象和力量联系在一起的。对女性始祖的崇拜赋予了女娲补天这样的创造和维护世界秩序的神圣形象。一般来说，一个族群的神话往往凝聚了族群的集体记忆。在女娲补天神话对母系氏族社会女性力量和贡献的集体记忆中，补天的功绩是女娲一个人完成的。而小说《走婚》所描述的是在两个族群的族后的领导下，两族合力完成。对此，赵宇共在小说里以注释的形式，以本人田野考察所得并结合民俗学、考古学知识专门进行了探讨：

> 女娲补天的神话在中国广为流传。陕西临潼近年来多处发现女娲补天台、蛤蟆石、鸡娃石、鱼石等遗迹。并有祭奉女娲的人祖庙、女娲之母华胥氏的遗址。至今，此地仍有过“补天节”、吃补天饼、五

① 刘文典：《淮南鸿烈集解》，中华书局1989年版，第20页。

月过女娲节的习俗。结合临潼姜寨原始部落遗址及出土文物，或许母系时代，在此地有过这类巫术式的补天抗震壮举。据李白凤考，鱼族在远古曾是一个文明程度较高的大族，因为某种至今仍不详知的原因，这个大族湮没了。出土的鱼族和蛙族两族族徽合为一盆的历史文物，或许就是线索。像这样补天抗震的大活动，须有多族联手方可成功。两族联盟之盆，是否正是祭仪中的一件器具？鱼族和蛙族合盟补天抗震，也许是可能的。鱼族在漫长的历史中消弱失踪退出了神话，而让蛙族独领了补天的荣誉。参阅《东夷杂考》，李白凤著，齐鲁书社，1981 年。[①]

需要指出的是，赵宇共在当代民间考察文化遗迹、捕捉当地人眼中的远古历史的方式，正是历史民族志写作“走向历史田野”这种独特的历史文献解读方式。“强调走向田野，在历史现场解读文献。相对于只在书斋或图书馆的苦读，这种方式可以达至对历史的更亲切的认识，并有可能体验到历史在当代的延续与影响，从中激发出不一样的思考。此外，在阅读中遇到的困惑之处，如果联系田野场景并辅之以实地调查与访谈，或可收到解惑之效。”[②] 这也是《走婚》以及《炎黄》重述神话，还原历史常常出人意料又在情理之中的原因。此外，“中国的历史叙事就发源于一种‘神话式历史’”。[③] 一定意义上说，如何解读神话就是如何解读历史。《走婚》对补天神话的解读在人类学、考古学知识，以及对民间文化遗迹、风俗的田野考察的会通中进行了合乎情理的历史想象，完成了一次远古历史的再

① 赵宇共：《走婚》，作家出版社 2001 年版，第 359 页。

② 温春来：《历史人类学实践中的一些问题》，载王铭铭主编：《中国人类学评论》（第 12 辑），世界图书出版公司 2009 年版，第 98 页。

③ 叶舒宪：《中国的神话历史——从“中国神”到“神话中国”》，《百色学院学报》2009 年第 1 期。

现。远古先祖的生活由此不再是远离常人认知的神话，而成为可触摸的、鲜活的生活图景。族群记忆借由这种历史民族志书写成为人的历史，而不再是神的传说。

（二）《炎黄》：华夏民族形成的历史民族志与文学呈现

《炎黄》描写黄帝时期中华民族三个著名的伟大始祖——黄帝、炎帝、蚩尤——之间的争斗与融合，并最终形成华夏民族的历史。关于这段远古历史，尚有许多迷雾，特别是对黄帝与蚩尤之战，人们有多种观点。赵宇共研读了大量神话、历史古籍文献资料及相关研究成果，再结合他对当下历史遗迹的考察和民俗研究的思考，对炎帝、黄帝、蚩尤具体关系及其战争进行梳理，提出了自己的思路和观点：蚩尤先驱逐炎帝，炎帝求救于黄帝。炎黄合盟打败蚩尤之后，炎黄之间进行了争夺领导权的战争，炎帝失败，炎帝部族融入黄帝部族。蚩尤不服黄帝，重新作乱，从而有了黄帝大战蚩尤的战争，即阪泉之战，后黄帝于涿鹿斩杀蚩尤，即涿鹿之战。至于司马迁所说黄帝与炎帝在阪泉三战中的“炎帝”，实为蚩尤，而非炎帝榆罔，之所以还称炎帝是因蚩尤袭用了炎帝的名号。作者将这种思路转化为整部小说的情节及故事演进，然后通过文学想象和虚构，对历史人物的内心世界和具体的历史情境进行想象和解说，形成了一部自成一格的小说。《炎黄》有较为严谨的知识性、学术性，可与学术界对炎黄历史及文化研究的学术观点之间进行参照，而虚构和想象的细节及其历史情境，亦体现出历史民族志与小说共同具有的建构性。

在小说《炎黄》描写的时代，炎帝部族已从其发源地陕西中部发展到以黄河中下游为中心的中原地区。炎帝部族仰成于其先祖神农氏发明农业之余烈，得以居逐耕部落联盟之首，而称“炎帝”。不过，此时的黄帝轩辕部族已崛起，炎帝部族则处于“神农氏世衰”的炎帝榆罔之时，各部落互相争斗，不再服从炎帝的威势。其中以蚩尤为首领的东方九黎部族最为凶悍，即《史记·五帝本纪》所载："轩辕之时，神农氏世衰，诸侯相侵伐，暴虐百姓，而神农氏弗能征……而蚩尤最为暴，莫能伐。"[①] 蚩尤部族实力最为雄厚的原因，是其发明了冶炼金属与制作兵器，古代神话和史籍文献对此多有记载，民间亦多传说。这在其他族看来，蚩尤人铜头铁臂，勇猛无比，最为善战。炎帝在与蚩尤的争斗中处于劣势，于是与黄帝结盟，共同对付蚩尤。炎黄联盟打败蚩尤后，黄帝的声威已超过了炎帝。炎黄两族爆发了争夺地盘与领导权的战争，炎帝榆罔不敌黄帝轩辕，战败后大部分炎族人归入黄帝族，从此形成炎黄族的融合。蚩尤则袭用炎帝的名号，故有"阪泉氏蚩尤，姜姓，炎帝之裔也"[②] 的说法。蚩尤举旗再次与黄帝宣战，这就是著名"黄帝擒杀蚩尤"的战争。《史记·五帝本纪》载：

> 炎帝欲侵陵诸侯，诸侯咸归轩辕。轩辕乃修德振兵，治五气，艺五种，抚万民，度四方，教熊、罴、貔、貅、貙、虎，以与炎帝战于阪泉之野。三战，然后得其志。
>
> 蚩尤作乱，不用帝命。于是黄帝乃征师诸侯，与蚩尤战于涿鹿之野，遂禽杀蚩尤。[③]

小说紧扣这段史料设置战争过程和故事情节，同时将各种史料传说，以及黄帝时期的各种文化发明与战争的进程联系起来，以想象和人类学知识试图来再现黄帝时期的生活与华夏族融合的过程。

如上所述，赵宇共认为司马迁所说黄帝与炎帝在阪泉三战中的"炎

① （西汉）司马迁：《史记》，李全华标点，岳麓书社 1988 年版，第 1 页。

② 罗泌：《路史》卷十三，台北商务印书馆《文渊阁四库全书本》影印本 1986 年版。

③ （西汉）司马迁：《史记》，李全华标点，岳麓书社 1988 年版，第 1 页。

帝”实为蚩尤，而非炎帝榆罔。所以，小说描写的黄帝与蚩尤之间有无数的小战争，但大战有三次。黄帝军队与蚩尤军队第一次大战，黄帝正要乘胜追击，忽然山风大作，浓白的云团汇涌成莽莽的浓雾，从山脊顶压了过来，山林一下变得混混茫茫，什么都看不见了。小说对兴风起雾战争场面的描写，既有文学的生动鲜活之情境，也照应了神话和传说中蚩尤有兴风作雾的本领的说法。但小说同时以注释的形式，结合作者自己的田野考察经历进行人类学解释：“地形复杂的山野间多有我们尚难明知的怪异现象。笔者曾与伙伴在太白山深处一座山岭前呐喊叫人时，随着喊声山谷腾起白雾。《水经注》中就有行军喧哗山起风雨的记载。史传蚩尤会兴风使雾恐不是空穴来风，当然也非巫力所致，而是古人不知自然现象附会于神力巫术所致。”① 而在 2014 年 2 月 6 日晚宁夏电视台的“夜宴”节目中，播出了纪录片《呼风唤雨之谜》，以现代科学知识解释了云南丽江老君山三才湖傈僳族人在三才湖“呼风唤雨”的现象，其原因是在特殊的群山环绕的地理环境中，人的声音通过山峦放大，扰动空气产生对流，气流的碰撞产生了云雾和雨滴，但是当地的傈僳族和纳西族人至今认为这是他们拥有的神秘的能力。

在黄帝与蚩尤的第二次大战中，蚩尤以象阵冲阵，使黄帝军又一次失败。后因黄帝部落里的常先无意中发明了鼓。到第三次大战对阵时，黄帝军队擂响五百面大鼓，惊天动地的鼓声惊跑了大象，挡住了蚩尤的火象阵。小说这一部分是以关于黄帝的民间传说中“常先发明战鼓”为依据的。

黄帝与蚩尤的第三战也最为曲折激烈，以黄帝擒杀蚩尤而宣告战争结束。小说对此战的描写与相关神话基本一致。《山海经 · 大荒北经》载：

① 赵宇共：《炎黄》，作家出版社 2001 年版，第 359 页。

……蚩尤作兵伐黄帝，黄帝乃令应龙攻之冀州之野。应龙畜水，蚩尤请风伯雨师，纵大风雨。黄帝乃下天女曰魃，雨止，遂杀蚩尤……①

小说则写到，由于雨下不停，黄帝让善于蓄水的应龙在山顶筑坝蓄水，打算水淹蚩尤军。此所谓神话“黄帝大战蚩尤”中的“应龙畜水”。然就在此时，天纵大风雨，雷电击中应龙蓄水的大坝，大坝炸裂，蓄的水全部流泻了。黄族人以为是蚩尤请动了天雷神，风伯雨师纵大风雨而破坏了应龙蓄水。因而有了“蚩尤请风伯雨师，纵大风雨”之说。天连雨不晴。黄帝于是召女儿魃到涿鹿。魃从遥远的昆仑山走到涿鹿时，天也放晴了。于是，黄帝集合所有联盟部族的兵力，以熊、罴、貔、貅、貙、虎六族组成的阵法对阵蚩尤的魑魅魍魉之阵。两军杀得天昏地暗，血流成河。最后，在黄帝族隆隆战鼓中，蚩尤族看到打着各族旗徽的黄帝联盟奋力冲杀，大军全线溃退。然勇猛无比的蚩尤只身力战黄族军汉，无人能近其身，使黄帝军费尽周折方得以擒之。蚩尤被黄帝所杀，黄帝畏蚩尤勇猛，斩其首，将其身躯分别埋葬。

蚩尤死后，蚩尤族一些不屈的将士仍有反抗，给黄帝军队带来了麻烦。于是黄帝命人把蚩尤画在军旗上，蚩尤人看到蚩尤的画像便不再拼杀，黄帝得以征服蚩尤余部。小说对此进行了人类学解释：“史前人相信影像即是其人魂魄肉身法力的真实，并不像我们意识中知其只是一张画像而已。传说黄帝曾以蚩尤像征服余部，《龙鱼河图》说：‘黄帝遂画蚩尤形象以威天下’。”②

---

① 《山海经》，方韬译注，中华书局 2011 年版，第 334—335 页。

② 赵宇共：《炎黄》，作家出版社 2001 年版，第 453 页。

黄帝战胜蚩尤之后，天下归顺，成为诸部族的领袖，即《史记·五帝本纪》所载“诸侯咸尊轩辕为天子，(伐)〔代〕神农氏，是为黄帝”。[①] 自此，黄帝奠定了华夏民族的根基，确立了中华民族始祖的形象。

有必要指出的是，关于《走婚》和《炎黄》复原远古历史进行历史民族志书写体现的知识性，大都有文献资料和学术研究成果作支撑，有作者的田野考察为依据。为了写《走婚》和《炎黄》，赵宇共进行了扎实的知识储备和广泛的田野考察。他历时 4 年在陕西西安半坡、陕西临潼姜寨、甘肃大地湾、山东大汶口等 20 多处上古遗存地进行实地考察，阅读梳理了 200 多种近千册的图书资料，又经过 3 年写作修改方完成了这两部小说。但由于上古历史发源的复杂性和人类初期文化形态的含混性，人们对远古历史文化会有不同的看法和观点。对此，赵宇共说：“哪怕被各类读者各门类专家口诛笔伐，弄得遍体伤痕溅血，我也将视那为曙红而欣慰。”[②] 因为，作家写作小说的目的是“你的书对人类文化提供了什么新的信息新的贡献？是创造而不是重复”[③]。应该说，这种创作意识本身代表了一种新的小说观念。

（三）寻根文学视域中华夏民族文化的探寻

《走婚》和《炎黄》的历史表述融合了多学科知识，而最为突出的特点是许多情节设置是以神话为参照的。“神话作为初民智慧的表述，代表着文化的基因。作为神圣叙事的神话与史前宗教信仰和艺术活动共生，是文史哲的共同源头。……中国早期历史具有‘神话历史’的鲜明特点。文学人类学与历史人类学的会通视角，是重新进入华夏文明传统，重新理解

---

① 司马迁：《史记》，李全华标点，岳麓书社 1988 年版，第 1 页。

② 赵宇共：《炎黄·后记》，作家出版社 2001 年版，第 476 页。

③ 赵宇共：《炎黄·后记》，作家出版社 2001 年版，第 472 页。

中国神话的历史门径。”① 作家兼古文化研究学者的赵宇共，也深知于此。所以，《走婚》和《炎黄》在神话的重述中找寻华夏文化的基因，对远古历史的复原目的更在于深入民族文化的深层，对华夏民族生命的长久，华夏文化根性的探寻这样的人文思考。在叙事表现上，小说则把对神话和知识的表述转化为文学意象，在小说世界的营造中来进行。小说对上古先祖的生活描写也血肉真实，并充满了人文关怀。

在《走婚》的社会中，男女之间也有至真至情的爱情。鱼族的掐死豹和蛙族的黑点子的爱情那样热烈，那样凄婉而荡气回肠。黑点子埋葬了被飞狐族杀害的掐死豹，在悲痛中几乎疯癫，最后以做神尸而殉情。出身鸟族的鸟挂脖对掐死豹有隐秘的情感纠葛，但因为加入鱼族而同族不能婚合，鸟挂脖只好将自己的感情深埋心底。掐死豹死后，鸟挂脖不幸被失去理智的鱼族男子奸污，鸟挂脖带着难以名状的痛楚自杀。画眉红想生女娃，但好几个孩子出生就是死胎，在神山求子后满怀希望的野合却无意中发现违背了走婚禁忌，因而造成沉重的心理负担。孩子出生又是死胎，画眉红也疯了。小说中对人物命运的深切悲叹增添了小说经久的艺术魅力，也真实地描绘出蒙昧时代的人们生活的艰辛，从而引人思考我们的先祖怎样从蒙昧中一步步走向文明，他们在缔造华夏文明早期必须具有怎样的勇气和智慧。能掐死豹子的掐死豹勇武、孝顺、热情，虽然难免莽撞但时刻都在关心氏族的生存。射术高超、智慧勇敢、参与补天的善射首先朦胧地意识到了男子在征服自然中具有优势，他带领一部分族人离开鱼族勇敢地为氏族另寻生路。这些男性祖先以巨大的开拓性和创造性推动着族群的发展。而在灵慧痴情又不乏强悍的黑点子，始终以拯救族人为己任，不惜牺牲的大鱼母、小鱼母，意志坚强、甘于牺牲和奉献的鱼水妹等女性祖先身

① 叶舒宪:《中国的神话历史——从“中国神话”到“神话中国”》,《百色学院学报》2009年第1期。

上，我们好像看到了支撑族群生存的内在精神。特别是补天壮举，淋漓尽致地渲染了先祖们征服自然的智慧和勇气，以及团结协作、伟岸博大的气魄。这些可能就是一种民族文化的根性。

到了小说《炎黄》，则直接对中华文化的源头及其凝聚的民族精神进行观照。《炎黄》打破了中国史书资料对炎帝、黄帝、蚩尤神形象的塑造，将其还原为具体生活中的人。他们的身上体现了中华民族文化精神的不同侧面，并最终融合为统一体。炎帝榆罔仁慈无私，宽容忍耐，然而面对蚩尤和黄帝的强势，也只能以不怕牺牲的精神拼力一搏。失败后不甘心灭亡，命其子炎方领部分族人向东南迁移，自己则只身独闯黄帝大营，表现出视死如归的大无畏气魄。从炎帝的身上我们看到中华民族不怕牺牲、不屈不挠的精神。

黄帝轩辕的形象代表了一种更具有创造性和开拓进取的精神。黄帝不拘天命，为族人拓展生存和发展空间。他勤于思考、敢想敢做、意志坚定，任何困难都阻挡不住他的探索进取之心。作为一个胸襟开阔的领袖，亦时刻体现出天下一家、和合利众的胸怀。炎族战败后，黄帝下令不许任何人伤害炎帝，炎帝自己遁没。黄帝对炎族各部族也未进行杀戮，而是收纳入黄族。小说有一个情节写炎黄之战后，胜利的黄帝释放了炎帝族的“媢女”。媢女是在炎黄交战之时施巫术以保族人打胜的巫女。在上古的族间交战的惯例中，胜方必须首先将媢女们全部杀死，不然胜族下一轮将被别人打败。所以，当黄帝放了媢女们时，连炎族人自己都不敢相信。这个情节典型地刻画了黄帝博大的胸怀，正因为这样的胸怀，才完成了炎黄诸部的融合。黄帝对蚩尤族余部也未采用斩尽杀绝的武力征伐，在军队的旗子上画蚩尤像，一面借蚩尤之勇武壮威，另一面以示怀柔，借此劝纳蚩尤部族融入炎黄。这样，黄帝在大中原地区统一了众多部族，组成大华夏联盟，从此基本确立了华夏族源流。在这个过程中，也形成了极富包容性的华夏文化。黄帝身上体现了可称为华夏民族的文化祖根，它的精髓是：团结、和谐、统一、开拓。从此，这种精神流淌在中华民族的血液中，成为民族精神的灵魂。

小说中的蚩尤也是一位个性鲜明的人物，他的总性格特征是勇武善战，顽强不屈，蚩尤的性格也已经融合为中华民族精神中一种可贵的品质。

此外，小说还写了先民群体的风貌。《史记·五帝本纪》载黄帝“举风后、力牧、常先、大鸿以治民……”。[①] 小说中的黄帝知人善用，礼贤下士而聚拢了仓颉、风后、力牧、常先、大鸿等忠贞智慧之士。仓颉能造字，力牧擅驯养畜禽且有大智慧，大鸿、风后为黄帝练兵战斗，常先发明了震慑人心的战鼓，玄女做指南车，嫘女发明缫丝制衣，岐伯精通医术脉理，等等。这些都成为小说《炎黄》的故事情节。小说对这些初民群体的描写，亦表达了他们创造开拓、自强不息、勤恳实干的精神，这是组成炎黄文化精神的又一层内涵。《炎黄》对人物的描写抛开了神话传说的神奇性表达，而以人类学知识和复原历史情境的想象将它们化为具体的人、具体的生活场景，这一切便那样鲜活，似可触摸到先祖生活的气息。

《走婚》《炎黄》对华夏族群历史的书写也是对华夏民族精神的文化寻根。赵宇共说：“我与读者进行了一次较长的对话，话题是：作为华人，应怎样审视、反省华人族群的人类性？面临着未来世纪的时间段，作为华人，该怎样动作？”[②] 这种明确的文化思考和寻根意识，可归入 20 世纪以来中国文学的民族性与世界性这个命题的探讨中，也是对世界范围内文化寻根思潮的呼应。与当代寻根文学的许多作品相比，《走婚》和《炎黄》的独特性在于以宏阔的视野、深邃的思考对华夏文化根源进行的追溯，对

---

① 司马迁：《史记》，李全华标点，岳麓书社 1988 年版，第 1 页。

② 赵宇共：《炎黄·后记》，作家出版社 2001 年版，第 476 页。

文化基因的透析。“这两部小说揭示着、隐含着华人族群的文化动机、文化活性、文化魔力，使我们在混沌大千中，感受着人之生存欲说无言的复杂性，思考着人之生存的有限寿命与族群的长久……”[①] 而小说“写文化”体现出的高度的知识性和艺术功力，在当代寻根小说中非常少见。

二、《瞻对》：在非虚构写作与历史民族志小说之间

2013 年，阿来的《瞻对——一个两百年的康巴传奇》在《人民文学》上刊发，2014 年出版单行本，作品在最初发行时标明体裁为小说。《瞻对》以清代地处康巴地区的一个县级建制的地方瞻对（今四川甘孜州新龙县）为中心，写瞻对 200 多年的历史，也呈现了康巴藏地动荡的历史和康巴人强悍的族群性格，但由于其高度忠于史实的写实性，许多人并不认可它为小说，而将其看作非虚构作品。2014 年《瞻对》被作为报告文学参加第六届鲁迅文学奖的评选，结果公布后，令人大吃一惊的是《瞻对》落选，并且得票数为 0。其实，不论从阿来整体的创作来看，还是从当下文坛的历史题材的书写来看，《瞻对》都是独异的，是一部新鲜的并有着深刻的思想内容的作品，那么，为什么会出现 0 票的结果呢？很多人对此有不同的看法，《华西都市报》记者为此采访过麦家、方方等人，方方在接受采访时说：“我一看到这个结果，是感到很奇怪。阿来的文学素养、水平，作品品质都是公认的，我也刚好看了他这部作品，我觉得写得真不错。不过，据我分析了一下：应该是这部作品与其参评的‘报告文学’体例有争议。坦白说，以我的阅读经验，这部作品很像长篇小说，而且事实上，我

① 陈忠实：《触摸隐失的神圣》，《工人日报》2002 年 5 月 10 日。

就是在一本长篇小说选刊上读到这部作品。而且，就算按照很多人说的，这是一部非虚构作品，但不是所有的非虚构都是报告文学。所以，我判断，很可能是体例的原因，不然不至于得0票。”① 我觉得方方的话是有道理的。

我认为，《瞻对——一个两百年的康巴传奇》是一部有着秉笔直书历史，采用历史民族志的书写方法，并在现实的映照中进行深刻的文化反思的作品，同时也是一部虽然文学性不足，但仍然带有一定的历史传奇小说的性质，它是融合历史民族志书写与小说两个层面的民族志小说。

在《大地的阶梯》之后，阿来将写作的视角深入康巴的历史与现实的映照中，选取一种更有难度的写作。阿来说他经过5年对川藏地区的考察，追溯川藏地区现今如此现状的前因后果，《瞻对》就是他这5年的考察和思考的成果。

确实，《瞻对》是一部有难度的写作，原因是这是一部具有历史民族志性质的作品，其书写难度主要集中在如何将非虚构与历史相结合这个关键点上。从文学书写历史的角度来说，对逝去的往事发言，能充分发挥历史想象的作用进行虚构，所以小说家可以天然地将历史写成吸引人的小说。然而，阿来却故意抛开这种明显的优势，要以历史学家的史识秉笔直书，而且还要以历史映照当下，借历史言说现实，并思考现实之所以如此存在的历史原因。这样不论在文字表达，还是思想的传递上都有难度，并且需要巨大的勇气。而从非虚构写作的角度来看，非虚构天然地在当下存在表述上具有优势，作者经过田野考察、深入生活就能积极发声。但对于地方史的非虚构写作，作家需要大量地查阅历史文献资料，要进行深入的

① 张杰：《麦家：阿来〈瞻对〉得0不等于作品写得不好》，中新网 http://www.chinanews.com/cul/2014/08-13/6486520.shtml（2014-8-13）。

历史田野的考察，并在历史文献与历史田野的结合中，进行合乎真实、合乎逻辑的历史情境的还原与再现，还要深入一个地域民族的民族文化性格的深层，进行民族性的剖析。这就需要作者兼具历史学者、人类学者的素养，拥有巨大的知识量，历史人类学的视野，并具备历史民族志书写的方法和功力。因此，《瞻对》是一部迎难而上的突破性作品。

（一）《瞻对》的历史民族志性质

首先，《瞻对》的历史书写体现在它的历史人类学的视角，这是《瞻对》具有历史民族志性质的第一个层面。

历史人类学的视角是近年来在历史学界和人类学界都比较重视的一种研究方法，它源于席卷社会科学界的"表述危机"的反思中。历史学著作长期以来以探寻人类社会发展规律为己任，但它是不是能够客观地显现历史呢？人们对此有很多质疑。主要的看法是认为史学著作中的历史书写不可避免地充满了主观建构性、文学性。历史学家也逐渐接受了本人的经验和立场对其完成历史解释具有重要影响的观念，认识到历史学有必要"从全新的角度建立对历史与人的总体化理解，这必然意味着对固有历史编写体制的全面性颠覆"①。因此，对于历史研究来说，"必要的体验能力和想象能力，常常是研究能够有突破的很重要的因素"②。顺应此潮流，研究社会"深层结构"的思想史、心态史在"新史学"阵列中风生水起。历史书写由此延伸进人的"心灵世界"，书写"心灵史"，这是历史人类学的特长。法国社会史与历史人类学学者安德烈·比尔吉埃尔指出历史人类学在当代正是在研究心态世界中继续进行着最卓有成效的研究。"这一历史人类学的研

① 杨念群：《中国史学需要一种"感觉主义"!》，《读书》2007 年第 4 期。

② 葛兆光：《思想史研究课堂讲录》，生活·读书·新知三联书店 2005 年版，第 364 页。

究既涉及了如摄食方式、性、疾病、信仰、家庭等方面，又涉及原来意义上的心态，即一个社会在特定时代中所具有的共同的‘群体无意识’的显现。”①历史的书写者因此显示出现代史学家们的表征：“现代历史学家只能是文化和心理历史学家。”历史人类学在研究对象的选择上，帝王将相的历史不再一尊独大，社会普通民众甚至边缘人民的经历、遭遇以及他们的想法、愿望和追求也成为历史研究关注的对象。这种新的历史意识，促使历史学向人类学靠近。同时，历史学在史料处理上也不再避讳作者本人的理解和必要的想象，而且，这被认为更有助于历史学家尽可能地贴近历史原貌。历史学由此从对历史事件、历史规律的研究走向对人的研究、文化的研究。

《瞻对》书写清朝康巴边地的历史，是一个小地方的历史，而且重点不在于对其历史渊源的追溯，而是通过清政府200多年来在瞻对的征战，来剖析处于瞻对社会“深层结构”的人民心态史，把其时被称为“番蛮”的边缘人民的经历、遭遇以及他们的想法、愿望和追求作为对象，进行新的历史书写，揭示瞻对这个特定的社会在特定时代中所具有的共同的“群体无意识”，从而刻画了康巴人强悍，其中瞻对人更为强悍，“瞻对就是一块铁疙瘩”的文化性格。

关于瞻对人“铁疙瘩”的文化性格，从《瞻对》中清乾隆皇帝开始朝廷六次强力征讨瞻对，以及民国政府对瞻对的多次征伐都始终没有平复瞻对的描写中就可以看出瞻对的民风之雄强。那么，战争的起因是什么？是因为瞻对这个地方的夹坝而起。《瞻对》直接引用史料《清实录》的明确记载：“江卡汛撤回张把总张凤带领兵丁三十六名，行至海子塘地方，遇夹坝二三百人，抢去驮马、军器、行李、粮银等物。”②也就是说，在瞻对这个

① ［法］雅克·勒高夫：《新史学·序》，姚蒙译，上海译文出版社1989年版，第3页。

② 阿来：《瞻对——一个两百年的康巴传奇》，四川文艺出版社2014年版，第2页。

小地方，相当于今天一个排的兵被抢得精光，抢劫者是谁还没人知道。此事发生在乾隆九年（公元1744年），乾隆帝震怒，派马良柱、宋宗璋、袁士弼率军三路进发征伐瞻对，然而这个战事并不顺利，其间曲折重重，将士屡受责罚，连川陕总督庆复亲上战场也觉作战无力，直到1746年这场持续了两年的战事才结束，但最终取得的也不过是面子上的胜利。瞻对这样一个弹丸之地，征伐如此艰难究其原因，可从这场战争中君臣之间来往的奏折和批复中看出，这些文书中反复提及瞻对番人凶顽，大军压境，他们夹坝日甚。

其实，不论是瞻对与朝廷的、西藏的、民国政府的战争，还是瞻对地面上各个土司之间不停地发生着对抗和纷争，无不与瞻对人的夹坝有关。那么，什么是夹坝呢？阿来写道："在我的少年时代，家乡有喜欢显示英雄气概的男子会在腰带斜插长刀一把，牛皮作鞘，刀出鞘，宽三四寸，长二三尺，寒光闪闪，刃口锋利。在我家乡的方言中，此刀就被称为夹坝。"① 当然，在当今社会，男子带着名为夹坝的刀这只是一种遗风，但从中可以看出其地的风俗传统。了解瞻对和康巴藏地更多的历史就会知道，夹坝在康巴语中原是强盗的意思。阿来引用周蔼联的《西藏纪游》一书中的记载说："'三岩巴部落与江卡、察木多相近，牛羊为业，水草为生……时有夹坝出掠。''附近里塘之三瞻对，习尚相同。'并在书中自己加注，说，'夹坝，劫盗也'。"② 周蔼联是乾隆五十六年间四川总督孙士毅的幕僚，多次往返川藏驿道进行军务工作，然后把自己的所见所闻记载下来形成了《西藏纪游》一书。

这些都说明瞻对这个地方在清代就有夹坝，即劫盗的史实风俗。那

① 阿来：《瞻对——一个两百年的康巴传奇》，四川文艺出版社2014年版，第40页。

② 阿来：《瞻对——一个两百年的康巴传奇》，四川文艺出版社2014年版，第40—41页。

么，瞻对人怎样看待这个风习呢？阿来告诉我们，原来，“夹坝”一词在康巴语中本不具有贬义，它的意思要是翻译为汉语，相当于“游侠”。有一种流传在民间叫《昌鲁》的民歌，是专门歌颂夹坝的，或者就是夹坝自己唱的歌：

哎，人说世间有三种门，
第一种是进佛堂供佛爷，供佛门，
我游不进，不进这种门，
没供品他们不开门，他们不开门。

哎，这三种门的第二种门，
是官家的法力门，法力门，
我游侠不进，不进这扇门，
没有哈达他们不让进，他们不让进。

哎，这三种门的第三种门，
是美好歌舞欢快的门，
我游侠不进，不进这道门，
没有好酒人家不开门，不开门。①

从这首民歌可以看出，夹坝，即劫盗是世界对他们的行为方式的看法，游侠是他们对自己生存方式的定义。瞻对民间对夹坝作为一种生存方式没有贬义，作为瞻对地方管理者的历代土司甚至在组织实施或者纵容指

① 阿来：《瞻对——一个两百年的康巴传奇》，四川文艺出版社 2014 年版，第 41 页。

使夹坝。总之，阿来通过对瞻对历史的考察，指出这个地方的人们从来不吝刀兵相见，数百年来地方豪强把武力和阴谋作为争夺人口与地盘的唯一方法来增长自身实力。并因此而培植出一种特别的英雄崇拜。崇拜豪杰，服膺强梁。在这样的社会风气下，全民都走在这样的一条道路上。所以，面对瞻对这样的“铁疙瘩”，不从文化性格上去把握他们，从而找到融化的方法，而只是简单地以军事手段来征服他们必然难以实现长治久安，清代对瞻对常年的兴兵征讨劳而无功就充分地说明了这一点。

可以说，阿来的《瞻对》在写瞻对的清代历史演进中，重点在写瞻对人的文化心理，对瞻对人的心理气质和其风俗行为、社会生活、政治宗教的之间相互影响进行文化剖析，于其中来观照瞻对的历史。并于此提出了令人深思的问题：地域民族文化自身如何改造与发展？多民族国家如何处理民族问题而达到长治久安？这是一种历史人类学书写的视角。

其次，《瞻对》的历史书写采用了将历史文献与“历史田野”相结合的历史民族志的书写方法，这是《瞻对》具有历史民族志性质的第二个方面。

在历史人类学研究中，人类学独特的田野调查方法现在也被吸收到历史学的研究方法中，“历史学的田野”成为历史与人类学进一步合作的重要基础。在 20 世纪七八十年代，“历史人类学的研究风行一时，以至于他们无疑已经建立了民族志报告的一种方式”①，也就是历史民族志。历史民族志的书写方法就像西佛曼和格里福所提倡的：“使用档案资料以及相关的当地口述历史资料，描写和分析某个特定且可识别地点的民族一段过往的岁月。”② 从中可以看出，历史民族志注重向一定历史深度的拓展，在综

① ［加］M. 西佛曼、P.H. 格里福：《走进历史田野——历史人类学的爱尔兰史个案研究》，贾士蘅译，麦田出版股份有限公司 1999 年版，第 21 页。

② ［加］M. 西佛曼、P.H. 格里福：《走进历史田野——历史人类学的爱尔兰史个案研究》，贾士蘅译，麦田出版股份有限公司 1999 年版，第 21 页。

合访谈及参与观察资料，以及档案文献和口述历史资料的基础上，对特定地方、特定人群过往历史岁月进行描述和分析。

阿来研读了大量的官方历史文献和地方志历史资料，在作品中罗列大量的历史文献资料，并在文献中寻找历史情境，为此而不惜牺牲作品的可读性，来体现出历史民族志书写的严谨性。阿来对历史的解读还包括走向“历史田野”的考察，阿来十几次深入藏地进行田野考察，访谈民间“历史心性”对历史的建构。“走向历史田野”也成为另一种历史文献的解读方式。“强调走向田野，在历史现场解读文献。相对于只在书斋或图书馆的苦读，这种方式可以达至对历史的更亲切的认识，并有可能体验到历史在当代的延续与影响，从中激发出不一样的思考。此外，在阅读中遇到的困惑之处，如果联系田野场景并辅之以实地调查与访谈，或可收到解惑之效。”① 确实是这样，比如阿来写到同治年间纵横于瞻对和康巴藏区的一代枭雄贡布朗加的历史故事时，从民间传诵的故事中揭开了许多困惑，得到了许多思考。就像贡布郎加的败亡，阿来列举了民间的神奇传说和宿命论解释，表现出民间“历史心性”对历史建构的重要影响。

历史民族志还要发掘历史构建的多重声音，听取历史书写中的种种杂语，比如，一些学人将贡布郎加指认为藏族农民起义的领袖，阿来指出这是一种农民起义风式的滥调，综合对贡布朗加的历史全方位的考察，他根本不具备农民起义的性质，而是瞻对以英雄主义和复仇为核心价值，以不择手段的暴力和阴谋来缔造自己的王国的多面布鲁曼（康巴语中的英雄），而在不持瞻对人的以夹坝劫掠为主导价值观的视角来看，这位布鲁曼是阻碍了瞻对历史发展和社会走向文明的枭雄而已。

---

① 温春来：《历史人类学实践中的一些问题》，载王铭主编：《中国人类学评论》（第12辑），世界图书出版公司2009年版，第98页。

（二）《瞻对》的文化反思

历史民族志书写最终和最重要的是历史书写者如何形成自己对历史的言说和声音。阿来在《瞻对》中通过对历史多重声音的倾听和分析，形成本人对历史的阐释，对瞻对和康巴的历史进行反思。他说："我在想一个民族悲剧性的命运，为什么格萨尔那样开阔雄伟的时代，一变而为土司们小国寡民的时代。我还在想，直到今天，这个民族还很少有人去想这样的问题，甚至，想想这样的问题，都会成为有意触碰某种禁忌的冒犯？"①

《瞻对》由此显示了以鲜明的智识秉笔直书，理性思考的力量。它以细致翔实的历史书写，从对地域民族文化的内在根性和人类历史变迁的进程两个方面破除了两种迷思："一种迷思是简单的进步决定论。认为社会历史进程中，必是文明战胜野蛮。所以，文明一来，野蛮社会立时如被扬汤化雪一般，立时土崩瓦解。再一种迷思，在近年来把藏区遍地浪漫化为香格里拉的潮流中，把藏区人认为是人人淡泊物欲、虔心向佛，而民风纯善的天堂。"②

《瞻对》所具有的人类性的视野和理性的文化反思精神，使《瞻对》真正具备了一部人类学民族志式的文化批评的价值。

不过，从阿来的文化立场来看，阿来对培养"文化的富饶性"持有怀疑态度。他是一位对文化多元主义持有悲观态度的文化反省者。因为，人类学者往往以文化无所谓先进与落后的观念为各种文化存在的合理性进行辩护。而阿来对藏族文化的反省中，一方面，他认为弱势文化被经济全球化强加了太大的戕害，民族文化已沦为万劫不复之地；另一方面，他直视

---

① 阿来：《瞻对——一个两百年的康巴传奇》，四川文艺出版社 2014 年版，第 294 页。

② 阿来：《瞻对——一个两百年的康巴传奇》，四川文艺出版社 2014 年版，第 262 页。

藏族民族文化本身的弊端，而加以批判。这些在《尘埃落定》《空山》《大地的阶梯》中都有明显的表现。在《瞻对》中，阿来更在人类社会和文化发展的“先进”与“落后”的对比中，在“进化”论视角下对康巴文化，乃至藏族文化进行了审视和批评。如何看待阿来这样的文化立场，估计人们会有一些争议。但有一点必须要肯定的是：阿来的作品以民族志般的书写客观地、真实地呈现了川藏民众的生活图景和文化特性，打破了怀揣不同心思的浪漫主义者对西藏的迷思。而本身有藏族血统的阿来，在对西藏满目疮痍的历史与现实的描绘中进行的文化反省，指出藏族文化作为弱势文化缺乏建设性的创造力，表明本人不信佛教等观点，都宣示了一个理性知识分子的立场，但这也给阿来自己带来族群认同的风险。相对于许多少数民族作家在作品中故意的、强烈的民族认同表现，阿来的文化反省是需要巨大的勇气的。

（三）《瞻对》中碎裂的小说元素

《瞻对》这样一部非虚构的著作，肯定要在一定程度上牺牲文学的审美性，这对于作家来说，是一次创作的冒险。《瞻对》的文学性不足，但并不意味着就是一部传统学科意义上的历史作品、人类学作品，或者报告文学。《瞻对》第四、第五两章主要叙述贡布朗加的故事，作为真实的历史人物故事，阿来一方面用了许多藏文史料来呈现贡布朗加的历史风云，但更多地用了许多民间传说来讲述他的历史故事。比如贡布朗加一出生就被一位高僧目为恶魔转世。也有人认为他是护法神的化身，因此他的相貌和个性也就有了特异性，比如皮肤黝黑、身强力壮，但凡遇到禽鸟虫蚁，必置之死地而后快，等等。又因为贡布朗加是个独眼，民间传说他有三只眼，一只眼瞎是活佛担心他有三眼洞晓世界更多而作恶更多，所以故意弄瞎了他的一只眼，他仍然有不瞎的双眼，只不过普通人看不见他的另一只

眼，等等。此外，还围绕贡布朗加的命运变化讲述了民间传说中的多个神异事件。这些，都让《瞻对》具有了一种英雄历史传奇的性质，增加小说的文学性和可读性，但是阿来对这些民间传说基本上带有批判的态度，所以又让人进入不了一个想象的完整的传奇小说世界。

另外，《瞻对》中对历史人物的描写，不在于塑造典型人物形象，但不论如何，贡布朗加给人留下了比较深刻的印象。他的残暴、狂妄、贪婪、狡猾、凶悍和能征善战都在传说故事的讲述中得到了生动的表现。这也是这个文本中比较生动鲜活的一些小说元素。阿来还分析了这种性格形成的原因与瞻对人以夹坝劫盗为英雄的社会风气和文化心理有关，也指出瞻对一地，山高水寒林深路长的自然环境也在塑造着文化性格，当然在这里不具有“典型环境中的典型人物”命题的意义。不论如何，这些文学性的元素虽然以零碎的形式分布在作品中，没有形成一个比较完整的小说世界，但也让《瞻对》有了小说的性质。

总之，《瞻对》在一定程度上牺牲了文学作品的可读性，读起来不是那么流畅和吸引人，但磕磕绊绊地真正读完《瞻对》，心中的震撼感确实是非常强烈的。它是一个复合的文本，和张承志的《心灵史》都具有族群文化心态史、历史民族志与文学叙事的复合性质，这样的跨文体写作是非常有意义的。它给我们提供了一种跨越历史学、人类学、宗教学、文学等多种文体交杂的形式，其整合意义也许对当代长篇小说的文体变革有重要的参考意义。

三、历史民族志小说：历史小说的新创获

除《走婚》《炎黄》《瞻对》等小说，冉平的《蒙古往事》，冯玉雷的《禹

王书》等小说一起成为当代历史民族志小说的新创获。

《蒙古往事》描写铁木真成为成吉思汗的一段历史，史实方面与蒙古族历史文献《蒙古秘史》基本一致。冉平悉心研读过《蒙古秘史》，应该说小说与史实的一致性是他有意为之，是为了保证小说的“历史真实”，把《蒙古秘史》这样属于“高端读物”、过于难懂的历史文献用小说的形式通俗地呈现出来。而且冉平在内蒙古生活了三十多年，深厚的生活积累使他对蒙古族的生活文化、精神气质有深透的理解和把握。在此基础上，冉平有意将置身其外的客观视角和置身其内的主观视角相交叉进行叙述，实现了对历史事件的客观呈现与文学想象的有机融合，并力图揭示蒙古族的文化精神。比如《蒙古往事》中，对于成吉思汗的领土扩张，小说并不认可一般人所认为的是为了争夺能源、财产与人民这样的解释，而是从蒙古族的文化心理进行阐释。应该说，《蒙古往事》在情节想象、人物性格塑造、自然环境和社会环境、风俗事象等方面，都写活了蒙古族民族生活图景和精神气质。

可以说《走婚》《炎黄》《瞻对》《蒙古往事》《禹王书》，包括张承志的《心灵史》这些作品为当代文学提供了一种新的历史小说形式。把它们放在当代历史小说的格局中，能看出它们具有的新的特点和意义。

历史小说是中国小说中的一个大家族。当代历史小说形成了革命历史小说、“新历史小说”、文化历史小说和穿越历史小说四种模式化的形态。

革命历史小说以十七年文学中的《红旗谱》《红岩》《红日》《林海雪原》《保卫延安》为主要代表作品，近年来，《历史的天空》《亮剑》等作品也可看作十七年革命历史小说的余风。这些革命历史小说“是在既定的意识形态内，讲述既定的历史题材，以达成既定的意识形态为目的”①。在艺术

① 黄子平：《革命、历史、小说》，香港牛津大学出版社1996年版，第2页。

方法上以革命现实主义和革命浪漫主义相结合，在描写中国革命血与火的历史历程的同时，注重塑造意志坚定、个性鲜明、豪放不羁、在历史的过程中逐步成长为具有崇高境界的革命者兼传奇英雄的人物。小说对主人公的书写充满乐观豪迈的精神。革命历史小说也在一定程度上继承和发展了中国古典小说传统的表现手法，因而为群众喜闻乐见。然而，革命历史小说也存在既定意识下的宏大叙事、人物类型化、故事模式化等弊端。革命历史小说在大的历史时刻和历史事件上有据可靠，但历史只是背景，重点是通过对革命英雄人物的塑造和赞美表达既定的意识形态。

“新历史小说”自20世纪80年代中期至90年代初期形成了一个创作风潮，如莫言的《红高粱》、格非的《迷舟》、池莉的《预谋杀人》、叶兆言的《夜泊秦淮》、苏童的《米》《我的帝王生涯》《碧奴》、刘震云的《温故一九四二》《故乡天下黄花》等。“新历史小说”以历史生活的碎片为契机，虚构往昔故事。它们把历史作为模糊不清的背景，也不追求宏大叙事，小说的主人公往往是平民大众，或者将“英雄”平民化。目的不在于书写历史，而是探讨“人”及其“人性”。因而，新历史小说表现出鲜明的解构历史的立场。但新历史小说由于对历史的书写遵循作者内心的“真实”，在某种程度上让人觉得也许那从生活缝隙中透出的隐秘和私情或许才是历史的真相。不过，1992年之后，新历史小说日渐式微，最主要的原因是书写历史时“将负面引申为正面的‘反置逻辑’，即凡是历史肯定的，它就反其道而行之”[①]。也有人一针见血指出，新历史小说存在“神道迷信、夸张过度、时序错乱、俚俗艳情、颠倒史实等大忌”[②]。总之，过分的解构性、娱乐化和游戏倾向阻碍了新历史小说的发展。

---

① 崔志远：《论中国的地缘文化诗学》，《文艺争鸣》2011年第14期。

② 卢小雅：《颠覆与重生——中国现当代历史小说》，《中国图书商报》2006年4月26日。

文化历史小说则是指一批在史学和文学上都有较深造诣的作家，将历史考据与文采风流相结合，并以现代意识对历史的进程和中国传统文化进行了一定的文化反思的小说作品。自姚雪垠的《李自成》始至今，这种历史小说成为中国文坛的一大盛事。以凌力的《少年天子》，刘斯奋的《白门柳》，二月河的“清帝”系列小说，唐浩明的《曾国藩》《杨度》《张之洞》，熊召政的《张居正》，以及孙皓晖的《大秦帝国》等为代表。这些作品在一定程度上达到了历史真实与艺术真实的结合，同时又能尊重大众口味，形成了繁荣的创作局面。文化历史小说中历史人物的画廊里除了帝王将相，也增添了草民流寇、市井百姓等其他各色人物，但总体上所持有的历史观仍然是“帝王将相”的历史。并且与近年来的“国学热”相呼应，在读者群中有广泛的影响。但如许多学者指出的，许多文化历史小说缺乏对中国传统文化的深刻反思，有美化中国封建王权思想的倾向。

“穿越历史小说”则是近年来随着网络文学的发展而大行其道的一种“伪历史”小说。这些小说最关键的情节是“穿越”：具有现代意识的人物因某种不可抗拒的力量来到了历史上的某一个时代，置身于历史事件中，与诸多历史人物互动，并充当了其中的主角。历史主角的“穿越”实际上架空了历史，所以也有人称之为“架空历史小说”。这类小说以 1996 年黄易的《寻秦记》肇始，此后慢慢演变为一种文学现象。代表作有金子的《梦回大清》，“四大穿越小说”《木槿花西月锦绣》《鸾：我的前半生，我的后半世》《迷途》《末世朱颜》，以及月关的《回到明朝当王爷》，桐华的《步步惊心》等。穿越小说受到一些青少年，特别是女性读者的喜爱，有些被拍成电视剧，与影视剧中的穿越玄幻形成呼应。但实际上，大部分穿越历史题材的小说，“直白地说，穿越体裁其实就是言情小说的一个变种，即以穿越时空的手法并借助某个历史朝代的‘壳’，以凭空想象、玩弄文字

游戏而制造一个现代女性与古代帝王将相谈情说爱的白日梦罢了”[①]。穿越小说毫无历史的真实感和深厚的生活感，以题材新颖和情节浪漫来吸引和满足网络阅读的阅读快感。所以它们非常容易模式化、雷同化，而且随着网络读者的喜新厌旧很快呈现出衰颓迹象。

综观以上当代历史小说的格局，我们发现不论哪种历史小说，总会很快地模式化。原因不外乎这样几个方面：革命历史小说是在意识形态规约下的历史写作，作者没有独立的历史观；新历史小说和穿越小说的作者们则缺乏深厚的历史知识和学识修养，他们不只是不愿了解历史和探讨历史，更在于解构历史，因此，谈不上历史书写的严肃性，历史不过是他们自由文学创作的调味剂。传统历史小说具有一定的历史真实，但作家们“帝王将相”的历史观以及宫廷斗争、公案悬疑、儿女情长、争权夺利、保家卫国等情节的渲染，将历史打扮为可以娱乐的传奇故事。总之，对作家来说，如何书写历史是一个值得思考的问题。选择将历史作为背景，或者选择历史元素装扮大众喜闻乐见的历史故事，对作家们来说相对容易，却也容易被模仿。

以《心灵史》《走婚》《炎黄》为代表的历史民族志小说，呈现出不同于上述任何一种历史小说的新特征。

第一，将历史与人类学相结合的历史人类学的书写维度。历史民族志小说将历史归结为“人”的历史，也就是强调对历史中的人的关注，而不是传统的“旧”历史主义着力于通过对历史事件和历史人物对历史的影响来展示历史的规律性、必然性和整体性。它的目光投向民间、族群甚至边缘族群的历史。但它又不同于新历史主义小说为了消解历史而专门强调历史的片段性、偶然性，以及以历史人物的“平民化”走向民间的方法，更

---

① 西门送客：《棒喝穿越小说：谁在扼杀历史写作?》，《社会观察》2008 年第 3 期。

不认同新历史主义对历史的非理性的着意张扬。历史民族志小说在历史人类学新的方法论中进行比较严谨的知识性甚至学术性的历史探讨，它力图更加接近历史客体，因此它对历史的书写是严肃的。绝无新历史主义和穿越小说的戏谑和荒诞不经。

第二，历史民族志小说对人的历史的强调主要针对历史境遇如何形成了身在其中的族群的文化心态或者说族群的文化精神。这个“人”往往不是单个的人，而是一个族群。就像《瞻对》书写的瞻对人夹坝劫盗的文化心理，《走婚》和《炎黄》是对中华民族上古文化根性的形成探寻一样。小说有中心人物的刻画，但同时描画人物群像，以达到探究一个族群的文化精神的深度。此外，这些小说生动形象的笔触比较严谨地描绘了一个族群的日常生活、工艺技术、社会组织、成员角色、风俗礼仪、宗教信仰等文化特征和内在精神，承担了民族志的族群历史文化记忆的功能。当然，不同个体文本之间也有差异。

第三，历史民族志小说以历史民族志的书写方法来进行，同时与小说的文学性、审美性的根本要求相融合。历史民族志的书写方法包括三个层面：一是参考国家和政府主持编修的各种正史、通典的记载；二是兼及保存在各种载体上的千差万别的个体对历史的讲述；三是历史学的田野考察方法[①]，包括两层含义：第一层含义是在历史遗迹的考察和民间风俗、传说、神话中寻找历史记忆；第二层含义是对各种历史文献的比较研读，在历史文献中寻找情境。历史学的田野考察方法是历史民族志小说进行想象和虚构的基础，使得小说中的想象和虚构合乎历史逻辑和情境。但是，历史民族志小说毕竟是小说。它们与前述各类历史小说有相通之处：比如《走婚》对先民心理世界的细腻表现，爱情描写的绝美凄婉，在女性群像

① 参看王明珂：《羌在汉藏之间——川西羌族的历史人类学研究》，中华书局 2008 年版。

的命运描写中透出的生存艰辛之惋叹；又比如以再现想象进行的各种栩栩如生的情境描写；等等。应该说，这些小说的情感性和人文关怀并不亚于任何一部纯粹的文学作品。如果在这方面有所欠缺，就会影响小说的艺术价值，比如《瞻对》大量史料的直接引用对阅读节奏的打乱以及造成的阅读沉闷感。

总之，历史小说要进行历史民族志维度的书写是有难度的，所以也是难以模仿的，这也是历史民族志小说至今尚不多见的原因。历史民族志小说的意义是不可忽视的：一方面，它给我们提供了一种跨学科多种文体交杂的复合文体形式，其多学科知识整合意义及其将知识转化为文学方式的表述对当代长篇小说的文体变革有重要的意义；另一方面，其对历史的解读因为民族志书写的严肃性和知识性，与当代新历史主义小说及当前大热的穿越小说之类的“伪历史”小说相比，在发挥文化诗学的认知效应时，历史民族志小说对于历史怎样转化为文本、读者对历史的接受和认知及其人文科学怎样塑造社会公众意识都有可贵的价值。

第四章　民族志小说：汉族作家“写民族文化”的新探索

新世纪以来，一些汉族作家描写边地少数民族生活的小说以具有民族志性质的文学叙事，呈现了民族文化的知识谱系以及文化人类学内涵。文学作品如何将其涉及的民族文化转化为文学要素恰当地表述出来，直接影响作品的成就和价值。小说与民族志的互文关联是文学向文化之维的生成和拓展，为小说“写民族文化”提供了一种有效的书写方式。在民族志知识性维度的制约下，这些小说的文化立场是复杂的，它们在反思现代性的同时又提出现代性尚未完结的问题，并兼具民族性与人类性的视野。

一、边地书写与族群文化记忆

新世纪以来的文坛，向边缘文化寻觅诗思以达到对自我文化的反思和重建，这种倾向成为当代汉族作家书写少数民族的一种人文情怀和追求。于是有了姜戎的《狼图腾》（2004 年），范稳的《水乳大地》（2004 年）、《悲悯大地》（2006 年）、《大地雅歌》（2010 年），迟子建的《额尔古纳河右岸》

（2005年），红柯的《乌尔禾》（2007年），方棋的《最后的巫歌》（2010年），王蒙的《这边风景》（2013年）这样的小说。可以看到，这些小说所涉及的地理区域在过去都属于中国大一统王朝进程中的“边地”，居于边地的少数民族则被认为是“蛮夷”。“边地”和“蛮夷”在中国古代的历史言说中，其特点不是“野蛮”就是“落后”，它们与王朝中心在文化上的区别也往往被看作“文”与“野”的差异。

处于“中心”的当代汉族作家为什么将目光投向“边地”少数民族书写呢？从大的社会环境来讲，世界在新世纪已经结束了由西方意识形态主宰的“进步时代”，“正在跨入一个不同文明相互影响、相互竞争、和平共处、相互适应的时代”①。这种世界格局态势的调整，使中国也重新思考自己的国际地位和内部联系。

> 于是，步入现代化进程的中国便出现了对“进化”含义与“文明”界定的重新审视，目的在于发出民族的声音并争取解释的权利，力求在国家秩序的营建中，为自己赢得文明身份，使世界迈向多元格局。这样，“文明”就突破以西方为中心的“单线进化”垄断，而具有了意含相对的多样特征。
>
> 这样的趋势转向内部，自然引出对“边地中国”的重新评估……边地——无论是作为国家还是作为区域、族群和文化，显然是大有可为的重要一极。②

与之相应，在文学书写中重新认识中国边地少数民族文化，把少数民

① ［美］塞缪尔·亨廷顿：《文明的冲突与世界秩序的重建》，新华出版社1998年版，第92—93页。

② 徐新建：《全球语境与本土认同——比较文学与族群研究》，巴蜀书社2008年版，第170—171页。

族文化作为实现中国文学的本土化的资源和途径，进行当代文学的民族性建构也成为一种文学策略和文化选择。因为，从作家自身境遇的感受来看，多年来全面趋于现代性发展的生活文化也让身在其中的人们深感无法排遣的焦虑，面对现代生活的种种弊端，许多作家将目光投向边远的少数民族，把边地“原住民”的社会生活作为反思现代性的重要参照和资源，来反思现代文明，并寻求摆脱现代性焦虑的方案。由于作家们对少数民族文化的书写寄托着作者的人文情怀和文学理想，因此难免虚构和想象，往往以“我”对人类家园的追寻和探问将少数民族文化处理为一种与现代性相反的镜像。而且，各部小说在书写内容、对象及艺术风格方面虽然各不相同，但对“边地”、少数民族文化的价值基本都持有肯定态度，从而也将小说文本装扮成一种反思现代性的寓言。其实，20 世纪 80 年代的王蒙等人的作品已经有了这一层面的意义，但成为一种创作的自觉和风潮则在新世纪以来更加明显。但文化反思本来是个复杂的问题，因而这些小说也往往体现出复杂的文化立场。

此外，上述汉族作家笔下的少数民族小说，也往往具有一种鲜明的属性——民族志的性质。它们是一种关于少数民族或者边地族群文化的文学记忆，在一定程度上以小说的形式承担了民族志的功能，其对民族文化的表述形成了系统化的知识谱系，和描写相同对象的民族志相对照，发现它们可以作为诗化（文学化）的民族志来读。这些小说与以前那些铺写民族或者边地风情的“风土小说”不同，不再停留于对少数民族服饰、礼节、器具、风俗等表面化、印象化、符号化的展示和故事情节牵强附会的编造，而是在熟稔少数民族的生活的基础上，它们深入地域和民族社会历史的深层，对一个民族在漫长的传统中形成的生活样态和文化精神有理有据地表述和回应。这样的小说具有认识少数民族的社会生活文化、历史图景、民族精神，以及文化变迁的认知性。所以，可以称它们为民族志式的

小说（简称民族志小说）。

民族志小说所具备的民族志的性质和价值源于作家们对少数民族生活身临其境的体验或者田野考察，以及对少数民族历史和风俗资料的悉心研读。这是作家们能在小说中写出民族志内涵的“秘诀”。

王蒙从 1963 年到 1978 年在新疆工作生活了 16 年，如果没有这段对新疆生活的体验和熟稔，他写不出 70 万字的长篇民族志小说《这边风景》。范稳是滇藏大地上的行走者，并沉潜于对当地宗教文化的研究，他特别看重文化背景对一个作家的重要性。他认为小说需要进入人的内心深处，进入一个民族的灵魂。要做到这一点，你就得找到进入这个民族灵魂的正确路径，那就是对这个民族的历史、传说、宗教、民俗、信仰方式的熟稔。如果你不吃透它、掌握它，充其量你只能为它写一篇游记体的散文，或者，搞成一个肤浅的民风民俗的展览。多年在藏区跑，范稳领到了一张自如出入藏民族文化的通行证，很多在田野调查中遇到的事情，都可以和书本知识相对应。范稳的这些创作谈指出了一个优秀的汉族作家，要恰当地表述少数民族文化，必须以自觉的文化意识深入少数民族文化内部，将田野考察、生活认知与书本知识结合起来，将民族志叙事的一些方法融入小说中，写出能表达文化精髓的好作品。其他作家与范稳也有相似性，比如写出《蒙古往事》的冉平，常年工作和生活在内蒙古，用他自己的话说已经与蒙古人几无两样了。迟子建居住在黑龙江，并深入鄂温克、鄂伦春族进行田野考察和民族志资料的收集和研读。方棋工作生活在重庆，长期致力于长江中上游山区濒危文化遗产的挖掘、整理和保护，是三峡民俗文化研究的专家。

作家们在“本族意识”与“异族意识”的双重作用下，有意识地完成了族际间的身份转换，在人类学“主位”与“客位”意识相融合的基础上进行少数民族小说创作，小说既写出了少数民族文化景观，也写出了少数民族内在的文化性格。

然而，文学毕竟不是民族学，作家们不想成为面目呆板的民族志的记录者，也不想将小说写成民族志。而就算是一直被认为是科学著作的民族志，也经常不可避免地存在着作者主观的、个性化的建构性。格尔兹指出，人类学者在异文化的参与和观察中，当地人以其象征性行动传达出该文化的意义，而人类学者通过对这些象征性行动的详尽细致的描写是做另一层次的阐释，即所谓的“深描”（thick description）。不可避免的是人类学家的著述是在一个创作的、利己的、文化的和历史的情境中，作者难免是一个在交流中将自己的经历与别人的经历进行互换流通的商谈者。民族志其实是一种创作，本质上如同小说一样是制造出来的东西。

格尔兹提出的“深描”这个概念是民族志与文学文本弥合的桥梁。如果作家能在文学与民族志之间找到一种恰如其分的表述，那么，文学作品完全能够以具体的、饱含鲜活感的修辞来达到对一种地方性知识的“深描”。在“深描”这一层面上，可以将小说与民族志结合起来。这些作品就既是生动的小说，也有民族志较为严谨的知识性的智性向度。冉平的《蒙古往事》有意将置身其外的客观视角和置身其内的主观视角相交叉进行叙述，在情节想象、人物性格塑造、自然环境和社会环境、风俗事象等方面，写活了蒙古族民族生活图景和精神气质，也实现了对历史事件的客观呈现与文学想象的有机融合。范稳的《水乳大地》中，作者将自己行走在滇藏地区采风所得的知识、史料，以及对滇藏宗教文化的研究糅入魔幻现实主义笔法中，在厚重的小说世界的营造中，呈现了滇藏地区的地理空间、历史文化、民族宗教和社会人生等地方性知识，小说因此亦有了地域性民族文化书写的民族志的维度。方棋《最后的巫歌》在瑰丽神秘的小说世界中对以虎族（今土家族）为主体的三峡原住民文化进行了诗性呈现，为这个已经消逝的文化形态留下了诗性的民族志记载。总之，“他们对少数民族文化的

重新发现，也具有了保护文化多样性的积极意义。他们描绘少数民族绚丽多彩生活的作品，常常凝聚了他们了解、研究少数民族文化的心血，保留了他们独有的可贵体验、发现与思考，因此他们的这些作品也无疑有了人类学的意义”[①]。

不过，如果从民族志意义上来对具体文本进行深入探析，会发现《狼图腾》《乌尔禾》这样的边地小说虽然有一定的人类学意义，但它们对族群文化的记忆缺乏比较严谨的知识性向度。基于小说的人类学维度与文学性维度不平衡性，只能把它们看作有一定程度的人类学意义的文化反思小说，尚不能算民族志小说。

格尔兹说过：“一个民族志学者，通过对远古思想布局的耙梳厘定，会发现知识形态的建构必然总是地方性的，亦即同他们的工具及包装总是不可分离的。人们或能以普遍式的修辞掩盖这一事实，或者能以某种大而无当的理论使之变得模糊不清，但事实上人们并不能真正使之消失掉。”[②]而文学恰恰是个性化的，不是普遍式的修辞，文学也恰恰不是大而无当的理论。如果一个作家能在文学性与民族志之间找到一种恰如其分的叙述，那么，它完全可以以具体的、饱含鲜活感的修辞来达到对一种地方性知识的“深描”。因此，好的民族志小说既是生动的小说，也具有较为严谨的人类学民族志的知识性、学术性的智性向度。它们以小说的形式承担了族群文化记忆的民族志功能，完全可以作为书写“地方性知识”的“民族志”来读，因为它们可以直接增进读者对相关地域、族群生活文化知识和民族精神及其文化变迁的了解和理解。

不过，民族志小说的重心还是在其作为小说而存在，作家们在将民族

① 樊星：《“改造国民性”的另一条思路——论当代作家对少数民族文化的发现和思考》，《文学评论》2008 年第 4 期。

② ［美］克利福德·格尔兹：《地方性知识》，邓正来译，《国外社会学》1996 年第 1、2 期。

志的知识化入小说的艺术世界中时，能否做到知识性与艺术性的有机融合，才是决定小说的艺术成就和价值评判的尺度。好的民族志小说往往根据思考、想象和感受做出道德选择，以虚构的情节把文化内涵组成连贯的故事，通过开头、主体和结尾这样的小说结构安排，诗意的文学语言以及各种文学意象来呈现民族文化的知识谱系，为小说与民族文化有机统一提供了一种有效的书写方式。一句话，民族志小说的知识性和艺术性是否有机地融合在一起，这直接决定了小说的艺术成就和价值评判。雷达先生也谈到这个问题，他在评价《水乳大地》的不足时说："也许作者多年来过于执着地潜心于滇藏宗教文化的研究，沉溺于学术性，写过专著，也许作为一个'行走者'，作者过于重视'采风'方式，致使小说在如何将知识、史料转化为文学意象的环节上仍有火候不够之处，尽管在组合拼接上作者下了大力，也仍有借助史料言说历史的智性化痕迹。作者不得不像一个远观者，站在峡谷之巅，全知全能地'观望'也即摹写历史，而我们也就像剧场里的观众只能'看戏'，难有置身其中之感。"① 所以，汉族作家要想在小说中成功地"写民族文化"，必然要达到两个方面：一方面小说以民族志式的书写呈现民族文化的知识谱系和文化人类学的内涵，留下一份族群文化的诗性民族志；另一方面营造一个审美的、丰富的小说世界。但这些都要立足于作家的文化主体间性的立场、双重的身份与语汇基础上，能在精细入微地体会土著生活、地方习俗的特有含义的同时与本文化进行交流对话，并以开阔的人类学视野和胸襟，将其恰当地放入全球性文化结构的总体坐标之中，实现了文化并置与反思。

本章选择《额尔古纳河右岸》与《最后的巫歌》这两部作品进行观照和论述。

① 雷达：《雷达专栏长篇小说笔记之二十：范稳的〈水乳大地〉》，《小说评论》2004 年第 3 期。

二、《额尔古纳河右岸》：鄂温克族文化的文学呈现

迟子建的小说《额尔古纳河右岸》与鄂温克族的民族志之间有明显的互文和关联，参照鄂温克族的民族志知识来解读它，就会发现小说在人物、环境、情节等要素的安排中，将民族志知识不露痕迹地糅合其中，全面呈现了鄂温克族的文化和民族精神。从文化人类学角度对《额尔古纳河右岸》的解读，目前已经有一些研究成果。大部分成果指出《额尔古纳河右岸》中某些书写体现了鄂温克族的某种文化风俗，对这些风俗内在的文化人类学内涵探讨缺乏民族志小说批评应具有的知识认知维度，对小说复杂的文化思考也仅仅停留在肯定他者文化价值、回归自然这些常见的观点上。如果将学术性、知识性的鄂温克族民族志与想象和虚构的民族志小说并置，参照来解读《额尔古纳河右岸》，二者呈现出的互文性，用叶舒宪先生的话来说，是“从民族志到文学志”。①

（一）《额尔古纳河右岸》与鄂温克族民族志的互文关联

《额尔古纳河右岸》利用鄂温克族的民族文化资源，以民间话语形塑了鄂温克人以“诗性智慧”创造的独特的民族文化，在小说世界的营造中呈现民族文化的知识谱系。

1. 泛灵信仰

鄂温克族是东北亚地区的一个民族，在俄罗斯西伯利亚和我国的内蒙古和黑龙江两省都有居住。《额尔古纳河右岸》描写的鄂温克族主要居衍黑龙江地区的大山林中，在新中国成立之前，鄂温克族是一个狩猎和游牧

① 叶舒宪：《文学人类学教程》，中国社会科学出版社 2010 年版，第 154 页。

的民族，他们的文化里有泛灵信仰。

泛灵信仰即认为自然界的动植物也像人一样有灵魂，因为这些东西也活着。进一步类推，石头、食物、武器、食品等其他东西也可能充满了灵魂。“泛灵信仰者通常倾向于将自己看成自然的一部分，而不是自然的主宰者，这尤其流行于以狩猎采集为主要生计方式的民族中。在这些人群中，人格化的主神不那么重要，但灵魂却在他们的生活环境中无处不在。”① 泛灵信仰可以为人们解释未知事物从而减少个人的恐惧和忧虑，并提供一种有序的宇宙模式。《额尔古纳河右岸》多方面书写了鄂温克族的泛灵信仰。

死亡观。死亡并非生命的终结，并不意味着完全消失，一个生命死以后，灵魂会寄居在另一个生命中，或者以某种转化形态而存在。生命可以相互转化和相互迁移。《额尔古纳河右岸》对此有许多描写：

列娜病危的时候，尼都萨满救了她。在列娜活过来的同时，一只小驯鹿死了。那只小驯鹿的母亲灰驯鹿的奶水一下全干了。后来，在一次营地迁徙时，列娜恰恰骑的是灰驯鹿，灰驯鹿将列娜带入死亡山谷，列娜死了。灰驯鹿又有奶了。

有一天，伊芙琳与一条蛇耳语。后来，伊芙琳说她在与母亲耳语，因为母亲死后的灵魂寄居在这条蛇身上。蛇说着母亲的话，为伊芙琳擦去眼泪。

妮浩萨满去为另一个氏族部落的一个濒临死亡的孩子治病，她离开时，她的儿子耶尔尼斯涅（意即黑桦树）说如果母亲有危险，他会代替母亲去死。妮浩在归途中掉下了山崖，一棵黑桦树伸出手托住了妮浩，妮浩得以幸免于难。就在同时，爬到树上遥望母亲归来的耶尔尼斯涅从树上掉下来摔死了。

① 庄孔韶主编：《人类学概论》，中国人民大学出版社 2006 年版，第 352 页。

生命观。生命之间是有感应的，对待动植物的生命的态度，可以影响人们的生活。因为灵魂可以控制人们的生活。“我”结婚后经常与丈夫拉吉达一起打猎，结婚三年了一直没有怀孕。氏族的人认为这是由于打猎，因为打猎的女人不会怀孕。后来，“我”在和丈夫的一次打猎中，看到猎物母水狗的四只尚未睁眼的水狗幼仔而心生怜悯，就放过了母水狗。就在这年的春天，“我”怀孕了。从此，“我”再也不打猎了。

此外，这种泛灵信仰还表现在鄂温克人对身边的山川河流以及动植物等万物有灵的观念上。比如金得吊死在一棵又干又脆的、看起来似乎连猫头鹰都站不住的枯树上。这棵树身上一片绿叶也没有，只有两扇鹿角似的斜伸出来的枝丫。

> 我还记得当我们到达出事现场的时候，那棵枯树突然发出乌鸦一样“嘎嘎”的叫声，接着，它就仿佛是抱着金得一样，“轰——”的一声倒在林地上，断成几截。很奇怪的是，树身断了，那两扇鹿角似的枝丫却丝毫未损。伊芙琳走上前，用脚狠命地踩着它，声嘶力竭地叫着“鬼呀，鬼呀！”①

从以上书写可以看出，灵魂对人的影响主要体现为某些生灵的灵魂在躯体死后继续存在，灵魂之间的迁移甚至可以形成生死轮回。对鄂温克人来说，他们也相信某些灵魂可以影响、控制人的生活。而能够控制和影响人生活的非人精灵莫过于山神与火神了。

山神崇拜。鄂温克人相信山神掌管着山里的一切，赐予他们丰富的飞禽走兽作为猎物，并且相信山神就居住在那向上升腾、高耸入云

① 迟子建：《额尔古纳河右岸》，北京十月文艺出版社 2005 年版，第 124 页。

的大树上。《额尔古纳河右岸》描写一次打猎的过程，因为“我们”捕获了一个大猎物，“我们”都快意地吹着口哨。但在经过参天大树的时候，就不敢打口哨了，怕惊扰了山神“白那查”。有关山神“白那查”的来历，小说写到：

> 传说很久以前，有一个酋长带着全部落的人去围猎。他们听见一座大山里传出野兽发出的各种叫声，就把这座山包围了。那时天色已晚，酋长就让大家原地住下。第二天，人们在酋长的率领下缩小了包围圈，一天很快又过去了，到了黄昏休息时，酋长问部落的人，让他们估计一下猎物里有几种野兽，这些野兽的数量又是多少。没人敢对酋长的话做出回答。因为预测山中围了多少野兽，就跟预测一条河里会游着多少条鱼一样，怎么能说得准呢？正在大家默不作声的时候，有一个慈眉善目的白胡子老人开口说话了，他不仅说出了山中围猎的野兽的数目，还把它们分了类，鹿有多少只，狍子和兔子有多少只，等等。等到第二天围猎结束的时候，酋长亲自带领人去清点所打野兽的数目，果然与那老人说的一模一样！酋长觉得老人非同寻常，打算问他点什么，就去找老人。明明看见他刚才还坐在树下的，可现在却无影无踪了。酋长很惊异，就派人四处寻找，仍然没有找到他。酋长认为老人一定是山神，主宰着一切野兽，于是就在老人坐过的那棵大树上刻上了他的头像，也就是“白那查”山神。①

此处这则传说与对鄂温克族的民族学调查报告资料基本一致。②

① 迟子建：《额尔古纳河右岸》，北京十月文艺出版社 2005 年版，第 40 页。

② 参看中国社会科学院民族研究所编：《鄂温克族社会历史调查报告》，内蒙古人民出版社 1986 年版，第 112 页。

鄂温克族对“白那查”山神顶礼膜拜。“猎人行猎时，看见刻有白那查山神的树，不但要给他敬奉烟和酒，还要摘枪卸蛋，跪下磕头，祈求山神保佑。如果猎获了野兽，还要涂一些野兽身上的血和油在这神像上。”① 有信仰就有禁忌，山神是不能冒犯的。如果触犯了山神，就会遭到报应。鄂温克族认为山神掌管着猎民们的猎物。如果山神不高兴，就不会赐予猎民猎物，更严重的是会威胁到生命。《额尔古纳河右岸》有一个情节：一个十六岁的汉族孩子在吃了烤鹿肉之后，对着一棵大树滋了泡尿，就肚疼难忍，快不行了。这在鄂温克人看来，是触犯了山神。幸亏萨满妮浩跳神施法，才救回了他一条命。

鄂温克人的泛灵信仰中，为什么山神信仰如此重要呢？这与鄂温克人主要生活在大兴安岭这样的高山森林中有关。“人类感觉他的周围有种种势力（powers）为他所不能驾驭，对之很为害怕，于是设法和他们修好，甚至希望获得其帮助。人类对于这种种势力的观念自然也依环境而异：平坦的原野自然无山神，乏水的地方自然无水神，离海很远的内地自然也无所谓海神。”②

火神崇拜。在山神崇拜之外，鄂温克族敬畏的神灵还有火神。《额尔古纳河右岸》对此做了详细的描述：

> 我们是很崇敬火神的。从我记事的时候起，营地里的火就没有熄灭过。搬迁的时候，走在最前面的白色驯鹿驮载的是玛鲁神，那头驯鹿也被称作“玛鲁王”，平素是不能随意役使和骑乘的。其后跟着的驯鹿驮载的就是火种。我们平时把火种放到埋着厚灰的桦皮桶里，不

① 迟子建：《额尔古纳河右岸》，北京十月文艺出版社 2005 年版，第 40 页。

② 林惠祥：《文化人类学》，商务印书馆 1991 年版，第 223—224 页。

> 管走在多么艰难的路上，光明和温暖都伴随着我们。平时我们还常淋一些动物的油到火上，据说我们的祖先神喜欢闻香味。火中有神，所以我们不能往里面吐痰、洒水，不能朝里面扔那些不干净的东西。①

“玛鲁神”是鄂温克人泛灵信仰中对祖先神以及其他十二种神偶的统称，鄂温克人在供奉这些神外，还要单独供奉和保护火神，可见对火神的重视。对鄂温克族这样的生活在大山林里的狩猎民族来说，有火意味着告别茹毛饮血的生活方式，吃到可口的、更有营养的熟食，意味着取暖以及在黑夜里驱赶野兽和种种精灵。所以，火神是与他们联系最紧密的神灵之一。围绕着火，产生了火神崇拜和种种禁忌。其实，火神崇拜在全世界都非常普遍，有火意味着生活的红火、生命的旺盛，火种不灭就是生命的延续。所以，火是神圣的，世界各地、各民族都有种种不同形式的火神信仰和禁忌。

2. 熊图腾文化

鄂温克族居住的大森林多有熊。鄂温克族将熊与对祖灵的信仰联系起来，形成了独特的熊图腾文化。鄂温克族一方面对熊就像是对待自己的祖先和长辈，不敢直呼其名，另一方面却猎杀、分食熊肉。《额尔古纳河右岸》写到了几处鄂温克人与熊之间奇妙关系的情节，完整地勾画出鄂温克族的熊图腾文化。

> 我初来人间听到的声音，是乌鸦的叫声。不过，那不是真的乌鸦的叫声。由于猎到了熊，全乌力楞的人聚集在一起吃熊肉。我们崇拜熊，所以吃它的时候一样“呀呀呀”地叫上一刻，想让熊的魂灵知道，

① 迟子建：《额尔古纳河右岸》，北京十月文艺出版社 2005 年版，第 29 页。

不是人要吃他们的肉，而是乌鸦。[①]

小说还写到鄂温克人吃熊肉时有许多禁忌：比如切熊肉的刀，不管多么锋利，也要叫“刻尔根基”，即“钝刀”的意思；又比如不能将熊的骨头随处乱扔，否则就是违反了禁忌，会遭到危险。小说中的马粪包吃熊肉时违反了这些禁忌，结果一根熊骨卡在他的喉咙里，差点送了命。

吃完了熊肉，就要对熊进行风葬。鄂温克人“要选择两棵高大粗壮、枝叶繁茂的松树，并在树杈上架上横梁，把两棵树的阳面削平，横刻十二道小沟，沟里用兽血与花草汁液涂上红、黄、兰、白、绿等各种颜色。在第六道沟的两端，用刀刻两个小孔，将熊的两只眼睛镶嵌在其中”[②]。《额尔古纳河右岸》写妮浩萨满为熊做同样的风葬仪式，并唱着一首祭熊的歌：

熊祖母啊，
你倒下了，
就美美地睡吧！
吃你的肉的，
是那些黑色的乌鸦。
我们把你的眼睛，
虔诚地放在树间，
就像摆放一盏神灯！[③]

小说上述情节描写，显示了鄂温克族熊图腾文化的特点，是与鄂温克

① 迟子建：《额尔古纳河右岸》，北京十月文艺出版社 2005 年版，第 103 页。
② 宁昶英：《图腾的忏悔——论鄂温克人的猎熊、祭熊仪式》，《社会科学辑刊》1992 年第 2 期。
③ 迟子建：《额尔古纳河右岸》，北京十月文艺出版社 2005 年版，第 130 页。

族的民族志知识紧密关联的。

其一，鄂温克人将熊作为先祖。在鄂温克族的传说中，熊原来是人类的一种，非常聪明，并且有着超出一般人的记忆与力量，是相当优秀的人种。熊嫁给鄂温克年轻英俊的猎手古尔丹，生了两个孩子。那两个孩子后来成为森林中的两个英雄。鄂温克人把公熊称作“合克”（一译“和克”，是其父系远祖的最高称呼），把母熊称作“额渥”（一译“谔我”“恶我”，这是对其母系远祖的最高称呼）或称为“阿玛哈”（舅父或姨父）。《额尔古纳河右岸》中的鄂温克人直接称熊为“熊祖母”，直接与熊传说相关联，并非常典型地反映了“图腾”（totem）意为“它的亲属”的原始观念。

其二，鄂温克族灵魂不灭的信仰。对死后的熊，鄂温克人进行风葬，风葬仪式最重要的环节是将熊的眼睛镶嵌在特选的大树上，虔诚地进行祭奠，原因是他们认为熊的眼睛隐藏着熊的灵魂。熊死了不说“死”而要说“睡了”，以此对熊灵进行安慰与祈祷。吃熊肉时熊骨不能乱扔，是因为熊骨中有熊永恒不灭的灵魂。这些都反映了鄂温克族灵魂不灭、保护灵魂的观念以及熊灵禁忌。

其三，鄂温克人转嫁灾难的“黑巫”观念和图腾禁忌。鄂温克人吃熊时假装乌鸦叫，祭熊时唱歌反复强调是乌鸦吃了熊的肉，而不是自己。这是一种原始思维中转嫁灾难的“黑巫”观念，也是图腾禁忌的一种表现方式。一般来说，原住民对自己的图腾是禁猎的，而鄂温克人违背了这种图腾禁忌，那么其心理的恐惧感和负罪感就要通过别的方式进行疏泄。一个最有效的办法就是将这种违禁行为进行转换，延伸到新的目标身上，从而将对神圣之物的恐惧加以转移，以缓解自己的负罪感。乌鸦就成了鄂温克人猎杀熊这种违禁行为的替代者。这典型地反映了原始思维中转嫁灾难的“黑巫”观念。祭熊的仪式可以看作向图腾的忏悔和赎罪。通过向乌鸦转嫁违禁行为和祭熊仪式的忏悔和赎罪，鄂温克人违禁行为造成的后果得

以弥补。而吃熊肉时不能乱扔熊骨的禁忌，既是鄂温克族熊图腾禁忌的特征，也是全世界原住民图腾禁忌的普遍性特征。“根据冯特的看法，塔布（禁忌）的原初特征——相信在一个物体里面隐藏着一种‘恶魔式’的力量，而且，倘若这个物体被触摸到或者被不正当地使用，触犯者就会遭受到某种诅咒的报复……”① 这种报复最初是一种对象化的恐惧（Objectified fear），后来分化发展为两种形式：崇拜（Veneration）和畏惧（Horror）。《额尔古纳河右岸》以马粪包吃熊肉时违反禁忌受到惩罚的情节形象地阐释了文化人类学图腾禁忌的内涵。

3. 萨满文化

鄂温克族信仰萨满教。一般认为，“萨满”一词源自西伯利亚的满—通古斯族语的“shaman”一词。萨满教广泛分布于古代和当代的世界中，是一种流传广泛的地方性知识形式。关于萨满的性质，是无数研究者长久关注的问题，在不同历史时期，不同学派以不同视角审视和探讨会不停地有新的发现。② 对于鄂温克族的萨满教，根据其文化的表现，可以以俄国著名民族学家史禄国的观点来看萨满的性质。史禄国指出：“在所有的通古斯语中，这个词指的是能够驾驭精灵的人（无论是男是女），他们能够将这些精灵引入自己的身体，并用其力量使精灵为自己的利益服务，特别是帮助正在受精灵折磨的其他人；他们有一套特殊的方法与精灵打交道。”③ 鄂温克族的萨满文化原始古朴，内涵丰富。《额尔古纳河右岸》对萨满文化的民族志书写是了解鄂温克族的人文信仰和民族精神的窗口。

萨满的产生。一个氏族的萨满的产生，不是继承的也不是通过后天学

---

① ［奥］西格蒙德·弗洛伊德：《图腾与禁忌》，赵立玮译，上海人民出版社 2005 年版，第 36 页。

② 参看庄孔韶：《人类学概论》，载郭淑云：《中国北方民族萨满出神现象研究》，民族出版社 2007 年版，第 355—356 页。

③ 转引自庄孔韶主编：《人类学概论》，中国人民大学出版社 2006 年版，第 356 页。

习而产生的，而是神灵的挑选与回转。世界范围内新萨满产生，也即神灵回转的周期不尽相同，鄂温克族的新萨满产生的周期一般是三年。《额尔古纳河右岸》描述了两位萨满的产生。尼都和弟弟林克共同爱上了达玛拉，达玛拉对两位小伙子都满意。那就只好通过射箭比赛让上天决定达玛拉嫁给谁。比赛时，出色的猎手尼都鬼使神差地把箭射偏了。林克赢得了达玛拉。林克和达玛拉成亲的时候，尼都割破了自己的手，然后吹一吹，就神奇地止住了血。从那以后，尼都还表现出种种怪异行为，比如光脚踏过荆棘丛，脚也不受伤，一脚踢飞一块巨大的石头等。此后，尼都就成了氏族的萨满。尼都萨满死后的第三年，产生了新萨满妮浩。妮浩也先是有一些怪异的行为举止，比如在雪地上飞快地奔跑，双脚一点也没有冻着。最主要的是妮浩病了，不吃不喝足足躺了七天，然后就像刚打完一个盹儿似的坐起来。接下来，一位年高望重、经验丰富的老萨满为妮浩主持了新萨满的请教仪式，妮浩成为氏族的正式萨满。《额尔古纳河右岸》还在新萨满请教仪式的逼真描绘中，详细介绍了鄂温克族萨满通神时的服饰与用具，神衣、神裙、披肩、神带、神帽、神镜、神鼓的式样、装饰，以及这些器具对沟通神与人的作用，这些都有民族志的认知功能。

《额尔古纳河右岸》阐释了鄂温克族萨满产生的神奇状况。尼都经历了爱的创伤而最终成为萨满。妮浩从小熟悉萨满文化，在成为萨满前又大病一场。这些指出，精神打击、患病，都显示了“伴随一位新萨满身份的获得，必然有一种发生于其个人生涯的创伤性经验。这也是苏格拉底所揭示的通神诗人真相——‘夺去他们平常的理智’。如果将平常的理智状态视为‘正常’，那么此类创伤性经验就是导致诗人或萨满精神‘异常’的主体前提条件”①。

① 叶舒宪：《文学人类学教程》，中国社会科学出版社2010年版，第138页。

萨满的职能。萨满介于人与神之间，是整个氏族的支柱，决定氏族的生产、迁徙。此外，萨满还担负着其他的重要而无可取代的职能。

其一，疗救病人。从《额尔古纳河右岸》对两位萨满治病救人的描述来看，萨满疗救的时间要在天黑的时候，如果天还没有黑，就要人为地遮挡光亮，制造黑夜，因为神只有在黑暗中降临。鄂温克族萨满主要以狂烈的舞蹈激奋精神，同时伴随着鼓点、衣饰上的铜铃声等形成的音频效应，催发萨满以迥异于平时的巨大的激情进入迷狂的出神状态。萨满疗救病人是一种精神疗法，是一种复杂的综合性的“社会文化治疗”，也是一种神秘主义文化，目前学术界对萨满跳神（也称为出神）现象有多种看法。不论怎样，在鄂温克族的萨满文化中，把病患归结于神鬼作祟，所以必须采取禳神驱鬼的方式解除病患。但这是有代价的，《额尔古纳河右岸》对此的表述是：尼都萨满每次疗救都要杀死一只驯鹿献给鬼神，妮浩萨满以自己的三个孩子死去的代价，救助了三个病人。结合萨满们在任萨满之职前需要经历的创伤性体验，人类学者对萨满教社会中萨满身份的调研表明：萨满们在“经历特殊历练的心路历程，然后才会获得通神本领和治疗能量，因而可以将这一批人称为‘受伤的医者’。其萨满治疗能量就来自于他们自己的伤病体验，那是一种类似脱胎换骨的人格再造过程”①。小说中的妮浩萨满就是这样一位受伤的医者，伤病之后，拥有了萨满的治疗能量，也拥有萨满神圣而伟大的人格。

其二，祛灾祈禳。为了保佑部落人畜平安，草场繁盛，萨满还担负保佑人畜兴旺和祓除灾害的职责。《额尔古纳河右岸》记叙了尼都萨满跳神为驯鹿治病的情节以及妮浩萨满进行的跳神求雨仪式。

① 叶舒宪：《文学人类学教程》，中国社会科学出版社2010年版，第139页。

她用两只啄木鸟为祈雨道具，一只是身灰尾红的，另一只是身黑额红的。把它们放在额尔古纳河畔的浅水中，让它们身子浸在水中，嘴朝天上张着，然后开始跳神了。

…………

妮浩跳了一个小时后，空中开始出现阴云；又跳了一个小时后，闪电出现了。妮浩停止了舞蹈，她摇晃着走到额尔古纳河畔，提起那两只湿漉漉的啄木鸟，把它们挂到一棵茁壮的松树上。她刚做完这一切，然后，雷声和闪电就交替出现，大雨倾盆而下。①

小说对妮浩祈雨过程的描写，基本上展示了敖鲁古雅的鄂温克族独特的祭雨仪式。②萨满之所以能保佑人畜兴旺和袚除灾害，一般的解释是萨满对动物习性、自然地貌、气候、天象规律的长期观察形成了认知经验，这种原始的、朴素的科学哲理在适当的时候就会发挥神灵般的作用。但在鄂温克族的萨满信仰中，他们坚信万物有灵，降雨是萨满与神灵沟通的结果。

其三，主持各种仪式。萨满主持氏族的各种仪式，对婚礼和葬礼特别重视。葬礼特别体现了鄂温克族的民族特色。《额尔古纳河右岸》写林克死后，“尼都萨满连夜在那片松林中选择了四棵直角相对的大树，又砍了一些木杆，担在枝丫上，为父亲搭了他最后一张铺。”“我们在清晨时把父亲用一块白布裹了，抬到他最后的那张铺上。”③这里描写的是鄂温克人的风葬仪式。风葬属于天葬的一种，人们认为通过乌鸦等飞鸟啄食尸体，可

① 迟子建：《额尔古纳河右岸》，北京十月文艺出版社 2005 年版，第 239—240 页。

② 中国社会科学院民族研究所：《鄂温克族社会历史调查报告》，内蒙古人民出版社 1986 年版，第 112 页。

③ 迟子建：《额尔古纳河右岸》，北京十月文艺出版社 2005 年版，第 55 页。

把尸骸运到天界，而利于灵魂转世。鄂温克族萨满在葬礼上一般还要唱神歌。尼都萨满在达玛拉死后，为她举行风葬仪式，唱了一首神歌：

> 滔滔的血河啊，/ 请你架起桥来吧，/ 走到你面前的，/ 是一个善良的女人！……如果你们不喜欢一个女人 / 脚上的鲜血 / 和心底的泪水。/ 而为她竖起一块石头的话，/ 也请你们让她 / 平安跳过去。①

这首神歌典型地体现了萨满护送亡魂的职能。而“鄂温克族则认为，成人的灵魂与小儿的灵魂归宿不同，成人的灵魂在人死后归于阴间，小孩的灵魂则飞回天上”②。《额尔古纳河右岸》里的小女孩列娜死后，尼都萨满说“列娜的灵魂跟天上的小鸟在一起了”。达玛拉的灵魂则如神歌所唱的要经过阴间的血河。鄂温克族认为善良的人的亡魂来到血河，血河上会自然浮现一架桥让其平安渡过，恶人则会出现一块石头，有悔改之意就能从石头上跳过去，如还不觉悟就会被血河淹没，灵魂彻底消失。萨满护送亡魂得其归宿，是民族伦理及其民族保障体系的组成部分。

4. 社会组织形式与生活形态

一般来说，一个民族的社会组织形式与生活形态是其自然环境与社会环境综合作用的结果。但由于新中国成立前鄂温克族生活的自然环境的封闭性，他们与外界文化处于长期隔绝的状态。所以其社会组织形式和生活形态更多地顺从了自然环境，也形成了鲜明的民族特色。

《额尔古纳河右岸》全面呈现了鄂温克族的社会组织形式与生活形态。比如，鄂温克人采集、狩猎和捕鱼的原始生计方式，男人出猎、女人采集

---

① 迟子建：《额尔古纳河右岸》，北京十月文艺出版社 2005 年版，第 95—96 页。

② 郭淑云：《中国北方民族萨满出神现象研究》，民族出版社 2007 年版，第 58 页。

和加工的劳动分工，食物平均分配的原则，以较少的人数组成部落进行生产，追逐食物而迁徙的生产方式，以桦树皮制作日常生活用品和工艺品、喝桦树汁、划桦皮船，迁徙时在“靠老宝”里储存剩余食物供森林里所有过路人享用，穿动物毛皮制作的衣服的生活文化，等等。从中可以看出，鄂温克人社会组织形式与生活形态与鄂温克族所处的自然环境——封闭的大森林达成了高度的适应性。

鄂温克人独特的生产生活的方式，具有标志性符号意义的是鄂温克人放养驯鹿以及围绕驯鹿形成的驯鹿文化。驯鹿是鄂温克人的标识和象征，所以鄂温克人也被称作“驯鹿鄂温克人”。《额尔古纳河右岸》以满含喜爱和感激的口吻描写驯鹿：

> 我从来没有见过哪种动物会像驯鹿这样性情温顺而富有耐力，它们虽然个头儿大，但非常灵活。负载着很重的东西穿山林，越沼泽，对它们来说是那么地轻松。它浑身是宝，皮毛可御寒，茸角、鹿鞭、鹿心血、鹿胎是安达最愿意收入囊中的名贵药材，可换来我们的生活用品。鹿奶是清晨时流入我们身体的最甘甜的清泉。行猎时，它们是猎人的好帮手，只要你把打到的猎物放到它身上，它就会独自把它们安全地运到营地。搬迁时，它们不仅负载着我们那些吃的和用的东西，妇女、孩子和年老体弱的人还要骑乘它，而它却不需要人过多的照应。①

此外，《额尔古纳河右岸》还有许多处对驯鹿的描写，驯鹿对鄂温克人的重要作用可以分为两类：一是在生产和生活中的作用。被称为“森林

① 迟子建：《额尔古纳河右岸》，北京十月文艺出版社 2005 年版，第 17—18 页。

之舟”的驯鹿主要有交通运输的作用，生产鹿茸、鹿鞭等名贵药材来进行商品交换，换取生活用品的作用，生产食物鹿奶、食物不够时被宰杀做食物的作用，以及作为礼物进行馈赠和交换沟通的作用，等等。二是承载着鄂温克族文化特质的精神文化作用。驯鹿被鄂温克人认为是人与神之间的媒介，具有神圣性。它可以代人向神祈求安全和治愈疾病，因此萨满给人治病或祭祀要杀驯鹿以献祭，鄂温克人的起死回生和祈求保佑都是伴随着驯鹿的牺牲。驯鹿因此成为鄂温克族的一种文化特质，一种符号象征。①

《额尔古纳河右岸》在小说世界的营造中全面呈现鄂温克族的生活与文化的知识谱系，虽然还不能达到像学术著作那样进行深入系统的学术性研究。但是，小说呈现的鄂温克族的生活图景，本身就是对鄂温克族文化的文学化、形象化的展演。有学者指出《额尔古纳河右岸》虽然在萨满文化的呈现方面有一定的缺陷，但它借助文学这种鲜活的形式将北方民族神秘的萨满世界呈现在广大读者面前，将会引起更多的人去关注我国丰富的、历史悠久的萨满文化，进而推进中国学界对萨满的学术研究。②此外，《额尔古纳河右岸》对鄂温克族的书写，就像是为世界范围内那些居住在森林中的狩猎民族文化的一个活标本。它既有鄂温克族的特性，更有所有原始狩猎民族以及萨满信仰社会的文化的普遍性。所以，也有人认为：“这部小说是中国真正意义上的第一部人类学小说，……或者结构人类学意义上的。”③虽然不能说《额尔古纳河右岸》是中国真正意义上的第一部人类学小说，但说它具有文化人类学意义和结构人类学意义是非常有洞见的。

① 谢林娜对《额尔古纳河右岸》的研究也注意到了这一点，参看谢林娜《鄂温克文化的文学呈现——〈额尔古纳河右岸〉的文学阐释》（湖南科技大学，2010 年硕士学位论文）。

② 张向东、罗文政：《〈额尔古纳河右岸〉中萨满文化元素探微》，《河南理工大学学报》2009 年第 4 期。

③ 张丽军、房伟、马兵：《温厚 · 悲凉 · 清澈——〈额尔古纳河右岸〉三人谈》，《艺术广角》2009 年第 3 期。

从以上将《额尔古纳河右岸》和鄂温克族的民族志知识相对照进行的解读中，可以看出小说与民族志之间的互文关联。虽然《额尔古纳河右岸》还不能达到像民族志学术著作那样进行深入系统的学术性研究，但也实现了一次对鄂温克族文化的生动形象又包含知识性的展演，其所具有的民族志性质和文化人类学内涵是小说的重要组成部分，是小说取得较高成就的一个重要原因。小说与民族志的互文关联联结起文学与人类学，可视为“文学向文化之维生成及其文学的文化呈现。它在一定程度上解决了那种纯粹耽于抽象文学性诉求的意义危机，重构了文学与文化的谱系联系”①。

（二）《额尔古纳河右岸》的人文关怀与美学格调

格尔兹认为：“成功的人类学家应当掌握双重的身份与语汇，既能精细入微地体会土著生活、地方习俗的特有含义，又能将其恰当地放入全球性文化结构的总体坐标之中。”② 从《额尔古纳河右岸》来看，迟子建是一位成功的作家，也有一位成功的人类学家的素养。她以双重的语汇，一重描写鄂温克族的“地方性知识”，贯穿着鲜明的民族性追求；另一重把鄂温克族放在全球性文化结构中，在现代性境遇中思考全球原住民文化的魅力和价值，及其在现代性的进程中的溃败，因而体现出人类性的关怀。

一个民族的民族性，既体现在该民族自然环境与衣食住行等社会生活中，也体现在与社会生活密切相关的精神生活里。《额尔古纳河右岸》在民族性的追求中亦有超越性的人类性关怀。

首先，《额尔古纳河右岸》在对鄂温克族生活文化的民族特色的逼真呈现中倡导了一种人类性的生态和谐主义。额尔古纳河那数不清的支流，

① 李胜清：《文化的文学表达与文学的文化呈现》，《大连理工大学学报》2012 年第 4 期。

② C. Geertz.From the Native’s Point of View:On the Nature of Anthropoligical Understanding, Bulletin of the American Academy of Arts, 1974(1).

茂密的森林、挺直的白桦树、繁茂的野花、风雪雷电形成了额尔古纳河右岸独特的地理特征和自然气候。在这样的自然环境中，鄂温克人狩猎、采集、捕鱼、迁徙，住希楞柱、在“靠老宝”里储藏食物、使用桦树皮制作的生活用品、放牧驯鹿、割鹿茸、喝驯鹿奶及桦树汁、划桦皮船、喜欢和亲近自然，等等，这些构成了鄂温克族独特的社会生活形式。人类学的文化相对主义理论认为，任何不同地域的民族都有与其生态环境相适应的文化，它在满足本民族成员的生活需求和审美需求方面，具有不可替代的独特价值。而进一步来看，鄂温克人独特的民族生活方式也典型地体现了一种人与自然和谐的生态主义，他们“在漫长的历史过程中形成的适应环境的生存方式，也许能够为我们提供某些与环境共生的智慧和经验”①。从而体现出一种人类生活的思考。当然，这并不是说让人类重新回归森林，像鄂温克人一样生活，只是在人类性的视野中提醒我们重新认识人与自然的关系。

其次，《额尔古纳河右岸》在对鄂温克族独特的文化心理、精神气质和命运的关注中，贯穿着对世界范围内土著文化消隐的悲悯。鄂温克人在万物有灵论观念下形成的泛灵信仰、图腾崇拜，特别是萨满文化，呈现出一种对神圣的或者神性的事物的体验。这种体验对鄂温克人的日常生活构成了一种坚实的背景，主宰着他们的日常生活。这种精神文化既是鄂温克族的，也可以从其他原住民的民族志描写中呈现出来。从英国神话学家凯伦·阿姆斯特朗对澳大利亚原住民的描述中可以看出这种类似的文化精神：

> 对于我们称之为神圣的或神性的那种事物的体验，今日生活在工业化的、城市社会中的男人和女人来说，已经成为非常遥远的现

① ［日］秋道智弥、市川光雄：《生态人类学》，云南大学出版社2005年版，第1页。

> 实。但对于澳大利亚原住民来说，却不仅是不言自明的现实，而且比物质的世界更为真实。“梦幻时代”（dreamtime）——澳洲人在睡眠和幻觉的时刻能够体验到它——是无时不在实实在在的。它给了日常生活一种坚实的背景，主宰着日常生活、死亡、变动、无穷尽的时间序列和季节的循环。梦幻时代是祖先们居住的，那是一些强大有力的原型的生命，它们教会了人类对他们生存至关重要的技术，例如：狩猎、战争、性爱、纺织和制造篮子。因而，这些就不是世俗的，而是神圣的活动。这些活动把世俗的男人女人带入导通梦幻时代的接触当中。……只有当他体会到这种神秘的、与梦幻时代合一的经验时，他的生活才有意义。①

在万物有灵论观念下，鄂温克人日常生活中充满神圣性，以及由神性体验形成的精神文化，何尝不是表明他们生活在“梦幻时代”。当“梦幻时代”被现代社会挤压消逝的时候，也是这些土著文化逐渐消隐的时候。他们在走向现代生活的时候，“梦幻时代”的幸福感成为一种乡愁。所以《额尔古纳河右岸》对鄂温克族百年历史变迁的书写充满了浓厚的悲凉感。这种悲凉感不仅仅来自鄂温克族文化在现代化进程中的消逝，也来自对世界范围内原住民在现代性改造中所经受的伤痛而发出的悲悯。迟子建谈过《额尔古纳河右岸》的创作动机：她了解到敖鲁古雅的鄂温克人按照国家政策下山定居，又不断有人回归到山林里去。此外，她了解的与鄂温克人一样境遇的一些鄂伦春人的故事。而她在澳大利亚访问时也看到当地土著类似的状况。② 从这个维度来看，《额尔古纳河右岸》的民族性追求是以

① 转引自叶舒宪《文学人类学教程》，第 166 页。

② 参看迟子建：《额尔古纳河右岸 · 跋：从山峦到海洋》，北京十月文艺出版社 2005 年版，第 251—262 页。

全球化坐标为参照的，因而充满了人类性关怀。

再次，《额尔古纳河右岸》在凸显鄂温克民族性格的同时，在人类性意义上对何为温暖而伟大的人性进行了思考。《额尔古纳河右岸》鲜明生动地刻画了原始游猎生活赋予鄂温克人的野性和力量，他们勇敢、勤劳、聪慧、坚贞不屈；也呈现了大自然宽广的胸怀赋予鄂温克人的善良、包容和重情重义。这些形成了鄂温克族的民族性格。因为这些可贵的民族品性，鄂温克人才能与大自然和谐相处，感受生命中纯洁的爱，坚强地面对死亡，冷静地承受苦难与孤独。鄂温克族性格散发的光辉，更体现在萨满身上，因为“萨满位于鄂温克人创造的狩猎文化的中心”①。这是鄂温克文化深层的历史积淀和文化痕迹，是最具代表性的民族文化。《额尔古纳河右岸》将尼都萨满和妮浩萨满置入种种创伤和危难的考验中，突出萨满作为鄂温克族社会生活的支柱作用，塑造了萨满伟大的人格。作为小说，两位萨满的事迹都是虚构的。但这样的虚构对一部民族志小说却是必要的，因为以“写文化”表达民族精神，往往要以想象和感受做出道德选择，来实现文化思考。更为重要的是，迟子建的文化思考不仅是鄂温克族的，也是人类性的。如迟子建所说：“我在作品中塑造的两个萨满，贯穿了整部长篇。尼都萨满和妮浩萨满的命运都是悲壮的。我觉得身为萨满，他(她)就是宗教的使者，他们要勇于牺牲个人身上的‘小爱’获得人类的‘大爱’，这也是世界上任何一种宗教身上所体现的最鲜明的一个特征。他们在我的作品中是这百年历史的见证人，缺一不可。他们在临着瘟疫、疾病、死亡中所体现的那种镇定、从容与义无反顾，是这支以放养驯鹿为生的鄂温克身上最典型的特征。”②

---

① 乌热尔图：《在大兴安岭的怀抱里》，《中国民族》2001 年第 1 期。

② 胡殷红：《与迟子建谈新作〈额尔古纳河右岸〉》，《文艺报》2006 年 2 月 9 日。

《额尔古纳河右岸》包蕴着的丰富的文化人类学信息，给我们展示了文化人类学如何给文学提供丰富的思想资源和写作方法，文学因此而更加丰富、厚重。人类学知识也因此得到了更为鲜活的表达，为更多的人所关注和理解。特别是《额尔古纳河右岸》注入的人类性因素，“直接影响了小说的价值定位。人类性的角度可以消除某些视角局限和偏见，更全面地把握文学的精神意蕴”。而从人类性视角来观照和研究一个具体的文学作品，也“有利于突破以往的研究框架，成为文学研究的新的生长点”[①]。从而把作品的世界意义和人类意义作为价值判断的一个维度，倡导文学应有的超越性价值。

《额尔古纳河右岸》在文学性的审美韵味上也达到了一个较高的高度。它像一首明净又浑厚的挽歌。它塑造了林克、达玛拉、伊芙琳、尼都、妮浩等鲜明的人物形象，也有引人入胜的生动的情节，更以童话般纯净的诗性语言形成了抒情的韵味。这种抒情性的韵味赋予小说以诗意悠远的格调。小说描写出的额尔古纳河右岸的大森林，是一个充满了诗意的地域。在这美丽自然的画卷里，跳动着生命和谐的韵律，也更趋近自然人性的自由纯真，天人合一的美感和生命的价值感是那样地打动人心。小说也以清醒的现实主义精神写到生活的苦难和人的精神世界的冲突与痛苦，写到一个民族在历史的进程中的发展变化和阵痛。但小说自始至终以清淡优美的语言和从容的叙事节奏，保持了悠远的韵味。从小说的艺术来说，有一条就是小说应该有一种明确的基调。这一基调可能随着故事的进展而变动，但是整篇作品格调突出，并且让读者不知不觉地被那个格调所攫住。《额尔古纳河右岸》很好地确立和完成了诗意悠远的格调。可以说，《额尔古纳河右岸》的优美和谐的美学形态和清雅悠远的韵味是比较独特的。

---

① 程金城：《人类性要素与20世纪中国文学的价值定位》，《南开学报》2003年第6期。

三、《最后的巫歌》：在神话与现实的交织中探秘民族文化的密码

描写和反映地域文化是文学源远流长的传统。然而，在全球化时代，文学如何以特色鲜明的地域性，向世界言说中国，把脉中国文化，从而在当下全球化的文化多元主义中进行文化寻根，这是一个难题。此外，这样的文学创作也必然要在民族性与当代性的张力中，进行一次具有较高原创性的艺术创造，这是另一个难题。这两个难题都需要作家有深厚的文化积淀和高度的艺术功力。重庆女作家、三峡文化研究学者方棋的长篇小说《最后的巫歌》就是一部迎难而上，有大视野、深厚的文化内涵和高度的艺术创造力的佳作，得到文学界的关注和巫文化研究者的研讨。

《最后的巫歌》以黎家、秦家、夏家三个家族的生活和命运为中心，描述了20世纪以虎族（今土家族）为主体的三峡原住民在动乱的年代开拓、发迹、抗争与幻灭，及其走向现代社会的历史轨迹。同时以诗化民族志般的书写，鲜活地呈现了三峡土家族原住民的生活文化形态，并对其民族文化根性进行阐释和剖析，也就是探寻三峡巫文化与民族根性的联系。如方棋所说：“文化基因决定着一个族群留在所走道路上的独特脚印，本书将以文学的方式展示这些脚印。”[①] 小说将一个逝去的文化形态表达出来，来追踪一个族群的“心灵秘史”。

小说非常鲜明的特点是神话与现实相交织营造出旷远瑰丽又真实生动的神幻现实主义特色。它以现实主义的笔法描写三峡原住民的爱恨情仇、

① 方棋：《最后的巫歌·自序》，作家出版社2010年版，第1页。

争斗牺牲、抗争幻灭等人生境遇和命运，形成了小说中的现实世界，同时又以瑰丽神幻的笔调引入三峡原住民久远的古文化信息和先祖神话，从而将现实世界置入神话思维中去解释，去言说。对小说中的虎族人来说，民族神话对生存和命运神秘离奇的言说就是他们的命定，民族神话思维就是他们生存的思维，或者说集体无意识。因为民族神话集合了他们远古以来的文化记忆，凝聚了民族心理和文化性格，是他们民族文化精神的载体，也蕴含了文化基因。在神话气息的氤氲中，现实的生存图景和历史命运，无论神秘瑰丽，还是粗犷勇义，抑或杀伐争斗都与一种来自先祖的独特的民族文化性格联系起来。所以，《最后的巫歌》在描写虎族人现实生活的故事情节中呈现出民族神话思维下的生活文化，而这种现实生活的图景反过来又照应了神话世界的神秘预言。对现实中的文化信息的溯源，还原了远古神幻空间，这种文学人类学叙事，使得神话和现实互为注脚。小说也因此打通了远古与当下、心灵与外界，有了瑰丽旷远之气。但小说体现出的大格局还不止于此，小说还以宏阔的视野，将巫文化作为解读中国文化的一条途径进行文化寻根，完成了一个宏大叙事，留下了诗性的民族志记载。

（一）白虎神话与民族文化

探讨《最后的巫歌》书写的民族文化，首先需从虎族人的白虎神话中去探根溯源。《最后的巫歌》开篇即写到山民们在很久以前跟随老虎的脚步来到黄水深山，以种植黄连为生。有一天，山民黎爹柱把野猪吓得跳了岩，山民们都相信他是得了白虎神的保佑，因为白虎神就是他们的祖先。山民们的白虎神话是这样的：

蒙易神婆感天上的白光，寅年寅月寅日寅时生了一个孩子，取名

> 务相。务相长大后骠勇威猛，以无与伦比的造船和掷剑绝活赢得了王位，尊号廪君。他率领部落走出武落钟离山，统治了几百公里盐丹丰富的大峡谷，在一系列的狩猎和战争中树立了自己的绝对权威，人称相王天子。死后充满杀伐之气的魂魄化为白虎，飘飘荡荡升到天上，被封为白帝天王，每年接受后人供奉的香火和猪牲牛头，血食千秋，保护种族的生息繁衍。①

这则神话可以与中国古代典籍中的神话记载形成对照：

> 巴郡南郡蛮，本有五姓，巴氏、樊氏、瞫氏、相氏、郑氏。皆出于武落钟离山。其山有赤黑二穴。巴氏之子生于赤穴，四姓之子皆生黑穴，未有君长，俱事鬼神。乃共掷剑于石穴，约能中者奉以为君。巴氏子务相乃独中之，众皆叹。又令各乘土船，约能浮者当以为君，馀姓悉沉，惟务相独浮。因共立之，是为廪君。乃乘土船，从夷水至盐阳，盐水有神女谓廪君曰：“此地广大，鱼盐所出，愿留共居。”廪君不许，盐神暮辄来取宿，旦即化为虫，与诸虫群飞，蔽掩日光，天地晦冥，积十馀日。廪君伺其便因射杀之，天乃开明。廪君于是乎君于夷城，四姓皆臣之。②

神话思考的内容就是人的生活内容。不同民族的神话是不同民族对世界的集体认知，并积淀为民族的文化心理和文化精神。它一旦产生就将伴随这些族群的历史而存在，并且成为族群文化记忆的贮存器。神话在不同

① 方棋：《最后的巫歌》，作家出版社 2010 年版，第 5 页。

② （东汉）范晔：《后汉书·南蛮西南夷列传》。

时代会有所发展和变化，但对民族心理共同关心的带有普遍性的问题本质上的解答是一致的。白虎神话凝结了三峡虎族人的文化心理、思维方式和民族性格。所以，在《最后的巫歌》中，主人翁对自己周围所有的现实存在，都以他们民族的白虎神话去解释，从而将现实生活皆置于白虎神话的覆盖之下。也使得小说在情节安排、人物塑造、故事设置等小说世界的营造时时以白虎神话为参照，并力求传达丰富的文化信息。

首先，白虎神话指出巴人的一个杰出祖先廪君死后魂魄化为白虎，所以后人崇拜和祭祀他，形成了以白虎为先祖的祖先崇拜。小说《最后的巫歌》中的山民们也不直呼“老虎”的名字，而称其为“老巴子”，间接地暗示了一种认祖归宗的潜意识，也就是对自己巴人身份的确认。此外，从神话中还可以读到许多远古文化信息，比如“皆出于武落钟离山”指出巴人的发源地在武落钟离山（据考古学研究，武落钟离山即今湖北长阳西北一带）。

关于神话中廪君“从夷水至盐阳”之迁徙，以及廪君放下与盐水神女的私情，伺机射杀神女而“天乃开明”的情节，则反映了巴人经由湖北清江流域（夷水）至巫溪一带（三峡重庆市东北部），战胜巫溪原住民控制该地域盐业生产的历史。“诸虫群飞，蔽掩日光，天地晦冥，积十馀日”的描写则是对巫溪林木遮天、密不见光的幽深的地理状况的间接反映。马克思说：“任何神话都是用想象和借助想象以征服自然力，支配自然力，把自然力加以形象化……”① 白虎神话中以上形象化的表述，实际上也指出了巴人为何以白虎为先祖图腾，原因在于廪君“独中”“独浮”的超人才能，并且百折不挠率众沿夷水（今清江）西迁寻找乐土，创建夷城，为

① 马克思：《政治经济学批判·导言》，载《马克思恩格斯选集》（第 2 卷），人民出版社 1995 年版，第 29 页。

氏族的繁衍立下了不朽的功勋。这表明了氏族祖先崇拜的一个原则就是：只有为氏族的生存繁衍做出过重大贡献的祖先才能成为氏族崇拜的对象。这样的民族记忆从远古一直流淌在虎族（今土家族）的血液中。对此，《最后的巫歌》中有许多表现，比如梯玛夏七发、山民黎爹柱等人情不自禁地追溯先祖的踪迹和荣耀，赞美先祖那无畏的开拓精神，并对自己作为白虎后裔而自豪的情节。

为什么廪君死后会化为白虎神？应该在廪君之前，白虎是虎族人的图腾，所以廪君才会化为白虎，成为白虎神。白虎之所以是虎族人的图腾，是与他们生存环境中多虎，人们对虎既敬又畏的心理相联系的。廪君化为白虎，则将图腾崇拜与祖先崇拜结合在了一起，并形成了虎族的文化心理。白虎的形象和品性成为虎族民族性格的象征。“一方面，土家族以仁义为本，形成了无形的道德规范，为人谦让朴实，豪爽大方；互相之间，扶危解难，行侠仗义……另一方面，土家人又天性劲勇，尚武善战，勇猛如虎，坚毅顽强。历史上巴人之师之勇猛刚毅和能征善战都是非常著名的。”[①] 白虎象征着仁义和勇武，鲜明地体现了虎族的民族精神。

在小说《最后的巫歌》中，对于虎在虎族人的生活环境中长期而又普遍存在的这种状况，作者将这种情境转化为小说的典型环境，并与人物的性格、命运联系起来。白虎在黎家人的生活中多次出现，白虎已成为人物生活的典型自然环境，然后小说把虎与人的关系放在土家族原住民的神话思维中来解释，赋予人物命运一种神秘的色彩。黎爹柱发迹时遇见虎，死去的时候伴随着一只白虎的离去。黎家命运兴衰的每个关节点，比如捡金豆而发意外之财、选吉凶相参的宅基地、黎爹柱的死、大儿子黎妈武勇武动荡的一生，小儿子黎妈貉抗日壮烈牺牲等，在这些重要的时刻都会有白

① 曹毅：《土家族民间文化散论》，中央民族大学出版社 2002 年版，第 9—10 页。

虎出现。此外，《最后的巫歌》将白虎仁义勇武的精神贯穿在人物的性格中，塑造了豪爽大方的黎爹柱，仁义智慧的梯玛（巫师）夏七发，英勇杀敌牺牲在抗日阵地上的黎妈貉，勇武斗狠亦不乏豪侠仗义的黎妈武，心狠手辣又勇武的秦猎熊、蒋耳毛等人物形象，从不同的侧面体现出虎族人的民族性格。

小说以白虎神话对20世纪三峡地区原住民的生活进行言说和解释。围绕黎家和秦家家族的兴衰，写他们经受的战乱、争斗、保安团、收租抗租、抗日、解放军剿匪、大炼钢铁、生产队、饥饿年代抢粮、破除迷信、改造巫师等历史事件。

对于这段动荡的历史，小说以奇幻的白虎神话来解释，小说写虎族人对这段历史的看法：

> 白虎蛮神带领族人走出石穴，东征西伐，在大峡谷里立国，战败后顺支流逃亡，千滩万水分枝散叶，传说他们携带禹王画成的九州河道图，沿古水系去了世界的边缘；也说他们化为白虎星共同飞升，留下一个预言警世：星光照耀之地，必将经历一万次的同窠厮杀，一万次毁灭与抵抗，在血中应验劫后重生……①

中国在改革开放以来进入和平年代，也就是白虎家族正彻底地告别过去，进入和平与安谧，应验同窠厮杀一万次的重生。就这样，历史成为神话的现实映照，现实成了神话的解码。

对于个人命运，小说写人性的光辉和阴暗，但小说不是从人性来写人的命运，而是将人的命运也纳入神话中去言说，人的毁灭印证的是白虎神

---

① 方棋：《最后的巫歌》，作家出版社2010年版，第135—137页。

话关于厮杀与毁灭的预言。

这样一来，《最后的巫歌》中历史的诡谲、人生的悲欢都成为三峡虎族人可以寻觅到祖先踪迹的生存境遇，一种关涉野、犷、瑰、奇的生活的民族记忆，凝聚了作家对一个民族传奇而深刻的历史文化过程的思考。方棋引用法国文艺批评家丹纳的话说“在最初的祖先身上显具的心情与精神本质，在最后的子孙身上照样出现”。小说要探讨的是“这种‘心情与精神本质’的东西，是怎样从一个民族的‘最初的祖先’传到‘最后的子孙’身上去的”。①

方棋以神话探讨民族的“心情与精神本质”的方式，与葛兰言的神话主义，实质上是一种人类学的心态史研究有相通之处。“葛兰言深信：中国文明来自史前神话的思想世界，这个思想世界经由文明早期的文人之梳理、提炼、改造，变成一种对于政治创新起到关键作用的‘心态’，为文明的形成提供了基础。这一基础是一种‘传统理想’”，中国人“激情地将自己附着于它，以至于认定自己代表着其种族的这一完美无缺的遗产”②。《最后的巫歌》对三峡虎族文化的价值判断基本是将其作为一种“传统理想”来大力肯定的。在此基础上，小说还以三峡巫文化为支点，着力探寻中国巫文化的渊源，并思考巫文化作为华夏文明重要组成部分的意义。

（二）巫文化与中国文化探秘

巫文化在中国远古文化中源远流长，特别在古代南方文化中蔚为大观。据史书记载，当战国时期中原文化的巫教色彩已明显消退以后，在南

① 方棋：《最后的巫歌·后记》，作家出版社 2011 年版，第 397 页。

② 王铭铭：《葛兰言（Marcel Granet）何故少有追随者?》，《民族学刊》2010 年第 1 期。

楚，君臣上下仍然“信巫觋，重淫祠”（《汉书·地理志》），民间的巫风更盛。巴国在历史上与楚国相邻接壤，在文化上更是融为一体。从楚国都城郢中歌者唱“下里巴人”“属而和者数千人”的状况就可知巴楚文化交融之深。楚之“沅、湘之间”与巴之“巴、蜀”以及巴国故土鄂西之间，正是古代巴人的居住之地，也是古代巫风盛行之地，并形成一种蔚为壮观的文化现象。学者们对屈原的“楚辞”的研究指出其属于“巫系文学”，这种观点已得到学界的普遍认可。李泽厚指出：“屈原的作品（包括归于他名下的作品），集中地代表了一种根柢深沉的文化体系。……充满浪漫激情、保留着远古传统的南方神话—巫术的文化体系。”①《最后的巫歌》亦属于“南方神话—巫术”的文学，它通过小说世界中峡江人民的神话思维方式和生活风俗如丧葬礼仪、巫歌、巫事等对三峡巫文化进行文学展示与表演。比如小说中有一个情节，巫师梯玛为抗日阵亡的峡江子弟超度，唱着有浓郁的巫文化色彩的神歌：

> 呜呜呜呜风啸啸，/你们像老虎，呼呼飞过山——/扩疆争地，/打到哪里，/哪里吹响得胜号。/战鼓咚咚喇叭叫，/你们杀敌啊，/连刀子也不用，/吃生肉，嘎嘎响，/喝生血，满嘴红，还滴答。/青龙窝里青龙多，/白虎窠里白虎多，/青天白日太阳下，/无肉不能打，无敌不能杀。
>
> 敌人已杀死，魂灵要还家，……亲人天天把你召唤，/家乡大的小的、老的少的，/人人到堂了，人人到殿了。/爹妈爱的魂，/天空有路，你从白云缝里走，/地上有路，你从蚂蚁背上走；/没有长腿，长出仙鹤的长腿，/没有翅膀，长出雄鹰的翅膀；/快奔跑，快飞翔，/

---

① 李泽厚：《美学三书》，天津社会科学院出版社2003年版，第61—62页。

> 中日当事人，亲人叫着你，魂灵要还家！①

这首梯玛神歌是一首追悼在峡江抗日阵地上阵亡的三峡子弟的挽歌，前一段生动地描绘了一场与敌人短兵相接惨烈的肉搏战，虎族子弟形如猛虎，英勇杀敌，充满了英雄气概。神歌颇有屈原的《国殇》之遗风。后一段则对亡者进行招魂，超度中日两国亡魂安回故里。“招魂”本是巴楚之地的一种习俗。屈原之《招魂》就是这种习俗中的巫祝之歌。小说之所以还为敌人的亡魂招魂，一方面是基于巫文化思维中对恶魂为害的担心，另一方面也表达了一种人性化的关怀。《最后的巫歌》中安排这首巫师梯玛的悼亡神歌，展示了巴楚招魂习俗，以及巴楚巫文化的源远流长，同时也可以看出方棋营造巫系文学的用心。

不过，《最后的巫歌》对巫文化的探秘更重要的方面是它以神话为载体，对三峡巫文化进行了一次文学的追溯，来表达对一种文明价值的肯定。小说将三峡巫文化的渊源追溯到了华夏始祖伏羲：

> 当群神嬉戏于大地之上，行走在天空中时，那山就站在那里。《山海经》上说，很多很多年以前，山地因为出产一种神仙不死之药——丹砂，一度名巫云集，被称为丹山或巫山；而其中的首席神巫，正是伏羲的儿子巫咸，古歌谣唱的“咸鸟”就是它。夏七发晚年贫病交加，据说曾瞪着深陷的眼睛，哼出一个枝蔓清楚的世系表：咸鸟生乘厘，乘厘生后灶，后灶生巴人。歌中每一个始祖，都有纯正的血统，是大神伏羲的后裔。②

① 方棋：《最后的巫歌》，作家出版社 2011 年版，第 189—190 页。

② 方棋：《最后的巫歌》，作家出版社 2011 年版，第 391 页。

对此，可以中国神话记载作为佐证。《山海经·海内经》记载："西南有巴国。太暤生咸鸟，咸鸟生乘厘，乘厘生后照，后照是始为巴人。"宋人罗泌《路史·后记一》也有记载："伏羲生咸鸟，咸鸟生乘厘，是司水土，生后炤，后炤生顾相，降处于巴。""太暤"即太昊，也即伏羲。后炤、后照、后灶同为一人，"顾相"也称"务相"，也就是后来的白虎廪君。据神话学家和历史学家考证，巴人应是来源于伏羲部落中的一支。这样一来，伏羲作为巴族的先祖，也与巫文化有着不解之缘。当然，对于虎族的族源，学界有"巴人后裔说""乌蛮说""土著先民说""氐羌说"，等等，《最后的巫歌》采用了目前学术界普遍认为最为合理的观点，即"巴人后裔说"，并将巴人的源头追溯到了伏羲。至于伏羲是否就是巫师，三峡是否中国巫文化的发源地，这些在神话学和考古学研究中都还有争论。不论如何，古代三峡巫文化与巴人之间有着十分密切的关系，三峡是巫文化的摇篮，巴人应该是三峡巫文化最为广泛和有力的传播者。小说对巫文化的溯源，指出源远流长的巫文化是中国远古文化的重要组成部分。

马凌诺斯基说："神话论述了寓于社会群体制度与活动中的根本现实，它论证了现实制度的来龙去脉，提供了道德的价值、社会差别与社会责任，以及巫术信仰的可追寻的模式。这一点构成了神话的文化作用。"[①] 确实，神话世界里非凡事件的陈述，在《最后的巫歌》中被作为民族文化记忆，作为集体无意识规约着民族生活的社会秩序。当下的民族学研究和文学的边地寻根大多聚焦于北方边疆少数民族，方棋则将目光投向三峡腹地，而且小说虽然以虎族为民族文化的载体，但是巴楚地区为民族杂居地区，共同利益和共同地缘感可能超越民族意识或民族情感，成为支配人们

① ［英］马凌诺斯基：《巫术与宗教的作用》，载史宗主编：《20 世纪西方宗教人类学文选》，金泽、宋立道、徐大建译，上海三联书店 1995 年版，第 96 页。

认识和行为的基本准则和规范。因此，小说把对巫文化的思索置于更广泛的超越民族的文化认同之上，也就是作者所说“三峡是长江文明的摇篮”，她通过对“三峡化石般的空间”的文学书写，来“探源长江流域同源族群传奇而深刻的历史文化过程，从文学的角度演绎和梳理，重温人类共同遭遇的生命困境和生存挑战，反思现在，猜测将来……”① 小说借此将文化寻根伸入中国古代儒、道、释之外的，却又是中国文化最为古老的、也曾辉煌绚丽过的巫文化中进行了一次文化溯源，一次严肃的宏大叙事。让我们也意识到中华文明的多元一体，和合共生。

（三）三峡地域土家族原生态族群文化的文学呈现

《最后的巫歌》对三峡土家族生活各个方面的描写，体现出民族志书写严肃的知识性和学术性的维度。作者将本人在峡江地区长期的田野考察的所得、对民俗文化的挖掘研究以及相关学术研究成果的研读和选择，转化为小说世界的背景、情节、场面等文学意象，诗性地呈现了峡江土族原生态族群文化，留下了一份诗性的民族志。

1. 风物文化志

小说对三峡地区的物产进行了知识性的描述，并揭示了独特的自然物产在地方风物文化，特别是巫文化形成中的作用。

小说中的白虎神话和古代神话典籍中的白虎神话都讲到廪君“从夷水至盐阳”以及战胜盐水神女的情节。神话中之所以有盐水神女，是因为这一地域盛产盐和丹砂。在远古时代，三峡天然盐泉就是内陆地区最早的食盐供给源，而巴人，正控制着这个宝贵的资源，而以盐立国（巫咸国、巫载国）。中国古代整个汉中盆地、两湖盆地、四川盆地、鄂西地区等的食

① 方棋：《最后的巫歌·后记》，作家出版社 2011 年版，第 374 页。

盐，都要由巫盐供应。小说家懂得这种物产知识，才能为小说提供恰当的物候背景。所以，李锐的《银城故事》等以川渝为地理背景的小说也都写到盐业经营，这是以地理和物产知识为基础的。

《最后的巫歌》还用大量的笔墨描写巫山盛产丹砂，以及丹砂对巫文化形成和兴盛的重要作用。夏七发是夏家第三十八代梯玛，掌管着十万替他冲锋陷阵的阴兵阴将。之所以有这样强大的巫法，原因是家族源远流长的巫法，而祖上也正是因为发现了丹砂，才成就了巫法。夏七发回忆：

> 并不是每个梯玛都有这么多兵马，陶罐放入穴坑的时候，他的眼里泪流个不停，想起了夏家祖上的故事——很久很久以前，巫法高强的老祖公去山里采药，突然下雨了，他跑进一个山洞躲雨，看见洞里红光闪闪，遍地都是半透明呈朱红色的板块和菱形晶体，他认得是丹砂，是天地神仙之药，比黄金还值钱。忙回家雇人，日夜不停地挖。可是洞里的丹砂太多了，到死那一天也没有挖完。他死了，儿子又雇几十个人接着挖。丹砂本是求仙之药，但老祖公和子孙都不长寿，玄孙结婚刚一年，也染病身故，留下刚刚怀胎的寡妇。老祖公几世单传，寡妇没有叔伯妯娌，她养子开矿，捉鬼解结，名气和家产越来越大，拥有好几条丹砂矿脉，上千个采矿工，仆人保镖成千上万。好长生不死术的皇帝传公文见铃木，以“水银为池”，在地下灌出百川江河大海。寡妇组织骡马队伍，跨长江渡汉水，源源不断地向咸阳输送罕见的水银，得到皇帝的召见，是峡谷第一个被皇帝召见的女人，史书上也有她的名字。①

① 方棋:《最后的巫歌》，作家出版社 2011 年版，第 289 页。

丹砂是汞的氧化物，是提炼水银的最主要原料。丹砂有很大的医学价值，内服可镇心养神，益气明目，疏通筋脉，遏止烦闷，驱精魅邪思，除中恶、腹痛、毒气，疗疥、瘘诸疮，也可用于外治。古代限于医学水平，人们对它的诸多疗效无法作出科学的解释，故而认定它是令人长生不老和起死回生的神药，助长了巫之炼丹求仙之风。而小说所说的夏家祖上的寡妇，也是有所指，指秦始皇时代三峡地区一位奇女子寡妇清。清（?—约公元前220年），巴郡枳县人，“其先得丹穴，而擅其利数世，家亦不訾”（《史记・货殖列传》）。《长寿县志》记载，清曾被秦始皇邀请访问都城咸阳，清捐以巨资和大量水银，成为营建秦陵的主要材料。秦始皇对她“以为贞妇而客之，为筑女怀清台”。怀清台位于涪州永安县（今重庆长寿区）千佛场的龙山寨，清死后也葬在这里。

小说还写到山民们以种植黄连为生计。和“杀精魅，邪恶鬼”的丹砂一样，黄连在历朝历代，都被列入巴地贡品。山民们相信黄连是神灵指点的植物，为山民们带来了收入丰厚的日子。这也是建立在“地方性知识”之上的。据《山海经・大荒西经》载：“大荒之中，……有灵山，巫咸、巫即、巫朌、巫彭、巫姑、巫真、巫礼、巫抵、巫谢、巫罗十巫，从此升降，百药爰在。”按《说文解字》解释：“灵，巫也，以玉事神。”“灵”“巫”二字在古代本是一字，“灵”的繁体写法是“靈”，所以灵山即为巫山。巫山境内药材甚多，“以黄连、党参、银花、桔梗、杜仲、厚朴、贝母、天麻为主，记88科，200属，228种……”①民族志研究资料早就指出：中草药的繁茂与盐、丹砂的盛产共同为古代这个地域巫文化的繁荣提供了物质基础，因为“巫医古得通称，盖医之先亦巫也”（俞樾《群经平议》）。

---

① 参看滕新才：《三峡巫文化与中国远古文明》，《黑龙江民族志丛刊》2011年第1期。

对此，小说描述了一幅地域物产与经济贸易、巫文化交织而成的地方风物图：

> 黄水镇只一条二百米长的土街和五十米长的半边街，间杂着五十间木列房和茅草棚，居民百把户，是渝楚盐运大道的必经之地，每年大约有三千担黄连出口，也有不少木材、药材、山货和鸦片出手。渝、鄂等地的客商在此竞相收购，有的按季而来，有的常驻街上。上百年的黄连货栈位于场口的一段，货栈的木墙经历风吹雨打，颜色早已发黑，墙上阴刻着县上崔举人不同凡响的手迹：
>
> “黄连上草，丹砂之次，御孽辟妖，长久灵视，骖龙行天，驯马匝地，鸿飞以仪，顺道则利……”①

小说以方志式的叙述将地方物产及其依赖这种资源形成的经济贸易状貌生动地描绘出来，同时还以崔举人的手书间接地揭示了巫山繁茂的中草药对巫文化形成的作用。

2. 人文地理志

《最后的巫歌》描写了峡江地域美丽而神奇、悠远而古朴的人文地理景观，深蕴着广博厚实的民族文化沉积，构成了一道独特而亮丽的风景线。比如峡江地貌与岩墓葬、悬棺葬共同形成的人文地理，可作为人类学家进行民族志研究的一份珍贵史料。

小说有这样一段描写：

> 媒婆张三姑背着一条带尾巴的腊猪腿，艰难地穿越幽深的油草溪

---

① 方棋：《最后的巫歌》，作家出版社 2011 年版，第 22 页。

峡谷，那是黄水到利川的必经之路，除了峭壁上密不见光的原始森林外，就是峡谷中布满巨石的溪水，旷世崎岖，无法骑骡子，只能从崖壁的栈道上走过去。

她担心馋嘴鬼来抢猪腿吃，走着走着停了下来，脱掉土布内裤挂在扁背沿上，都说鬼怕这东西，她学着大户人家女人的样穿着玩，竟在深山老林派上了用场，她十分得意，望望山腰一串排列整齐的岩穴，点了袋旱烟边走边吸。岩穴里面放着不少长方形棺木，因年代久远，呈铁灰色，与岩穴的颜色浑然一体，随时都像要被风吹掉下来的样子，人称“仙人洞”，有关它们的神话传说纷纭杂沓，史学家却考证是悬索下柩的巴人墓葬。千沟万壑的山民自称巴人后裔，可惜祖辈的绝活完全失传，如今没有一个山民会这种鲁班艺：在没有升降设备的条件下，把巨大的棺木弄上悬崖峭壁。①

读这段文字，令人想起沈从文的《箱子岩》中经常为人称道的一段描写：

一列青黛崭削的石壁，夹江高矗，被夕阳烘炙成为一个五彩屏障。石壁半腰中，有古代巢居者的遗迹，石罅间悬撑起无数横梁，暗红色大木柜尚依然好好地搁在木梁上。岩壁断折缺口处，看得见人家茅棚同水码头，上岸喝酒下船过渡人皆得从这缺口通过。②

沈从文描写的是湘西的岩墓人文地理，方棋则描写了峡江地区的岩墓人文地理。二者同时传达了远古巴楚文化的信息。在古代巴楚地区，岩墓

① 方棋：《最后的巫歌》，作家出版社 2011 年版，第 24 页。

② 沈从文：《边城：湘行散记》，人民文学出版社 2018 年版，第 162 页。

葬、悬棺葬的遗迹相当多。史书、地方志及其他资料多有提及。在此略举几例：晋人常璩的《华阳国志》中就记载了西南地区“今有濮人冢，冢不闭户，其穴多有碧珠”的岩墓葬现象。唐孟郊《峡哀诗》：“树根锁枯棺，孤骨袅袅悬。”宋邵博《闻后见录》：“三峡中石壁千万仞，飞鸟悬棺不可及处，有洞穴累棺槨，或大或小，历历可数，峡中人谓仙人棺槨云。”[①] 峡江地区的岩墓葬和悬棺葬不一定全部是土家族的丧葬遗迹，因为这个地区在远古也是濮人等多族类杂居区。不论如何，岩墓葬和悬棺葬反映了一种先民们灵魂不灭、回归洞穴的原始意识。《最后的巫歌》指出这种丧葬习俗在 20 世纪的时候已经不复存在，但它已成为峡江人文地理的标识特征，传递着远古文化气息。

3. 风俗文化志

丧鼓舞。一个族群对生死的态度是其文化精神凝结点。所以，不同的丧葬习俗是了解不同族群（民族）的文化心理、考察和观照民族文化精神的一个窗口。以清江流域为核心的丧鼓舞是巴人后裔土家族独特的丧葬仪式。峡江地区土家族以清江流域为族群发源地，所以《最后的巫歌》以小说情节对丧鼓舞进行了文学演示。小说写黎爹柱死后的跳丧仪式：

> 鼓声被一浪浪的回音传遍整个山谷，听到丧鼓的山民放下火炉，循声而来。
>
> …………
>
> 祭毕，他戴上威严的白帝天王面具，将司刀一挥，擂响牛皮鼓，

① 对土家族岩墓葬、悬棺葬的方志资料梳理，可参看曹毅：《土家族丧葬习俗及其文化内涵》，《土家族民间文化散论》，中央民族大学出版社 2002 年版，第 26—31 页。

远近乡民充满敬畏，三五一拨起脚跳丧，称做打廪，又叫舞白虎。

“天生人兮地生人，吾祖母兮为盐神。巫罗山兮有五娃，巴务相兮号廪君。众灵山兮有来脉，子孙望兮有始先。歌巫奠兮祀其祖，远古流兮至如今。”

悲怆的神歌，从夏七发的喉咙里流淌出来。

堂屋红烛高照，香烟缭绕，长明灯在棺木右下角闪烁跳跃，在白帝天王和八部大神等众多族神的画像下，一部史诗开始了。

茫茫阴间，黎爹柱的灵魂从哪里走啊？道路是那么遥远，岔道又多，身穿长袍、面容清癯的夏七发用古老的鼓声和歌声，引领老朋友的灵魂头也不回地出发。他肩扛司刀，站在牛皮鼓旁发歌领唱，神色苍茫，吊丧的乡亲一起帮腔。一个山民接过鼓槌，双目圆睁，抡起双臂内行地助威。他累了，另一个接过鼓槌又打，直至汗如雨下。

秦猎熊代表秦家在门口向陶九香作揖致哀，和闻声而至的山民一起上香进屋，见众人踏着鼓点手舞足蹈，马上抬起瘸腿上阵，俯仰进退，大呼小叫，模仿老虎摆尾、跳跃、洗脸等动作，抖动双臂和屁股，膝盖不断弯曲，发出“嗬嗬喂——杀”的呐喊声，跳得一身热汗，面孔油黑发亮。

…………

鼓点突变，夏七发替换下跳丧的山民，和着节奏与夏良现对舞。父子俩时而躬身逼视，时而击掌撞肘，时而忽掀忽扑，时而前纵后跃，口里发出阵阵嚎叫声。最后，英俊的小梯玛一个同边手后空翻，腾空跃起，立起尾巴从夏七发的头顶跃过去：“猛虎下山”，夏良现也学到了！①

① 方棋：《最后的巫歌》，作家出版社 2011 年版，第 164—166 页。

人类学对土家族的田野考察和研究指出：土家族在丧礼上跳丧鼓舞的习俗非常古老。唐樊绰《蛮书》引《夔府图经》云："夷事道，蛮事鬼。初丧，鼙鼓以道哀，其歌必号，其众必跳，此乃盘瓠、白虎之勇也。"这种无丧服，击鼓而歌啸，踏节而劲舞的丧葬习俗，清江流域一直沿袭至今。土家族一家有丧，以击鼓为丧信，村寨邻人不请自来，帮忙照理助兴。土家族人一般奉行"生不记死仇"的原则，所以即使仇人听到了丧事的消息也会赶去参加，所以小说中黎家的仇人秦猎熊也会给黎爹柱奔丧，跳丧鼓舞。土家族的丧鼓舞主要在清江流域的土家族中盛行，在湘西酉水一带则不多见，这一带盛行庆祝性的歌舞"摆手舞"。所以有"北跳丧、南摆手"之说。三峡土家族在族源上属于清江流域，丧鼓舞也是三峡土家族的丧葬仪式。民族志材料指出："丧鼓舞主要由男子来跳，伴随着鼓点，舞者的舞姿有不少是摹仿各种动物举止神态的，如'牛蹭痒''鹞子翻身''犀牛望月''白鹤展翅''虎抱头''虎洗脸'等等……时值午夜，鼓点节奏为之一变，舞者腾空而起，撩掀舞伴，紧接着他们相互弓身相逼，撞肘击掌，一跃一扑，模仿猛虎下山的形态，嘴里发出阵阵'虎啸'，两人双手相挽，一人从另一人头顶空翻而过。这一套动作是整个跳丧中的华彩部分……动作形象逼真，豪迈雄健，土家先民强悍、质朴的性格特征历历可辨。"[①] 于此而引人依稀遥想 3000 余年前牧野之战声名显赫的战舞之风，因为据《左传》等史料的记载及民间传说，周武王伐纣的"牧野之战"，就是由巴人组织的"虎贲"军执盾挺杖、前歌后舞的战舞"凌殷人倒戈"，取得了胜利。

这种古老的丧葬仪式往往还伴随着巫歌这种"通神语言"，如小说描写的梯玛通过追溯祖先和祭奠祖先的神歌，引领亡人的灵魂出发去先祖所在的地方。

---

① 王峰：《白虎后裔：土家族的丧俗与婚俗》，《中国三峡：水文化》2009 年第 5 期。

与民族志的资料记载相比，《最后的巫歌》对峡江土家族的丧鼓舞葬仪展示更为鲜活，而且以饱满的情感对这种丧葬仪式进行了一次“深描”，从而引领人们进入民族心理情感的深层：白虎崇拜塑造了土家族的心理本体和勇武豪迈的民族性格和民族文化精神。

土家歌谣。土家族善歌，歌谣是他们生活中不可缺少的文化事象。这也体现在《最后的巫歌》中，小说中梯玛在巫祀活动中唱神歌，女子出嫁时的歌哭唱哭嫁歌，山民在不同的劳动形式中唱不同的劳动歌，等等。梯玛神歌有浓重的巫文化色彩，只能在巫祀活动中由梯玛来唱。哭嫁歌和劳动歌则融入了土家族民众的日常生活，最具土家族文化特色。

第一，哭嫁歌。土家族姑娘出嫁时要哭嫁，这种歌哭的歌谣叫哭嫁歌。哭嫁是土家族独特的婚俗，虽然土家族之外的有些地区和有些民族的女子出嫁也会有哭的习俗，但不像土家族的哭嫁这样仪式化。哭嫁的程式包括：第一部分是“哭开声”。第二部分是哭嫁的中心部分，内容包括“哭爹娘”，“哭哥嫂”，“别众姊妹”，“哭众亲友”，等等。第三部分是“骂媒”。第四部分是“礼仪性的哭诉”，包括哭席、哭开脸、哭祖宗、哭穿衣等。第五部分是“哭上轿”。①

《最后的巫歌》写了黎家两次婚事，都写到了哭嫁的习俗。由于小说的故事性和情感性，能将读者引领入人物的内心世界，体会土家族哭嫁习俗的文化内涵及其体现的民族性格。

周大妹有自己的相好，可是家人为了攀上黎家这门亲，经由媒人撮合要嫁给黎妈绥。于是小说对她的哭嫁突出了“骂媒”环节，小说写到：

> 作为两桩婚事的媒人，张三姑满面春风，在周家进进出出张罗，她把周大妹的长辫子挽成圆圆的髻，端端正正搭上一块大红头帕。大

① 参看王峰：《白虎后裔：土家族的丧俗与婚俗》，《中国三峡：水文化》2009 年第 5 期。

> 妹的脸蛋被盖头一蒙，大放悲声，坐在床沿义愤填膺地用歌骂她：媒人是个赶仗狗，吃了这头吃那头。/ 树上鸟儿骗得来，岩坎猴儿骗得走。/ 骗得我爹点了头，骗得我娘开了口。/ 对门山上栽豆子，背时媒人死独子。对门山上种韭菜，背时媒人绝九代。/ 陡岩坎上落下河，跌断手，跌断脚，/ 短命死在地狱里，二世投生变猪婆。…………
>
> 这样的歌姑娘家唱了几千年，虽然骂得狠，运筹帷幄的张三姑也不脸红，只当是一次寻常的哭嫁歌罢了。①

梯玛的女儿夏银美暗暗喜欢黎妈武，黎妈武的妻子离开后，黎夏两家结亲，夏银美随心合意嫁给了黎妈武。出嫁前，夏银美也要哭嫁，不过她的哭嫁突出了"哭爹娘"和"哭兄弟"：

> 提前七天，夏氏就在斩蛟谷挥泪哭嫁，用土语唱得十分伤心：
>
> 我的爹，我的娘，/ 你们下贱的女儿，/ 像炉脚下的纸钱灰，/ 狂风一来纷纷飞。/ 像高山上的小鸟，/ 长大只有离娘飞。/ 一无枝歇二无窝归，/ 今朝离去何时回？ / 爹娘怀中三年滚，/ 头发操白许多根。/ 布裙从长背到短，/ 这山背到那山转。/ 又怕女儿吃不饱，/ 又怕女儿受风寒。/ 哭声母来箭穿心，/ 哭声爹来刀割胆。
>
> …………
>
> 抬头看见兄弟来，/ 眼泪汪汪落下怀。/ 你把姊妹看得重，/ 你来送我到他家。/ 把我送到万丈岩，/ 你莫半路就回来。/ 把我送到万丈坑，/ 你莫半路就转身。/ 把我送到阎王殿，/ 我到十殿你转身。/ 回家早晚烧张纸，/ 我到阴间也甘心。

① 方棋：《最后的巫歌》，作家出版社 2011 年版，第 62 页。

……她舍不得上轿，一连七天声泪俱下，哭祖宗、哭父母、哭兄长、哭梳头、哭吃饭、哭撵山狗，见什么哭什么，越哭越悲。不是夏氏狠心，把丈夫家形容成阎王殿，德才兼备的她只有照本宣科，才会被认为是良家妹儿。哭得好不好，是山里评价新媳妇能力的一个标准，只哭不唱、只唱不哭或哭唱不真，都会被视为才德低劣。黄水至今流传着一本古老的《哭书》，从音韵到哭辞，专门教授待字闺中的姑娘掌握这一礼节。①

从以上描述可以看出，土家族的哭嫁具有“以喜托悲”的仪式化性质。无论对婚姻满意与否，都要进行哭嫁，这意味着哭嫁是程式化的，当然并不排除它充满了真情感。周大妹对婚姻不满，她的哭是内心深重的痛苦，但在“以悲托喜”的仪式化哭嫁中会被忽视。夏银美的哭嫁指出哭嫁是土家族女儿的学堂，她的哭嫁已经被作为女子才德的展示，程式化更为明显，但也是对父母兄弟依恋之情的真情流露。所以，哭嫁歌在程式化之外，可以看出哭唱者随着个人感情变化即兴发挥的民歌特点。从中也能看出女子的智慧与灵秀。不论如何，小说与单纯的民族志对哭嫁仪式的描写相比，它的好处是在展演了哭嫁仪式的同时，导引人们深入人物的内心世界，去把握这种文化的内蕴。从民族历史来看，土家族的哭嫁“以盐水女神的故乡为圆心，向周边扩散。盐水女神和廪君的爱情故事，给这一方水土的女人们留下了不可弥合的历史创伤。爱情的风险、婚嫁的风险使这一带的女人们比其他地域的女人更有明确的认识和意识”②。从民族性格来看，丧鼓舞在丧事中欢舞，哭嫁歌在喜事中痛哭，这是与土家族独特的生

① 方棋：《最后的巫歌》，作家出版社 2011 年版，第 208—209 页。

② 王峰：《白虎后裔：土家族的丧俗与婚俗》，《中国三峡：水文化》2009 年第 5 期。

命意识中形成的“歌哭”性格相关的。

第二，劳动歌。土家族的劳动歌与生活紧密联系，并显示出巫文化的色彩。土家族劳动歌中有著名的上梁歌，薅草锣鼓歌。《最后的巫歌》对此也进行了逼真的呈现。小说写黎家修造房屋，从伐木到上梁，掌墨师傅木匠一直在唱着一种歌谣：

> 木王木王，你生在何方？你生在青龙山上，长在这老龙头上。何人叫你生，何人叫你长？地脉龙神叫你生，露水茫茫叫你长。你生得枝对枝来叶对叶，乌鸦过路不敢歇，李郎过后不敢伤。鲁班先师神通大，拿把斧头站两旁，一截拿来穿排落眼，二截拿来上架做枋，只有三截生得乖，乖又乖来行又行，留于主家做栋梁。开山一去坑坑凼凼，锛凿一去坦坦平阳，推刨一去现豪光。月牙细榫出贵子，太极阴阳买田庄。①

为什么要唱这样的歌呢？小说写道：“整个巴巫山区修房造房都流行这种歌谣，既有祭祀的作用，又有号子的效果。从林子里看来的大木，堆在地上，经这么一唱，统统被超度和点化成了神木，真是个行家啊！黎爹柱每天听得呵呵笑。”② 由此可见，巫文化对土家族生活浸润之深，反过来说土家族以巫术思维打造了巫文化。

薅草锣鼓歌是土家族人在春日薅草松土的集体劳动中唱的歌。《最后的巫歌》对薅草以及锣鼓歌也进行了一次生动的文学表演，充满自然质朴的山野气息，活灵活现地呈现出具有土家族奔放热烈的民族气质的劳动画面。

---

① 方棋：《最后的巫歌》，作家出版社 2011 年版，第 14 页。

② 方棋：《最后的巫歌》，作家出版社 2011 年版，第 14 页。

《最后的巫歌》在小说的语境中，以十家族为载体，寻求观察长江同族源族群的思想和巫文化的演变过程，探索这种文化的历史和深层心理积淀。小说还把“虎族人的兴衰放在整个山海文化的大背景下考量，用后现代视角梳理古老家族和民族的命运，开掘民俗和图腾崇拜中的象征色彩，充分呈现底层文化的开放性和普世性……”① 所以，这是一部以开放的人类学写作和多元的文学写作相结合进行文本实验的努力的小说，体现出极大的原创性。它将小说与民族志完美结合，使作品既有美学意义，又有厚重的文化内涵，成为一部民族志小说佳作。

总之，《最后的巫歌》将神话、历史与现实相交织，风格浪漫恣肆，宏大瑰丽，加之语言的旷达超迈和形象生动，体现出高度的文学创造力。对巴楚文化形态的鲜活呈现，对民族文化根性进行的阐释和剖析，以及在对巴楚文化的审视中对中国的言说，形成了小说丰富而深邃的意蕴。此外，《最后的巫歌》有一定史诗性质，但主旨不在于写历史，而是将一个逝去的文化形态表达出来，剖析其“文化基因”，追踪一个族群的“心灵秘史”，并由此探问人类的未来。小说为了达到这个人类性的高度，在写作手法上时空大幅跨越，纵横开阖，造境奇幻阔大，以及文化立场上的复杂性，都形成了《最后的巫歌》回味无穷的阅读感受。

四、汉族作家的民族志小说复杂的文化立场

民族志小说以文化主体间性书写少数民族文化，作家以双重的身份与

① 方棋：《对话方棋：在键盘上敲出三峡的魂》，2011-8-31.http://www.sxcq.cn/plus/view-12219-1.html。

语汇，精细入微地体会土著生活、地方习俗的特有含义，同时与本文化进行交流对话，而在这个过程中最为重要的是要将其恰当地置入全球性文化结构的总体坐标之中，来进行文化并置与反思。与书写同一族群文化的民族志相比，作为族群文化记忆的民族志小说往往寄托作者复杂的情愫。民族志通过罗列种种“事实”，以逻辑思维将各种文化事实在内部织成一个评价点，进行文化事实的展示和生产，进而表达一种相对清晰的理论和观点。而民族志小说往往体现出复杂的文化立场。

（一）一言难尽的怀旧情绪

如前所述，作家们在追寻和探问边地少数民族文化时，往往将其处理为一种与现代性相反的镜像。由于在当下的现实中捕捉这些文化只能借助于知识或者已经被现代社会改造过的遗风，所以，这些小说都有一种凭吊逝去的文化，唱响民族文化的挽歌，为其留下民族志式的族群记忆的怀旧情绪。于是，这些小说也往往会采用一种回忆体的历史叙事的角度。当然，这种历史叙事不是在国家民族层面的历史叙事，即所谓的“大叙事”。因为，20 世纪 90 年代以来后现代主义思潮在中国文化界掀起波澜的时候，大叙事也遭遇了冷眼。用某一个人的或者家族的、民间的回忆来对抗民族国家的大叙事，是许多少数民族题材小说的叙事选择。这些小说往往会采用一种回忆体的历史叙事。比如《额尔古纳河右岸》中的叙事者是最后一个酋长夫人，她在年轻人都下山定居的情况下，固守着山林，沉湎于深情而哀婉的回忆中，于过往的日常生活中展现了鄂温克族百年变迁的历史，弥漫着挽歌情调。同样，方棋的《最后的巫歌》以黎家老母陶九香作为 20 世纪近百年三峡原住民历史的见证人，叙述这片土地上的风云变幻和三峡巫文化在现代化进程中的消逝，小说用“最后的巫歌”这样的名称本身就有一种凭吊式的哀婉。

这样的怀旧情绪也许可以以后现代文化来看待，之所以用“也许”，是因为西方的后现代主义理论与中国社会联系起来时，这个后现代主义已经与其原意不尽相同。这里单就“怀旧”而论，李欧梵指出：“杰姆逊在其理论中提到一个重要观点：后现代文化的一个主要表现就是怀旧，他用的词是 nostalgia，可能不能译为‘怀旧’，因为所谓的‘旧’是相对于现在的旧，而不是真的旧。从他的理论上说，所谓怀旧并不是真的对过去有兴趣，而是想模拟表现现代人的某种心态，因而采用了怀旧的方式来满足这种心态。换言之，怀旧也是一种商品。”[①] 戴锦华也曾指出 20 世纪 90 年代以来各种怀旧的表象“至为‘恰当’地成为一种魅人的商品包装，成为一种流行文化”[②]。应该说，当代一些少数民族小说的怀旧是可以纳入这段论述的，比如《狼图腾》《藏獒》等小说的怀旧确实多少存在将“边地”和少数民族变成魅人的商品的因素，所以本文没有将它们算作严格意义上的民族志小说。而《额尔古纳河右岸》和《最后的巫歌》“怀旧”的复杂性超出了杰姆逊的论述。它一方面确实有很浓的怀旧情绪，有“想模拟表现现代人的某种心态”的嫌疑，而且也确实触动了现代人回归原始和纯朴的向往和渴望；另一方面它并没有要将少数民族文化标签化而变成魅人的商品，想成为流行文化的企图，而是确实在严肃地反思现代性的立场上进行文化寻根。它更着眼于对一种已经消逝的文化的哀婉中，思考在历史的进程中一个民族文化血脉怎样流淌在民族性格中，思考这样的文明“从哪里来，又向哪里去?”这样的问题。也思考现代社会境遇中多民族文化在交往交流交融中形成中华现代文明共同体的课题。它对现代性有一定的反思，甚至有从学术探讨的角度进行文化寻根的意味。小说中交织着的

① 李欧梵：《中国现代文学与现代性十讲》，复旦大学出版社 2008 年版，第 93 页。

② 戴锦华：《想象的怀旧》，《天涯》1997 年第 1 期。

多重思想和多重话语，怀旧在其间更多的是一种小说叙述艺术，可为小说增添魅力，但与商品关系不大。

（二）未完结的现代性

《额尔古纳河右岸》和《最后的巫歌》也并未因为反思现代性而完全美化土著生活和文化。即使其对现代性的反思非常明显，但客观上也写出了前现代世界的焦虑与不确定性。

《额尔古纳河右岸》中叙事者“我”的父亲林克被雷霆大雨夺去了生命。“我”的丈夫拉吉达为了寻找在雪灾中走散的驯鹿而被冻死。我的“弟媳”妮浩萨满的三个未成年的孩子意外死去。“我”的姐姐列娜小时候死于疾病。“我们”乌力楞里许多年纪大点的人都受着慢性病的折磨。一次传染病“黄病”流行了三个月，就夺去了三十多条人命，几乎毁掉了一个乌力楞，驯鹿也因传染病而大批死亡……小说的这些描写客观上呈现了前现代社会的图景，并给人以这样的认识：“传统文化的风险环境由物质世界的种种危险所主宰……如果我们把它读作前现代社会文化条件下的许多个人的真实生活的写照，就并非是不确切的。用现代的标准衡量，婴儿死亡率和妇女生育时的死亡率都极高。对那些有幸度过了童年时代的人来说，人均寿命仍然相当低，许多人还得忍受慢性病的痛苦，并容易受到各种传染病的侵袭……所有的前现代的社会秩序都会程度激烈地受到变化无常的气候的影响，它们很难抵御诸如洪水、风暴、暴雨或大旱等自然灾害的影响。”① 迟子建在小说中主观上倾向于抗拒现代性，但由于小说受到民族志书写的制约，客观上使得处于前现代社会的鄂温克族的社会生活与现代生活又形成了对照。使人不自觉地以现代标准去衡量它，进而因为前现代社会生活的

① ［英］安东尼·吉登斯：《现代性的后果》，田禾译，译林出版社 2000 年版，第 93 页。

风险而产生更大的担心和焦虑。所以，小说也写出许多鄂温克族年轻人是自愿走出森林，走入现代社会的，尽管现代社会看起来使这些年轻人出现了道德水平的下降。

如果说《额尔古纳河右岸》中前现代社会的危险和焦虑主要是由物质世界的风险环境带来的话，《最后的巫歌》则更多地呈现了前现代与物质世界相关联的社会生活的不稳定性。山民之间的争斗、不自由的婚姻悲剧、仇杀、神兵团土匪，以及“文革”中失去约束的暴力都给黎家带来了刀光剑影，这些暴力的滥用，成为这个家族不安全的深层次根源，也是小说描写的整个峡江原住民社会风险的根源。尽管小说对杀伐的描写也是出于对勇武好战的民族性格的塑造，但在客观上也提供了这样的认识，虽然现代社会“由于存在着被袭击或被抢劫的风险，现代城市环境被认为充满风险。但是，同许多前现代社会环境比较起来，不仅仅这种暴力的水平特别低，而且在辽阔的领域内，这种社会环境只是很小的一块孤立地区，并且在这整块领土内，免于物质性暴力的安全远比在传统世界中范围相当的地区里曾经可能有过的安全程度要高得多”①。一句话，文学作品对现代性反思可以为现代社会提供有益的启示，但现代性尚未完结。

这样一来，《额尔古纳河右岸》和《最后的巫歌》的“怀旧”在反思现代性时就不能完全掩盖现代性的优越，也就是说现代性并未完结，在承认边地的、传统的文化价值的时候，并不能否认现代文明的重要意义和价值。此外，迟子建和方棋都对族群文化在当代社会的命运进行现实性的思考和发言，所以她们赋予了小说民族志的意义。这表明现代主义在她们的思想中尚未完结，或者说混杂着现代主义的中国特色的后现代主义。因为中国从五四开始到现代的知识分子往往以启蒙立场，期望以自己的言语来

① ［英］安东尼·吉登斯：《现代性的后果》，田禾译，译林出版社2000年版，第94页。

影响社会。到了迟子建、方棋虽然有一定的后现代主义思想，她们不一定有意启蒙，但她们同样相信可以借助各方面的知识来影响社会。而西方的后现代主义理论者并不认为作家或者学者这些知识分子的言论本身可以改变社会。

不过，《额尔古纳河右岸》和《最后的巫歌》的文化寻根也确实体现出后现代主义的表征，但它又与中国传统、中国现实文化语境杂糅在一起。

比如：它们对原始的、边缘的、民族的、民间的“地方性知识”重新发现，本来就是现代性向后现代性转向的风向标。它们主动去发掘和再现非主流的、无文字的、边缘族群的文化，体现出后殖民时代全球公正的理念，也体现出打破现代性的“划一思维”而持有的多元和谐的文化立场，而这恰恰能在中国古代“和而不同”的思想中找到回声。这与 20 世纪 80 年代的寻根文学完全不同。因为寻根文学始终内隐着主观的文化优劣判断，在看待边缘的、民间的、民族的传统文化时，要么落入了批判传统和国民性批判话语之中，要么以诗意的浪漫完全美化了传统文化。所以寻根文学基本上还在现代性思想的参照下进行文化寻根。相对来说，《额尔古纳河右岸》和《最后的巫歌》由于杂糅了中国传统、现代主义与后现代主义，思想要复杂得多。这也包括《狼图腾》等边地小说。

又比如，《额尔古纳河右岸》和《最后的巫歌》将知识与想象作为文本的两翼，为消逝的文化留下了诗性的民族志。这种写作方式，既是典型的打破学科壁垒的后现代知识观，同时也是中国传统的“大文学观”的体现，这也与中国传统文化中写社会现实亦擅长以诗性笔法表达的传统相通。

再比如，《额尔古纳河右岸》和《最后的巫歌》都写到了在“科学”这个西方现代文明霸权之下土著文明的消逝，表现出作者对非主流族群文化在当代遭遇后殖民的反思。然而，这种民族志式的小说，虽然小说世界也是虚构和想象的，但由于受到人类学民族志书写的认知性要求的制

约，要相对严谨地呈现和深入“地方性知识”，客观地呈现地方文化的变迁。所以它们的想象和虚构要立足于从文化内部的主体性角度将抽象的知识和关系还原理解为人际间生活的形态，在此基础上进行民族文化书写和本土认同。因而，它不能无视中国这样一个前现代、现代、后现代并存的文化语境，不能不正视原住民自己对生活方式的选择对其文化的影响。所以，小说既写到了原住民文化的消逝及其文化乡愁，也客观地写到原住民对“科学”的向往，对现代化生活的拥抱。

通过对《额尔古纳河右岸》和《最后的巫歌》的诗性民族志书写的考察，我们也可以发现，文学家的小说也完全可以承担民族志的功能。而且，与传统的民族志相比，它不过是在内容上更多地强调了主体的敏感性和感受力，在表达方式上用了精通文学与艺术的手笔。传统的人类学民族志书写作为标准范式（或逻辑—科学的）模式罗列具体的事实，使用烦冗的学术术语，在貌似合理的假设引导下进行严谨的逻辑论证，最终超越具体的生活，达成抽象的理论。而诗学的或者小说的模式能够产生“好的故事，引人入胜的戏剧，可信（尽管不一定是‘真实’）的历史叙述”①。它在贯穿着具体的经历的时空之中，以丰富、细腻和具体的情节呈现人的意向、行动以及文化变迁和结果。也更具有贴近日常生活并激发想象的能力，更生动有趣而为大多数普通读者所喜闻乐见。

总之，汉族作家的民族志小说显示了小说叙事与民族志书写的互文关联。这种小说既有想象的激情和空间，又受到民族志知识性的制约，二者的张力正是小说的艺术性和知识性有机融合而内涵丰厚的关键。其文化立场的复杂性，则是全球化时代中国作家建构文学的民族性时，在与现代性以及后现代性的碰撞境遇的表征。

① ［美］伊万·布莱迪编：《人类学诗学》，徐鲁亚等译，中国人民大学出版社 2010 年版，第 15 页。

第五章　民族志小说：少数民族作家对母族文化的文学呈现

少数民族文学是当代文学研究的一个重要组成部分，发掘少数民族文学的重要性，可以观照中国当代文学的大格局和丰富性，也为汉族文学的研究提供相对完整的参照系。

从当代少数民族文学创作主体的族别身份和文化认同来看，少数民族文学分为两类：一类是汉族作家书写少数民族的文学作品。在这类作品中，常常看到一些汉族作家对少数民族符号化的想象，在奇幻和浪漫的想象里简化了少数民族本身，也简化了小说的内涵。但也有汉族作家则会相对严谨地“写民族文化”，主动实现作家“客位”和“主位”身份的转换，并在作品中贯穿理性的文化反思进行创作，从而让作品充满真实的血肉和肌理，有丰富的内涵和民族志的意义。如迟子建的《额尔古纳河右岸》，方棋的《最后的巫歌》，冉平的《蒙古往事》等。另一类是少数民族作家书写母族的文学作品。在这类作品中，也有作家故意“奇观化”自己的民族和地域，以迎合人们的猎奇心理和浪漫想象的文学作品。但大部分少数民族作家投身于本民族生活文化的长河中，真实地书写一个民族及其生存地域的日常生活景观，也潜入民族文化深层的潜流，传达出民族内在的文

化心理和文化精神。从而，也让这些作品具备鲜明的人类学叙事风格，显示出“深描”母族和地域文化的民族志的意义。如阿来、次仁罗布、尼玛潘多、格绒追美、乌热尔图、芭拉杰依、昳岚等人的重要作品，有些可谓民族志小说。

本章主要探讨少数民族作家书写母族的民族志小说，并在文学史和文学潮流的视野中对少数民族文学的整体状况进行观照和反思，思考探索少数民族作家的民族志小说的价值和意义。

相对来说，当代少数民族作家创作最引人注目的是藏族文学。当代藏族作家的队伍庞大，作品数量多，水平高，并出现了阿来、次仁罗布等重要的作家，为文坛捧出沉甸甸的有分量的文学作品。把阿来、次仁罗布的作品放在当代藏族文学的整体面貌中来观照，他们的民族志小说为汉族作家的民族文学创作提供了必要的参照和反思，也凸显了少数民族作家创作的重要价值。

一、藏地书写的迷思

藏地悠久博大的宗教文化和宛若天堂的自然风光，持久地吸引着人们的想象和向往。人们对于藏地的想象和建构，大多时候以符号化的填充物出现，这些图画般的片段填充物包括：风光旖旎的雪域高原、金光闪闪的寺院、转动的经筒、飘扬的经幡、磕着长头朝圣的人们、六字真言、神秘的高僧、奇异的天葬、智慧忠勇的藏獒、飘香的酥油茶、热情的哈达、藏族姑娘天籁般的歌声……藏地成为一个脱离了世俗世界的终极之地，一个心灵得到救赎、恩享天国荣耀的乌托邦。这是理想主义者对藏地想象中的漫游，以天真的“异域情调”抚慰着现代人疲惫的身心。而当代社会对于藏地的言说积极地迎合着这样的异域情调，却在一定程度上遮蔽了藏地真正的面目。这种言说集中在两个领域：一个是旅游业，另一个是当代文学。

从当代文学来看，大量描写藏地的作品将藏地奇观化和神秘化。在叙述策略上，大致可看到三种类型的作品。

第一类是浪漫诗意地美化藏地的作品。这些作品在诗意化的笔调中呈现藏地的美好，从自然和人文方面将藏地作为升华精神的纯净脱俗之地。藏地，已然成为一种显然的诗意化、脱俗化、原生态的文化景观，成为反思和批判现代性的主要参照系。这些作品在突出诗意化的藏地的同时，明显地、大量地遮蔽了藏地的真正的生活。它们呈现的藏地是一个非真实的藏地，从而凸显出写作者理性精神的缺失。马丽华是意识到了这点的，她曾说："诗化和美意构筑的感性世界，也使它的真实性多少被打了折扣——在中国，这是异文化进入者的边疆作品不约而同的困难所在。"[①] 其实不仅是异文化者的藏地作品，就算是藏族作家，或者出于过分强烈的民族认同情感，或者有意迎合人们对于藏地诗意想象，在其作品中有意美化藏地也是屡见不鲜。

第二类是将藏地奇观化的作品。一些作家或者由于现实主义文学意识的缺乏，或者是与少数民族文化的隔膜，或者是创作中的市场功利目的，往往把作品写成对藏族的奇幻想象和奇风异俗的展览。他们忽略了藏地原生态的日常生活的本原意义，转而在想象和奇观中引导人们认识一个神秘的藏地，通过吸引人们的好奇心来制造文学的不安和激动效应。陈晓明在论述马原时曾说：马原"一直是运用了大量的上等的填充物填补他的'叙述圈套'，诸如天葬、狩猎、偷情、乱伦、麻风、神秘和虚无等等"[②]。而新世纪以来，写作藏地的文学作品呈"井喷"状态，其中反响比较大的作

① 马丽华：《西行阿里》，中国社会科学出版社 2002 年版，第 35 页。

② 陈晓明：《无边的挑战》，时代文艺出版社 1993 年版，第 43 页。

品也不免奇观化的写作套路。

第三类文学作品是关于藏地的悬疑和传奇故事。这些作品以“悬疑化”的小说模式，将藏地神秘的神话传说与人间的恩怨情仇混合在一起，在旖旎奇崛的藏地自然景观中进行现代悬疑探险，藏地由此成为一个神秘的传奇和魔幻之地。这些作品更加脱离了藏地的真实，这里的藏地是为模式化、大众化和商业化的文学增添魅惑的外衣。

总之，以上三种类型的西藏书写，其实都走向了对藏地的符号化和简化。让人想起昆德拉谈论小说的艺术时所说的话：“小说受到了简化蛀虫的攻击。蛀虫不光简化了世界的意义，而且简化了作品的意义。”[①] 针对上述关于藏地的文学现象，此前，就有学者指出当代汉族作家书写西藏存在着“奇观化的依赖、诗意化的洁癖、原生态崇拜、悬疑化模式四大问题”。“在这个特定的时期和一些特定的群体中，西藏已成为某种前锋受到强烈的关注，但是西藏是无言的，言说的只是我们自己。”[②]

在这样的藏地文学书写的大背景下，考察阿来和次仁罗布的作品，会发现他们的作品对藏地言说凸显出独特而重要的价值和意义：一方面，他们的作品营造了生动鲜明的文学世界，给人以精神世界的滋养、回味无穷的美和人文关怀，这是其文学价值。另一方面，他们的作品完成了对藏地真实形象的阐释和书写的任务，就像是一部部厚实而精彩的民族志，让我们不仅了解到藏地的历史文化风俗流变，也了解到了藏族的生存状况及其民族文化的内在特性。而且，在更宽广和深刻的意义上，他们的作品引导人们思索中华文明和一些人类性的命题，其文化价值的重要性不言而喻。

---

① ［捷克］米兰·昆德拉：《小说的艺术》，董强译，上海译文出版社 2004 年版，第 24 页。

② 雷鸣：《汉族作家书写西藏几个问题的反思——以新世纪小说为中心的考查》，《西藏研究》2013 年第 5 期。

二、阿来作品的民族志意义与文学情怀

阿来出生在一个叫马塘的偏远的藏族村寨，属马尔康县。马尔康县为四川阿坝藏族羌族自治州下辖县，是以原嘉绒18土司中卓克基、松岗、党坝、梭磨四个土司属地为雏形建立起来的，亦称“四土地区”。县城马尔康镇系阿坝藏族羌族自治州州府驻地，是阿坝州政治、文化、金融、信息中心。阿来的藏族血统来自他母亲，他父亲是一个把生意做到川西北藏区的回族商人的儿子。阿来少年时期的生活环境是大渡河上游的“嘉绒藏族”村庄，属川藏高原的一部分，这里的藏族世世代代过着半牧半农耕的生活。恢复高考后，阿来考上了本州的一所师范学院，来到马尔康县，开始了正规的汉语学习，并有条件阅读国内外优秀的文学作品。师范毕业后，阿来成为一名乡村教师，后调入一个县城中学任教。1984年发表第一首诗歌而走上文学创作的道路，直至成为一名优秀的用汉语写作的藏族作家，并离开马尔康地区到了大城市成都工作和生活。

故乡之于每个人的意义的重要性是，它是一个人的根，一个人的精神原乡。对于作家来说，作家可以超越故乡的地域限制，却无法脱离故乡而存在。故乡情怀融化在作家的血脉里，为作家提供艺术源泉，也成为作家的精神印记。所以，成熟的作家必然在他的作品中写出故乡的人文地理、山川景物、日常生活、风俗习惯和文化渊源，也传达出地域族群内在的文化心理和文化精神。所以，阿来的小说大部分取材于他成长的故乡，他的文学世界紧扣故乡的人文地理、人们的生活状态和文化心理，也萦绕着阿来的故乡情怀。

在说到阿来对藏地的描写时，首先要对藏地本身的不同作以观照。传统意义上将藏族地区又分为“藏地三区”，即卫藏藏区、安多藏区和康巴

藏区。一方面，藏族作家的创作有藏族共同性；另一方面，如果仔细辨别也有看到“藏地三区”不同的区域空间和历史文化为不同地域藏族作家烙上了各自的生命印记，使他们创作的藏族文学也具有不同的地域特征。

处于四川西北的嘉绒之地是阿来的故乡，属于康巴藏区。康区的文化基本特征就是不同民族文化（汉、藏、彝、回、纳西）之间的互动与多元交流。是一个典型的“交界地带”和“过渡地带”，有着与卫藏藏区和安多藏区不同的文化特色。阿来的文学创作正是反映这多过渡交叉地带的具有文化人类学和文学人类学意义的典型文本。它们以独特的川藏特色的故事，传达了康巴藏族内在的文化气质，有着书写康巴藏族的民族志意义。

（一）阿来的民族志小说对藏地的祛魅

1.《尘埃落定》

历史上，嘉绒一直生存在汉藏文化的夹缝中，在20世纪50年代才被政府识别指定为藏族。不过，在藏族看来，“嘉绒”是一个被汉化的另一个族群，是一个独立的族群。而在汉族看来，“嘉绒”确实是藏族。所以，很长时间，“嘉绒”是一个被忽略的、面目不清的存在。

阿来首先在《尘埃落定》中将嘉绒藏族的生活图景推到了人们面前：藏族土司娶了汉族女子做土司太太，土司女儿嫁到了英国，行走在嘉绒大地的西方传教士，来自圣城拉萨的喇嘛在嘉绒传播新教被割了舌头，土司之间互相争斗，土司向汉人政府寻求权利，国民党特派员给嘉绒带来了罂粟、照相机和边境贸易……这些间接地呈现了嘉绒藏区这个藏文化地理中心之外的“接壤地带”“过渡地带”具有的多元文化交汇碰撞的文化特征。小说更以鲜活生动的笔触描述了嘉绒藏族的生活图景：贪婪的土司家族享受奢华的生活，下面是等级分明的头人、自由人、奴隶等民众。奴隶们在腐朽而走向没落的土司制度下艰难地生存，但大部分奴隶却对主子满怀忠心。土司之间、土司和头人之间都在争权夺利。僧侣、喇嘛依附土司的世俗权力，他们并无高深的佛法亦缺乏气节。奇异的行刑人有独特的气质。寻仇者遵循着世仇必复的复仇规则……小说中的这些描写最初是令人吃惊的，它描写的嘉绒藏区并非一方净土，并非神圣浪漫之地。和此前许多文学作品对藏地浪漫化的附魅相比，《尘埃落定》是对藏地的一次明显的祛魅，是藏地文学书写的一个新的方向，它生动而鲜活地描绘出这片尘世的尘埃飞扬的大地。

《尘埃落定》通过虚构的故事描写了生活在汉藏交接地带的嘉绒部族从民国到新中国成立这段时期的历史的书写，是以小说却仿佛一种“深描”式的民族志。它确实是阿来在熟稔嘉绒地域的地理、物候、风俗等知识的基础上，并在查阅大量关于土司制度的历史文献和具有人类学田野调查意义的考察中取材和构思的。阿来说他写《尘埃落定》的两年前，就开始作大量的调查，并搜集了许多口传史料，对嘉绒的历史做了详细的了解，所以小说具有文学人类学意义上的文化真实。

《尘埃落定》也是一个揭示历史、权力和人性的寓言。它通过对特殊性的具象的土司生活描写来达至关于普遍性的抽象的思考和认识，从翁波意西被割掉的舌头我们看到在权力的压迫下历史书写的困境与难言，认识了权力对历史书写的制约，但历史的车轮并不会因为权力的阻挠而却步，被割了舌头的翁波意西预言的历史最终依然到来。从行刑人的生活我们了解到刑罚的本质并非报应犯罪或者防卫犯罪，只是一种特殊的社会关系，因为“谁有罪”的判定经常是由掌握刑罚权力的人进行，刑罚是阶层维护权力的手段。小说中那消瘦单薄的行刑人父子因为深谙刑罚的这一特性，精神世界饱受创伤。从麦其家族的灭亡则窥见了历史发展的规律，也理解了人性中的贪欲是毁灭人类的渊薮。可以说，《尘埃落定》有民族志文本“既以展示群体或者族群文化的丰富性和多样性为目的，也试图通过不

同文化模式的比较研究归纳出一般性的规则和普遍意义的理论”① 的文本特性。

《尘埃落定》面世后好评如潮，主要是缘于小说的语言才华和立足于书写“人”的文学情怀。《尘埃落定》得到肯定的另一个原因也值得重视，那就是具有民族志性质的严肃文学创作进行藏地的“祛魅”，告诉人们一个真正的藏地。这两者结合起来，奠定了阿来写作的基本路向：通过对川藏地区的“人”的观照，用极富诗意的笔，写藏地的生存图景，同时也在思考一个地域族群、一个民族的基本问题，并超越具体的民族性思考人类性的命题。

2.《空山》

《空山》讲述川藏边地一个叫“机村”的藏族村落自20世纪50年代至90年代的变迁。小说鲜明地展露了现代民族—国家的建构中“传统与现代”的冲突，表现了批判现代性这个常见的主题。如果小说停留在这个批判的层面，本身也就成为一部平庸之作。但是，《空山》不是这样的单向度作品，它在对机村平淡的日常生活的表述中呈现了藏地丰富多维的表情。机村人善良宽容又残暴自私。他们能够容纳和接济来历不明的桑丹和格拉这对母子，又对他们母子任意施暴，私生子格拉一直被漠视、蔑视，机村的孩子毫无歉疚地诬陷格拉，逼死了格拉。小说展示现代化进程中藏文化的破坏和遗失，如和尚还俗、迫害巫师、砍伐森林、炸毁神湖，同时又写机村人面对公路、汽车、水电站等现代设施的兴奋、惊喜和惶惑，这个过程中机村人的无知和贪婪也得到无情地展示，比如他们在光天化日之下大肆行窃灭火指挥部的各种东西，等等。这样，《空山》呈现出一个被现代性割裂了传统，失去淳朴的生活和文化，但本身也并不脱俗的藏地。

① 刘珩：《部分的真理——文学文本与人类学民族志的“书写”》，《民族文学研究》2007年第3期。

本来，《空山》从题目和叙述的方式都最容易写成对一曲弥漫着哀伤诗意和怀旧格调的民族文化逝去的挽歌，但小说却以善恶交杂、美丑交集、清新幽暗掺和在一起的表述，避免了这种陈词滥调的单向度书写，从而呈现了当代藏地生活的真切性。它让我们真正进入了西南边地的藏区生活。因此也凸显了在藏地书写者中，阿来的文化身份赋予他创作的独特性。阿来长期生活在嘉绒这片交叉文化地带，是藏地本文化的持有者，又是一位接受了现代文化教育的理性知识分子，这样的文化身份使他能在小说创作中，在“主位”与“客位”意识相融合的基础上自观和反观民族文化生活，真实地告诉人们地域民族文化进行着复杂的裂变。它对藏地的“祛魅”有着认识一个时期藏地真实生活的民族志意义。

3.《格萨尔王》

藏地在人们的眼中总是披着神秘的面纱，这与这片大地上充满了神话与民间传说紧密相关。如何理解和对待民族神话，关系到能否深入一个民族的文化根柢去认识这个民族。因为民族神话作为民族集体智慧的表述，代表着文化基因，也往往具有神话历史的鲜明特点。

阿来的《格萨尔王》取材于同名藏族著名史诗。小说对其进行的重述，是阿来力图以神话为门径，使西藏的“现代”与“神话历史”进行对话，进入藏民族的历史和内心，来“读懂西藏人的眼神”[①]的一部作品。我觉得这部小说的意义主要体现在：

一是以小说的形式比较完整地普及了《格萨尔王》史诗中的故事，使更多的人了解了史诗，也了解了藏族的民族史和丰富的民族文化。比如，格萨尔王身上加持的神力全部来源于佛家一路，格萨尔与精通巫术的叔叔晁通之间的矛盾冲突，折射出藏族历史上“崇佛诽苯”宗教思想斗争和佛

① 金涛:《阿来谈〈格萨尔王〉:让你读懂西藏人的眼神》,《中国艺术报》2009 年 9 月 22 日。

教文化的民族认同。

二是小说以格萨尔王形象为载体，凝结了藏族的民族精神。在小说中，格萨尔王是慈爱的化身，更是伟大的战神。格萨尔王作为神子的时候，看到人间悲苦混乱的情形而激发了内心的慈悲之海，于是，他自愿下界，为众生降妖除魔，让众生永享安康。格萨尔王在人间的一生不辞劳苦，南征北战，所向披靡，为岭国的人们开辟了一块又一块的疆土，最后完成使命，神子归天。关于战争的描写和格萨尔战神的形象，典型地体现了藏族信仰的佛法的慈悲、伟大的王的慈爱，以及部落战争时代的人们的英雄崇拜意识，也间接地揭示了藏族原始的部族意识。这种部族意识就是保护本部族人畜财产和为本部族掠夺牛羊财宝，而格萨尔王的每次降妖除魔，都与此相关联。从《格萨尔王》体现的英雄崇拜与部族意识，我们可以抵达藏族原始先民的心灵思想深处，窥见民族文化中最深层的一些因子。阿来在许多时候似乎流露了对这种民族性的思考，比如，《尘埃落定》指出土司们的争斗“得到权力也不过是能得到更多的银子、女人、更宽广的土地和更众多的仆从”①。《瞻对》则指出土司们“以原始部落而接受佛教文化，并助其传播，在历史上起过进步作用。但从此陈陈相因”，后来“无非就是争夺地盘，结果却是内争外斗之下，民生凋敝，人口萎缩，土司家族自身也日渐衰弱”②。而《格萨尔王》流露出的部族意识也间接地揭示了强悍的康巴文化的源头。

三是小说以现代人的视角诠释格萨尔的性格和事迹，给古老神话赋予现代理性认识的新内涵，使得小说不仅是对藏族民族集体文化的记忆，也达到了探讨人性这个人类性命题的高度。小说结尾写格萨尔王厌倦了征战

① 阿来：《尘埃落定》，作家出版社 2012 年版，第 326 页。

② 阿来：《瞻对——一个两百年的康巴传奇》，四川文艺出版社 2014 年版，第 190 页。

而结束自己的使命归天，史诗说唱人晋美勇敢地唱出这个结局，从而结束格萨尔的故事。这样的结局悲观地指出：人的欲望永不满足，神想拯救人也无能为力。此外，小说对晋美在演唱史诗过程中的境遇和命运的描写，提醒人们如何去保护“格萨尔王”这一瑰丽的民族宝藏。基于以上三方面的认识，阿来的《格萨尔王》也是一部在神话和现实的交织中探秘民族文化密码的民族志小说。

4.《蘑菇圈》和《三只虫草》

《蘑菇圈》和《三只虫草》是阿来 2015 年的两篇中篇小说。《蘑菇圈》中的那个川藏边地的村庄也叫“机村”。机村在 20 世纪 50 年代至今的历史发展变迁和《空山》系列小说有一致性，都反映了新中国在现代民族—国家的建设中，藏地的变迁及其人的命运。小说中斯炯阿妈的命运贯穿于新中国成立后机村的社会历史发展中，她的一生“以平凡的生命包容一个民族的历史”①。从中不仅能观照这个民族，甚而是一个国家的社会变迁中人们的思想观念和价值观的变动。《蘑菇圈》比《空山》延展出更为真切而尖锐的现实关怀和对藏地的“祛魅”。小说中斯炯阿妈在深山里有一片秘密的蘑菇圈。这里的蘑菇就像精灵，会谛听鸟鸣，“会在林子里站成跳舞一样的圆圈”，会和阿妈“说话”。蘑菇圈陪伴阿妈经历了生命的磨难、秘密和悲苦，成为阿妈沧桑岁月中的精神支柱。在大饥饿的年代里，阿妈采摘蘑菇无私地救助了濒临饿死的机村人。改革开放后，阿妈采摘蘑菇圈的松茸和蘑菇卖钱给孙女攒学费。阿妈呵护着自己的蘑菇圈不让别人知道，并不是要据为己有，只是呵护一片自然纯净的信念，或者说维护着象征意义上的生命之源。然而，商人丹娜告诉阿妈她的工厂能人工培育出很多很多蘑菇，并且卑鄙地用高科技手段追踪到了蘑菇圈的地点，用阿妈的

① 阿来：《蘑菇圈》，长江文艺出版社 2015 年版，封面内容推荐语。

蘑菇圈做广告去骗取更多的钱。失去了蘑菇圈的斯炯阿妈离开了机村。这可谓金钱操纵了现代科技之后无所不能，金钱打败了一位传统的藏族老人奉行了一生的真善美的信念。《蘑菇圈》对当下的藏地的描写，像一把尖刀，刺破了天真的人们对藏地诗意浪漫超凡脱俗的幻想，不仅仅观照出这个边地藏族村庄的生活变革和现代性的扩张对藏人文化传统中美好东西的戕害，也引人审视弥漫当代中国的“金钱至上”的时代氛围。

《三只虫草》是一部儿童文学作品。小说写了一个藏族少年桑吉挖虫草、卖虫草的故事。但小说的重心是围绕桑吉的“三只虫草”的去向和命运全方位地展现当下藏族的生活面貌。小说涉及由虫草经济引起的藏地的环境生态和藏族牧民生计冲突的问题，手机、网吧等现代化的生活方式在藏区的流行，藏族孩子在学校的学习和发展的问题，官僚主义对社会的损害，藏族孩子对象征现代知识和文明的《百科全书》的热望，等等。小说也展示了藏族传统民间的生活，在他们的风俗习惯和行为中，流淌着藏人血液里的传统文化精神，比如对神的敬畏、内心深处的“善”和纯朴。《三只虫草》的内涵是非常丰富的，整个故事的凝聚感、深化的层次和力度甚至超出了《蘑菇圈》。

总之，《蘑菇圈》和《三只虫草》都是用故事来说话，吸引人们对藏族异域的好奇心，大家意兴盎然地进入这个世界，视野打开，发现藏地并非诗意浪漫和神秘奇特的，也并非不同于我们世界的异域。它让人们得到了关于地域的民族的真实生活文化的认知，意识到在全球化的时代里，物质和精神的流动会冲破区域和民族的束缚，影响到地球上每个角落的生活。藏区的现状与我们整个时代、整个社会的氛围和面貌紧密联系在一起，从而提出了藏区面临的生态环保、传统生活与经济发展等问题。因此，这两部小说也是有民族志的性质的。而且，它可能比一部呆板的人类学民族志著作更让人印象深刻。

《尘埃落定》《空山》《格萨尔王》《蘑菇圈》《三只虫草》基本上在线性的时间叙事里组成了阿来对嘉绒藏地的历史和当下的认知和表达。它们是小说，但还可以以民族志书写这个范畴讨论它们，原因是它们在虚构之中却可见经验、体验之真实。

阿来的小说表现出一位熟稔藏族文化和藏地生活、对民族文化有深刻的思考，并有世界性或人类性视野的作家，在创作中真诚真切的情感态度及其作品饱满的精神力量。它们对于一个既定时代里的人和世界的关系，也许是不完整的主观的见证，但这个见证却可能传达了一种可能的真实，并成为人们正确的认知。由此在充满魅惑的当代藏地文学创作格局中，阿来的小说具有民族志般的严肃、独特而重要的意义。它们对藏地的言说，超出了单纯的文学价值的判断，在其“文学”的形式和意味之下，具有表述川藏地域本土经验的意义，在一定程度上承担了对藏地特别是康巴地域文化表述的民族志的功能。诚如人类学家指出的：“除了田野工作中被研究者的口头叙述之外，来自于第三世界大部分地区的大量当代小说和文学作品，也正成为民族志与文学批评综合分析的对象（例如 Fischer，1984）。这些文学作品不仅提供了任何其他形式所无法替代的土著经验表达，而且也像我们自己社会中类似的文学作品那样，构成了本土评论的自传体民族志(autoethnography)，对于本土的经验表述十分重要。”① 在这层意义上，阿来的作品成为一种关于藏地真实而有效的言说，可以同时成为文学批评和文化批评的“自传体民族志”。阿来的小说避免了单向度的或者表面化、符号化的藏地书写，它们深入地域和民族的社会历史的深层，对一个地域民族在漫长的传统中形成的生活样态和文化精神进行有理有据

① 乔治·E.马库斯、米开尔·M.J.费彻尔：《作为文化批评的人类学——一个人文学科的实验时代》，王铭铭、蓝达居译，生活·读书·新知三联书店 1998 年版，第 112 页。

的表述和回应，形成了文学化的民族志所具有文学价值和文化价值，因此，可以将它们看作民族志小说。

（二）非虚构作品《大地的阶梯》与阿来的民族志小说

在写出了《尘埃落定》《空山》《格萨尔王》这些向历史与传说回溯的小说之后，虽然它们对藏地的“祛魅”和真实呈现已经让人刮目相看。但在阿来自己看来，它们对于藏地真实地表述还是缺乏力量。他说：“回到现实中去，回到我们经历的这个时代，常常的感觉是好像用不着写小说了。写小说干吗？如果我们有足够的能力、足够的勇气，这个社会又有足够的表达空间的话，我们完全可以用非虚构的方式呈现一些更有力的东西。”“非虚构作品才有力量。”① 在经历了内心的挣扎之后，阿来捧出了非虚构作品《大地的阶梯》和《瞻对》，这两部作品以民族志诗学的写作性质表现了阿来言说现实的巨大勇气。

从文学体裁来讲，《大地的阶梯》应该是一部非虚构的散文集，而不是本课题中研讨的民族志小说。但是，由于这部散文集对于嘉绒藏区的书写具有非常重要的意义，在探讨阿来的民族志小说时，它恰恰占据了一个重要的位置，那就是它对嘉绒藏区地方性空间的书写，对于理解嘉绒藏区的物质文明和精神文明（包括审美活动）的性质非常重要。以《大地的阶梯》作为参照，可以深化对阿来小说民族志内涵的认识。

阿来的小说更侧重对嘉绒藏区人民生活和历史的线性描写，对其民族志的意义已进行了充分的论述。但是，如果我们对嘉绒大地的自然风貌和文化积淀没有比较深入的了解，那么，对阿来小说中人物的精神气质和风

① 孙小宁：《阿来：多年写作，我的内心总在挣扎之中》，中国民俗学网 http://www.chinesefolklore.org.cn/web/index.php?Page=2&NewsID=5547（2009-08-31）。

土人情的理解也将比较肤浅。因为地理环境、天然景物会深刻地影响一个民族的生活方式、文化心理和精神气质，这是文化生态学的基本原理。当然，小说的必要因素之一是环境，小说人物要有生活的空间，故事情节也要求在一定的时空中展开。但小说中的空间毕竟是有限制的，对于真正地认知地域与人文精神、民族性格之间的关系并不十分充分。而通过《大地的阶梯》，我们对阿来的民族志小说的内涵和意义的认识会得到进一步的深化。所以，此处把《大地的阶梯》作为民族志诗学的一个范本来进行论述，以期深化对阿来所有作品的民族志意义的理解。

《大地的阶梯》是阿来对嘉绒藏区地方性空间的书写。这部非虚构的随笔语言优美，有浓郁的人文情怀，可读性很强。它娓娓讲述嘉绒藏区的历史、现状和人文地理，将嘉绒这个处于藏区东北部、像大地阶梯一样的过渡地带真真切切地呈现在人们的眼前。它描绘嘉绒的山川风物，栩栩如生，有地理风物志的叙述效果，类似于人类学家的民族志诗学写作。

首先，随着阿来漫游的脚步，嘉绒如一幅生动画卷呈现在人们眼前：高耸的山脉、泛着浊浪的河流、野人的传说、民间故事和神话、山神的战箭和风马、气势雄伟的土司官寨、高耸的堡垒式寨楼、一座座寺院遗迹、破败又不乏现代化装点的乡村小镇、绘着金刚与万字法轮的嘉绒石头寨子、泥石流、断裂的公路、广阔的田野里熟黄的麦地、青碧的玉米地和大片的青稞、大渡河谷漫山遍野的仙人掌、金川河谷如雪如雾的梨花、原野上的鸢尾花、作揖的旱獭，以及身在其中的、缓慢走向现代生活的嘉绒人……这一切组成了一个自然环境和文化传统正在遭受双重破坏，不乏旖旎风光却又满目疮痍、并不神秘的藏区。也让人们认识到青藏高原地理与藏文化多样性的存在，以及现代化进程中民族地区的真实图景。

但《大地的阶梯》并没有停留在地理风物展示的层面，它以人类学的写作方式常常在文本中加入作者的理性分析。它对嘉绒地方性知识进行了

深层的探索，很多时候在思考人与地理、历史、文化之间的关系。这种智性的思考沉淀为作品中真实深刻的民族志式的认识价值，也凝结为流淌在文化随笔中浓郁的人文情怀。

《大地的阶梯》有阿来对嘉绒藏族历史上文化交融和文化多元的思考。嘉绒这个农耕山谷在唐代被吐蕃大军征服之后，当地土著与吐蕃军人“两相整合，形成了今天作为藏族一个较为特别部分的嘉绒人”①。并形成了这个族群独特的文化性格，即嘉绒这片大地上的人们既是平和的农人，又可以成为血脉偾张的武士。接下来，阿来在历史的沉思中进一步思考文化的传播与整合这个问题。吐蕃对嘉绒的军事征服之路也是文化传播之路。藏族僧人毗卢遮那被吐蕃王朝流放到嘉绒，开始在嘉绒传播佛教，并带来吐蕃时期诞生的藏语文字，藏文化从此在嘉绒进行传播和整合，最终使嘉绒融入藏族文化。但佛教文化的确立并未使嘉绒的本土宗教——苯教完全消泯。苯教通过对自身的改造仍然寻求着生存的合法性，并且在历史上仍然发挥了较大的影响。阿来由此说明文化交融的复杂性，指出每一种文化都具有自身固有的相对稳定性，一种新的文化是无法完全掩盖旧文化的痕迹的。

文化的碰撞与交融，留下了不可磨灭的痕迹。在嘉绒大地，曾有嘉绒僧人阿旺扎巴去西藏求法归来后为弘扬佛法而修建的108座寺院。而那灯火明亮的马尔康寺院早期是苯教寺院，后来又改宗了藏传佛教格鲁派。苯教的雍忠拉顶寺在明清时候的富丽辉煌，曾引起了乾隆皇帝的垂涎。而今，虽然这些佛教的、苯教的寺院大多已成为废墟，但它们作为嘉绒藏区佛教、苯教相互碰撞的遗迹，见证了嘉绒文化多元性的存在。此外，它们也揭示了嘉绒作为藏族一个独特的部族，在政治组织形式上区别于西藏的

① 阿来：《大地的阶梯》，南海出版公司2008年版，第73页。

原因。那就是文化的不同以及嘉绒靠近汉地的过渡地带的地理位置，使得嘉绒的统治者更倾向于向中央王朝寻求世俗权力。在嘉绒，是中央王朝册封的土司手握世俗大权，僧侣阶层往往依附于土司的世俗权力，或者土司家族本身掌握着神权。这与西藏的神权至上，世俗政权要依附于神权的政教合一制度有根本的差别。小说《尘埃落定》已经间接地写到了这一点。《大地的阶梯》则以层层剥笋、逐层深入的地方性知识书写和文化思考为我们提供了一种关于藏地的新的知识观念。它引导人们不仅思考特定地域的“地方性知识”，更强调这种知识生成的特定历史情境、立场、视域、价值观等，而这正是民族志对地方性知识书写的一层要义。

《大地的阶梯》对嘉绒的文化地理与风物，及其人与地理的关系剖析也体现了一种文化思考。伫立在东方天际的嘉木莫尔多山，是嘉绒藏族著名的神山。嘉绒人认为这些山神都是战神。在这样的观念里，形成了嘉绒一种独特的风习，人们在一年一度的朝山的节日里，将杉木杆的顶端削成尖利的箭锋形状，并高擎起猎猎的五彩经幡，作为献给山神的战箭。而那印在四方的纸片上或者丝质的经幡上的战马，山风吹动时御风奔驰的风马，则是人们献给山神的战马。在民间传说中，莫尔多山神与众神比武，夺得了众山之主的地位。而莫尔多山以及周围地区，历史上恰是嘉绒文化的中心。在阿来看来，“莫尔多众山之主的地位，曲折表达了当地部族一种渴望自己成为某种中心的渴望”①。人们对莫尔多山的传说也凝聚和反映了嘉绒文化的杂糅性。战神、战箭和风马的观念习俗都源于嘉绒本土宗教苯教的思想。但对莫尔多山神取得众山之主的地位，人们结合藏语里“莫尔多”即“秃顶闪光”之意，又以佛教文化思想来解释，说这是佛的预言，代表了佛音将在这里传播广大。于是，莫尔多山不再仅仅具有地理意义，

---

① 阿来：《大地的阶梯》，南海出版公司 2008 年版，第 73 页。

更是嘉绒文化交融的一个象征。

总之，在阿来看来："地理从来与文化相关，复杂多变的地理往往预示着别样的生存方式、别样的人生所构成的多姿多态的文化。"[①] 这样的看法在认识论意义上，意味着阿来在书写地方性知识时，知识视野的开放和无限的延展性。由此而想起格尔兹所说的"人类学家不是研究村落，而只是在村落中进行研究"的深刻意义。

现在，再从对《大地的阶梯》的阅读来回想阿来的小说，特别是《尘埃落定》和《格萨尔王》，就发现它们以忠于历史和现实的理性精神所蕴含的民族志意义。

《尘埃落定》中的土司们高度重视世俗权力，相互争斗，我们几乎看不到他们对佛教的虔诚。在西藏神权至上、政教合一的体制中，僧侣有着很高的地位。而《尘埃落定》的僧侣，其身份地位是那样地尴尬，就像济嘎活佛要听从麦其土司的摆布，而且经常受到嘲弄。神权在这里不起多大作用，能够左右土司政权的是国民党的"黄特派员"。被称为门巴喇嘛的门巴并不是喇嘛，是法力高强的神巫，麦其土司更看重和依赖他。小说写了一个情节：为了保卫麦其土司独家种植罂粟花，麦其土司和汪波土司进行了一场罂粟花战争。这场战争起先以巫术之战的形式进行，门巴喇嘛作巫，用咒术降给汪波土司灾难。《尘埃落定》的这些情节，可以从《大地的阶梯》中得到深入的解释。僧侣的遭遇昭示了嘉绒靠近汉地的地理位置而使嘉绒的统治者更倾向于向中央王朝寻求世俗权力的社会现实。济嘎活佛、门巴喇嘛的共同存在和互相不和，门巴喇嘛为土司行巫法，也是文化杂糅地区嘉绒大地历史上佛教和苯教的争斗与共存，并深受世俗权力掣肘的文化景观。

---

① 阿来：《大地的阶梯》，南海出版公司 2008 年版，第 5 页。

至于《格萨尔王》中，格萨尔与精通巫术的叔叔晁通之间的矛盾冲突，以及格萨尔征战中的英雄崇拜与部族意识，也折射了川藏地区历史上佛教与苯教的斗争，以及康巴藏族的族群记忆和强悍的性格特点。藏族的分布地域辽阔，藏族居住的每个地域都有格萨尔王的神话传说流行，但隶属四川省甘孜藏族自治州的德格县是格萨尔王传说最集中的地区，单以格萨尔及30员大将的各种活动命名的就有许多处。一般来说，同一题材的神话传说流传在不同的地域，也会有一些不同。这些不同的深层原因是受到不同地域的地理环境和人们的文化心理的影响。每一个地域的神话传说都会找到与地方的自然风貌相联系的地点，进行若有其事的阐发，而阐发也在有意或无意地满足着地方文化心理的需要。《格萨尔》史诗诞生于公元11世纪在不同地域和民族的流传中，更多的艺人参与了再创作，随着时间的推移，故事也发生了流变，除了整体轮廓基本相同之外，内容、结构、人物、说唱形式等都有不同变化，形成了不同的民族特色和地域特色。应该说，阿来的《格萨尔王》的内在精神也更多地接近德格的《格萨尔》史诗呈现的文化心理，这是在阅读《大地的阶梯》后得到的深入的认识。

（三）阿来民族志小说的情怀与超越性

阿来的文学成就，既表现在其作品的民族志文化内涵，更由于作品体现出的文学情怀。什么是情怀？就像毕飞宇所说：情怀是“你对人的态度，你对生活和世界的态度，更涵盖了你的价值观”①。而文学情怀必定执着于“文学即人学”的理念，关注人性，关注人的生存状态和人类的命运，崇尚人的生命、尊严、自由、价值，在对真善美的肯定中闪耀人文精神的光辉。一个作家的文学情怀自然地流淌在他的作品形成的文学世界里，折射

---

① 毕飞宇：《写满字的空间》，人民文学出版社2015年版，第150页。

出作家的精神之光和作品的境界。

阿来的文学情怀具体体现在，他以高度的语言才华构建的文学世界里坚持对于藏区的“人”的观照，在对平凡的生命的书写中包容一个民族的历史，同时又在对人性复杂的体味中，写出人生的况味，写人的生命的价值和生存的尊严，并在历史与现实的交织中观照人的命运，思考人类社会发展的走向。因此，阿来的小说在对民族性进行深刻表现的同时，能够站在“人”的一员的立场上，多了一层超越性的生命意识，体现出一种博大的人类性的情怀。

《尘埃落定》中，阿来立足于对藏区的“人”的观照，用自然简洁、纯净天籁般的语言，描写世事的翻覆与变迁、生命的欢欣与痛苦、权力与欲望、爱情与背叛、善意与猜忌、恩仇与果报、美的、丑的，一切仿若尘埃，在藏地、也在人心里飞扬，最终随着土司政权的败亡而“尘埃落定”。从这个意义上讲，小说有一种生命虚无的悲剧感。然而，如何面对生命的过程？小说中的傻子二少爷以他的“傻气”追问着整个人类的基本命题，权力、爱情、尊严、历史、活着、死亡、人本身……并且以积极而坦然的人生态度，走过了传奇的一生。傻子在生命的最后阶段，主动将生命给予仇人的儿子，帮助寻仇者完成复仇。傻子主动承受这样的命运，并不是对于“人”的悲观的厌弃，而是对人的尊严的成全。小说写到：

> 上天啊！如果灵魂真有轮回，叫我下一生再回到这个地方，我爱这个美丽的地方！神灵啊！我的灵魂终于挣脱了流血的躯体，飞升起来了，直到阳光一晃，灵魂也飘散，一片白光，就什么都没有了。①

---

① 阿来：《尘埃落定》，作家出版社 2012 年版，第 381 页。

傻子死亡，飞升的灵魂里依然充满对“人”、对世界的热爱。他的热爱，他对人世所有的悲欢离合和恩怨情仇的宽宥，何不就是一种对抗虚无的积极的超越性的生命意识。《尘埃落定》把人的命运与嘉绒土司制度覆灭的历史阶段放在一起，把“人”的描写融进空灵的时间和诡谲的历史，开拓出诗性的精神空间。《尘埃落定》的超越性还体现在小说是一部关于历史、权力的寓言。如前所述，这一点是民族志式在具体的文化现象的书写中见出一般性的规则和普遍意义的功能。当然，也体现了对文学的人类性关怀。

《空山》展现自20世纪50年代至90年代川藏边地一个藏族乡村机村的日常生活和命运变迁。关于作品关注“人”的文学情怀及其超越性，阿来多次谈到这个问题。他说：“藏族并不是另类人生。欢乐与悲伤，幸福与痛苦，获得与失落，所有这些需要，从他们让感情承载的重荷来看，生活在此处与别处，生活在此时与彼时并无太大区别……因为故事里面的角色与我们大家有同样的名字：人。”① 确实，不管身处什么样的世界，人心中的尘埃永不会落定。机村人的种种善行、恶行，其实在人性的层面上与其他人有着共通性。《空山》的超越性还表现在，这部小说体现了阿来一贯“努力追求一种普遍的意义，追求一点寓言般的效果”② 的创作旨意。他说：“我要写的这个机村的故事，是有一定的独特性的，那就是它描述了一种文化在半个世纪中的衰落，同时，我也希望它是具有普遍性的，因为这个村庄首先是一个中国农耕的村庄，然后才是一个藏族人的村庄，和中国很多很多的农耕的村庄一模一样。”③ 确实，机村在半个世纪中的经历，比如，修公路、建发电站、砍伐森林，以及国家意识形态对村庄日常

① 阿来：《落不定的尘埃》，《小说选刊·长篇小说增刊》1997年第2期。

② 阿来：《看见》，湖南文艺出版社2011年版，第223页。

③ 阿来：《看见》，湖南文艺出版社2011年版，第183页。

生活和人们思想的改造，在中国大地上所有的村庄都一样地进行，“机村”是这段“村庄史”的缩影。

阿来在《空山》系列小说和《蘑菇圈》中建构起了自己标志性的纸上乡土“机村”。当一个作家在创作中频频回望自己的纸上故乡时，这个纸上故乡也许代表了作家的精神原乡，即个体所向往的生活意义的源头、文化故乡抑或心灵家园。阿来在《蘑菇圈》中对纸上故乡“机村”的书写，也是阿来对生命的博大、丰饶与苦涩的回味，凝聚着阿来对人性温暖的向往，是带有精神原乡的意味的。小说中斯炯阿妈的命运，与新中国的社会历史的发展纠缠在一起，经历了诸多人事的变迁，以一种纯粹的生存力量应对着时代的变化。斯炯阿妈身上的善意和坚韧，如那生生不息的蘑菇圈，散发着灵性的甚至神性的光辉。它和小说对机村的自然诗性描写一起，净化美化人的心灵。所以，这篇小说的重心还在于文学对于“人”的观照，即如阿来所说：“我相信，文学更重要之点在人生况味，在人性的晦暗或明亮，在多变的尘世带给我们的强烈命运之感，在生命的坚韧与情感的深厚。”“我愿意写出生命所经历的磨难、罪过、悲苦，但我更愿意写出经历过这一切后，人性的温暖。即便看起来，这个世界还在向着贪婪与罪过滑行，但我还是愿意对人性保持温暖的向往。就像我的主人公所护持的生生不息的蘑菇圈。”① 小说打动人也正是因为这种对人生况味、人性的温暖、生命的坚韧与深厚的书写。同样，《三只虫草》中的藏区小学生桑吉，在挖虫草、卖虫草的过程中面对着一个复杂的成人世界，但桑吉心灵世界却那样纯净高贵。小说也充盈着一种温暖而动人的格调。

总之，阿来的小说以民族志的性质让人们走进了一个族群生活世界及

---

① 阿来：《蘑菇圈》，人民文学出版社 2016 年版，第 1 页。

其文化精神，但更重要的是小说的文学情怀对民族性的超越。小说在“文学即人学”的高度上具有的人类性，既能让人们观照民族文化，也从民族文化回返到人类自身，思考人的生存。

三、《祭语风中》：藏族历史生活图景和民族心魂的安放

次仁罗布是新世纪崛起的著名藏族作家，他的小说基本立足于民族民间立场，取材于平凡的藏人生活，以写实的风格突破了上世纪藏族文学的魔幻色彩，为人们呈现了真实的藏地风貌，并深入藏族的文化心理和精神追求中去呈现民族心魂。由于次仁罗布书写的藏地主要是以西藏为中心的卫藏地区，小说的文化内涵和民族精神与阿来书写的康巴地区有所差异。

次仁罗布生长于西藏，高考考入西藏大学学习，大学毕业后至今长期在拉萨工作。他对西藏生活非常熟悉，也长期在本族深厚的传统文化熏染中对本族文化有深透的理解。他的文学世界对本民族生活文化的深刻表现是其作品成功的重要因素。

次仁罗布在一次访谈中说：“我在大学学的是藏文专业，接触过很多经典的藏语作品。其中我最推崇的是朵卡夏中·次仁旺杰的《颇罗鼐传》，这部作品除了文字的美，还具有史诗性的气魄，把五世达赖至七世达赖喇嘛时期的世俗西藏风貌，雕琢得细致而生动。其他还有《米拉日巴传》《仓央嘉措道歌》《旬努达米》《青颈鸟的故事》，以及八大藏戏等，这些传统的文学作品对于我来讲是我坚实的厚土，没有这个厚土的滋养，我是写不出跟别人不一样的作品的。现在我的作品在国内国外都得到了认可，这些都归功于藏族文化，人们从我的作品里读懂了这个民族和这个民族的文

化。”① 确实，次仁罗布的中短篇小说《放生羊》《九眼石》《传说》《界》《八廓街》《绿度母》《阿米日嘎》《杀手》等作品都是西藏题材，这些小说的内容既有西藏历史、文化、人们的生活风俗，也有西藏现代生活。小说中一个个小人物的故事，展示着朴实、慈悲而有自足精神的藏民族社会及其文化精神特质，让人们理解了西藏人的心灵世界和生活图景，读懂了这个民族和这个民族的文化。这是那些关于“西藏想象”的作品不具有的维度和价值。

次仁罗布的长篇小说《祭语风中》以西藏解放及解放后六十余年的当代社会变迁作为小说的社会背景，生动鲜活地呈现了西藏的生活文化景观，凝聚着藏文化的生命之思，这个层面使得小说具有了书写一个民族的生活文化和文化精神的民族志内涵；同时，小说在写一段广阔的时空里身在其中的人的命运，以藏族文化精神观照人，启迪众生如何在历史飓风的裹挟下安放自己的灵魂。所以，它是灵魂的对话和呓语，是一部灵魂之书。《祭语风中》在藏族文化精神的表达、灵魂书写和生命之思的层面所达到的高度，真正显示了文学对人的关怀，从而有了优秀的文学作品感人肺腑的审美感染力，以及丰富人的心灵、提升生命认知的深刻性和超越性。

（一）西藏的生活文化景观

《祭语风中》以舒缓的笔调对藏地不同历史时期日常生活的鲜活描写，及其从中流淌出的生命景观，有较高的艺术价值和文化价值，它也是藏民族内在文化特性的具体表现，是理解藏族的一个窗口。

---

① 次仁罗布谈新作《祭语风中》，中国西藏网 http://media.tibet.cn/cloud/zxsp/144229729561.shtml（2015-09-15）。

1.宗教生活

宗教是藏民族生活中的一个重要的内容。《祭语风中》有很多对宗教生活的展示。

有些是藏传佛教寺庙里的宗教活动，如拉萨动乱之后，希惟仁波齐作为施主，请全康村的僧人参加祈祷法会，小说描写了这个宗教仪轨，同时对法会上僧人们虔诚的诵经声做了解释，诵经是僧人发愿的善心。这种宗教仪式，也是藏族文化心理中慈悲的一种表现形式。又比如，当晋美旺扎逃难之后，又一次回到拉萨寺庙时，看到六个老僧人还在辩经的场景。

有些宗教活动是民间的。如小说里写所有的藏人死去之后，都非常注重诵经超度。希惟仁波齐一行在逃难的路上，碰到死去了男主人的一家人。一家人围着男人的尸体几乎绝望。当希惟仁波齐拿出法器，为死者诵经超度之后，这一家人的精神状态好了许多。“文革”期间，卓嘎大姐死了之后，晋美旺扎偷偷地为她诵经，期望她的亡魂得到些许的慰藉。努白苏老太太死后，晋美旺扎惦记着她的亡魂不得安慰，到尼泊尔商人那里偷偷地换回白度母，每天黎明面向白度母，无声地为努白苏老太太祈祷。事情暴露之后，被抄家批斗，妻子因受到推搡腹中的婴儿流产。又比如，小说还写了藏人死后的丧葬风俗。从这些民间的宗教活动，可以看出藏人的生命意识，以及关于死亡与轮回的宗教信仰。

2.日常生活中的民风民俗

《祭语风中》像一幅西藏生活的风俗画，在许多情节和场景的描写中重构了西藏的民风民俗，真实地展现出西藏的面貌，有着文化人类学的内涵，也给人以审美享受。

《祭语风中》许多地方写到了西藏的民俗信仰。小说一开始写 1959 年 3 月 10 日，西藏叛乱的早晨，三只乌鸦落在色拉寺寝宫屋顶两头竖立的铜雕屋檐经幢上，发出短促、急迫的叫声。小僧人晋美旺扎讨厌地

驱赶乌鸦，但希惟仁波齐活佛阻止了晋美旺扎的驱赶，让他从寝宫的佛龛里取了“朵尔玛”（用糌粑做的贡品）供奉给乌鸦，乌鸦没有吃“朵尔玛”飞走了。希惟仁波齐忧心忡忡地说：“乌鸦这般狂躁，定是怙主发怒了。”① 小说以这样的叙事方式开头，暗示了西藏叛乱即将发生的不详氛围。同时，这个情节也蕴含着藏文化中乌鸦信仰的民俗学内涵。民俗学研究资料告诉我们，吐蕃之前，藏族文化中乌鸦有神性使命，它充当人与神间的使者，是预卜吉凶的神兆鸟。据说②，现藏巴黎图书馆的藏文文献 T·1045 号《以乌鸦的叫声来判断吉凶》的文书，开头有一段诗歌形式的赞词：

乌鸦是人类怙主，
传递仙人神旨。
藏北系牦牛之乡，
于该地中央，
她传达神旨翱翔飞忙。
又说：
乌鸦系神鸟，
飞禽展双翅，
飞到神高处，
目明耳又聪，
它精于神灵秘法，
无一不能通达，

① 次仁罗布：《祭语风中》，中译出版社 2015 年版，第 16 页。

② 此处依据为《西藏的乌鸦》一文，参看西藏旅游网 2006-1-8：http://www.57tibet.com/tibet/html/20061832335-1.html。

对它务必虔诚。

这类赞词充分肯定了乌鸦的神性使命——充当人与神间的使者。其实，乌鸦在许多民族和社会中都有神性色彩，但大部分情况是作为预知灾难和不祥的灾鸟出现，所以比较惹人厌。不过，在藏族文化里，乌鸦早期的形象与藏族信奉的怙主联系在一起。藏传佛教密宗的三怙主是观世音菩萨、文殊菩萨和金刚手菩萨。所以《祭语风中》写到落在寺院寝宫顶上的乌鸦也是三只。乌鸦有不同的叫声和状态，既可以播报吉祥，也可以播报危难。但后来乌鸦也变成了灾鸟，体现出藏族文化观念和文化心态的变化，可能与吐蕃之后受到汉文化的影响有关。《祭语风中》写狂躁的乌鸦聒噪一阵，并且不吃人给它的敬祀，然后展翅向着南边的拉萨城飞去。这就意味着乌鸦传递的是关于拉萨方向的不祥信息。过了不久，希惟仁波齐就知道罗布林卡那边出事了，也就是发生了西藏叛乱。

《祭语风中》还写到藏族开耕试犁的风俗。在开耕试犁的那天，村民们穿上最好的服装，带着食品和酒水，来到村子里最开阔的农田上。活佛和僧人拿起法器，为村民做禳灾避邪的法事，从《吉祥重叠经》始，诵许多经文，摇铃、扎马如的声响，让村民们满怀丰收的希望。活佛亲自点燃松柏煨桑，桑烟冲上天际，村民们抓一把糌粑，在“煨桑了——煨桑了——”的喊声中，把糌粑和酒抛向空中意味着祭祀。然后，又牵来两头白色壮实的耕牛，架上梨轭，牛角涂上酥油，拴上哈达，由村里的管事者开始试犁，一名英俊的小孩子紧跟在后面播撒种子。象征性仪式结束后，村民们唱着欢快的藏族民歌期待今年的好收成，欢歌笑语直到太阳落山，村民才低头离开各自回家去。

藏族是一个能歌善舞的民族，民歌在藏族老百姓的生活中随处可见。《祭语风中》也多处描绘了藏族人歌唱的日常生活图景。有的民歌流露着

人们乐观的生活态度，如希惟仁波齐一行在出逃路上路过村庄，村子里的人们伴着扎年琴声在歌唱：

翻过大山越过小山，/ 我的心中是多么地忧愁；/ 看到很多乱石岗欢迎我，/ 心中也就没啥忧愁了。/ 走过草原穿过小草坝，/ 我的心中是多么地忧愁；/ 看到骏马在等待我，/ 心中也就没啥忧愁了……① 有的民歌抒发对佛的虔诚信仰，即使在出逃的路上，人们用歌声抒发离乡愁绪和无奈命运，但没有怨恨愤怒，坦然地接受一切，祈祷着佛的护佑，他们唱道："克什米尔产的藏红花，/ 献给至尊的佛陀；/ 印度盛开的昊东昙花，/ 献给引路三宝佛；/ 蒙古地方的黄锦缎子，/ 献给遍知一切佛；/ 请您用慈悲的甘露，/ 救度众生于苦难"②；在开耕试犁时，村民热烈、欢快地歌唱："头上系的绿松石有多美，/ 希嗒木希，/ 谁人知道？ / 只有次仁贵宗知道，/ 那是金色的门卓。/ 颈上系的琥珀石有多美，/ 希嗒木希，/ 谁人清楚？ / 只有次仁贵宗明了，/ 那是金色的门卓……"③

民歌是发自人民内心深处的声音，藏族民歌凝聚着藏族人的喜怒哀乐，感情深刻而真挚，如风行水上，自然成文。从中可以看出藏族人朴实、豁达、谦卑、忍耐、慈善的民族性格，看到他们对藏传佛教虔诚的信仰，由此理解了藏人的精神世界。

《祭语风中》处处可以见到对藏族民风民俗的描写，如藏族过年的一系列活动，婚俗，背尸人的民间故事，藏族谚语俗语……大量的民风民俗的描写不能一一列举，它们一起构成了西藏的民俗生活相。所谓"民俗生活相"，"即是民俗在一定现实环境中所表现出来的生活状貌。它常常以风俗习性文化意识为内核，程式化'生活相'为外表，呈现为一种不成文的

---

① 次仁罗布：《祭语风中》，中译出版社 2015 年版，第 106 页。

② 次仁罗布：《祭语风中》，中译出版社 2015 年版，第 112—113 页。

③ 次仁罗布：《祭语风中》，中译出版社 2015 年版，第 147—148 页。

生活规矩，习惯性的生活方式，传统型的生活思考，构成了涉及面深广的生活形态”[①]。但对于小说来说，“民俗生活相”的书写并非仅仅呈现地域文化，它应该与小说的情节、人物的命运联系在一起，成为组成小说的文学因素，因而，小说对民风民俗的书写常常是一种重构。

一般来说，人类的文化在形成和发展的过程中一方面具有变迁性，另一方面也具有稳定性。人类学家赫斯科维茨（Melville J.Herskovits）将前者称为“涵化”，将后者称为“濡化”。文化涵化是指“由两个或两个以上的不同文化体系间持续接触、影响而造成的一方或者双方发生大规模文化变异”。文化濡化“是把人类和其他生物加以区别的学习经验，能使一个人在生命的开始延续中，借此种经验获得在该文化中生存的能力。从个体角度来看，濡化是人的学习和教育；从群体角度看，濡化是不同族群、不同社会赖以存在和延续的方式即手段，同时也是族群认同的过程标志之一——人们通过代代相传的语言、服饰、饮食习惯、人格、信仰、共同的祖先和社会经历认同于某一族群。其概念的核心是人及人的文化习得和传承机制。他认为，文化是人创造的，文化是一个种族或民族区别于其他种族或民族的最基本的标志”[②]。文化濡化使每一种文化能够长期保持其核心精神的稳定性。就如《祭语风中》所描写的藏地传承千年的宗教文化，日常的民俗生活这些波及面深广的日常生活形态，在西藏社会发展变迁中保持着相对稳定性，其间积淀着西藏民族的文化精神特质，要被外来的文化完全“涵化”并不容易。正是文化濡化形成的稳定的文化形态，是一个种族或民族区别于其他种族或民族的最基本的标志，也是人们理解一个种族或民族内在心灵和文化性格的窗口。

---

① 参见陈勤建：《文艺民俗学导论》，上海文艺出版社 1991 年版，第 220—221 页。转引自李继凯：《秦地小说与“三秦文化”》，商务印书馆 2013 年版，第 250 页。

② ［美］卢克·拉斯特：《人类学的邀请》，王媛、徐默译，北京大学出版社 2008 年版，第 74 页。

优秀作家的好作品中，往往以文学性的描写构建着独特的文化形态，同时这种区别于其他民族的文化形态塑造着小说人物的心理并延展出一个独特的小说世界。对此，作家经常有极为细致而成功的描写，也形成了小说不同的文化精神。《祭语风中》通过不紧不慢的叙事风格，将西藏人外在的生活相和内在的心灵相娓娓道来，让更多的人了解到一个真正的西藏世界和这个民族的文化精神。在此意义上，它的文学书写具有了民族志的内涵，成为组成这部小说的文化价值的一个重要层面。

（二）苦难、慈悲与救赎：藏文化的生命之思

《祭语风中》对藏族生活和文化景观的呈现里，对人的生命的意义有许多形而上的超越性的思考，让我们从中觉悟出了哪些生命之思？也就是说，人的生命过程都不一样，而人们怎样安放灵魂呢？

《祭语风中》是次仁罗布这位藏人在本族文化精神的滋养下的文字凝思，小说的主人公晋美旺扎起先是一位僧人，后被迫还俗，然后又出家为僧。僧人身份的特殊性和他在僧俗之间辗转的命运，让晋美旺扎能够广泛地接触各阶层的人，而且本人也具备一定的知识和宗教文化修养。他的精神世界可以抵达藏族文化的核心，能够阐释藏族的宗教信仰，因此在他的生命之思里看到了芸芸众生的凡俗，也有形而上的超越。

晋美旺扎的人生态度深受希惟仁波齐活佛的影响。小说里有一个情节，希惟仁波齐圆寂之后，晋美旺扎看到他留下来的信：

> 他在信里这样告诫我：晋美旺扎，无论世道怎样变化，你都要具足慈悲的情怀和宽容的心，这是我们学习佛教的终极目的。今后你会遇到很多在寺庙里不曾遇到的问题和难事，不要逃避，这些是你今生必须要面对的。在你经历人世的幸福和痛苦时，把世间当作你修炼的

> 道场，让心观察和体悟世间的善变无常，这样你无论遭受怎样的苦难，都不会沮丧和灰心。心唯有具足了慈悲，仿佛披上了坚实的铠甲，任何挫折都不能损害到你……①

这段话应该是《祭语风中》这部小说的文眼，指出了关于慈悲和苦难的生命之思。而从小说人物故事和命运的叙述中，我们也得到了相应的悟觉。

《祭语风中》给人的悟觉首先是关于人生的苦难和救赎。苦难是许多小说都会描写到的，我们从中常常看到人承受或者抗争苦难的坚韧与勇气。《祭语风中》却不能简单以承受和抗争来论述苦难。更多的时候，它作为人的救赎的必由之路，在磨难中以自省和修持去实现精神的升华和证得生命的圆满，这是来自于藏文化和藏族宗教信仰的人生态度。希惟仁波齐告诫晋美旺扎要将尘世作为修炼的道场，将利益众生作为人的救赎，他本人也以自己的言行起到了作为晋美旺扎人间的实实在在的导师的作用。而小说中贯穿的圣者米拉日巴的历史事迹，提供给晋美旺扎以宗教信仰的精神力量。晋美旺扎是把米拉日巴作为灵魂的信仰和依靠，用他面对苦难的态度和最终的救赎作为榜样进行生命之思。圣者米拉日巴的事迹作为小说的另一条线索，一方面提升了生命之思的深度和高度，另一方面增加了小说的文化内涵并引领人们深入理解藏族文化精神的核心。至于晋美旺扎的一生，他目睹了周围人们的种种苦难，自己也经受了父兄离散、爱情失落、抄家投监、孩子胎死、家庭破碎、妻子背叛、下放劳役等苦难的折磨，但晋美旺扎经常以米拉日巴为榜样来自省和修持，他的命运和生活态度诠释了在苦难中修持和救赎的意义。

① 次仁罗布：《祭语风中》，中译出版社 2015 年版，第 295 页。

《祭语风中》更让人感怀生命的慈悲与人生的意义。小说一开始写在叛乱时希惟仁波齐告诫弟子们不能碰武器，他说一旦拿起了武器，“潜意识里烙上了夺人生命的念头，夺取别人生存权利是最大的罪孽”①。希惟仁波齐还说：“我们是普度众生的僧人，不能让战争的轮子裹挟着走。”②就这样，因为对生命的敬畏和慈悲，希惟仁波齐决定带着弟子们出逃。出逃路上，由于多吉坚参被叛军逃兵杀死，以及一个偶然的机缘，希惟仁波齐闭关隐居。晋美旺扎和师兄罗扎诺桑重新回到拉萨，过上世俗生活。罗扎诺桑积极投入社会政治生活中，心灵中的慈悲和感恩之花凋零，甚至去诬陷和批斗曾有恩于己的瑟宕二少爷。晋美旺扎则参悟了希惟仁波齐活佛的教诲——心怀慈悲利乐有情众生，以此为人的生命的真正意义。在俗世的生活里，他一方面与周围善良热情的平民邻居打在一起，为他们翻身解放平等后的日子喜悦，也深深地同情着倒霉了的贵族凄惨的命运。而随着一波又一波的政治变革，晋美旺扎看到，无常的命运和死亡经常降临在人们身上，不论他是平民还是贵族。这让他深深地悲悯人世的艰辛，对所有的人心怀同情，也谅解所有人的过失。他随身带着圣者米拉日巴的史书，给自己给人们讲述米拉日巴的故事，从中汲取精神力量，为自己也为别人求得灵魂的安放和救赎。由于藏人极为看重死亡，超度亡魂是非常重要的事情。晋美旺扎便常常自觉地去为死者的灵魂做牵引和超度，让他们的灵魂承载善恶的果报，风一样清扬而去。晚年的晋美旺扎又出家做了僧人，并成为一名天葬师，在天葬台上为亡魂指引中阴的道路，给活人慰藉失去亲人的苦痛，来利益更多的人也救赎自己。小说没有把“天葬”渲染为多么奇异的风俗来吸引人的眼球，而是以一种平常自然、严肃尊崇的语言，描

① 次仁罗布：《祭语风中》，中译出版社 2015 年版，第 30 页。

② 次仁罗布：《祭语风中》，中译出版社 2015 年版，第 45 页。

写晋美旺扎在天葬这个为死者完成的最后的仪式中，心灵经受的洗礼和灵魂的安放。

可以说，苦难与救赎、生命的慈悲这两个方面是藏族文化中人生态度和生命之思的核心。所以，小说《祭语风中》具有观照一个民族的文化精神的意义，在领悟和受益这种文化对人的启示的同时，我们也感受到其文化精神的核心指向人类存在永恒的价值和意义：人不论经历多少沧桑苦难，都要以慈悲之心去利益众生，在苦难中救赎、安放自己的灵魂。由此，《祭语风中》这部灵魂之书也具有了超越性意义和人类性的情怀。

（三）人与历史：身在风中的隐喻

从文学的关怀来看，《祭语风中》作为一部灵魂之书，对于人与历史的关系，小说给了我们一个“身在风中”的隐喻。

当小说的叙述者晋美旺扎在自己生命的最后阶段，以回忆来讲述一生时，历史已经成为往事，正所谓往事如风，历史如风。在他的回忆中，西藏的每一阶段每一次动乱和变革如一场场飓风掠过，掀起人们心中的波澜，裹挟和撞击着这片土地上的人们去选择人生的道路及其与之相应的命运。西藏社会的众生，贵族、僧人、平民被一场又一场的历史飓风吹来吹去，改变着生命的轨迹。然而，在晋美旺扎看来，人在历史中不论经历怎样的艰辛，怎样的沧桑，最重要的是对内心的皈依，对生命灵魂的安放。所以，人的存在与历史之间形成了一个“身在风中”的隐喻。小说中的人们的命运，一方面身在风中而身不由己，另一方面小说在对个人生命轨迹的描述里，把灵魂的安放作为人生存的意义，把它作为不能被风完全裹挟的存在之根来进行“身在风中”的思索。由僧人还俗了的罗扎诺桑，紧跟着政治形势进行人生的选择，也许这并没有错，但他没有了心灵的慈悲和感恩，辜负了自己的导师希惟仁波齐的托付，还在“文革”中揭发和批斗

有恩于自己的瑟宕二少爷。这必然意味着放逐了自己的灵魂，最终在藏人最为看重的生死轮回的生命之思中，留下悔恨和遗憾而辞世。努白苏管家曾受到贵族努白苏家族的恩遇，从叛乱之后贵族受到牵连和打击直至“文革”的几十年时间里，他自甘承受污名、放弃自己的幸福不离不弃地照顾孤身一人的努白苏老太太。努白苏管家备受苦难的折磨，在深深的苦海里不曾泯灭感恩和慈悲之心，“文革”结束后又不顾年老投入利益众生的事情，这些让他的灵魂得以安放，生命因此而有了光彩和价值。贵族瑟宕二少爷始终坚持自己的政治信仰，在西藏贵族上层反动分子叛乱开始时，他就旗帜鲜明地站在共产党和解放军的立场，从来没有考虑过自己所属的贵族阶层特权利益的损失。他真心喜欢新社会，拥护人民的翻身。但瑟宕家族也在历史的风中生活坎坷，备受磨难。瑟宕二少爷“文革”中遭受迫害被批斗，并被剥夺了在《西藏日报》工作的权利。“文革”结束后，瑟宕二少爷恢复工作，他仍然站在一位知识分子的理性立场拥护党的领导，并为西藏的发展而操心。所以，瑟宕二少爷在历史的飓风中以坚定的政治信仰安放了灵魂，是一位发自内心希望众生平等的人，他有一颗善良而高尚的心灵。小说围绕晋美旺扎的生活还写到了众多的形形色色的人物，其中希惟仁波齐活佛是一位智者和仁者，他以慈爱和利益众生的教导，将藏族宗教文化里的苦难与救赎，自省和修持作为人生的向导照亮了晋美旺扎的心灵，师生的灵魂都安放于历史和尘世的风中，成为小说中耀眼的光亮。

这样一来，我们就理解了作者为什么对所描述的西藏六十多年来的历史没有表现出明显的个人看法和立场。因为它是一部以人的关怀为立足点的小说，它写到了叛乱士兵滥杀无辜、抢劫钱财的凶残贪婪，揭示了叛乱贵族的坏和对他们的憎恶，也写到了好的贵族的仁慈和情义，及其在历史的过程中承担的悲惨命运，并因此而满怀同情。它写到了翻身解放的贫苦民众的新生活和喜悦，也写到了其中一些人的无赖和贪婪。小说始终以人如何安放自己的灵魂这样的视角来写作，以藏族文化的慈悲对所有人都心怀悲悯。因此，小说不以历史和人性的反思为重点，而以生命的意义和价值为核心。这样，小说也就脱开了当下以当代史和“文革”为背景的同类小说常见的写作模式——对历史和人性的反思，而更加具有超越性的质素。

基于此，可以说在《祭语风中》这部小说中，人和历史之间的纠缠是“身在风中”的隐喻，凝聚生命之思，有深入灵魂去观照和澄澈生命价值的意义。这是一部关于灵魂安放和生命之思的小说，它令人感动，悟觉人生的价值，这种形而上的超越性让读者的心灵受到洗涤，精神得以提升。

（四）从《祭语风中》审视小说的史诗化

次仁罗布在他的访谈中说：“我创作这部小说是为了完成一个心愿，之前没有一位藏族作家全方位地反映过这段历史，反映巨大历史变迁中最普通藏族人经历的那些个体命运起伏，来表现整个民族思想观念是如何发生转变的，是将一个世俗的西藏画卷呈现给读者。这样的叙写也是为了给读者一个交代，给自己一个交代。人们常说文学就是一个民族的心灵史，我希望《祭语风中》也能成为表现藏民族心灵史的作品之一。”①

这意味着次仁罗布对于《祭语风中》的创作有着史诗化的追求。但按照史诗化小说的要求来看，把《祭语风中》作为史诗化的小说是需要讨论的，主要原因聚焦在《祭语风中》是否达到了史诗化小说的评价标准。其实长篇小说的价值不一定由其是否具有史诗的性质来决定。但如果把它作为史诗化的小说，那么，具有宏阔的视野，描绘历史和现实社会生活的广

① 次仁罗布、徐琴：《关于次仁罗布长篇新作〈祭语风中〉的对话》，西藏文化网 http://www.tibet-culture.net/2012wxcz/zx/201507/t20150716_3539307.html（2015-07-16）。

阔画面，并揭示了历史发展的规律就是评价史诗化小说的思想性和艺术性的一个准则。

关于史诗和小说之间的关系，著名的有黑格尔、巴赫金、卢卡奇、保罗·麦线特等人的观点。由于巴赫金和卢卡奇直接论述了现代小说的史诗化且触及重要点，所以直接以他们的观点为参照。巴赫金说："恢宏的史诗形式（大型史诗）（其中包括长篇小说在内），应该描绘出世界和生活的整体画面，应该反映整个世界和整个生活。在长篇小说中，整个世界和整个生活是在时代的整体性切面上展开的。长篇小说中所描写的事件，应能在某种程度上以自身来代表某一时代的整个生活。能够取代现实中的整个生活，这是长篇小说的艺术本质决定的。"[①] 卢卡奇最初认为现代以来历史发展"将世界的面貌永久地撕扯出一道道裂纹"，"在此情况下，它们把世界结构的碎片化本质带进了形式的世界"[②]。在这支离破碎的时代里，史诗是不可能出现的，其相应的文学的形式就是小说。"小说是一个被上帝遗弃的世界的史诗。"[③] 这些观点似乎都在说，由于现代社会的整体性、有机性不复存在，所以人们难以以历史整体性来观照社会，也就没有了史诗。小说的史诗化就像是一个伪命题。卢卡奇也确实说自荷马史诗之后，千百年来没有能与荷马史诗比肩的史诗。不过，卢卡奇也同样提到作为作者的主体可以以"心灵的史诗"的形式对破碎的客体世界进行修复、建构和超越，来反映广阔的社会时空现实，表现历史的真实规律。而卢卡奇后期深受马克思主义的影响，发展和修正他前期《小说理论》中的观点，指出可以"将民族国家意识、阶级意识赋予现代小说形式，从而将现代小说的'宏大叙事'性，推到'现代史诗'

① 巴赫金：《小说理论》，河北教育出版社 1998 年版，第 258—259 页。

② 卢卡奇：《小说理论》，载《卢卡奇早期文选》，南京大学出版社 2004 年版，第 14 页。

③ 卢卡奇：《小说理论》，载《卢卡奇早期文选》，南京大学出版社 2004 年版，第 61 页。

的极致高度”①。

从长篇小说本身来看，外国文学史上被确定为具有史诗风格的现代小说以巴尔扎克、司汤达和托尔斯泰等19世纪现实主义小说家创作的长篇小说为代表。中国现代文学中茅盾的《子夜》也是一部史诗化的小说。中国当代文学中被确定为史诗化小说的首先是“十七年文学”中的《保卫延安》《红日》《三家巷》《创业史》《红旗谱》《红岩》等。这些小说虽然不能像国外的史诗化小说达到了人文关怀与历史理性的统一，但它们提供的统摄历史本质，揭示历史发展的必然这样的内在要求却成为史诗小说的重要特征，并长期成为衡量中国当代长篇小说的思想性和艺术性的一个重要参照。此后的姚雪垠的《李自成》，陈忠实的《白鹿原》，王旭烽的《茶人三部曲》都得到了史诗的赞誉。它们超越了“十七年文学”中历史描写图解意识形态和政治生活的弊端，小说中的历史既是个人的心灵史也深入民族集体无意识，并且揭示了民族国家的历史命运和必然的走向，史诗的美誉也是实至名归。

从《祭语风中》来看，次仁罗布是意识到了史诗小说的宏大叙事和诗性地揭示历史发展的规律的特点的。他在访谈中谈到小说选择“晋美旺扎个体命运的沉浮来构织那个大的时代，以及人们错综复杂的情感，尽可能地给读者还原那个时代和那个时代的人们所思所想”②。其实他也意识到以晋美旺扎一个人的叙事和个体命运的沉浮难以对社会生活和历史变迁做宏阔的观照，所以小说还安排了希惟贡嘎尼玛作为晋美旺扎讲述历史的听众，并适时地将希惟贡嘎尼玛的声音引入小说中，意在补充总结西藏社会当代历史的史料，并以概括性的议论口吻来指出历史发展的必然趋势。当

① 房伟：《论当下小说创作中的史诗性倾向》，《艺术广角》2012年第4期。

② 次仁罗布、徐琴：《关于次仁罗布长篇新作〈祭语风中〉的对话》，西藏文化网 http://www.tibet-culture.net/2012wxcz/zx/201507/t20150716_3539307.html（2015-07-16）。

代历史小说以民间视角讲述历史，或者说以普通人的命运来进行历史的叙述已经成为书写历史常用的方式，大家也提倡多元化和多角度地去看待历史，但史诗对历史书写有一个要求是要有整体性的历史哲学意识如果不能上升到历史哲学的视野进行建基于无数的个人史同时也超越个人史之上的对历史的整体性把握，那就意味着历史理性的缺失。因为历史不仅仅是过去，它也与当下紧紧地纠葛在一起揭示历史的必然规律。

《祭语风中》在描写西藏当代社会变迁过程中不同时期的日常生活非常鲜活，舒缓生动的笔调很吸引人，给人带来阅读的美感，它和迟子建的《额尔古纳河右岸》，方棋的《最后的巫歌》，阿来的《空山》一样，这些小说都有一定的史诗化，但成功之处并非史诗格调，而是他们的民族志内涵的文化价值与高审美艺术性的文学世界的统一。

四、汉族作家与少数民族作家的民族志小说比较

把汉族作家的典型性民族志小说迟子建的《额尔古纳河右岸》，方棋的《最后的巫歌》与阿来、次仁罗布以及其他少数民族作家写母族的民族志小说相比较，会发现一些新的文学现象。

一是汉族作家的民族志小说民族志内涵更多，小说也更富于传奇性。这可能是因为作家们是在对少数民族文化进行有目的的调研和研究之后的写作，有更为明确的民族志书写立场，所以小说侧重围绕民族志知识构建小说世界，小说的情节要素、形象要素、结构要素都考虑到如何将民族志知识转化和组织起来，达到全面了解一个族群或者一个民族的文化的用心。小说中的民族志内涵也就相应地将这个族群或者民族文化进行了全面的展示和谱系化。相应地，小说的人物行动、故事情节以及生活场景等内

容也就有了更多的想象性和传奇性，这样才能承担起全面的民族志的内涵。《额尔古纳河右岸》和《最后的巫歌》都有这种刻意营造的痕迹，当然这也提高了小说的文学性和可读性。

相对来说，少数民族作家的创作大多出于本族文化的自觉，主观的民族志书写方法和意识并不明显。所以，小说虽然处处有民族志的味道，但并不在一部作品中有意地进行民族志知识谱系化的描写，以及围绕民族志知识组织完整的小说世界。他们更注重讲故事的小说性，至于民族志的知识则是比较自然地渗透在小说因素中的。这样一来，少数民族作家很少能在一部作品中达到民族志知识谱系化的呈现，他们可能在系列作品中才能比较完整地展示本族生活风貌、习俗、文化心理等民族志的内涵，比如阿来的系列小说包括散文一起全面地展示了嘉绒藏地历史及其当下；次仁罗布也是以大量的中短篇小说和长篇《祭语风中》构建了一个有民族志内涵的西藏人文时空。但相对来说，少数民族作家的民族志小说对其母族的把握和表现要更加真实而深刻。

另外，少数民族作家的民族志小说中的传奇性、想象性因素弱化。这可能是因为作家们太熟悉自己的生活，那层外人想象的神奇在他们看来就是平淡的生活。比如鄂温克族女作家芭拉杰依的长篇小说《驯鹿角上的彩带》与迟子建的《额尔古纳河右岸》都描写了大兴安岭鄂温克族同一分支的敖鲁古雅鄂温克人近代以来的生活轨迹。但《驯鹿角上的彩带》因为平实而更有真实亲切感。

《驯鹿角上的彩带》以达沙和帕什卡的爱情为中心写鄂温克人的生活。与《额尔古纳河右岸》一样，小说也写到鄂温克人自由不羁地生存于天地之间，与大自然融为一体的生活，引人遐思向往着诗意的浪漫。然而，更多的时候，小说呈现的是严酷的自然：暴雪严寒，暴雨雷电，涨水的河流，丛丛的山峦，狩猎搬迁……自然环境对鄂温克人的生存造成了严峻的

考验。在鄂温克人的日常生活中，狩猎，打理猎物，照顾和保护生活中最重要的帮手驯鹿，等等，也让人们常年处在沉重的劳累之中。当然，每年的乌力给特（使鹿鄂温克人每年的聚集地，人们在此扎营欢聚）上人们谈婚论嫁，欢歌载舞，是一段美好的时光。小说的故事线索也比较单纯，围绕着青年男女达沙和帕什卡的恋爱和婚姻进行。少女达沙在一次次危难中成长，深爱着达沙的帕什卡以他的英勇智慧保护着达沙。达沙成长为一名勤劳善良、聪明能干的女子，帕什卡却由于淋了暴雨而得怪病死去。小说中其他人物不多，基本就是几位他们的亲属。但这些人物身上，也凝聚着这个民族英勇善良、重情重义的民族品格。

与《额尔古纳河右岸》相比，《驯鹿角上的彩带》写鄂温克人的日常生活，但不着意对已经符号化的鄂温克族文化生活进行奇异化的描写。虽然猎熊、祭熊的细节，萨满，山神、火神崇拜等都能从小说中找到，但没有有意为之的感觉。所以，小说并没有过多的传奇性和神秘感。在普通的生活描写中，可以看出鄂温克人的生活方式、思想情感和民族性格。

关于少数民族作家写母族的民族志小说的传奇性因素弱化的这个特征，在次仁罗布的小说中也有明显的表现，这与次仁罗布的小说大多写藏区普通人的故事有关。值得肯定的是这样的小说更加贴近民族生活本身，也更贴近民族志书写，但这并不意味着文学性因素的削弱，它们恰恰更偏于小说对人的关注。总之，这样的作品有着文学批评和文化批评的“自传体民族志”的意义。

二是汉族作家的民族志小说的文化立场中对少数民族文化持有更多的同情和惋叹，有一种哀婉的情怀，同时将民族文化的命运和走向放在现代性的进程中进行思考，将其作为反思现代性的参照而高度认可民族文化。而少数民族作家对本族文化的如实书写中少有这样的情愫。他们可能会写出民族文化在与现代性碰撞之中的惶惑感和疼痛感，当然也进行着文化的认同和守护。如次仁罗布的小说《九眼石》写一个内地老板与拉萨平民处置一个重伤的杀人逃犯的故事。拉萨平民旦增达娃不仅把杀人犯尼玛贵吉带到车上，而且要送他去医院治伤，他认为尼玛贵吉狼狈的样子就是他杀了人受到的惩罚，现在这个落难的人首先需要救助，这才是做人应有的慈悲。汉人老板李国庆则认为这是包庇杀人逃犯，是违法的，把尼玛贵吉交到了警察手上。旦增达娃为此一直愧疚着并担心着尼玛贵吉今后的命运。小说中的李国庆代表的是现代的法制理念，旦增达娃奉行的却依然是藏人慈悲为怀的价值观。两种文化的碰撞之中，旦增达娃有着惶惑，但依然自觉地站在本族的文化精神的立场上。由此也可以看出，少数民族作家的民族志小说对本族文化的处境以及认同的描写真实、细腻、自然，并且留下较大的回味空间。

此外，少数民族作家会将文化的冲突和坚守都融会在小说人物日常生活的点点滴滴中。小说的人物在处理本族文化和外界的关系时，怎样面对，怎样超脱，也许心灵经历许多矛盾、战栗和纠结，但都会找到他们的处理方式，也许会批判现代性的戕害而坚定地认同本族文化，也许会反思和批判本族文化本身的弊端。但大多时候，会把文化的思考上升为一种生命意义的追问，既让人们从文化的根柢上读懂了一个民族，也超越民族性去关注人本身。比如前文所述阿来的作品、次仁罗布的作品都有这样的超越性。

不论是汉族作家写民族文化的民族志小说，还是少数民族作家写母族文化的民族志小说，如果以文化人类学式的严肃和本真，深入地域民族文化的深层审视和书写民族文化，就会与当代人类学的走向不谋而合，走向了文化批评。

第六章　当代生活认知与民族志小说

进入 20 世纪以来，人类学的民族志研究过程本身除了对“远方文化”的研究之外，也转向对“近处文化”的关注。就像文化人类学者指出的“人类学并不等于盲目搜集奇风异俗，而是为了文化的自我反省，为了培养‘文化的富饶性’。在现代世界，社会之间的相互依存和不同文化之间的彼此认识程度都已经提高了。在这种情况下，要实现这样的目标，我们就需要新的写作风格。在人类学中的这样的探究有赖于将我们的注意力从对以文化的描述这种单纯兴趣转移到一种更加富于平衡感的文化观念上来。文化批评（cultural critique）就是借助于其他文化的现实来嘲讽和暴露我们自身文化的本质，其目的在于获得对文化整体的充分认识”①。

然而，由于长期以来人类学家将更多的精力放在异文化的探索之上，在对异文化相对深透的分析中，对本文化的认识和反思反倒往往停留在感受性的、大致性的认识之上，所以对本文化的文化批评倒不一定

① 乔治·E. 马库斯、米开尔·M.J. 费彻尔：《作为文化批评的人类学》，王铭铭、蓝达居译，生活·读书·新知三联书店 1998 年版，第 11 页。

是有见地的、深刻的。人类学家在认识到这一点后，对本文化的重新审视，使人类学开始将投向远方的目光向自己的脚下回归。“人类学者越来越认识到，本文化民族志的功能与异文化民族志所曾具有的功能一样重要和合理。”① 除了对于部落和非西方社会文化多样性的捕捉，在今日还获得发展潜能的是对我们自己社会进行的文化批评。正是在这样的背景之中，加上实验民族志在表述方式上与文学的靠近，人类学家忽然发现：“除了田野工作中被研究者的口头叙述之外，来自于第三世界大部分地区的大量当代小说和文学作品，也正成为民族志与文学批评综合分析的对象（例如 Fischer，1984）。这些文学作品不仅提供了任何其他形式所无法替代的土著经验表达，而且也像我们自己社会中类似的文学作品那样，构成了本土评论的自传体民族志（autoethnography），对于本土的经验表述十分重要。”②

而对于文学作品来说，当一位身在本文化的作家以小说的主体意识进行写作，但同时又自觉地在小说中书写自己所处的文化，并进行某种文化反思的时候，这样的小说也未尝不是一种文化批评。在那些深入地把握了本文化内涵的小说文本中，小说家也许将自己的经验通过编制故事的形式就能够形成具有社会人类学意义的小说。就像王安忆对上海的熟悉和理解，可以通过《富萍》《我爱比尔》《月色撩人》这样的小说写出上海这个大都市在新中国成立之后不同时期的文化精神。而有些作家则有意识地持有一种社会人类学性质的视角紧贴现实去写小说，并在文体上借鉴民族志的访谈形式或者借用民族志和中国方志的体式因素来构建小说体式，在内

① 乔治·E.马库斯、米开尔·M.J.费彻尔：《作为文化批评的人类学》，王铭铭、蓝达居译，生活·读书·新知三联书店 1998 年版，第 160 页。

② 乔治·E.马库斯、米开尔·M.J.费彻尔：《作为文化批评的人类学》，王铭铭、蓝达居译，生活·读书·新知三联书店 1998 年版，第 112 页。

容上对当代中国变革中本土文化进行审视的作品，从而形成了一种具有文化批评意味的社会人类学民族志式的小说，就像孙慧芬的《上塘书》，林白的《妇女闲聊录》，阎连科的《炸裂志》等作品。所以说，社会人类学在这个人文社科的时代走向了文化批评，相应的民族志“实验”与小说向文化批评靠近，二者迎面相逢，构建了一种关于本土文化批评的民族志小说。

一、王安忆的“上海文化”小说：关于上海经验和上海文化性格的探讨

上海，这座近代发展起来的大都市，既具有中国特色又自成一派，“海派”的称谓表明一种风格，也形容一种气派和独有的做派。从人类学理论来说，当某一种文化被划定为“派”的时候，说明其必然具有区域特色，其具体的文化表现和特质都能够在与相关文化内的对应特质关系中得到最好的阐释。这就是人类学田野民族志写作中的“区域传统”。如前所述，在中国这样的人类学研究并不发达的地区，就区域本土经验表达而言，大多以文学作品的形式涌现出来。所以，从一定意义上来讲，海派文学承担了人类学对上海区域文化描写的民族志书写功能。当然，具有区域的小说并不都构成民族志性质，关键是能否呈现一个族群或者区域特别的知识“观”，一种文化类型。民族志小说最主要的要求是，是否书写了“地方性知识”，也就是说其区域文化描写并不意味着只是有限定的地名、区域地点、体现了区域风俗等符号化的东西，而是这种区域文化是否与人类学的民族志的知识性研讨是相关的，或者具有互文性。也就是说虽然小说在情节、故事等方面有虚构和想象，但其书写区域文化是严肃的、相对客

观的、符合知识性要求的，小说提供了某种认知，而且与人类学对这个区域的理论研究之间具有相通性。从这个角度看，并非所有的海派小说都有民族志性质。那些把自己作为上海的旁观者和多余人的文学作品，不论怎样描写上海，但当上海被作为一种他者，置于中国强大的农业文明参照之下的作品，上海往往被建构和表述为匮乏、糜烂、退化、失禁的汇集地来寄托作家们根深蒂固的悲伤乡愁。这样的作品也算不上认知区域文化的民族志小说。从这层意义上来说，在王安忆之前的海派文学总体上尚不具备民族志的功能。当然，其中 20 世纪 30 年代的“新感觉派”比较复杂，在一定程度上提供了可认知上海文化的民族志式的参照。张爱玲的“传奇”小说虽然海派味更加让人难忘，但却过于个人化，缺乏认知上海所需要的较为开阔的视野，也没有提供更多的现实的上海风貌和关于上海的认识，所以也算不上民族志小说。而 20 世纪末 21 世纪初，新生代作家卫慧、棉棉等人在小说中开始正面描述都市生活。但她们的写作属于私人化的，没有去把握时间上的历史变迁和空间上的全球化碰撞相交汇所带给上海的社会文化状况和精神气质。

无论如何，海派文学提供了一种堪称伟大而独特的上海写作传统：“上海文学在全人类的都市化进程中，提供了特殊的东方都市化类型，上海文学呈献了左翼创生、发展、高潮、极端化至于消隐的经验、东方都市现代性描写的经验、东方都市文化亚文化描写经验、现代都市启蒙文学经验、现代都市消闲文学的经验，等等。”上海作为文学类型：“它让我们知道上海作为全球化进程中的东方都市——地方知识依然存活，并且在多大的程度上影响着我们，而且提醒我们要用相对性的态度，从其内部来理解它，而不是从其外部，用外在逻辑去解释甚至规训它。因为正是它们给我们这个国家在‘现代性’的基础上保留自己留下了空间，这种多样性的空间里驻留着我们自身的祖传，一种文化基因，呈现着中国在这个世界上独

特的理解世界、展现世界并和世界对话的可能性。”①

王安忆的部分上海小说既属于一个伟大的上海写作传统，也恰好属于上海的某一个历史时刻。它们以“民族志现实主义”为关于上海的民族志提供了文学语境。

一方面，王安忆在上海弄堂里长大，从个人经验来说，上海弄堂的人生是她最了解的阶层。从这个角度来说，她是上海文化的持有者，她能充分、深入地抵达上海社会生活文化的底子，感受上海的丰富和上海文化内外的矛盾和冲突。另一方面，王安忆祖上不是土生土长的上海人，她是作为革命同志的后代进入上海的，不过这使她更能直接分享主流话语的改造之中的新上海。这样，王安忆在民间生活文化中感受着蓬蓬勃勃地活着的上海传统，又在主流意识形态话语中经历着上海从新中国成立以来的发展。对王安忆来说，身在其中就是最为熟悉的生活，对这样的生活的体验就是一种认知和知识。所以王安忆多年来书写的“上海故事”最为贴近时代变迁中不同时期上海的生活、风貌、文化、神韵。它们提供了一种关于上海的知识。尽管王安忆对媒体和评论界称她为上海的代言人而颇为不满，她说：“我没有必要对上海发言，描绘上海精神不是我的任务，我的任务是写小说。”② 但小说不见得不可以表达关于文化精神的认知，特别是现实主义文学。

马库斯（Marcus）和库什曼（Cushman）就把现实主义文学与现实主义民族志相提并论。他们“已把过去60年间被用来界说民族志文本、社会评价和文化人类学的那些凌乱的惯例界定为‘民族志现实主义（ethnographic realism）’，这个名称原指19世纪的现实主义小说。现实主义是一

① 葛红兵：《“上海文学”作为一种“中国叙事”》，中国作家网：http://www.chinawriter.com.cn，2011年10月26日。

② 钱亦蕉：《王安忆：我不是上海的代言人》，《新民周刊》2003年10月29日。

种寻求表述某一整体社会或生活型的现实写作模式。正如文学理论家斯登（J.P.Stern）（1973）所指出的，狄更斯小说里的多向度描述手法就是现实主义的例子。斯登说：‘多向度描述的最终目的，在于使小说的每一页和每一段情节都向我们展示确定而丰富的现实，增加我们对现实的感受……类似地，现实主义民族志的写作，是借助于不断地唤起我们对一种社会和文化整体性的注视，迫使我们用分析的眼光去观照这一整体’”①。王安忆关于“我不是上海的代言人”的声明，是对媒体和评论界过于强调上海，而忽视了她的作品还有其他丰富的内蕴而发的。

确实，王安忆的小说是复杂的，单以上海书写来界定她当然是片面的。王德威在评论王安忆时说：“海派作家，又见传人。”②作为新海派代表作家的王安忆，她的创作在她编织的“上海故事”中，在两类题材上也具有持续性：一类是对现代男女情感关系的描述与剖析，另一类是对上海这个城市文化性格的追问和探索。对于后一类题材的创作，迄今为止，我认为王安忆的《富萍》《我爱比尔》《月色撩人》在内在精神上一脉相承，分别描绘出了上海在不同时代的不同风貌和文化性格，组成了具有自传体民族志书写的“上海文化精神三部曲”，因为这些小说确实在一定程度上提供了关于上海在不同时期的经验和知识，具有民族志式的认知性关联。本来把区域文化作为思考和研究的对象，是钟情于区域社会人类学研究的人类学家的兴趣。王安忆却不惜冒着把小说写得过于琐碎或者抽象的风险，在这些上海小说中营造文化寓言式的故事，从而使其小说客观上有了一种田野民族志写作中“区域传统”的性质，为认识上海文化精神提供了一份本土经验的民族志。

---

① 乔治·E. 马库斯、米开尔·M.J. 费彻尔：《作为文化批评的人类学》，王铭铭、蓝达居译，生活·读书·新知三联书店 1998 年版，第 45 页。

② 王德威：《当代小说二十家》，生活·读书·新知三联书店 2006 年版，第 16 页。

二、《富萍》：20 世纪 60 年代上海移民生活文化的写照

《富萍》（2000 年）中故事的年代是在“文革”前的 1964 年、1965 年，是老上海在解放后进入社会主义新社会改造时期的一个阶段。这时的上海，呈现出社会主义新风尚与老上海市民传统之间新旧交杂的文化性格。不过，王安忆在《富萍》中是将视角聚焦于新老上海移民在这个时期的生活文化，来观照上海在社会主义改造时期的文化特色。但小说所表达的认识并非来自想象，而是与王安忆童年经验紧密联系的。她说：“六四年、六五年的上海对我来说，是有感性经验的，内容涉及我个人的经历和我的家庭及我小时接触的人，不像《长恨歌》凭的是想象。”① 它给我们提供了一种贴近 20 世纪 60 年代社会主义改造时期上海移民的生活图景，也极为符合上海在那个时代的文化气质的文学书写。

《富萍》从日常生活角度切入，以长卷画幅般的描写勾勒了 20 世纪 60 年代上海各种各样的移民生活图景，展示出这个时期上海新旧混杂的生活文化。

老移民“奶奶”来自扬州乡下，十六岁起就到上海帮佣，至今三十年，在上海落下了户口，算得上是个老上海了。可是奶奶在上海没有家，将来还打算要回扬州乡下的，于是就过继了乡下亲戚家的一个孩子作为孙子。奶奶长年在上海，最喜欢在淮海路做工。可她“并没有成为一个城里女人，也不再像是一个乡下女人，而是一半对一半”②。在淮海路她融入了老上海精致的生活文化，同时她又保持着自己的乡土气息。于是，这个奶奶一方

① 钟红明：《王安忆写〈富萍〉：再说上海和上海人》，《中国青年报》2000 年 10 月 10 日。

② 王安忆：《富萍》，湖南文艺出版社 2016 年版，第 4 页。

面是见过世面的，非常熟悉上海这个城市的角角落落；另一方面又割不断与乡村的联系，分担着乡里亲戚的艰难，在城市里接待了一批又一批乡下人。小说对这个人物的描写本身承担着关于上海的一种认识，就是王安忆说的："奶奶是一个有趣的人物，她是一个扬州人，本身带有一种绚丽的乡气，然后她来到这个城市，完全不同的文化，她完全融在里面但又保持着自己很'俏'的色彩。这就是这个城市的一种特征。一方面有吸纳力容纳力，另一方面也是60年代的上海给我的印象，各种颜色都有，不像现在纳入规范化格式化非常一致的面目里去了。"① 和奶奶属于同样状况的老移民还有吕凤仙、戚师傅等人，都是解放前进到上海帮工，解放后有了上海户口，做一些体力活，凭着自力更生，在城市赢得了仅有的立足之地，身上混合着城市与乡村气息的老移民。

小说还详细介绍了奶奶如何挑选东家的经历，其中写奶奶到虹口一个军区大院里，给一个司令家带小孩。司令家说山东话，住一栋楼，家里摆设得像机关的会议室。厨房很大，却清锅冷灶，连开水都是由几个男兵到开水灶去提，一家人去食堂吃饭，司令、司令的女人和小孩子各吃各的，不是居家过日子的样子。尽管司令家给奶奶的工钱很高，可她只去看了一眼，就决定不做了。小说写到"虹口大院里森严刻板的生活，显然更能代表共产党'南下干部'带进上海的新的生活文化"②。

奶奶现在做保姆的地方在淮海路。东家夫妇俩都是从解放军里出来的，现在是机关里的干部，籍贯是江浙一带，所以就和那些山东南下的干部有些不同，他们很适应上海的生活。当然，新东家原先的生活也是解放军的那一套，住公房、吃食堂、孩子由组织上配的保姆带。但他们住在

---

① 王宏图：《王安忆的〈富萍〉及其他》，中国作家网：http://www.chinawriter.com.cn，2007年1月23日。

② 王晓明：《从"淮海路"到"梅家桥"——从王安忆近来的小说谈起》，《文学评论》2002年第3期。

上海市民堆里，很快就被上海同化了，特别是奶奶做了他们家的保姆之后，在奶奶这样的有上海生活经验的保姆指导下，他们的吃穿起居很快就和上海市民没什么两样了。不过，他们与老上海市民还是很不同的，比如平等的观念，不把奶奶当下人看。对人宽容与开放，虽然在奶奶看来他们还不是地道的上海人，有时不大懂规矩，女主人的内裤也要奶奶洗，喜欢吃、肯花钱又不大会吃等等。不论如何，奶奶很喜欢他们，这些上海的新市民，他们属于来自南方文化的解放军干部，所以到了上海能很快融入上海，但又保持着军队文化的豪爽和平等观念，所以与那些衣着笔挺又比较势利的老上海公寓的主人有着很大的不同。

上海还有一类移民，小说用奶奶的视角来看他们：

> 奶奶在上海三十年，基本是在西区的繁华闹市，淮海路上做的。她也和闹市中心的居民一样，将那些边缘的区域看作荒凉的乡下。其实，在那边缘的地方，比如闸北、普陀，倒是她们家乡人的聚集地。那大都是在历年的战争和灾荒中，撑船沿了苏州河到达上海的船民。他们找了块空地，将芦席卷成船舱那样的棚子，住下来，然后到工厂里找活干。上海的产业工人里，至少有一半，是他们。但奶奶与他们向不往来。她也有市中心居民的成见，认为只有淮海路才称得上是上海。①

然而，不论老上海们愿不愿意，在上海的边缘地带的棚户区，聚集了许多这样的移民，他们形成了上海的另一种生活图景。随着富萍寻找舅舅，小说的叙述重点转移到对上海边缘棚户区生活文化的描写。

---

① 王安忆：《富萍》，湖南文艺出版社 2016 年版，第 5 页。

富萍的舅舅孙达亮就是居住于棚户区梅家桥的一名产业工人。这一带的船工大多是在旧社会来到上海在苏州河上讨生活的移民，新中国成立后，他们在社会主义改造中转为运输垃圾的船工，也成为上海产业工人中的一员。这群移民的上海世界与奶奶对上海的认识是不同的，却有另一番活力与生机。他们住在一大片棚户区，家家孩子多，居住环境逼仄，生活比较粗糙却也不怎么艰难。这里的人热情友善，互相之间就像一张大网，彼此联系在一起。他们虽然在上海也有很长时间了，但说的是地道的苏州一带的话。他们的下一代故意说上海话，但带着苏北腔。他们也有文化生活，有剧场，但不是淮海路那要排队买票、中规中矩的电影院，而是设施简陋的戏园子，总是有人提前溜进去占位子，剧目也不是时髦的电影，而是来自老家的戏班演的现代戏，看戏时剧场里就熙熙攘攘，热闹非凡。梅家桥的生活是粗糙朴素，然而底子里充满了仁义、热情和温暖。富萍寻找只知道个名字的舅舅，就是在大家的热心引导下很快就找到了。

不过，梅家桥的居民不完全是产业工人，因此在梅家桥也呈现出不同的生活图景和文化。在这片大工业区，还有一些不是工人的小手工业者。安徽籍的“母子”二人流落到梅家桥，梅家桥接纳了他们。但是，残疾青年在梅家桥亦感受到产业工人的子女与自己的不同：“他们说着清一色的苏北扬州话，因一代代下来，难免掺造了些沪语的行腔，就比原先的要硬和响亮。他们穿着劳防用品的大头鞋，防水靴，橡皮背心。他们多少是有些傲慢，不怎么把这些小棚户的同学放在眼里，有意在人家跟前说些人家不明白的事情，显出自己是正宗，而人家是外来的。他们也许读书读得并不是太好，但他们的前途也是有保障的，通常都可以上他们父母的船上去做，然后转为正式船工。”① 残疾青年与母亲以小手工业糊口，也没有什么

① 王安忆：《富萍》，湖南文艺出版社 2016 年版，第 208—209 页。

前途保障，过着一种勤苦的生活，他们虽然有自卑，但更多的时候是自尊和安然。更何况生活也不乏温暖，梅家桥人也给了他们各种各样的照顾和帮助。富萍被这对母子的安然所吸引，选择投入残疾青年的家庭，就这样融入“梅家桥”的生活中去了。总之，小说对温暖、友善、仁义的“梅家桥”的书写，以及外乡女子富萍选择加入梅家桥，加入最为勤苦的生活，都彰显出20世纪60年代的上海不同于老上海美人迟暮格调的另一种生活，一种“勤苦、朴素、不卑不亢的‘生活’诗意”[①]。这是新中国成立以来的上海在“社会主义风尚”的改造中，呈现出的新气息。

《富萍》的叙述策略是一种深入日常生活的叙述，也是一种贴近民族志书写的方法。这种民族志式的小说叙事可以在王安忆的作品中找到一脉相承的渊源。张新颖曾指出：王安忆的《姊妹们》《文工团》《隐居的时代》这些作品并没有明确的中心叙事人物，而是采用了名曰“我们”的复数叙事者，用“我们”的复数叙述建造了一个空间整体和它的鲜活的历史。而且，这类以淮北乡村生活为对象的作品在西方式的，现代的，追求进步与发展之外，有一种探究和理解，一种述说和揭示，一种“乡土文明志”的意义，所以张新颖称它们为理性化的“乡土文明志”。[②]《富萍》的叙述者也并非“富萍”，而是延续了《姊妹们》《文工团》《隐居的时代》中“我们”复数叙事者叙述，也就是说小说并没有中心人物，而采取的是群像化的描述，“围绕在富萍四周的那些人物，李天华的奶奶、吕凤仙、戚师傅、孙达亮、后来成了富萍丈夫的残疾青年等，与富萍相比，同样光彩照人，同样栩栩如生。他们组成了上海弄堂和棚户区的群像图……”[③]《富萍》以这

① 王晓明：《从“淮海路”到“梅家桥”——从王安忆近来的小说谈起》，《文学评论》2002年第3期。

② 张新颖：《“我们”的叙事——王安忆在九十年代后半期的写作》，王安忆网：http://f.ttwang.net2011-12-14。

③ 王宏图：《王安忆的〈富萍〉及其他》，中国作家网：http://www.chinawriter.com.cn，2007年1月23日。

样的群像图分头写了许多上海中层、底层的市民，他们以什么样的理由来到上海，又慢慢居住下来。而这个过程也是移民文化与上海文化碰撞和交流的过程，于是就形成了20世纪60年代上海新旧混杂，却也表现出巨大吸纳力和包容性的生活文化，形成了区别于作为“中心”老上海传统的一个个各有特色的城市小空间，包括作为上海边缘的“梅家桥”。由此让我们在“新意识形态”锻造下的上海繁华梦之外，知悉社会主义改造时期聚集在上海中、底层市民阶层的移民们真正的生活风貌，理解了移民文化与上海文化之间相互影响而形成的混杂化的上海文化特质。所以，如果说《姊妹们》《文工团》《隐居的时代》是理性化的“乡土文明志”，那么在风格上与这些作品息息相通的《富萍》，似乎也可以称之为特定历史时期关于上海的“城市文明志”。就像吴义勤所说：“她没有追求表面繁华的具有‘符码’意味的上海，而是力求再现一个更人性的、更本质、更真实、更民间的上海。这样的上海是亲切的、温情的，也是琐碎的、苍凉的。某种意义上，我甚至认为小说的主人公不是‘富萍’而是‘上海’。在这部小说里，王安忆真正用上了她上海生活的积累，写出了她对上海的理解。”① 可以说，《富萍》为外地人了解上海提供了一种民族志的功能。

从《富萍》的文化立场来看，《富萍》对特定时期上海移民文化的书写也呈现出一种独特性，它摆脱了20世纪90年代以来新意识形态锻造的上海书写的“怀旧”之风。② 王晓明认为，90年代以来的上海书写往往以怀旧情绪，将目光只对准了外滩、霞飞路（今淮海路）和静安寺路（今南京西路），对准了舞厅、咖啡馆和花园洋房，将历史上多面体的上海单

① 吴义勤等：《“文本化”的上海——新长篇讨论会之二：王安忆的〈富萍〉》，《小说评论》2001年第2期。

② 王晓明：《从“淮海路”到“梅家桥”——从王安忆近来的小说谈起》，《文学评论》2002年第3期。

面化，简化为豪华与繁荣的传奇。这是为迎合上海正全力打造“国际大都市”，迫切需要辉煌的历史为自己垫底，重现上海昔日的繁华这样的新意识形态而出现的文学创作潮流，揭示了异质于海上繁花梦的另一种生活文化，从而呈现出上海的多面和包容。再加上小说对梅家桥生活的诗意化，一起显示出作者突破“现代性”和意识形态的重重障碍与诱惑，“相当明确地形成了一种对于当代生活深具批判意味的理解，一种由此而来的对文学写作的新使命的领悟”①。

三、《我爱比尔》：20 世纪 90 年代后殖民图景中“第三世界”文化焦虑的隐喻

《我爱比尔》创作于 1995 年，作为王安忆中篇小说中的杰作，以清醒的文化自觉性来发现 20 世纪 90 年代的上海这个国际化都市在中西碰撞中的文化焦虑，也以寓言的形式来对中国作为“第三世界”国家的文化自处问题提出思考，从而具有认知时代精神和进行文化批评的社会人类学民族志的意义。

从“第三世界”文化自处的角度对《我爱比尔》的文化寓意进行分析，提出《我爱比尔》是显示了后殖民图景中民族文化的困境与焦虑的研究成果比较多。② 但这些研究没有与王安忆的其他创作放在一起揭示其社会人

---

① 王晓明：《从“淮海路”到“梅家桥”——从王安忆近来的小说谈起》，《文学评论》2002 年第 3 期。

② 葛亮：《全球化语境下的“主体”（他者）争锋——由〈我爱比尔〉论“第三世界”文化自处问题》，《文史哲》2012 年第 2 期；周芸芳：《“中国—西方”的寓言——〈K〉〈我爱比尔〉〈上海宝贝〉之跨国恋分析》，《西南民族大学学报》（人文社会科学版）2010 年第 5 期；伍依兰：《异国幻象与“自我东方化”——〈我爱比尔〉之形象学研究》，《理论与创作》2008 年第 2 期。

类学的民族志性质的意义。

《我爱比尔》中的女孩子阿三是一所师范大学艺术系的大学生，学习美术专业，赶上了好时代可以和同学频繁地出入展览会、音乐厅和剧场。在一次画展上，阿三认识了比尔，二人开始了交往。比尔是美国驻沪领馆的一名文化官员，他处处表现出对于中国的好奇和热爱，他给自己取了典型性的中国化名字“毕和瑞”，他喜欢中国的传统文化和民间文化，也包括喜欢阿三，只不过他的喜欢是一种站在本国文化立场上对中国的“看”，就像他对阿三说的“我们看见了我们需要的东西，就足够了”。[①] 比尔对阿三的喜欢，是因为阿三“看上去有一种东方的神秘”。在和阿三的交往中，他始终是以西方的视角来“看”作为东方人的阿三。比如比尔第一次拥抱阿三时，他觉得这个女人全身都是神秘的，暧昧不明而充满了挑逗性，他激动难捺，但最终想到了中国女性的贞操观，想起汉语老师讲过的中国古代的《列女传》给他的崇高和恐怖的感觉，他就努力使自己平静下来了。此后，比尔与阿三成为一对恋人，他与阿三缱绻缠绵，在阿三营造的中国氛围中感觉到迷惑和神秘，这些让他觉得阿三是那样地特别，与他之前的经历中的女性完全不同。所以，当阿三问他对自己的看法时，比尔只说“你是最特别的”，阿三期待的“你是最好的”这样的话语比尔从来都没说过。阿三想方设法地迎合比尔对于她这个东方女人“特别”的感觉而不断地“作”，用中国风、怀旧和古老中国的历史情调营造各种氛围，特别是做爱的氛围，这些却让比尔觉得这个与他肌肤相亲的小女人，是与他远离十万八千里的，“他觉出一种危险，是藏在那东方的神秘背后的。”[②] 所以，自始至终比尔对阿三保持着距离，他和阿三交往的深层心理不过是

① 王安忆：《我爱比尔》，北京联合出版公司 2014 年版，第 6 页。

② 王安忆：《我爱比尔》，北京联合出版公司 2014 年版，第 24 页。

阿三身上的好奇和神秘的东西吸引着他的性，他对阿三的喜欢是一种猎奇的性质。最终，他毫无留恋地离开上海，离开阿三，从此几无消息。

从比尔与阿三的交往可以看出，他们之间形成了“看”与“被看”的的关系，表面上这种关系是自由恋爱中情感不对等的表现，然而比尔的心理活动和行为主要是以西方男性对待东方女性和东方国家的态度为立足点的，这样“看”者与“被看”者的关系就可以归结为西方和东方的关系，在20世纪90年代的后殖民主义的图景中具有了西方与东方，第一世界与第三世界之间关系的隐喻意义。

至于阿三对待比尔，则是另一番样子。阿三通过“自我东方化”来迎合比尔的“看”。然而，阿三的自我东方化并不意味着她对中国传统的回归和认可，在她的内心深处，她是希望自己从身体到灵魂看起来都像西方女人，以便被西方男人接受。在她和比尔第一次发生了性关系之后，“她看见了身下的鲜血，很清醒的，她悄悄地扯过毛巾毯，将它遮住，不让比尔看见，而比尔也压根儿没想起这回事来”①。她能说一口流利的英语，她经常将自己与想象中比尔的西方女朋友作比较，即使比尔离开了她之后，她将自己恋爱的对象依然定位于西方人，甚至不惜沦为服务于外国人的暗娼，希图使自己融入西方人的世界中。然而，她在与外国人的交往中，却主动用自我东方化的办法来吸引和迎合他们对东方的好奇。阿三这种矛盾的做法正与20世纪80年代中后期中国知识界基于“现代性”焦虑而形成的强劲的反传统潮流有密切的内在联系，这一潮流的倾向无疑认同西方的价值观，但传统的因素却常常被用来通过“自我东方化”的举动，满足西方对于东方的想象。

所以，《我爱比尔》是一篇以上海作为一个标本的小说，它既是关于

① 王安忆：《我爱比尔》，北京联合出版公司2014年版，第12页。

20 世纪 90 年代关于上海的，也是一种“第三世界”的文化焦虑的隐喻。小说在文学的文化意义、社会意义这个更深层次上反映了文学的价值所在。2001 年，王安忆在接受访谈时，明确地谈到《我爱比尔》的创作初衷，她说：“如果说我始终与意识形态，与这个社会离得远的话，那么《我爱比尔》便是个例外。其实这是一个象征性的故事，这和爱情、和性完全没有关系，我想写的就是我们的第三世界的处境。比尔对阿三来讲就是一个象征，西方的象征，所以她和比尔的接触里面有一个最大的矛盾，就是她必须用她的中国特性去吸引比尔，但是她又希望自己不是中国人，她希望自己成为和比尔同样的人，所以她一方面强调自己的中国特性，一方面又想取消自己的中国特性。”① 从王安忆的访谈中也可以看出她作为一个人文知识分子对现实世界的深切思考，它提出了 20 世纪 90 年代东方文化如何自处的问题。

《我爱比尔》除了通过阿三与比尔的恋爱揭示了西方与东方之间“看”与“被看”的关系，以及东方通过“自我的东方化”吸引西方实际上却在羡慕和肯定西方的文化价值这样的时代精神之外，小说的社会意义还在于通过阿三的艺术家身份进一步揭示了东方文化失根的焦虑和危机。

小说写阿三在比尔离开之后，有一段时间开始画画，并且得到了一定的认可，在上海的艺术圈里有了一定的名气。那么，阿三画了什么画呢？小说写道：“阿三的房里堆了一堆新作品，大多是浓墨重彩的色块，隐匿着人形、街道和楼房，诡秘和阴森，具有二十世纪艺术所共有的特征，那就是形象的抽象和思想的具体，看起来似曾相识。”② 其实，之前阿三在与比尔的交往中，也在进行绘画，那时她的风格是中国风，比如手绘丝巾，

① 王安忆、刘金冬：《我是女性主义者吗?》，《钟山》2001 年第 5 期。

② 王安忆：《我爱比尔》，北京联合出版公司 2014 年版，第 37 页。

水墨画，追求禅意的感觉，这虽然是一种表面的迎合，并未深入中国文化里去，但至少保留了一定的形式。现在，阿三的绘画表明中国艺术界连中国风的形式也放弃了，全面模仿西方的现代艺术，这种失去了本我的文化根柢，缺乏心灵表现的艺术，连阿三自己都疑惑“这是谁的画呢?”。但是阿三的画卖出去了，拿的是支票和美金，这似乎意味着她的画汇入了世界潮流。

然而，阿三就是走向世界的画家了吗？小说写一个美国人来看了阿三那遮掉名字就完全可以看作西方人的画的作品时说：“西方人要看见中国人的油画刀底下的，绝不是西方，而是中国。”① 小说还描写了其时画界的各种风潮，比如宣传画和拼贴画，不外乎就是解构经典和历史、解嘲名人古人、通过对新闻照片的改动来进行浅薄的政治讽刺，等等，共同的特点是延续了杜尚的“现成品艺术”，艺术家不必再进行艰辛的劳动来创作性地创作，只需要拿来现成的物品自己加以改动，这件物品似乎就被赋予了艺术家自己的情感和思想，成为新的艺术品。这也是一种创新，然而“所有的创新一律带着容易模仿的特征，抢第一的风气极盛。新探索面世的这一日，就是被埋没的一日，一大批同种面貌的画作涌现，淹没了独创性”②。然后还有所谓的痕迹画，就是像游戏一样在画纸上随便乱涂乱抹，根据涂抹痕迹给作品取一个有抽象意味的名字，画家成了游戏者和制作者，画室成了游戏室和工坊。

身处潮流中的阿三在画坛还小有名气。然而，马丁来了。马丁是法国一个乡下小城画廊老板的孙子，也没见过多少世面，但他在看阿三的画时否定了阿三，他说：“我们喜欢一些本来的东西。”意思是说阿三的画失去

① 王安忆：《我爱比尔》，北京联合出版公司 2014 年版，第 44 页。

② 王安忆：《我爱比尔》，北京联合出版公司 2014 年版，第 49 页。

了应有的本来的东西。这使阿三感到恐惧和打击，她知道马丁说得有一点对。

阿三和马丁又进行了一场恋爱，结果马丁还是要离开中国，临分别前，阿三颤抖着声音求马丁带她走，带她离开中国，马丁的回答是他从来没有想过要和一个中国女人生活在一起。马丁离开后，阿三发现自己既没有了爱情也不能作画了。如果说在阿三与比尔的交往中，阿三以对西方文化的认可和迎合作为价值立足点，西方化尚可作为她的精神依凭和追求的话，与马丁的交往则让阿三彻底陷入了文化失根的迷茫之中，也迷失了自己的人生，从此周旋于外国人中间游戏人生，也最终尝到了苦果。《我爱比尔》中阿三与马丁的交往也是一个隐喻，王安忆通过这个故事进一步指出一个失去了自己本土文化根性的民族和国家，在全球化的浪潮中必然茫然失措而流离失所。

总之，《我爱比尔》这部小说隐喻了20世纪90年代全球化浪潮中“第三世界”的中国与第一世界的西方之间的“对话”与交流，提出处于后殖民图景中的东方文化如何自处的问题。就像弗·詹姆逊在20世纪80年代发表的《处于跨国资本主义时代中的第三世界文学》的长篇论文中指出的，第三世界文学必然以民族寓言(national allegories)的形式显示出政治倾向，这些文学“关于个人命运的故事包含着第三世界的大众文化和社会受到冲击的寓言”①。而民族寓言也正体现了第三世界知识分子强烈的政治社会参与意识和对民族生存境遇的强烈关注，这一点王安忆的关于《我爱比尔》的创作也做了说明。因此，《我爱比尔》具有了认知时代精神和进行文化批评的社会人类学民族志的意义。

① ［美］弗·詹姆逊：《处于跨国资本主义时代中的第三世界文学》，张旭东译，载《晚期资本主义的文化逻辑》，生活·读书·新知三联书店1997年版，第523页。

四、《月色撩人》：新世纪蓬勃进取与虚无颓废交织的都市文化精神

《月色撩人》书写的上海是在全球化时代，作为国际化大都市的当下的上海。以前海派的独特，今天却以国际性的相似而存在，其面貌和气质也成为强大的全球现代性的典型备份。

（一）上海的形：形式与时尚的合流

《月色撩人》首先给出的核心词汇是时尚和“形式主义”。

围绕女主人公提提的一切都是时尚和形式主义的。提提是一个外乡来上海的女孩子，做过女歌手、售楼小姐、餐厅服务员、画廊促销员，等等，到处赶场子忙着生存。她的“一张脸，极白，极小……平面上用极细的笔触勾出眉眼，极简主义的风格。看起来相当空洞，可是又像是一种紧张度，紧张到将所有的具体性都克制掉了，概括得干干净净”①。在20世纪50年代出生的“老上海”眼里，上海的大街上尽是这样的小女人，“……时尚潮流淹没了她们的个性，连气味都是一种，所谓的国际香型”②。在王安忆眼里，女人和城市之间有着天然的联系，城市的女子就是城市的影子。提提的形貌喻指着国际化大都市上海的形象：一种国际性的开放的姿态，然而这样的“国际香型”也掩盖了城市自身的个性和具体性，这样的上海难免空洞又紧张。

《月色撩人》用了大半篇幅谈论上海的现代艺术，因为艺术往往最能

① 王安忆：《月色撩人》，云南人民出版社2009年版，第3页。

② 王安忆：《月色撩人》，云南人民出版社2009年版，第3页。

表达一个时代、一个地域的文化品性。在小说中，王安忆对上海的现代艺术反映的上海文化，是以主人公提提在上海的经历来表达的。

提提初来上海，在陶普画廊做小妹，陶普画廊里全是形式主义和抽象主义的作品，白天来客稀少，门可罗雀。到了晚上，这里就是“艺术家”的天堂，聚集了一群“艺术家”，表演诸如“最后的晚餐”之类的行为艺术。艺术家创作的题材和灵感并不在生活中寻找，也非沉思和个人激情，多半是某种形式元素、构成、材质以及风格的强调、放大和重复。不过，这样的艺术却最容易被具体生活效仿，成为生活时尚。陶普画廊的主持者潘索是艺术的权威，他的权威来自于20世纪80年代对传统的激烈反叛，正好适用于“土崩瓦解”的今天。但他的主要任务是大方而谦恭地和各种画商打交道，特别是向老外出售画作，为投资老板赚钱。聚集在画廊里的艺术家们也是“急煎煎”地向画商们推荐自己和自己的画。小说中这些描写无疑透露了上海现代艺术在追求国际化的过程中，抽象艺术日趋商业化，并变成一种超级时尚的状况。

吴亮曾经描述过上海的现代艺术，他认为：上海的抽象艺术家“仅仅是视觉上持异议者和孤独的探寻者，他们的思考和工作基本都围绕着形式展开，而不是通过作品将他们的思考和工作与社会做挑战性的交流”；“它们是抽象艺术中的形式主义分支，在它们那些零碎的、似是而非的、晦涩而模棱两可的自我表述中很难看到清晰而深入的思想脉络和令人为之一震的观念；它们的基本内容至多是一种尝试意义上的文化隐喻和哲学术语，在它们背后很难找到一条特殊的精神线索。当然，这一切和上海这座城重形轻质的文化性格是平行的，这座城市排斥深刻”。①

① 朱大可、张闳：《21世纪中国文化地图》（第三卷），广西师范大学出版社2004年版，第127—128页。

这个观点与《月色撩人》对上海现代艺术的描绘和阐释是基本一致的，上海艺术家走着国际化道路，风向标是商业化，并把它导入生活时尚。需要指出的是，王安忆与吴亮之间多有对话，应该在这个问题上有过沟通。

无论怎样的形式，包括时尚，都不可能独立存在，形式总是负载着一定的内容和意义。一切形式都是“有意味的形式”。当下的上海，在时尚和形式之下，有着怎样的生活和精神品性？

（二）上海的质：现实与虚空的交织

提提与潘索进行了一场恋爱。潘索感受能力超强，思辨能力超强。然而在物质主义盛行的今天，他的思辨能力时刻受阻，只好以感性作为存在的方式。这种感性并非古典的身心合一的愉悦，而是感官的体验，是身体欲望，色、香、味……的享乐。感官的体验替代了思想的焦虑——避苦趋乐就是思想和身体存在的方式。潘索是模仿和批量复制消费主义时代的“骄子”，连思想都是“二手货”。提提与潘索有一场恋爱，但很快就结束了。原因是什么？子贡是这样说的：

> 你以为潘索就是你看见的那样？你看见的潘索是你要的那一个，真实的潘索完全可能在你的视野之外另一个，另一个形态，一个超出你掌握的形态；你看到的是实有，他却是一个空洞，大空洞……他只是觉得空虚；他生而带来一些极其空虚的问题：生活的意义是什么？人为什么要生？人生的目的是什么？合起来就是各大空洞，他在里面东碰西撞，抓挠着，想抓挠住什么救自己；你、你们，都是他的救命稻草，短时间里有一点安全感，很快他就发现是错觉，于是松开手，

再抓挠，抓挠到的还是同样的东西；说来也可怜，一个人在黑暗中行走——这本来是哲学的命题……①

潘索生活在思想的世界里，不过他的思想并不明晰和深刻，对现实更是无能为力。对他来说，在虚拟的世界里沉湎于形式本身就是生活的意义。王安忆通过潘索这个人物，表达了上海的，也是现代生活的一种品性，一种世界观——形式主义之下的虚无。从此意义讲，潘索在这部小说中仅仅是这个城市文化性格的隐喻，也是作者对现代生活认知的象征符号，他代表了世界观。

至于提提，这个来自边远小镇，尚带着生活的激情和粗鄙的女孩子生活得太真实了。在她看来，生活的一切最终要落在“现实”这里，无论你怎样诠释生活，终究走不出这个诠释。潘索必然要与提提分道扬镳，这样才能忽略自己对现实的逃避。

提提第二次恋爱的对象是简迟生。简迟生成长于 20 世纪四五十年代，经历了什么都匮乏的年代，却赋予了正直的气质、高品质的激情，从来都是直面现实。与简迟生同时代生长的情人呼玛丽说：“我们的人生价值在现实里。”对现实生活的激情赋予简迟生一种深刻、一种生活的霸王一样的气质。这种气质正是提提所迷恋的。简迟生对提提的爱类似于对宠物的爱，温情的、柔滑的，缺乏一种严肃性。因为这个提提，在简迟生看来是轻的、柔软的。其实提提需要的正是生命的激情和真实，生活实实在在的意义和价值感。不过，在这个时代这些追求都会被淹没。潘索这样的形式主义者不能给予提提。简迟生就能够吗？不，提提体会到了，简迟生只在和旧情人呼玛丽之间才有生活的真实感，“有关性格、遭际、命运等等的

① 王安忆：《月色撩人》，云南人民出版社 2009 年版，第 58—59 页。

暗示，在一碰触之间，崩裂开来”[①]。而这种生命意义上真正的精神交流不曾在简迟生和提提之间有过。提提为此痛楚，甚至负气出走，在简迟生看来不过是闹小性子，任性而已。

时间在简迟生的身上留下了深深的痕迹，青春的风采已然消逝。简迟生这个曾经实实在在的人，有过青春反叛与血性的人，从禁欲时代走出来的人，现在开戒了，正过着放纵的生活，虽然残存的精神还没有完全涣散，不时地和欲望做抵抗，但已经以追逐感官快乐作为生活的本意，迎合于虚浮的时代。至于生活的激情、思索等都在这个时代走了下坡路，没有精力挖掘了。这样的简迟生也不是提提的归宿，提提走了。

《月色撩人》试图再次书写上海的精神品格，这个上海已不是旧上海，不是 20 世纪 50 年代新旧交杂的上海，也不是 20 世纪 90 年代在全球化浪潮中迎合西方而文化失根的迷茫焦虑的上海，而是已步入现代化国际化大都市，在越是进取越难免有现代文明的颓废感的上海。“夜上海”才是这个“城市的现实性”。夜上海摇曳着颓废之美，蔓延着腐蚀上海积极进取的因素，逐渐成为上海的主流。在这样强大的氛围中，难怪潘索、简迟生这些上海的主人都走向了虚无主义的人生观，都不再关注现实，选择以感官体验代替思想之所，不谋而合地走向生活意义的空虚。只有来自外乡的女子——提提们，直面现实，虽然不免粗鄙，却充满活力地拥抱生活，与潘索、简迟生们碰撞，又分离，给虚无主义者们也留下一份对于生活激情的向往与怀念。提提所代表的一种外来力量，在融入上海的过程中，这个城市本身为她们的生存提供了可能性，而她们本身的选择或者行为也是对城市文化的一种塑造。这样，《月色撩人》中提提的两场恋爱不是什么爱情悲歌，不是人生悲剧的情感探索，这平淡至极的恋爱仅仅是表达作者对

---

① 王安忆:《月色撩人》，云南人民出版社 2009 年版，第 135 页。

当下上海文化性格的认识，扩而充之，也是对强大的现代性进程中都市文化精神的认识。当然，上海充当了这种都市文化的范本。是否可以说，当下都市文化充满了现实生活的进取与精神生活的空虚之间的撕扯和交织？小说起名《月色撩人》，但几乎没有任何关于月色的描写，夜上海更多的是现代技术催生的璀璨灯光，摇曳成颓废迷幻的美。从中可以看出王安忆对现代性的犹疑。由此，我们是否可以认为小说起名《月色撩人》是对古典文化意境的怀念与追思，是对现代性的反观和悖反的暗示？

《月色撩人》延续了《富萍》《我爱比尔》对不同时期上海文化性格书写的主题。但与前三部上海小说相比，《月色撩人》更加理性化、抽象化，更具认知性。前三部小说有很多物质性材料和情节，有具体的生活状态描写和较强的故事性，人物形象也是栩栩如生的。《月色撩人》的重心则并不在于怎样讲故事，而在于力求一种当代时代感的把握，理念化地对当下上海城市文化的探索和思考。因此，《月色撩人》的语言虽然还算得上精致，但不再细腻刻绘，亦缺乏细致的生活描写，也不再将笔触伸入人物内心，去开掘丰富的心灵世界，而是将人物作为小说思考上海文化性格、表达理念认识的建构性材料。王安忆坦言这样的处理都是用心良苦地设计出来的。①

美艳的男子子贡是具有国际性跨文化生活和思想背景的含蓄的同性恋者，也是城市游走者，在夜色中游走于上海一个个灯红酒绿、人群聚集的场所。一个个场所就是城市的一个个空间，各种空间提供了城市人不同的生活方式和可能性，也赋予人包罗万象的感受。子贡在各个空间的穿梭中，将各种人物串联起来，完成了不同文化的交流。子贡的形象不鲜明，

① 王安忆、王雪瑛：《夜宴中看现代城市的魅与惑——关于〈月色撩人〉的对话》，《当代作家评论》2010 年第 3 期。

性格模糊不清。但人物的名字却颇有匠心。子贡这个名字“和孔子的弟子同名。这个名字给他增添一派古风，穿越几千年，忽而又显得很现代，那就是没有局限的意思”。小说这样的解释暗喻当下人们在现代中追逐传统，却更多地注重的是传统的形式。

提提是从小地方来上海的外乡女子。她是小说的主人翁，但她也是一个类型化的人物形象。小说反复强调，上海满大街都是提提这样的女孩子，粗鄙、赶场子忙生存，却具有活泼的生命力。上海为她们的生活提供了多种可能性，她们很快融入上海的形式和时尚中，被上海多样的空间所塑造。反过来，她们又以自己蓬勃的力量改造着上海的气质。《月色撩人》中的人物性格都不丰满，提提先后恋爱的两个对象潘索、简迟生，简迟生的旧情人呼玛丽，都带有抽象化的隐喻性的认知符号性质。王安忆自己也说：“我很主观地去配置人物的活动。所以这些人物都有种抽象的面目。”①

五、“上海文化精神三部曲”的认知性关联

综观王安忆的《富萍》《我爱比尔》《月色撩人》“上海文化精神三部曲”，这三部曲并不以写作时间先后而排列，说它们是三部曲是指这三部小说对上海的“纪实与虚构”，勾勒出了上海在新中国成立以来发展变迁的不同阶段，以及上海在不同阶段的文化特色。“三部曲”之间可以勾勒出一条明显的线索：

① 王安忆、王雪瑛：《夜宴中看现代城市的魅与惑——关于〈月色撩人〉的对话》，《当代作家评论》2010 年第 3 期。

《富萍》（2000年）中20世纪60年代新旧移民的上海生活，显示了上海新旧混杂、多样化的生活文化，而外乡女子富萍选择加入温暖、友善、仁义的“梅家桥”生活，彰显出一种不同于老上海美人迟暮格调的另一种生活，一种“勤苦、朴素、不卑不亢的‘生活’诗意”[①]。这是20世纪50年代以来的上海在“社会主义风尚”的改造中，呈现出的新气息。

《我爱比尔》（1995年）中的女孩子阿三，因为无法确认的文化身份，也因为对西方身份的渴慕，只在西方男人中寻求情感的或者“性”的买家，实践着第三世界的“自我殖民化”，自然也无法把握自己的人生。阿三的境遇就是20世纪90年代初走向国际化的上海，也是“第三世界”国家在全球化浪潮中陷入文化身份迷茫境遇的隐喻。

《月色撩人》（2009年）中来自外乡的女子——提提们，用青春迎合上海的形式和时尚，体验着上海的颓废与虚空，同时又以年轻的、盛丽的、精力充沛的活力，全力以赴地在夜色中开放，赋予这个城市逼人的现实的力量。《月色撩人》指出了以上海为代表的当代都市的一个文化特征：都市发展过程中无可避免地弥漫着现代性的虚无和焦虑，但城市的特征就是流动性，正是流动的外来力量的碰撞和冲击，又赋予了城市蓬勃的生机。因此，当下的上海，价值虚无中交织着现实进取，颓废的情绪中交织着蓬勃的生机。现实生活的搏击与精神生活的空虚之间的撕扯和碰撞，是当下上海的文化品性，也是全球消费主义的时代精神。

总之，王安忆的小说以深刻细微的细节化的方式进入市民的日常生活中，对日常生活细致的刻画达到了摄像镜头中画面的逼真，同时，小说也是作家丰厚的、深入的生活经验的表达，从而具有了民族志式的知识性和认知性，更可贵的是，王安忆能以知识分子的姿态适当疏离经验中的生

① 王晓明：《二十世纪中国文学史论》（下卷），东方出版中心2003年版，第506页。

活，对上海赋予自己的价值判断。王安忆曾说："我写上海比较有文化自觉性。"这种自觉的文化意识，是她写出"文学中的上海"，能够带来关于上海的知识和上海叙述，并以之印证某一阶段的上海的精神诉求的原因。王安忆以她敏锐的生活体察力和深厚的文化素养，在小说中体现出对上海文化性格的深透把握，在一定程度上承担了民族志书写和剖析地域文化精神的功能，它似乎与人类学的走向迎面相遇而合流。在这层意义上，我们认为《富萍》《我爱比尔》《月色撩人》有社会人类学的性质，就像乔治·E.马库斯所说："随着人类学走向文化批评，实验民族志的发展，民族志向自身发难，去创造一种关于民族志作者自身的社会和文化基础的民族志知识……"①所以，《富萍》《我爱比尔》《月色撩人》可以成为社会人类学与文学批评综合分析的对象，其体现出的文学关怀、文学审美性与历史理性，是对20世纪80年代小说过分"向内转"的反拨。这种具有民族志性质的文学创作，是非常有意义的，也是令人钦佩的。它们作为小说是虚构性的写作，却似乎预示了后来于2010年之后兴起的非虚构写作。

① 乔治·E.马库斯、米开尔·M.J.费彻尔：《作为文化批评的人类学》，王铭铭、蓝达居译，生活·读书·新知三联书店1998年版，第158页。

第七章　词典体新民族志小说

马丁·华莱士在其《当代叙事学》中引述瓦尔特·里德的观点："当小说发展出自己的成规，批评家也开始将其各种规则加以法规化时，小说家却通过滑稽模仿，通过新形式的发明，或者通过吸收和混合当时的各种'纯'文类而与这一'（标准）小说（规范）'作对。"① 看到这段话就想起小说家的创新是多么重要，特别是小说文体的创新，更重要的是文体形式与小说内涵成功结合的作品，往往会引导出一个文学潮流。

从民族志小说的视角来看，新世纪小说中有一种新民族志写作性质的小说文本，形成了一个重要的小说现象。它们在小说体裁上借用了词典的形式，也虚构了一个审美的小说世界，因而可以称为词典体小说；在内容表达上则从语言、认知与文化之间的关系来探讨人的认知，这样的书写方式是认知人类学的"新民族志写作"的主要表现，所以笔者将其称为词典体新民族志小说。这些小说以韩少功的《马桥词典》作为肇始和典范，并在新世纪小说中出现了大量的词典体新民族志小说作品，如《南方：打工词典》《地方性知识》《名堂经》《村庄疾病史》《青藏辞典》等。

① ［美］马丁·华莱士：《当代叙事学》，伍晓明译，北京大学出版社1990年版，第47页。

至于林白的《妇女闲聊录》，孙慧芬的《上塘书》等作品则既有一定的《马桥词典》的词典韵味，又吸纳了社会人类学民族志写法来对当代中国进行更为广泛的关注而显示出更自觉的文体革新的作品。

一、《马桥词典》：词典体新民族志小说的奠基之作

今天看来，韩少功无疑是马丁·华莱士所说的喜欢与“标准的小说规范”作对的作家。他的《马桥词典》(1996) 就是典型的与“标准的小说规范”作对，以至于引起争议的作品。不论如何，20 世纪是一个小说技巧爆炸的时代，一个作家的写作技巧不可避免地会借鉴前人，又会成为后来者的示范，而新世纪以来一批词典体文学作品的出现，都吸引人们将目光再次投向《马桥词典》，重新认识、评价其创造性和意义。《马桥词典》的文体革新所形成的词典体小说形式和具有民族志书写维度的小说实验产生的巨大的效应和示范性意义，是词典体民族志小说的奠基之作。

（一）新民族志书写与文学新启蒙

韩少功在谈到《马桥词典》的创作思考时指出：20 世纪 90 年代是一个符号化的社会，符号以超过物质性的压力作用于人们的精神世界，小说制造的符号也与读者的生活之间形成了互动。基于对“符号化人生的价值清理和重建”，“我写过一部小说叫《马桥词典》，主要研究语言作为一种符号它是怎样介入我们的人生的”①。从陈述中可以看出，韩少功是在敏锐

① 韩少功：《冷战后：文学写作的新处境——在苏州大学“小说家讲坛”上的讲演》，《当代作家评论》2003 年第 3 期。

地把握时代的变迁，思考小说与其他文学作品的、与它产生的文化环境的，以及与读者之间的关系的基础上，以一种智性的思考创作了《马桥词典》，同时也创新了小说文体。

《马桥词典》的词条形式的叙事，陈思和将它与昆德拉和米洛拉德·帕维奇做了比较，认为其独创性表现在：首先，《马桥词典》提供了一个地理上实有的“马桥”王国，它将马桥世界以马桥土语为符号，汇编成一部名副其实的乡土词典。小说的一般叙事服从于词典的功能需要。其次，韩少功在创立词典小说形态的过程中对小说语言的探索要更加成功。语言成了小说展示的对象，小说世界被包含在语言本身的展示中。[①] 在这里，陈思和中肯地指出了《马桥词典》的两个书写维度：首先是“词典”性质的语言学维度这个重要的一极，其次才是包含在语言之下的小说世界。对于这两个维度，我认为前者对语言与存在关系的探讨，具有认知人类学的知识性向度；后者则以故事情节和人物塑造，展示了一个鲜活的、丰富的马桥世界，并对马桥的人、马桥的事多有多愁善感的同情与批判，表现出文学新启蒙的价值立场。这两者有机交融在《马桥词典》中，形成了一种兼具认知人类学向度和启蒙文学性质的复合型小说，并创新了长篇小说文体。

1.《马桥词典》的认知人类学新民族志向度

《马桥词典》以边缘化的马桥方言作为词条，考察马桥“语言”与“存在”之间的关系：一方面马桥语言是马桥人生活经验的表达，他们的生活经验影响着语言；另一方面，马桥人对世界的感知和行为方式极大地受到语言的反控制和影响。《马桥词典》这种对语言、行为和文化之间关系的探讨，在人类学的视域中具有认知人类学的向度。

---

① 陈思和：《马桥词典：中国当代文学的世界性因素之一例》，《当代文学评论》1997 年第 2 期。

认知人类学（Cognitive Anthropology）“是研究人类社会、文化、实践与人类思想之间的互动和结构关系的一门学问”①。于20世纪50年代晚期在美国兴起，简单地说，它主要研究语言、文化与认知之间的关系。它是一个新兴起的人类学新学派，涉及多个领域的研究，研究各种符号，但它孕育于语言人类学，其着眼点在于语言和心理方面。在它发展的过程中，所谓的“新民族志”“民族科学”“民族语义学”，都曾经是认知人类学的代称。认知人类学采用语言作为研究认知的门径，它对语言、文化与认知之间关系这一问题的兴趣，影响甚大。著名的“萨丕尔—沃尔夫假说”（Sapir-Wolf Hypothesis）代表多数认知人类学家对这一问题的看法：“语言决定着人们对宇宙的经验理解；世界上的语言不同，使用不同语言的人群对世界的经验理解也不相同。”② 认知人类学在很多方面是对20世纪50年代末之前占主流地位的民族志学的传统方法的反叛，所以该学派又被称为“新民族志学派”。

新民族学派认为“传统民族志注重文化的物质或社会层面，如工艺技术、社会组织、成员角色及巫术、宗教、魔法和各种形式的原始信仰等，但却忽略了主观因素对分析的干扰，调查者往往最难找自己的文化模式来设计调查方案，分析调查资料。这样就不可避免地使整个调查充满偏见，无法反映该民族文化的本来面貌”③。“新民族志与传统民族志不同的地方，在于它强调心理现象及其研究对象的立场，这一立场牵涉到一个新的文化观念，就是Good-enough（1957）所说的：‘文化并不是一个物质的现象，它并不是包含各种不同的事物、行为和情感，它只是组织这些东西的方式，这些东西的形式存在人脑中，是人们据以感知事物，寻求其间的关

① 纳日碧力戈等：《人类学理论的新格局》，社会科学文献出版社2001年版，第324、331页。

② ［美］卢克·拉斯特：《人类学的邀请》，王媛、徐默译，北京大学出版社2008年版，第115页。

③ ［美］卢克·拉斯特：《人类学的邀请》，王媛、徐默译，北京大学出版社2008年版，第115页。

联，并加以解释时所用的模式。'"①也就是说，如果传统的民族志注重描述文化的物质或社会层面，如工艺技术、社会组织、成员角色及武术、宗教、魔法和各种形式的原始信仰的话，新民族志则更加强调人的思维与认知、文化之间的相互影响。"它不满足于在社会里找文化，它要到人的头脑里去找文化、找意义。"②新民族志更加要求揭示隐藏在人们行为背后的心理现象，它的书写目标不再是描述，而是发现人们周围世界后面的认知模式和文化模式。

韩少功说："我长期以来习惯于用语言来思考，习惯于语言对心智的囚禁……我在写完《马桥词典》一书后说过：'人只能生活在语言之中。'"③《马桥词典》是这种思考的成果，它通过马桥语言的描述和解释来反映马桥人独特的文化经验，探讨语言与行为、文化之间的关系，试图在对马桥语言的描述和解释中发现隐藏在语言背后的认知模式。这与上述认知人类学所说的新民族志书写有内在的一致性。具体来说，《马桥词典》从两个层面探讨语言与认知、行为，以及文化模式之间的关系。

（1）语言、认知与行为

"同锅：马桥人没有同宗、同族、同胞一类的说法。同胞兄弟在他们嘴里成了同锅兄弟。"④为什么会这样？因为马桥人对血缘的重视比不上对锅，也就是吃饭的重视。这种认知直接影响了马桥人的行为，马桥人用锅来决定他们的一些重要行动。比如，有一次队上分油，不是以工分、人头来分，而是以锅的数量来分。

"小哥：'小哥'意指姐姐。显然出于同一原则，'小弟'是指妹妹，'小

① ［美］卢克·拉斯特：《人类学的邀请》，王媛、徐默译，北京大学出版社 2008 年版，第 115 页。

② 纳日碧力戈等：《人类学理论的新格局》，社会科学文献出版社 2001 年版，第 331 页。

③ 韩少功：《暗示·前言》，人民文学出版社 2002 年版，第 1 页。

④ 韩少功：《马桥词典》，作家出版社 2009 年版，第 1 页。

叔’和‘小伯’是指姑姑，‘小舅’是指姨妈，如此等等。”[①] 马桥以及附近的地方较为缺少关于女人的亲系称谓，大多只是在男性成员的前面冠以一个“小”字，以稍作区分。马桥女人的男名化，深刻地反映了男权文化中女性地位的不平等。女性词全部取消的这种语言状况又在一定程度上变更了马桥女性的心理、思维、观念和行为。比如她们习惯于粗门大嗓、打架骂娘、占了男人上风会沾沾自喜、不梳妆打扮、着意掩盖身体线条、耻于月经，甚至在月经期间也毫不顾惜身体在稻田里插秧，等等。马桥女性以抹平女性性别的男性化行为来确证自己“小哥”之类的男性角色。就像萨丕尔（Sapir）所说：“语言不仅谈论那些在没有语言的帮助下所获得的经验，而且为我们规定了经验的性质，因为它的形式完整，又因为我们不自觉就把语言的隐含要求投射到经验领域之中……因为语言形式对我们在世界中的倾向性有种残酷的控制。”[②]

“嘴煞（以及翻脚板的）：‘嘴煞’是一种忌语。‘翻脚板的’是马桥人最骂不得的话，恶毒等级最高的嘴煞——差不多相当挖人家祖坟。”[③] 复查失言骂了罗伯一句“翻脚板的”，第二天罗伯被疯狗咬了，死了。在马桥人看来，复查对罗伯之死负有责任，因为他犯嘴煞了。从此，精明能干的复查变得失魂落魄，越来越邋遢糊涂，什么事也干不好，穷困潦倒，直至最后几乎失去了生存能力。一句嘴煞影响一个人几十年，影响他的命运和生存。面对这种现象，《马桥词典》直接进行了探讨：“语言的力量，已经深深介入了我们的生命。”“‘煞’是人们约定的某种成规，是寄托敬畏之情的形式。”[④] “嘴煞”是马桥人设立的语言禁忌。复查冒犯了语言的禁忌，

---

① 韩少功：《马桥词典》，作家出版社 2009 年版，第 24 页。

② 转引自刘润清：《西方语言学流派》，外语教学与研究出版社 1999 年版，第 180 页。

③ 韩少功：《马桥词典》，作家出版社 2009 年版，第 221 页。

④ 韩少功：《马桥词典》，作家出版社 2009 年版，第 222—223 页。

就是侵凌了马桥人敬畏的情感形式，会造成恶果。对复查来说，对敬畏的侵凌成为一种不可解脱的负罪感，而长久地影响了他的人生。

从《马桥词典》的词条中可以看出，一种语言形态不是产生于语言理论，而往往源于一种认知，语言表述人们对世界的认识。同时，一种语言一旦被人们接受，其内在的含义又往往左右人们如何看待周围的世界，并且直接作用于人们的实践行为，影响人们的生活，从而显示出语言本身的力量。

（2）语言与文化模式

《马桥词典》中还有一些词条指出了马桥人对历史的、生活的认知经验沉淀在马桥人的潜意识中，形成了马桥的文化模式，而马桥语言就是对马桥文化的表达。

“醒：指示一切愚行，‘醒’就是蠢的意思。马桥人已经习惯了用缩鼻子歪嘴巴的鄙夷表情，来使用这个词，指一切愚行。”[①] 马桥人说谁是“醒子”，就是指这个人是蠢货。这是为什么呢？马桥人的祖先遭遇屈原的时候，屈原宣称“举世皆浊我独清，众人皆醉我独醒”。“醒”的屈原的命运悲剧，让马桥人迷惘，当然也不乏悲怜。面对屈原的“醒”，及其命运的悲剧，马桥人的祖先——罗人采取了另一种视角，以冷眼视之，才会有“醒”就是蠢的思维方式。

“觉”：是与“醒”相对的一个词，在马桥发音 qo，阳平声，意指聪明，与“醒”对义。在一般性的文化思维中，“觉”的一层含义恰指昏聩、糊涂、迷乱的状态，比如睡觉；“醒”表示苏醒和聪明。与此相反，在马桥人的思维里，“醒”和“觉”作为一对反义词，在意义延伸上刚好换了位置。在马桥人看来：苏醒就是愚蠢，睡觉倒是聪明。“醒”和“觉”这两个词

① 韩少功：《马桥词典》，作家出版社 2009 年版，第 35 页。

是马桥人独特的历史和思维的一脉化石，隐藏着马桥人对屈原以来的历史和生活的独特理解。

“贵生：是指男子十八岁以前的生活，或者女子十六岁以前的生活。”① 在马桥语言中，年纪越长，对其进行描述的词语越不值价。雄狮夭折了，马桥人安慰雄狮娘，说雄狮没饿过饭，没尝受过亲人死亡的痛苦，没经受生活的辛苦，才是活了个“贵生”。

“贱”：是与“贵生”相对的一个词。“在马桥的语言里，老年是贱生，越长寿就是越贱。”② 马桥的一个跛子五保户，活得儿子、孙子死了，曾孙子夭折了，还艰难地活着，实在是太贱了。马桥人以“贵生”和“贱”这样的语言来表达人生艰辛的体验和对生命的理解。

“醒”“觉”“贵生”“贱”这些马桥语言的意义及其反映的文化，与一般社会的理解大相径庭。如卡西尔所言：“人类言语总是符合于并相应于一定的人类生活形式的。”③ 也就是说语言具有的不同意义是不同文化模式的反映，文化心理和语言互为表里。

从以上对《马桥词典》关于语言、认知和文化关系的分析来看，《马桥词典》俨然是一部认知人类学家的新民族志。说它是新民族志，还可以从其书写方式来考察：其一，《马桥词典》具备田野工作的真实性。民族志写作的一个必要条件是必须具备田野工作的真实性。那么，《马桥词典》是否具备这种真实性？应该说是具备的。即使“马桥”这个地名是虚构的，但在地理上，确实有实在的“马桥”王国，它和韩少功曾经插队六年的一个地方——湖南省汨罗县天井乡（公社）有极大的联系，而且马桥也有着中国湖南偏远农村的典型地貌和生活方式。韩少功自己也说《马桥词典》

---

① 韩少功：《马桥词典》，作家出版社 2009 年版，第 66 页。

② 韩少功：《马桥词典》，作家出版社 2009 年版，第 67 页。

③ ［德］恩斯特·卡西尔：《人论》，甘阳译，西苑出版社 2004 年版，第 148 页。

的内容大部分查有实据。其二，《马桥词典》在表达“地方性知识”时以马桥方言为载体。在认知人类学中，一个基本问题是如何认知他者。人类学家进入田野，面对不同的语言、文化和人群，如何理解它们成为一个棘手的问题。这个问题涉及语言学的使用，促使人类学家关注用当地语言理解和记录文化。韩少功就是以马桥方言为工具，来理解和记录马桥文化的。韩少功在谈到《马桥词典》的写作初衷时有言：“为一个村寨编辑出版一本词典，对于我来说是一个尝试。如果我们承认，认识人类总是从具体的人或者具体的人群开始；如果我们明白，任何特定的人生总会有特定的语言表现，那么这样一本词典也许就不是没有意义的。”[①] 基于这两点，叶舒宪认为《马桥词典》“是人类学家的田野作业笔记”[②]。其三，也是更为重要的：《马桥词典》的书写重点并不完全放在语言符号本身上，文本的核心在于以语言来发现马桥世界深层的文化模式和意义，因此成为《马桥词典》探讨语言、认知与文化之间的关系的认知人类学的知识性向度的主要体现。

不过，韩少功本人，包括许多文学评论家还是将《马桥词典》归为小说。《马桥词典》的文学成就也受到高度的褒奖，被誉为20世纪中国现代小说最重要的收获之一。至于小说为什么要这样执着于“确切”地书写生活，韩少功说：“如果说小说有道德的话，‘确切’、‘精确’、逼近真实等就是小说的道德要求。”[③] 这是韩少功新的文学观念，这个新文学观念充满了张力：一方面，“确切”、“精确”、逼近真实的要求使《马桥词典》超出

① 韩少功：《马桥词典·编撰者说明》，作家出版社2009年版，第1页。

② 叶舒宪：《文学与人类学相遇——后现代文化研究与〈马桥词典〉的认知价值》，《文艺研究》1997年第5期。

③ 韩少功、崔卫平：《关于〈马桥词典〉的对话》，载韩少功：《马桥词典》，作家出版社2009年版，第329页。

了文学范围的思考与建树，即本书所说的向认知人类学向度的拓展；另一方面，韩少功以“道德要求”而非“科学要求”来看待《马桥词典》，又确立了其文学性的向度。

2. 文学新启蒙与历史、生活真相的揭示

《马桥词典》对语言符号的探讨也凝聚了韩少功对历史的沉思和悲悼、人性的赞美与哀怜，以及人类文化的反观与哲思等精神情感。当将这些文学性的“道德要求”与他的整体创作状况联系起来看时，会发现韩少功一直在启蒙文学的框架中孜孜不倦地担当着文学的启蒙责任。“从早年的《爸爸爸》和《归去来》对语言和存在之间病象关系的考察，到《马桥词典》对语言中心主义的反思，再到《暗示》对诸象魅惑的描绘，韩少功一直坚守着自己对于语言哲学的理性思考——为此，他甚至不惜以牺牲故事情节为代价。但偏偏就是这样的一种横跨小说、词典和理论著作的艺术创新，才能恰切表达韩少功对于启蒙文学的深刻思考。如果检视当代文学的启蒙主潮，毋宁让人充满喟叹：原本以颠覆历史及权威表征的启蒙文学，最终却因对人之主体性的无限张扬，从而造就了启蒙神话的迷魅。而那些以呼唤人性为旗号的启蒙写作，也不幸沦为了放纵欲望的合法工具。相形之下，韩少功这位永远的启蒙者，却不单纯以人性解放为诉求，反倒是以更平和的理性姿态，在萦绕于生活周遭的符号体系中去挖掘历史的真相。”①

(1) 历史的沉思与悲悼

词条“蛮子”考证古罗国的历史。古罗国在历史上，第一次亡国于强大的楚国，第二次作为楚国的一部分又亡于秦。在历史的强权和暴政下，罗人一次次被迫害、被驱赶，几次面临灭亡之境。也许古罗人为了逃避那一次次残酷的迫害而隐没了自己的族群主体意识，使得“罗”字也成为禁

① 叶立文:《言与象的魅惑——论韩少功小说的语言哲学》,《文学评论》2010 年第 3 期。

忌。在漫长的岁月中，罗人隐没和流散于乡野，长久地沉默于社会底层，失去了历史言说的意识和能力。只有那些散佚在山野中的传达着古罗国远古的信息的箭镞和矛头，成为见证历史暴力的物证和凭吊弱者历史命运的遗迹。而马桥那条有名无实的“罗江”，成为韩少功悲悼弱者历史的悲情之河。

前“罗人”的历史已沉寂，对现今马桥的历史言说也充满了荒谬和诡谲。词条“马桥弓”探究马桥的历史：马桥在清朝乾隆初期也曾经昌盛，但因为“莲匪”之乱而遭逢劫难，从此破败衰落，更为边缘化。对“莲匪”之乱这个马桥历史上最大事件的言说，充满了荒谬和诡谲。“莲匪”之首马三宝起义之时，托词自己是真命天子，莲花太祖转世，要建立莲花国。对于马三宝这个人，据清朝当局的历史记载，根本没有建功立业和抗敌救国的大谋大略，起义之后首先做的是立王、封侯、册妃。敌人来了，也只会请巫公设坛祈祷来抵抗。起义失败被俘，则毫无气节，一副卑躬屈膝、摇尾乞怜的小人嘴脸。而这样一个人，竟然得到无数人的追随，在“莲花国”三个月的兴亡过程中，有七百余人为之战死。如果真的是这样，历史也未免太荒谬了。不过，在马桥的新县志里，马三宝又被列为“农民起义领袖”。历史言说在这里冒着森森诡谲之气。无论如何，关于马桥的历史探究，无比真实地折射出中国农民起义的境遇、本质和命运。作为历史的沉思者，韩少功急切地以启蒙者的姿态立场，表达对历史的沉思、对民众的哀其不幸与怒其不争，以及对中国文化的批判。

（2）人性的温暖与哀怜

《马桥词典》在对马桥语言的解释中塑造了一个个鲜活的人物形象，以理解和同情讲述他们的生存境遇。

万玉是马桥最会发歌的人，对唱歌最为认真，有点艺术殉道者的劲头，他怎么也无法接受关于锄头的艺术，没有女人的艺术。万玉爱惜所有

的女人，给她们干活，替她们挨打，人们都说他是女人们的“哩咯啷”（马桥词汇里大约代指情人以及谈情说爱的活动）。万玉因此没少闹出矛盾，没少挨打。万玉死了，人们才发现他是个“阉倌子”。马桥的妇女自发集会祭奠他，不避丈夫哭得伤心伤肺，用这种形式怀念暗淡的女人生活中马玉曾给她们的爱惜与温暖。

马桥粗鄙的生活里几乎不知道怎样谈情说爱。十几个女孩子同时喜欢着复查，却没人大胆地告诉他。复查也没有意识到。女子们以为他高傲，于是由爱生怨，相约“结草箍”，也就是盟约谁也不嫁给他。（《马桥词典·结草箍》）后来，女子们相继出嫁，其中也有女子是复查娘提过亲的，但为了那个盟约，她们拒绝了复查。复查后来只能收下了一个丑婆娘。十几年后，当年远离了复查的秋贤，心中仍然留存着青春的爱恋。当她打问到复查对妻子很体贴，看到复查的儿子一片纯真地呵护着他娘时，秋贤百感交集，当年懵懂、草率地处理了自己的感情，留下的伤痛和遗憾就这样成为心中淅沥不尽的秋雨。

盐早的父亲被打成“汉奸”，盐早也成了“汉奸”。盐早每天干着最重的苦活，不怕恶劣环境，不知疲倦，勤扒苦做，宁愿自己单身一世也绝不结婚以免给别人带来不幸。心理和生理的压力使本来不善言辞的他，成了“牛哑哑”。（《马桥词典·汉奸》）盐早的娘是个蛊婆，性格非常怪异。盐早对娘非常孝顺，娘还老嫌弃他，他也得不到其他亲人的理解和认同。娘死了，盐早被娘的娘家人指责为没良心的货，诅咒他要遭雷打，盐早也不辩解。（《马桥词典·冤头》）盐早后来找了个傻婆娘成了家。“我”在多年后重返马桥，给了盐早婆娘二十元钱。盐早连夜追到公社“访问我”，背着一筒圆木，这是他家最值钱的东西，要送给“我”，回报“我”的同情与惦记。临走时，这个“牛哑哑”“眼角里突然闪耀出一滴泪”。（《马桥词典·渠》）盐早这个身处社会底层的农民，这个在精神和肉体上都已被压抑到常人难以承受的极限状态的人身上，闪耀着人性善的光芒。

马桥人心性纯朴，小气的兆青其实很善良，看起来又傻又倔的志煌实际上又仁义又敢于担当，有“话份”的村支书本义亦不失良善，乞丐九袋爷既有德又有才，国民党投诚军官马疤子带兵一身正气，积德行善，有马大青天的名声……但是，作为马桥的乡民，他们每个人的生活充满了艰辛。“我”为他们纯朴、真诚、善良的品格而感动，为他们生存的沉重和观念行为的愚钝而叹息，为他们悲苦的命运而哀痛。《马桥词典》于哀怜的情调中流露着一种博大的悲悯情怀。

（3）人类文化的反观与哲思

《马桥词典》在语言的探讨中，也从人类的认知层面来思考文化的特殊性和普遍性，进行文化的反观和批判。当领悟了马桥语言的“神韵”，在它的导引下深入马桥世界时，我们会有这样的感觉：进入一个有着它自己的认知结构的世界，同时也学会了以一种新的眼光看待主流世界的认知方式和生活图景。

“夷边：对于任何远处地方，马桥人称‘夷（发去声）边’——无论是指平江县、长沙、武汉还是美国，没有什么区别。”[①] 马桥人的一个“夷”字，将所有不在自己疆界的地方都看成了“夷”，暗藏着以自我为中心的自大，对远方事物的轻蔑和不以为然。这种以自我为中心的观念并非马桥人独有。从中国文化来说，“夷”是古代中原人对周边弱小民族的描述，也是中国人文化自大感的典型体现。实际上，马桥人、中国人之外，自我中心主义是不是人类的普遍本性呢？

“话份：意指语言权利，或者说在语言总量中占有份额的权利。”[②] 村支

① 韩少功：《马桥词典》，作家出版社 2009 年版，第 140 页。

② 韩少功：《马桥词典》，作家出版社 2009 年版，第 140 页。

书本义是马桥的最高执政者，是马桥最有话份的人，无论何时说话，都落地有声，说一不二。虽然他把毛主席语录“路线是个纲，纲举目张”说成“路线是个桩，桩上钉桩”有明显错误，马桥人也一直深信不疑，反而嘲笑知青们把路线说成“纲”。马桥的“话份”效应，也是人类社会语言与权力关系的普遍反映。

> 握有话份的人，他们操纵的话题被众人追随，他们的词语、句式、语气等等被众人习用，权力正是在这种语言的繁殖中得以形成，在这种语言的扩张和辐射过程中得以确证和实现。“话份”一词，道破了权利的语言品格。一个成熟的政权，一个强大的集团，总是拥有自己强大的语言体系，总是伴随着一系列文牍、会议、礼仪、演说家、典籍、纪念碑、新概念、宣传口号、艺术作品，甚至新的地名或新的年号等等，以此取得和确立自己在全社会的话份。(《马桥词典·话份》) ①

就如福柯在分析权力的结构时指出的，话语不仅仅表意，而且代表权力。权力不是指占有，而是指操纵一个体系的能力。所以，在马桥，女人、年轻人、贫困户这些弱者是没有话份的人。在所有的社会，话份被性别、年龄、财富等因素综合决定，而最重要的是政治因素。

“甜”：马桥人对味道的表达很简单，凡是好吃的味道一言以蔽之：“甜”。吃糖是“甜”，吃鱼、吃肉也是“甜”，吃米饭、吃辣椒、吃苦瓜统统还是“甜”。作者对此分析说一方面可能是马桥人以前的吃仅仅要果腹，来不及对食味进行充分的体会和分析；另一方面一个“甜”字暴露了马桥

① 韩少功：《马桥词典》，作家出版社 2009 年版，第 141 页。

人饮食方面的盲感，标定了他们在这个方面的知识边界。其实不只马桥人有盲感区位，实际上，人类微弱的意识之灯，远没有照亮世界的一切，不同文化、不同领域，甚至每个人都有盲感区位，所以在浩瀚多样的世界中，没有人可以穷尽一切，哪一种文化的人都不要狂妄自大。

“不和气”和“神”：“‘不和气’，就是漂亮。”“马桥语言中‘不和气’也泛指好，杰出，优秀，卓尔不群，出类拔萃，超凡出众等。”① 本义的婆娘铁香长得漂亮，也就是“不和气”。在马桥人看来，马桥的鸡鸭猪狗以及植物开花结果发生意外都是铁香的“不和气”造成的。所以，铁香又被称为“神婆子”。“马桥人的‘神’用来形容一切违反常规和常理的行为。”②“不和气”和“神”的铁香，她的命运也非常悲惨。“不和气”这个词下面隐含着马桥人对一切美好东西的担心，似乎“美”往往与纷争灾难相联系。“神”这个词，则意味着马桥人并不推崇优秀和突出，他们确认的是人的庸常性，一旦超出了庸常，那就可能意味着无法掌控的或者来自冥冥之中的难测之物——“神经质”或者“神明”。马桥人对此深怀戒心，持有贬义，一贯善良的马桥人也因此对铁香充满了敌意。马桥人思维中下意识地认为“美”“优秀”等品质“不和气”，并保持着警惕。这也是人类普遍性的思维，那就是美往往与灾祸相连，不由让人想起徐刚的诗《红杜鹃》中的名句：“美，从来都面临着灾难。”

《马桥词典》的这些词条，表明韩少功在语言符号中检视人类文化，挖掘和思考生活真相的新启蒙视角。在这样的视角下，马桥语言既是独特的“地方性知识”，也是反观人类世界的一个参照点。

韩少功是20世纪80年代寻根文学的主将。在寻根文学的大潮落幕后，

① 韩少功：《马桥词典》，作家出版社2009年版，第172—173页。

② 韩少功：《马桥词典》，作家出版社2009年版，第177页。

韩少功将文学的根从“寻找民族文化之根”转入现实生存哲学与历史文化积淀相互缠绕的文化模式的探寻中，他的《马桥词典》《暗示》《山南水北》《日夜书》都有这样的性质，也各有特色。其中《马桥词典》将知识性与文学性结合得最完美，是韩少功在“小说的功能之一是传播知识、创造知识”[①] 观念下的一种文体创新，是一部认知人类学与启蒙文学完美结合的小说。《山南水北》也值得注意。韩少功投身于湖南一个小山村，诗性也不乏批判地感受、认识和记录当下农村生活，创造了《山南水北》这样一部蕴含着生态主义和乡村情怀，并融合民族志散文、民族志小说、中国笔记小说等文体特征的作品。

《马桥词典》被看作中国现代小说形式探索成功的典范，在时间的沉淀中彰显出一部创造性小说的特殊意义和深远影响。此后，从语言着手，描述“地方性知识”和一个群体文化的词典式的小说纷纷出现，如霍香结的《地方性知识》(2010 年)、张绍明的《村庄疾病史》(2010 年)、萧相风的《词典：南方工业生活》(2011 年)、黄青松的《名堂经》(2011 年)、藏族作家格绒追美的《青藏词典》(2015 年）等作品。而这些小说除了文体上的借鉴之外，在小说内涵方面也可归于新民族志小说。

小说《马桥词典》为文学书写如何向当代社会生活深入提供了启示意义，是把它对生活文化书写中所具有的认知人类学的新民族志书写的性质放在当代文学的整体格局中来看的。必须指出，民族志既是一种文本形式也是一种书写方法，从书写方法来看，当代民族志提倡采取内在者的观点（insider’s view)，即主位立场来描述一种文化现象，其最重要的方式是通过田野作业，融入考察对象。其次，民族志的对象也不再

① 韩少功:《马桥词典》，作家出版社 2009 年版，第 324 页。

局限于传统人类学对“异域”“少数”“他者”这些远处文化的考察，而是扩展到对当代生活各种“地方性知识”或者“圈子”文化这些近处文化的考察。

二、《词典：南方工业生活》：认识工业社会与打工者

萧相风的《词典：南方工业生活》是近年来备受瞩目的“非虚构”叙事作品中的一部成功之作。

什么是“非虚构”作品呢？这个命题源于2010年《人民文学》杂志社启动的一项名为“行动者”的“非虚构写作计划”。“非虚构写作”呼吁作家摆脱书斋想象，离开二手经验，走向民间世界和生活现场，走向“吾土吾民”，以行动介入生活，以写作见证时代。2015年，来自白俄罗斯的记者，67岁的斯维拉娜·亚历塞维奇（Svetlana Alexievich）作为一位非虚构作家获得诺贝尔文学奖，被认为是“非虚构的胜利”。

非虚构文学已成为文坛瞩目的一个文体，文坛对它的反响和热议集中在：其一，“非虚构写作”这个命题能否成立？其二，“非虚构写作”是不是抹杀了作家的主体性，将文学变为对现实生活的投影，能否体现丰富深刻的生命性及完整性？其三，非虚构文学是不是等同于报告文学？暂且搁置这些争议，从《人民文学》对“非虚构写作”的倡导来看，其主旨主要是倡导一种新的写作态度和方法。《词典：南方工业生活》是其中影响最大的作品之一。“总体上看，这些作品的风格朴实无华。作家在这里并不想通过创作，展示自己的想象才能和技术上的才华，而是借助于社会学和人类学‘田野考察’的方法，力图通过‘客观叙述’从不同的侧面向读者呈现底层生活的真相。警惕价值观念和审美观念上的‘先入为主’，直接

进入生活现场去发现生存的秘密，是这一批作品的共同特征。”①

据作者萧相风说，作品起先题目为《南方词典》，后经《人民文学》的编辑大笔一挥，才成了《词典：南方工业生活》。② 读这部作品，再联系其最初的命名，我们可以看到在文体形式和写作方法上，是深受《马桥词典》影响的。

在《词典：南方工业生活》中，萧相风将自己自2000年起十年间奔走于珠三角，到处打工的经历和对打工生活的体验，通过编纂词典，进行词条解释的方式书写出来。与《马桥词典》对边缘方言的钩沉不同，《词典：南方工业生活》中的词条在工业社会中非常常见，如“集体宿舍”“QC”“工伤保险”“辞工”“电子厂”“老乡”“加班”“流水拉”“工衣”“摆地摊”“出粮”“走柜”等。这些词条概括了中国工业时代南方的外来打工者工作和生活的状态。如果说《马桥词典》在词条的阐释中（比如晕街、科学）让我们看到乡土世界的一块地域中活生生的人，在地方性的乡土文化中劳作和生活，这块乡土如何塑造了他们的行为、精神和文化的话，《词典：南方工业生活》则“让我们看到了工业中的人——那些曾是农民的工人，不是作为‘社会问题’，而是作为活生生的人，他们如何在工业中劳作和生活，工业深刻地塑造着他们的身体和精神”③。这部作品也可以视为有认知人类学意义的小说。其主旨与20世纪80年代后的当代认知人类学的旨趣有相通之处，即试图发现成为一个族群或者群体的行为基础和激发他们行为的深层秩序原理（行为动机）。《词典：南方工业生活》恰恰表达着当代中国打工者群体的工作、生活方式，以及这种工业生活对打工者精神世界、行为方式的塑造。这从以下词条可以看出。

---

① 张柠、许珊珊：《当代“非虚构”叙事作品的文学意义》，《中国现代文学研究丛刊》2011年第2期。

② 萧相风：《从〈词典：南方工业生活〉出发》，《文艺报》2011年4月20日。

③ 萧相风：《词典：南方工业生活》，《人民文学》2010年第10期。

打工："打工，你的名字叫漂泊，这是我们每个人注定的命运。"①它意味着到南方蜂窝样密集的工厂里去找工作，辛苦地干工作，不长时间又换工作。听各种机床嗒嗒不休的噪声，与四川人、湖南人、江西人、广东人等全国各地的人打交道。作者用一首打工诗歌《工厂简史》来描绘：

前半生，他进了一家电线厂
学会了搬运和打包
也学会骂娘和打架

然后进了一家电子厂
学习了修理机器和润滑
润滑剂和机油如何使用
这些本领他以后再也没有忘掉

然后又进电镀厂
懂得了形象是需要电镀
电金电银电七彩
电得全身闪闪发光

然后是电池厂
又见过不少短路的电池
生活中有太多这样的家伙
说话不经过大脑

① 萧相风：《词典：南方工业生活》，《人民文学》2010 年第 10 期。

大脑不经过思考
总之，短路的家伙喜欢省事
喜欢快、喜欢两点之间直线最短
又弄明白了充电是怎么回事
充电的家伙免不了放电

后半生，他进了一家弹簧厂
现在他看起来更像弹簧
已经被压到了最低
每次上街，他总是出现幻觉
你看，满大街都是弹簧走来走去[①]

首先，从这首打工诗歌可以观照中国当代数量庞多而内容丰富的打工诗歌，并出现了郑小琼、罗德远、许立志、徐非、任明友、柳冬妩、左河水等知名打工诗人。打工诗歌在中国当代文学史上是一个不可忽视的现象。它与中国市场经济发展紧密联系，是中国现代化进程中形成的汹涌澎湃的打工大潮中出现的一种新的诗歌题材，是真正的源于生活的写作。大部分的打工诗歌作家都来自打工群体一线，把他们活生生的打工经历和情感世界抒发出来，见证了打工生涯的点点滴滴。在打工诗歌那种诚实的原生态叙述中，打工者平凡的悲欢，生活的曲折跌宕是生命的底蕴，在辛劳的工作中不屈地向命运之神抗争，更显示着他们生命的勇气和决心，同时让我们感受到生活真相蕴含的力量，以及其间交汇着生命意识与人权意识的觉醒。而由于打工者涉及的人数众多、范围极广，打工诗歌以及打工文

① 萧相风:《词典：南方工业生活》,《人民文学》2010 年第 10 期。

学也向人们提供和见证了重要的当代生活经验。

其次，这首诗的意义还在于：它把打工者的工作经历与在其中得到的人生启悟结合在一起，让我们看到工业塑造了打工者的生活方式和经验，也塑造了他们精神世界里对人生的领悟，甚至精神品格。比如，做机器修理和润滑，使打工者知道了怎样圆滑世故。做电镀工，使打工者知道了人那闪闪发光的形象未尝不是一种镀彩，人需要包装。由电池短路想到生活中人一定要善于思考，而充电就像学习，只要有了能量积淀，终会有“放电”，也就是发挥才能的时候。做弹簧工，则明白了人一定要有弹簧的韧劲和承受压力的能力，那辛劳的满大街的打工仔都具有弹簧般的品性。这样，就具有了认识打工者的生活激发他们行为动机的认知人类学意义。

流水拉：“就是一条铁架子，上面循环滚动着橡胶皮带。拉上装一些灯管和辅助作业的工装，两边排上凳子，坐上女工，就是一条流水拉。”①围绕着“流水拉”，还产生了拉长、助拉、物料员等管理者，大型工厂的“流水拉”进一步提升为更高效的流水线。不论如何，“流水拉”只有一条工作准则：带走每个人最快的时间、最快的动作。打工的女工们就像一滴滴水珠，汇聚为南方工厂中一条条“流水拉”的河流。人的精神世界在“流水拉”这种机械快速的工业生产线上，被极度地漠视。女工们根本没有时间绽放青春，放飞梦想。就这样，“流水拉”流走了时间，流走了人们的梦想。然而，“流水拉”是打工者赖以存在的基础，也是中国经济欣欣向荣的基础。于是，作者感慨那些在“流水拉”里埋头做工的女孩，“工作服里裹不住的青春，仿佛工业齿轮缝隙里花瓣”（词条“电子厂”）。对于打工者来说，流水拉“既是噪声也是一曲春天的交响乐”。

“夜空不寂寞”：这个词条是对打工者夜生活的描述。南粤的夜空灯

① 萧相风：《词典：南方工业生活》，《人民文学》2010 年第 10 期。

影、人声、机器声混合在一起是不寂寞的。但对多数打工者来说，他们的夜空那样寂寞，主要是内心的寂寞。词条写打工者的夜生活怎样塑造了他们的生活方式和行为方式。

网络普及之前，投影厅或电影院是工友们常去的地方。影响工友生活最普遍、最深刻的事物就是投影厅。投影厅的老板通过大力宣传色情、暴力或乱伦这些看点将工友们拉进了投影厅。“在这些港产影片的长期刺激下，人们的价值观念和思维模式也在悄然发生变化——原来生活可以是这样，人们可以如此说话、消费、穿衣、泡妞、赌博和发财。人们从中学会许多新的词汇，称呼上司为‘老大’，称呼男人为‘老公’，也学会了‘Cheers’‘Happy’，工友们的嘴里经常吐出‘帅哥、靓妹、酷’等词语。还有些不良分子也模仿着港产片的黑社会行事。香港成了想象西方的一个替代品。”①2003 年以后，网吧遍地开花，影剧院退出了工友们的生活。而通宵达旦、无拘无束，网游、聊天成了年纪小一些的打工者业余生活的最大寄托。他们的“欲望被编程进入自由而开阔的空间可以自己主宰和放纵”。年纪大点的打工者则更迷恋各种赌博，买六合彩也叫“买码”是最受欢迎的。六合彩以各种富有诱惑力的中奖玄机吸引着工友们，大家也知道各种中奖玄机都是随意拆解和牵强附会的，但它之所以吸引人是因为它和任何一种游戏一样，具有的根本魅力是它的随机性和刺激性。对打工者来说，“六合彩的魅力不在于发财，而在于生活的一种寄托和盼头”②。此外，一些打工者面对声色犬马的夜生活的诱惑，也会改变。L 以前为人温和谦让，可是“世界要人变，人是不得不变啊”。他去了几回声色犬马的场合，就变成了随意戏弄女孩子的老流氓。总之，打工者的夜生活是由社

① 萧相风：《词典：南方工业生活》，《人民文学》2010 年第 10 期。

② 萧相风：《词典：南方工业生活》，《人民文学》2010 年第 10 期。

会环境氛围来影响和决定的。不论怎样的夜生活，都填充不了他们内心世界的寂寞和空虚。小说中那只瘦骨嶙峋的、在夜空中啼哭的猫成为夜生活中的打工者的隐喻。

《词典：南方工业生活》还有许多词条，都非常逼真地呈现了南方打工者的工作、生活方式，以及这种工业生活对打工者精神世界、行为方式的塑造。作者深入打工者的世界，用心观察、体验，让这本书带有现象学还原色彩和认知人类学性质。而且，作者自己历时十年的打工生活也见证了南方工业的种种变迁，让这本书具有历史性和社会学价值（比如在词条“出粮”里写到二〇〇五年深圳恶意欠薪案件频发，引发大量的集体上访事件，二〇〇六年政府出台利用刑拘等手段打击恶意欠薪的政策，二〇〇八年金融风暴之后，又出现了部分公司拖欠工资的现象）。

《词典：南方工业生活》在阐释每个词条背后的含义时，个人内心深处发出震颤，以态度的真诚、情感的真切、认识的真实将打工生活描述得生动具象，感人肺腑，显示出深切的人文关怀。

有对打工者努力和拼搏的肯定和心酸。小Q积极上进，勤俭节约，既是打工者，也是“练摊儿”的能手。小Q读成功学、厚黑学和营销学书籍，学几个营销案例现学现用，总是不成功却以李嘉诚、马云为榜样，每天做着发财的梦，永不放弃理想。而小Q这样的小摊主，真正发挥其聪明才智的不过是短斤少两之类的小伎俩，或者营销的小技巧上面，“这是他们对付城市唯一一点胜利的地方。”（词条“摆地摊”）

有对打工爱情生活的思考。打工生活成就了距离遥远地域的男女之间结成姻缘，这在农业社会不可能出现。他们之间最大的媒婆就是工厂。但不论如何，工业社会中金钱不可避免地成为决定打工者爱情的主要力量。小Q与对象真心相爱，因为没有钱，已经怀孕的女孩子被家人骗回家，从此杳无音讯。打工者中玩弄感情者也不少，因此引起恶性事件也是

常事。爱情在工业社会就这样发生了变异。（词条“爱情”）

有对人性的凝眸与回味。比如对人性的温暖咀嚼，那漂泊生活中抵挡他乡风雨的“破草帽”——老乡情谊，虽然不能给辛劳的漂泊生活以更大的改善，却也是异乡“一粒临时抵御乡愁的安定”。（词条“老乡”）对人性“变差”的思考，工厂夜班管理中，老总查得很严，但夜班纪律一直没有显著改善，“人们似乎喜欢了这种‘反扫荡’，查得越严，那种反巡查的刺激感就越强烈”。（词条“倒班”）而在“保安”这个词条中，更让人看到人性的黑暗。一名仓管勾结一名平时关系不错的保安计划偷运公司货物。保安假意合谋后，将这件事报告了公司领导。于是，一个夜晚，仓管在这个保安值班时将货物运出工厂，不料一出工厂，就被公司来了个瓮中捉鳖。仓管锒铛入狱，被判了二十年。虽然仓管不值得同情，但从人性的角度，我们更为保安的告密、欲擒故纵和公司的请君入瓮感到不寒而栗。

有对生存状态的思考。深圳早晨那美丽的太阳和金光大道，在雄心万丈的业务员看来似乎是为他们准备的。他们怀揣着炽热之心追逐着成功这个炫目的词语。在全民追逐成功的大赛跑中，业务员们“更像一群在火焰中跳舞的孩子——亢奋、狂躁，发出刺耳的尖叫，自以为找到了最好的出路而盲目喜悦”。然而，虽然成功者有之，但对大部分业务员来说，却选择了错误的方向。所以，他们对成功的追逐就像夸父逐日永远也追逐不上。（词条“业务员”）

…………

总之，《词典：南方工业生活》这部作品的意义在于：一是它对当代社会生活的具有认知人类学性质的思考，给了我们很大的启示。传统人类学“民族志”的写作对象主要以“异域”“少数”“边缘”作为对象，进行田野考察和书写。而今天，现代化和全球化狂暴的力量迅速地同化着少数和边缘，人类学家如果还将目光定格于“原始”“少数”“边缘”，必然所获甚少。

而与此同时，当今社会快速的变动，社会分工空前精细化和专业化，再加上时代对多元文化理念的倡导，社会在不停地分化为不同的群体和小圈子，这些群体和小圈子以它们独特的生存状况和精神状态形成了种种复杂的社会生活和文化现象。书斋里的学者对自己不熟悉的社群的了解可能不比早期人类学家对“原初”或者“边缘”的了解多。当代文学创作中，不真正了解书写对象的生存和文化，通过知识和符号的生产进行文学生产的作品太多，这也是造成当代文学贫血和苍白的一个重要原因。所以，《词典：南方工业生活》这样的兼具认知人类学与文学性的作品，启示今天的人类学研究如何调整研究眼光和对象，怎样对主流和当下的社会现象进行言说。也为文学创作提供了一条广阔的道路——“非虚构”写作。此外，打工现象作为中国当代社会一个突出而独特的现象，《词典：南方工业生活》既探讨了作为打工者主体的农民工面对工业生活、城市生活时的文化撞击，他们精神世界的异化；也逼真地呈现了工业生活怎样改变了农民工以及所有打工者的意识、文化和行为方式。虽然只是初步的探讨，但是非常有价值。

二是《词典：南方工业生活》具有一种草根性、底层性的新民间写作的性质，作者作为打工群体的“文化持有者”，将记录现实和体验现实相结合，将人们对打工生活的抽象理解和主观想象还原为人际间逼真鲜活的生活形态，它“脚踩大地，面对真实的场景，拒绝二度虚构，致力于去展现一种更高层面上的真实，或者说存在”[①]。这与一些职业作家书斋里构想的“打工文学”完全不同，它走出了那种以构造打工者的艰辛境遇为催泪剂来揭示社会问题的俗套，为缺乏现实精神的打工文学注入了一支强心剂。它也以真诚的态度、真切的情感、流畅的语言将打工生活描述得生动具体、感人肺腑。

---

① 张柠、许珊珊：《当代“非虚构”叙事作品的文学意义》，《中国现代文学研究丛刊》2011 年第 2 期。

三、沿着《马桥词典》与新民族志小说的余韵

《马桥词典》是一部具有创造性意义的小说。它体现出的韩少功的文学观念及超出文学范围的思考与建树，为文学怎样与人类学融合互动，小说怎样从不同侧面呈现当代各种“地方性知识”或者“圈子”文化提供了重要的启示。它具有的新民族志小说的文体创新，也为小说讲述故事提供了一种有益而可供进一步探索的途径。除了上述《词典：南方打工生活》和《地方性知识》之外，我们还可以看到具有《马桥词典》余韵的新民族志小说。

（一）《名堂经》

黄青松的《名堂经》以词条的形式记录和解释一个名为花桥的湘西土家村寨乡民的日常语言。词典分为“名”“堂”“经”三部分，分别介绍花桥人日常生活中的名词、花桥的风俗人情以及宗教和鬼神崇拜。通过这样完整的三部分词条的组织，完成了花桥这个相对边缘也相对完整的地域族群的文化人类学书写，包含了对地方文化的深描和当代土家人的生命认知。

这个小说与《马桥词典》有一致性，就是以“词条”的形式描述乡村，努力塑造一个真实可信的乡村世界。小说中的词条“踩生”“取骇”“山鬼”“阳胡猖”“回煞”等解释花桥的风物习俗和信仰禁忌；“台湾佬”“铁鸟”“科学”“女茅厕”等词条解释现代生活对花桥人生活方式以及思想观念的冲击。这些词条所包含的意义，在《马桥词典》中也可以找到相对照的词条。但这个小说也有自己的独特性。比较而言，《马桥词典》更具哲学思辨性，《名堂经》则有明显的民族文化志的特征，它对花桥原生性文化价值系统的谱系描述，比如词条“齐天水”“八部大王”“土司王”“阿蒙山”等毕兹卡创世神话、传说和史实的梳理，是对花桥这个土家族村寨的历史民族文化的系统梳理和展示，这一点是《马桥词典》不具备的；《马桥词典》在启蒙文学的立场上对马桥的人和事多有批判，《名堂经》则凸显了作者深厚的地域情结和对花桥地方性历史与文化价值的高度认可。无论如何，《名堂经》与《马桥词典》之间存在着一定的渊源，可视为进一步深化词典式小说的艺术探索之作，也具有在认知人类学意义上认识一个较小的地方村寨的新民族志小说的意义。

（二）《妇女闲聊录》

林白的《妇女闲聊录》（2006 年）也是一部具有一定的《马桥词典》的味儿的词典体小说，写一个乡村女性木珍叙述一个村庄的故事。小说中作者几乎完全隐退，只有木珍“随意”地讲述着王榨村的日常生活。《妇女闲聊录》是林白“向着江湖一跃”的转型之作。林白说：“多年来我把自己隔绝在世界之外，内心黑暗阴冷，充满焦虑和不安，对他人强烈不信任。我和世界之间的通道就这样被我关闭了。”而“忽然有一天我会听见别人的声音，人世的一切会从这个声音中汹涌而来，带着世俗生活的全部声色热闹，它把我席卷而去，把我带到一个辽阔光明的世界，使我重新感到山河日月，千湖浩荡”。①

《妇女闲聊录》在文本体式上以闲聊的词语或者话题作为词条，以一种特有的、可信的语气说出的独特叙事来呈现当下中国现代化进程中乡村妇女的生活和精神世界，这是它提供给人们的现实性和认知性。它以访谈形式对女主人公进行采访，并尽量保持对受访者叙述故事的客观记录，也

① 林白：《妇女闲聊录》，新星出版社 2008 年版，第 226 页。

是社会人类学的田野调查的一种方式，这些都使其具有了民族志书写的性质。

但《妇女闲聊录》依然是作为一部小说而具有独特的价值。这主要表现在它对女性主义文学的开拓。其开拓性表现在：其一，这部作品不再是女性作家的"一个人的战争"，也不是女性的"私人生活"。从这部作品中，可以看到更为广阔的世界，也听到了更多的声音。这些声音是民间的，真人的声音，是"人的声音与神的声音交织在一起"，作者与世界的通道完全打开。其二，这个作品通过木珍的讲述，呈现了一个新鲜、粗粝、生猛而活生生的乡土中国，而这个乡土中国充分地显示出作家对大千世界各种人群的关注。而且，这样的关注所具有的价值，从此后众多中国作家描写当下中国状态的非虚构文学潮流中得到证实。其三，也更重要的是，这部小说其实还是有女性主义色彩的。因为叙述者作为女性，她的叙述是以她的"看和听"，以及自己的经历为中心的。文本对女性生活的种种细节，比如对性、买新衣服、来月经、上环、结婚时新娘子被全村人戏弄等进行的描绘，渗透着独有的女性体验。由此对乡村女性的呈现也为我们提供了一个此前文学描写中不曾有过的女性形象：一个有趣的、自然生动的、不低三下四的、在新的农村生活里理直气壮地活着的新的农村妇女。这为认识一个时期乡村女性的生存提供了一个新的图景和经验。而且，女性视角对世界的解读也具有细腻鲜活之感。《妇女闲聊录》表现了林白对女性主义文学的重要开拓。

（三）《青藏辞典》

2015 年，藏族作家格绒追美的《青藏辞典》由作家出版社出版，这是一部典型的词典体小说，全书共选用词条 1076 个，除去重复的 7 个计 1069 个。初看作家的民族身份和作品题目，想到这部书中的词条应该以解释青藏高原和藏族历史文化的独特性为主。但事实上，《青藏辞典》在选用词条时，一些词条作为青藏高原和藏文化中生长的词语，确实写出了青藏高原的地理风物，也对藏族历史文化和民族精神进行了系统的深度思考和呈现，具有认知民族志的性质。但还有一些是在现代化的过程中已进入藏族生活的现代生活方式和文化的词语，也有一些是作者对不限于族别的关于社会热点和人类共有命题的沉思和解释。所以与《马桥词典》相比，《青藏词典》选用的词条范围更广，显示出作者对当下青藏高原整体社会生活的认知和思考。

那些解释青藏高原的地理状貌和藏族历史文化以及民族精神的词条，表达了作家“将人生的旅途隐没于淡若炊烟的文字，让辞典成为一扇窗口，剪辑一路的风景和心情”及“编撰者的心灵轨迹”和从中“遥望到青藏高原隐秘的智慧河流、沐浴到来自雪域的灵性光芒”的创作愿望。这些词条有写青藏高原地理风物的，如喀喇昆仑山、布达拉、贡嘎山、雅鲁藏布、岗仁波齐、格萨尔王、德钦旺姆、唐东杰布、顶果钦哲、拉萨、日喀则、德格、九寨沟等等；也有写藏族宗教文化的词条，如伏藏、佛珠、轮回、圆满、色达、烟供、神圣、转世、灵童、秃鹫、掘藏、定崩桑、加持、新路海、心魔、药王子、甲喇嘛、偈颂等等。这些词条的释义“在物欲浩荡、时光碎裂、神性坍塌的时代”，显示了青藏高原的神圣与美好，它告诉我们“青藏的辞典是阳光、雪花、青草，是泥土、甘露、花香，是草原、河流和山峰，也是道路、心性和觉悟”①。

诸如婚礼、领导力、洗脑、报告等这样的词条，则是作家对于当下现代生活一针见血的针砭。在“婚礼”词条的解释中，指出现在邀请参加婚礼的实质不过是为了收钱，婚礼请柬现在叫作“红色罚款单”。又如词条

① 格绒追美：《青藏辞典》，作家出版社 2015 年版，第 1 页。

“领导力”讽刺领导“无所不知”“无所不能”的荒谬。从这些词条一方面可以看出现代社会的种种悖谬已经进入了青藏高原的生活，也表达着作者对民族生活文化受到侵蚀的担忧。至于像死亡、民族主义与文学、写作、莫言、本·拉登这些词条，格绒追美对它们的释义表达自己关于人生的思考和对社会现实的热忱。如词条“写作”的释义，“写作是人类最深刻、最神圣的活动之一”，是对人生意义的思考。对“莫言”的释义，指出这位中国大陆第一位获得诺贝尔文学奖的作家，“成为 2012 年中国文坛最响亮的名字”，并在后面附上一句：“这一年，我也让康巴作家走上了媒体的前台。”① 这是记录社会世相，也记录自己的生活。

《青藏辞典》在文体方面基本遵循了词典体小说的体式。它的独特性是视野开阔，全方位地呈现了青藏高原藏民族在当下时代中华民族传统和现代生活相交织的社会生活全景，作品中凝聚的作家智性的哲思更显现出一位藏族作家具有世界性的开放眼光，这些都让人们对青藏高原和藏民族有了新的认识，也摆脱了少数民族文学最常见的局限于民族风情和地域文化展示的弊端，看到了藏族作家和藏族文学与时代同进而具有的新面貌。

另外，张绍民的《村庄疾病史》像一部医学辞典，以各种疾病为条目组织故事，编织成一个村庄的生存图景。这部小说不论其艺术形式还是文学启蒙立场，《马桥词典》对于它都有资源意义。

从以上沿着《马桥词典》的余韵进行写作的新民族志的作品来看，词典体的新民族小说已经成为一个流派性的写作潮流，这种写作潮流里虽然每部作品都是词典体的体式，但是在词条的解释上，不同的作家可以智性思考，彰显智慧与才情，词条作为作家驰骋思想的形象空间就具有了更高的灵活性与展示度，给作家提供自由度大、突破度也高的空间。而把作品

① 格绒追美：《青藏辞典》，作家出版社 2015 年版，第 168 页。

置于不同的文学坐标之中，比如将《词典：南方工业生活》置于打工文学，《妇女闲聊录》置于女性文学，《青藏辞典》置于藏族文学，都彰显出其新意和创造性。所以，词典体小说仍然有不断开拓创新的空间。当然，也要看到，总体上词典体小说在处理词典如何成为小说的问题上，是一个关键。因为它作为小说的虚构性与形象性也即文学性还是应当置于首位，而事实上成功做到这一点还是有难度的，由于受到词条释义这种形式的认知性的理性维度的制约，许多词典体小说给人头绪繁乱、线索不清的弊端，也存在形象性和文学性不足的问题，这是词典体小说在创作中必须要注意的问题。

第八章　志书体的民族志小说

中国方志的历史渊源久远，中国古代的许多志书既可以看作文学作品也可以看作史地作品，虽然有纪录和实证的志书要求，但也常常有人文性的美学品格，而且少有文化分析和批判的意识。西方的民族志伴随着人类学学科的产生而产生，它按照人类学的发展而发展，早期以原始或者少数等“异文化”作为书写对象，并且有着人类学学科作为科学而被认为是必须客观性的书写要求，以及科学的田野调查等写作方法，而且始终贯穿着问题意识和文化分析与批判。随着人类学的人文转向和实验民族志的兴起，民族志与中国方志在“志”的功能和美学意味上自然地合流，所以以志书形式写小说体现了中国当代作家的本土文化自觉。

就目前所见，采用“志书”的形式创作小说，赢得了较大关注的是孙惠芬于 2004 年推出的《上塘书》，继孙惠芬之后，2010 年 10 月，作家霍香结重磅推出 36 万字的长篇小说《地方性知识》，该书一面世，便被喻为微观地域性写作和人类学小说的开山之作，作品在形式上最大的特点也是启用了方志体例。2013 年，阎连科的长篇新作《炸裂志》问世，以方志体例，狂妄荒诞、富于想象力的“神实主义”叙事手法引起文坛的高度关注，相对于《上塘书》和《地方性知识》对乡土风俗文化的细腻逼真呈现，《炸裂志》更具小说形式探索的革新意义，也以一个叫炸裂的乡村的发展历程隐喻了中国改革开放30年的发展，因而既有社会人类学层面的思考，也更具小说的意义。

此外，2014年四川作家贺享雍的史志性系列长篇小说《乡村志》五卷由四川文艺出版社出版，至2017年年底，《乡村志》十卷本的写作计划已经完成了八卷的出版。贺享雍在一篇关于"乡村志"的对话中表达了他的创作意图和美学追求："以志书式的实录方式，来创作一部多卷本的长篇小说，将新中国成立60多年的特别是改革开放以来的乡村历史，用文学的方式形象地表现出来，使之成为新中国成立后一部全景式、史诗性的乡土小说。"① 一方面，《乡村志》被誉为微观地域性和乡村史写作的典范文本，同时，评论家们也认为《乡村志》作为乡土小说地域性特征显著之余，又不失其"中国性"。贺享雍的"'乡村志'小说，已经远远超出了'地方志'所能够呈现和达至的记录和书写层面。他以真诚的写作态度、良好的文学修养和写作才华，让乡土小说这一中国现当代文学的重要流脉，在当下得到了令人欣喜的继承和传承"②。

不论如何，以上几部以方志体例来结构小说的作品，虽然在形式标题上有"志书"的体例，但内容书写和方法并非遵循中国古代的志书的史传传统，它们对中国乡土的展示，大部分时间更具西方人类学的民族志书写的思维，我认为它们更多地以开放的胸襟汲取东西方叙事资源，融合了中国方志和西方民族志的写法进行小说的文体革新，更以真诚的写作态度和文学才华的绽放追求小说的人文关怀和审美理想，形

① 刘艳：《贺享雍"乡村志"系列小说：如何乡村，怎样现实?》，《文艺报》2018年1月10日。

② 刘艳：《贺享雍"乡村志"系列小说：如何乡村，怎样现实?》，《文艺报》2018年1月10日。

成了民族志小说。本章以《上塘书》《地方性知识》《炸裂志》为对象作以观照。

一、《上塘书》：在“志书”的形式下揭示乡村文化的隐秘

《上塘书》是女作家孙慧芬关于乡土小说创作的一次崭新尝试。她曾自陈一直想把自己最熟悉的乡村生活写成一部小说，但是找不到好的表现形式，她感觉中国现代以来的乡土小说表现似乎不能达到她的表达目的，她从地方志中获得灵感，于是以方志体的形式写下了这部《上塘书》，但相较于中国的方志，《上塘书》在“志”的功能上更加接近西方民族志书写的文化志性质。

（一）“志书”形式下现实的和隐喻的双层叙述与网状结构

从《上塘书》的结构来看，这部作品具有民族志的功能。全书共计十个部分，除去“引子”，其余九章的标题分别为“上塘的地理”“上塘的政治”“上塘的交通”“上塘的通讯”“上塘的教育”“上塘的贸易”“上塘的文化”“上塘的婚姻”“上塘的历史”。且不说内容本身，单从形式而言，这种章节布局是对中国传统地方志书的仿拟，这是《上塘书》最明显的文本特征。通读了《上塘书》之后，志书式的文体特征却并不等同于中国的方志，原因是《上塘书》形成了双层叙述。首先，标题中所言的上塘的地理、政治、交通、通信、教育、贸易、文化、婚姻、历史这样的具有志书记录的形式起到的是引入作品叙事的切入点和联结相对分散的故事形成整体性结构的效应，虽然一定程度上描绘了“上塘”这个小村子的面貌、人

们的生活方式和生活图景，但这一层面的描写并非作者的主要目的，所以是作品的浅层叙述。而作者的主要目的是揭示上塘人的文化心理和精神世界的内核。作品没有主要人物和核心故事，而是在九章中的每一个主题之下对上塘一个个普通乡民的故事和命运的描写，使上塘的乡土文化在方方面面得到了细致入微的切片似的展示。揭示乡土文化的内核与隐秘，这是《上塘书》达到的更深层次，也是它的深层叙述。以“上塘的交通”这一章为例：

“上塘的交通”这一章分为 7 节。

第 1 节写到上塘的外边有两条道，一条是甸道，另一条是山道。甸道又窄又滑，但女人们去镇上赶集来回都走这条道，这条专属于女人的道，是女人们互相交流的一个空间，女人们在这里讲自己的男人和家庭琐事，肆无忌惮地讲粗话。在这样的时刻，生活中的苦处就全忘了，心情也滋润起来了。

第 2 节写山道，是一条劈在旱地里的道，这条道远但什么车都可以跑。上塘少有摩托车和汽车，常见的交通工具是马车和牛车，但是上塘的男人很少出去赶集，所以这条路比起甸道要寂寞得多。偶尔逢集日男人们赶车去赶集，车上也经常是寂寞的，因为女人们舍不得自家的牲口累，所以不坐车而是走甸道。

第 3 节写上塘的交通，主要指的是上塘和歇马镇之间的交通。歇马镇是一个因为很小而使它的繁荣看起来仓促不安的镇子，人们在这里也仓促地办完自己的事就仓促地回家。关键是横贯歇马镇有一条属于国道的柏油路，它代表着上塘人对外面的向往，人生的恐惧与忧伤。然后，《上塘书》笔锋一转，写上塘的申明辉在外面的故事。申明辉年轻时恋爱出了问题，跑到外面的世界发誓娶妻后衣锦还乡，岂料三十多年漂泊他乡孤苦伶仃，再回到家乡时，日思夜想的亲人都已经去世，只剩怨恨他忘恩负义的寡嫂也已成为满头白发的老太太，相见之时两个老人哭成了一团。然而，上塘人还是这样看待事情："咱走了一回官道大马路，咱值！"①

第 4 节写上塘村子内部的一些小道，通往村部和小学的那条道多是学生和干部走的，春节后踩高跷扭秧歌的村民们就走这条道了。杨踩脚的女人因为看见村长搂了一个别人家的女人而被允许进了秧歌队，从此迷上了秧歌，秧歌队解散之后就像丢了魂。那些没有办法加入秧歌队的女人则日思夜想地怨恨这条道，凭什么自己就走不起这条道呢。还有一条道，是从上塘通往野地里的道，也是通往另一个荒僻的村庄史家沟的道。吕治有的母亲从史家沟嫁到上塘后五十多年都没回过家乡了，人们都以为是她在记恨她的叔叔婶婶，但她却经常出神地凝望着那条道。临终前的吕老太太让儿子赶车带她走一下这荒草丛生的道，在道上说出了封藏多年的秘密。原来当年吕老太太结婚的那天，在这条道上她和车老板有了关系，儿子是她和车老板的孩子，她多年不敢走这条道，是因为觉得对不起丈夫。

第 5 节写上塘通往坟地的交通，但具体叙述的是乡村的死亡故事和死亡文化。上塘人相信人死了是有灵魂的，而且灵魂一定要赶在当天晚上进入黄泉。"所以，不管男女老少，死的当天，天黑之前，人们一定要在黄泉路上钉下一个又一个木桩，在木桩上扎上纸人，纸人的肩上，一定要有金纸剪下的徽章，意为护路警察。"② 上塘人并不认为他们护送死人灵魂的这些活动只是一种仪式，他们对此是确信的。上塘的人若有其事地说他们亲眼看见一个名叫万平平的女孩死了之后，她的灵魂怎样急着走进黄泉。万平平是村里少见的高中生，十九岁的她却倒在了高考最后一门考试的考场上。把孩子的尸体拉回来停在家门口的那个晚上，万平平的亲人看见她从停尸棚爬起来，义无反顾、飘飘荡荡地走向坟地，到了坟地就不见了，

① 孙慧芬：《上塘书》，作家出版社 2010 年版，第 56—57 页。

② 孙慧芬：《上塘书》，作家出版社 2010 年版，第 64 页。

回家来一看万平平还躺在停尸棚。后来，万平平的高考成绩出来是 500 多分，考上了大学。上塘的人们说万平平死的当天晚上，灵魂之所以急着走进黄泉，是因为她在黄泉里也考上了大学，急着去体检。

第 6 节写上塘暗地的交通。主要指的是男女之间的私情，比如杨跺脚和鞠桂桂的私通，既有心灵的私通也有肉体的私通；又比如李光头的女人到处勾引男人的私通；等等。

第 7 节仍然写上塘暗地的交通，私情的通。主角是上塘民间政治的核心人物鞠文才和教书育人的小学女教师、村长的老婆徐兰。两个人都是上塘最受人尊敬的人物，但他们各自生活的不如意和性情相投，使他们成为心灵的知己，他们交往的时候堂堂正正，但他们的言语要有多私密就有多私密。他们的通更是心灵的通，他们活在远离上塘的另一个世界，活在来生来世。

从“上塘的交通”这一章的 7 节可以看出，作者始终采取两层交织的叙述：一层是在写现实的交通，写上塘的各种道路，是文本的浅层描述；另一层写隐喻性的交通，道路就是人生，寄托着乡村心灵与心灵、心灵与外在世界的沟通。同时，这 7 节每一部分都娓娓而谈，平淡之中富有情趣，从外在的乡村表象文化、世俗风情的面貌，到一层层剥洋葱似的剥出乡村文化的隐秘，揭开了人性的微妙和复杂。

除了“上塘的交通”之外，《上塘书》全部章节的叙述方式都采取了这样的二重结构叙事，浅层叙述是村庄面貌的现实性描叙，深层叙述讲村庄的故事、人的故事和命运，探析乡土文化，具有隐喻性。《上塘书》将这二维结构组合起来的同时，也形成了以地理、政治、交通、通信、教育、贸易、文化、婚姻、历史九个点相互连接的网状结构，交织呈现了这个叫作“上塘”的乡村世界里生命的本真存在状态。这是《上塘书》的文体特点，也是孙慧芬对于当代小说结构的创新。这样的结构方式在“志”

的外在形式上与中国的地方志书有一定的相通性，但它更贴近西方社会人类学意义上的民族志具有的记录与文化反思的功能。

《上塘书》以对乡土人物生存状态的设身处地的体察来描写他们的思维、行为及其命运，进而对乡土文化进行思考，真实地呈现地域风物文化，为一个时代的乡村社会留下了具有社会人类学意义的记录和参照，这是它的民族志小说维度。在中国传统方志中，一般只记录乡土大事，而且只有地方上真实而重要的名人志士才可入"志"志之，而《上塘书》中的人物都是乡土地上农民，作为普通民众在中国传统的方志中是没有他们的位置的，所以《上塘书》这样为留住乡村记忆而"志史"的方志，更具人类学的民族志功能。

（二）客观叙述与乡土文化的发现

说《上塘书》具有民族志的功能，还因为作品具有另外两个特点：一是作者的客观叙述视角和价值立场。孙慧芬抛开了此前大量的乡土作品中作家以知识分子的眼光介入乡土，叙述乡土时常见的启蒙立场，也没有诗意地表达乡愁。她对乡村采取了既非批判的又非怀恋的态度，试图将其日常化、凡俗化、还原化，以自己的乡土生活体验作为对乡土认知的来源，在此基础上建构一个个人的"上塘"——一块普通的有强烈的现实意味的原生态的乡村家园。这个上塘也成为20世纪八九十年代中国东北地区乡土世界的缩影。二是孙惠芬在"上塘"那些人们习以为常的东西中找到了乡土文化的内核。比如，在"上塘的通讯"中，打电话说事情如果躲开了人们，人们就会心生怪怨吗，有什么事情不能当着大家的面来说呢？村长和镇长打电话避开了村民，大家就对村长特别有意见。所以信息铺天盖地地进入上塘，反倒使人们之间更加隔膜了。有人去了外面回来不和大家说说事情，大家就觉得这样的人很小气。申玉凤总出门走亲戚，回来却避开众人再回家，大家就疏远了她，觉得她不体己，事实上申玉凤是因为自己的难心事不想被人知道才躲着人们的。这些描写揭示出乡土文化中隐私观念的淡薄。又比如“上塘的政治”中，写乡村政治是由政府和民间两种系统来维持，村支书与德高望重者在乡村政治中各自发挥着不可或缺的作用，保证乡村秩序的和谐。至于“上塘的文化”则直接生动地描绘春节、喜事、丧事、盖房上梁、算命等乡土风俗画面，并用相关人物的故事和命运揭示这些风俗之下人们的文化心理。就像丧事中请吹手，本是为死人送行，但图的却是活人的脸面。盖房子、结婚坐床等风俗也都揭示了乡土文化中对面子的重视。

总之，孙慧芬因为持有客观叙述的视角和“去启蒙”的价值判断，所以她把在上塘的世界里发现的乡土文化叙述为乡土生命的一种自然生存状态，不进行批判国民性的启蒙也不进行桃花源式的诗意抒情，《上塘书》“志书”形式下从不同的维度将琐碎、复杂的原生态的乡土世界真实地展示出来，成为一部具有“文化志”性质的创新性的文本世界。

（三）志书体小说作为当代乡土小说的新实验

《上塘书》对上塘的志书般的解释似乎如目录所示全面地为其立志，但实际上孙慧芬给予上塘的人物及其故事更多的笔墨，正是在人的故事和命运中来解释乡土文化的隐秘。读完作品，印象深刻的人物及其故事有表演高跷的张五忱、扎纸活儿的张五贵、民间政治的核心人物鞠文采、倔强而心气高的申玉凤、小学教师徐兰、刁钻粗野的黄配莲等等。文本使用的是形象、生动、鲜活的文学语言。从这些方面来看，《上塘书》当然是一部小说。但因为用了方志体的形式，以及如上论述的“文化志”的民族志功能，所以表现出小说实验的性质。许多评论家都指出了这一点，并对其进行了激烈的争议褒贬。也有相对温和的看法，评论家杨扬说：孙慧

芬“以村志格式写小说，这对小说来说是一种改变，但阅读这部小说，不管整体外貌上如何变形，就每一具体章节而言，小说依然是小说，甚至有点像系列短什篇章缀就的系列作品。这是孙慧芬变与不变相结合的小说定律”①。杨扬的意思是孙慧芬的文体实验实际上停留在改良的层面上，并且只在形式的意义上做了一定的改变而已。

孙慧芬认为自己小说的形式是一种自主的探索和创新。她说：“在这部小说里，我努力用我的笔，打开一个乡村通向外面世界的秘密通道，使人们能够在一个相对封闭的地方看到一个相对通透的世界，看到人类世界所能有的生命的秘密和命运的本质，从而寄托我的一个想法，那就是，不管是一个人，还是一个村庄，他的存在，就是一个宇宙，就是世界的中心。人类的各种信息和气息，都可以在这里得到无限的延伸。”② 这样的创作意识，实际上意味着孙慧芬虽然把上塘作为一块乡土地，却寄予着人类学“写文化”的思考和小说的人文关怀，是一次有雄心的创新。

不论如何，我觉得《上塘书》的文体实验是走得比较远的。它把中国方志和西方民族志糅合，以浅层叙述和深层叙述相结合，以客观叙述和对乡土文化的发现实现了乡土“文化志”的功能意义，同时又以自觉的文学意识抒写在上塘的乡村文化里跃动着的生命律动，因而发现了“唯有小说才能发现的东西”③ 。《上塘书》的价值也许就在于它还提供了这一种关于小说的独特理解。就像评论家吴炫所说：“如果一部作品不能在文化价值上（思想上）和艺术形式上面提供一种独特的理解，那么一切技术、细节

① 杨扬：《一部小说与四个批评关键词——关于孙慧芬的〈上塘书〉》，《当代作家评论》2005 年第 2 期。

② 孙惠芬：《我痴心向往的又一个村庄》，《长篇小说选刊》（增）2004 年。

③ ［法］米兰 · 昆德拉：《小说的艺术》，董强译，上海译文出版社 2004 年版，第 6 页。

方面的智能运用，也就不可能使一部作品免于‘平庸’。”[①]《上塘书》不论在文化价值还是艺术形式上都体现了这一点，因此使它免于平庸而成为一部令人耳目一新的乡土小说。

二、《地方性知识》：方志体、“地方性知识”与地缘文化心理的诗意描述

霍香结的《地方性知识》（2010年）是一部具有中国方志和认知人类学性质的小说。目录七卷：疆域、语言、风俗研究、虞衡志、列传、艺文志（一）、艺文志（二）八个部分，另有献辞、凡例和后记各一篇，书前、书后各附地图一幅。从目录可以看出，《地方性知识》具有中国地方志编纂的特征，但它又不是一部传统的中国地方志。它贯穿了西方现代知识和方法，将微观史学、年鉴学派、阐释人类学等学科的观念和方法融合在一起。作者从多个层面深入挖掘了一个名叫汤错的村庄独有的地产、物产、地貌、语言习惯、婚丧嫁娶、民间信仰等，它对超文本和文体泛化进行了实验，可以看作当代本土小说开拓性的集成实验。

《地方性知识》以中国南部省一个小山村汤错为叙述对象。之所以选择这样一个小山村，是因为作者要进行一种关于地方性知识的微观地域性写作。小说不以人为叙述中心，而以物性，也就是汤错人对汤错的河柳、山脉、植物、季候等的认知作为小说的描述对象。这些物性被作者命名为结晶群众。“结晶群众呈现出来的永恒性质比人群要坚强得多。”“它们以集团心理隐蔽地流淌着，在物性之中，表现为语言、文字、图腾、禁忌、

① 吴炫：《否定主义美学》（修订本），北京大学出版社2004年版，第12页。

习俗等，这种存在比肉身更为持久和具有连续性。”① 也就是说，作者要以物性入手，考察汤错的物为什么会有这样的性质，从而来考察人们为什么赋予物以特定的物性，或者人们怎么看待物性的文化心理。这种书写角度是20世纪70年代以来吸纳了语言学、心理学、原型论、象征人类学、阐释人类学等理论建构的认知人类学，坚持从认知面向来做文化研究而关注的一个话题。

“《地方性知识》基本由两类语体构成，一是真理性质的教义、公式语体，二是夹叙夹议的田野考察笔记。”② 前者是作者摘引融合前人对相关问题的公理性知识和观点；后者以作者在汤错十年的田野考察获得的第一手资料、另外两个汤错的考察者费铭德神父和作者的爷爷李维留下的资料，以及当地的一个资讯人的介绍报告构成了主要内容。这两类语体结合在一起形成了概化的人类性知识与具体的地方性知识的对照，从而探讨了具体文化心理的形成以及独特性，也指出人类文化心理的相通性。这样的探讨也是许多人类学的信念：“一方面着重人类的普同性，以科学方法来进行人类学的研究；另一方面则强调研究社会的特殊性，以诠释的方式来进行民族志的书写。”③ 它既强调文化的多样性，也重视文化多样性背后潜藏的人类普同性。举以下两例：

汤错的语言中对开垦土地的分类，大的称呼有两种“田”和“畲”。旱地为畲，有水的畲为田。可是接下来，根据农学范畴和他们直接性的经验，又有更多的分类和称呼，比如“田”有“沙子田”“黑土田”“冬水田”“井水田”“滂田”“荒田”“等水田”，等等。每种田为什么有这样的称呼，都

---

① 霍香结：《地方性知识》，新世界出版社2010年版，第2页。

② 王炜：《漫游，以及作为变数的地方性关于霍香结〈地方性知识〉》，《上海文化》2011年第1期。

③ 黄宣卫：《语言、社会生活与田野工作：评介 Maurice Bloch 有关认知人类学的一些观点》，《考古人类学刊》2005年第2期。

与田的物性有关（包括田的地理、物理属性和人对田的经验性认识赋予田的物性）。基于此，对照中国人最常用的一个词“心田”，我们了解中国人的心理情感，以及相应的文化追求：

心田是一个农耕词。它是对土地肉身形式的直接表达。它在一定意义上替代了灵魂这样的词。汤错语中没有灵魂这个词。年轻人的弃田行为显然是对田和心田的背叛。中国农民的问题也是一个田和心田的问题。心田之上升起的是田园，除此之外，田园之下隐藏的依然是暴力和革命的薪火。田园是“何里个”仍可以陶渊明桃花源记做注脚，这是个没有任何政治力量修饰的存在，这才是田园。田园是天堂的一种，是农民的无政府主义理想，也是最高理想……中国文化里有两个乌托邦：除了桃花源；另外一个就是水泊梁山。桃花源是一个农业乌托邦；水泊梁山是武者和效忠者的乌托邦，也是中国传统文化里头仁义侠骨——武士之道的最高精神象征。①

汤错把布谷鸟叫作“个工鸟”，体现了根据动物的叫唤方式和声音来命名实物方式上的原初性。为什么汤错人这样命名布谷鸟？汤错人元秀讲了个“个工鸟”的故事：

农忙伊始，布谷鸟就在山上鸣叫“kokoŋ……kokoŋ……kokoŋ……”，布谷一叫，便是一年一度出去给地主帮工的时候了。有一个帮工，老实憨厚，认字不来，他出去给地主帮长工，做一天事，用泥巴，吐点口

① 霍香结：《地方性知识》，新世界出版社2010年版，第27页。

水，捏成一个小泥团记数；一天一个，一年下来，有三百好几十。临到这一年快要结束的时候，地主偷偷地在那个小泥团上射了一脬尿，将其浇作一团。三百六十五天一个工。长工气极而死。第二年春来了，山上就有鸟啼哭："kokoŋ……kokoŋ……kokoŋ……"这只鸟就是长工所变，他的哭声就是"个工，个工，个工"。以后每年三四月农忙开始时，个工鸟都要出来叫唤，声音凄婉不堪。大家不愿意听到"个工"如此凄惨的鸣叫，就应他的声音说"pukhu……pukhu……pukhu……"，"pukhu"即"不哭"。①

作为地方性知识，汤错的"个工鸟"故事可以与另外两则关于布谷鸟的故事来对照：

其一，布谷鸟又被称为"子规""杜鹃"，与屈原的悲剧故事有关，楚民认为"子规"即"秭归"，是屈原的妹妹闻知屈原投江之后，每日恸哭"我哥回哟！我哥回哟！"。屈幺姑恸哭而死，化为子规，其悲伤令过往之人闻之无不掩面。

其二，据《寰宇记》和《华阳国志》记载，杜鹃鸟是蜀帝杜宇化身。蜀人怀念杜宇，故有杜鹃啼血之哀怨凄惨。

从这三则民间传说，一方面可以看出："一个地方故事只能成长为一个地方的草木习性，可见传说也是属于地域性的。"另一方面，这类关于"化身"的民间传说具有共同的基本结构和"盘古"原型。②"盘古"原型即为中国文化中死后化生为他物之原型。

《地方性知识》这本书的内容庞杂，作者显然是一个百科全书式的人

① 霍香结：《地方性知识》，新世界出版社2010年版，第276页。

② 霍香结：《地方性知识》，新世界出版社2010年版，第275—280页。

物，博通天文、地理、植物学、动物学、历史、民俗等等，这与霍香结崭新的创作理念有关。霍香结认为当代小说、诗歌都存在“认识贫困”的问题，虚构和想象仅仅停留在文学的初级阶段。而现阶段的写作早已进行到认识论反思的阶段，“小说和学术一样，开始走向实证性，这意味着小说的根本精神在发生改变，小说作者必须有足够的精力和定力去学习新的东西，做田野考察”。而一个作家在写作中除了语言能力之外，必须具备进行厚描所需的知识谱系。① 这个看法形成了立足汤错又涉及古今中外各种知识的，洋洋洒洒的《地方性知识》。

《地方性知识》对地方风物的物性考察和地缘文化心理的阐释中，同时寻求在“深描”的叙述方法上走近文学，文本中插入许多生动有趣的地方传说故事，语言表述既有学术语言的简洁、准确，也有令人回味无穷的箴言和诗人般闪烁的灵感。在文本格调上，在“村庄”以及与“村庄”紧密相连的大地的旅行中，弥漫着一种精神家园的归宿感和满足感。那些对村庄的动、植物的描写，充满了对生命的尊重和热爱。特别是关于蜂群的段落，有法布尔的《昆虫记》的神韵，有苇岸的《大地上的事情》生态写作的神性，特别是对蜜蜂那严格而残酷的性格剖析时，引用维吉尔的《农事诗》，深情地抒发了生命的精巧和惹人怜爱：

在水中央，
无论是止水还是流水，
需要有柳树或巨石横亘，
让它们能有许多歇脚的桥梁；
如果偶然被东风沾湿或吹落水中，

① 霍香结:《地方性知识 · 后记》，新世界出版社 2010 年版，第 482 页。

也好曝晒一下翅膀。[1]

不过，总体来说，《地方性知识》并不是一本“好”小说。其学术性和知识性对于没有一定知识积淀的读者和没有阅读耐心的读者都是阅读考验。此外，为了知识性而降低文学的审美性，拒斥虚构和想象，也是一种得不偿失的实验。

由于《地方性知识》在小说结构的架构上也是以一个个词条来引出话题和情节，再加上具有以语言来考察人的思维、地缘文化心理和行为的意义，所以它也是有《马桥词典》的韵味的。不过，《地方性知识》在文体上更接近散文，但作者坚持说是自己的小说实验，是对《马桥词典》的进一步突破。较之《马桥词典》，《地方性知识》缺少了《马桥词典》以编织情节和塑造人物为要素的小说世界的营造，文学性明显弱化。

应该说，《地方性知识》在方志体的民族志小说实验方面提供了一个非常好的角度和例证，作为小说则缺失了文学感动心灵的人文诉求。而这也为民族志小说如何实现知识性和文学性，以及民族志小说文体实验必须要考虑的重要问题。

① 霍香结：《地方性知识》，新世界出版社 2010 年版，第 321 页。

余论：文学的民族性建构与民族志小说

中国当代民族志小说的发展，对“地方性知识”的文学呈现具有族群文化记忆功能，多元文化价值立场和人文关怀，对新时期文学的民族性建构具有独特而重要的价值。特别是它作为新时期文学的一个思潮，与新时期文学一起对中国文学的民族性与现代性这个大命题做出了积极的探索。为了深入探讨这个问题，这里首先对新时期文学的民族性建构作以回顾和反思。

一、新时期文学的民族性建构的回顾与思考

中国文学的民族性与现代性这个命题是贯穿于20世纪整个新文学发展的一个根本性的问题。20世纪中国文学在现代化进程中的发展和衍变，始终贯穿着如何对待文学的民族性和世界性的态度和方向选择的问题。五四新文学主要以西方文学作为蓝本和新文学建设的艺术资源，对中国文学传统采取批判和否定的态度。然而，这一否定并不彻底，文化的中

国化、民族化的诉求时时影响着新文学的面貌。其发展历史上，不时有民族化文学潮流的出现。在理论建设上，心态更加急切，发生过多次关于文学的“民族性”的论争。而且历次论争中，“民族性”“民族化”“民族形式”“民族风格”“中国作风与中国气派”甚至“大众化”“通俗化”等概念常常混在一起来讨论和使用，各种理论家打着“民族性”的旗帜，对如何建设文学的民族性发表不同的观点，有时甚至出现完全对立的观点。这些都表明，文学的民族性建构是一个需要不断探索的问题，也是新文学发展中最为重要的问题之一。

新文学的民族性建构也是20世纪中国民族国家建构过程中面对“世界性话语与现代焦虑”而产生的最重要的问题。20世纪中国文学镜像中折射出的中国文学与世界文学的交流和碰撞、反省和更新的历程，就是中国新文学发展衍变的历程。在这样的历程中，中国文学在中国与西方、传统与现代资源之间，进行了孜孜不倦的探索，其步履难免踉跄，其姿态难免偏激，其间极端开放的“全盘西化”和狭隘的“民族主义”都表达了一种深深的焦虑和诉求，那就是在建设现代民族国家中如何建构新文学。

在20世纪80年代之前，应该说，新文学的民族性建构的主流以解决现代民族国家建构中一系列政治和现实问题为目的。它既给新文学的发展提供了一定的现实基础，与中国传统文学形成了相互排斥又无法割裂的复杂关系；同时又由于时代的选择与文学变革诸种因素的综合作用，与西方文化和文学思想长期裹缠拉扯。从文学自身的发展来看，对政治功能的过分强调在一定意义上导致了新文学在策略和方向上对民族文化与世界文化进行选择和交流的偏颇，也直接影响了新文学的民族性建构的实践。

新时期以来，在全球化背景下，中国文学在自觉的反省和更新中，以创造既有民族性又有世界性的新文学作为发展的更高要求和应对全球化的策略，倍加努力地进行了艺术革新。这种革新和创造有一个探索和发展的过程。

从创作心态来看，20世纪80年代的中国文学对世界性的追求超越了民族性的建构。新时期伊始的朦胧诗，王蒙等人的小说，都积极借鉴外国的创作方法和技巧，至20世纪80年代中期的先锋文学则对西方现代主义文学的全面学习发挥到了极致。这种向世界文学的模仿性学习，并未超越西方现代文学，更因为本土化、民族化审美精神缺失而难以得到广泛的认同。当然，它从一个层面上显示了全球化导引下文学的世界性因素。稍前于先锋文学兴起的寻根文学虽然向内挖掘本土文化的积淀，在精神气质上带着自己民族的韵味，但它的主题和目标还是“走向世界”。不过，从文学的民族性建构来看，尽管寻根文学在“走向世界”的向往中对中国传统文化价值的追寻并没有在“对中国民族文化的发掘和想象性重构方面取得了什么了不得的进展”①。但它将传统文化的激情转换为审美空间的开拓，寻回了新文学中被历史边缘化了的中国美学传统。这在另一层面上，表现了全球化激发的强有力的本土冲动，中国文学在全球化进程中更加注重保持自身独特性和差异性的立场。因此，对其意义不能低估。因为，它在世界性的眼光中，建构文学的民族性，这种开放的姿态值得肯定。

20世纪90年代以来，随着中国更深地卷入全球化，中国与西方接近和重合的方面越来越多，同时对民族特色的强调也日益高涨。在文学方面，中国文学如何进行民族性建构？怎样建设中国本土化的文艺理论？怎样实现中国古代文学传统的现代转型？中国文学在世界文学格局中怎样定位？这些问题成为被持续关注的学术热点。季羡林、张少康、张法、曹顺庆、张颐武、王一川等学者都对此做了自己的探讨和阐释。总体上表达了

① 王光明:《“寻根文学”新论》,《文艺评论》2005年第5期。

一种对中国现代文论完全西化的“失语症”深深的忧虑和“去西方化与寻找中国性”① 的努力。当然，“去西方化”的理论建设也受到了质疑。质疑集中在两个方面：一是对“现代性”与“西方文论话语”的贬斥所带有的狭隘的民族主义色彩的质疑；二是不满于文论的中国性建设仅仅停留在抽象思辨，实际上对中国现当代文学的创作实践却难以进行卓有成效的言说这样的事实。其实，问题真正的实质是文学研究中理论建构与作品解读的脱节，使得对这些问题的争论往往有隔靴搔痒之嫌。真正阅读 20 世纪 90 年代以来的文学作品，就会发现在其多元化的文学格局中，有一元就是回归传统，在重新体认传统中进行民族性的建构。民族志小说从 20 世纪 90 年代以来的兴起就是对中国本土文化传统的重新体认。而且这种对族群文化的接近原生态的民族志书写方式，对族群文化精神的剖析是一种更为深刻的本土化，更为强烈的民族性追求。

新世纪以来，理论界对文学的“中国性”“本土性”等话语的倡导亦不绝如缕。但发生了一个明显的变化，越来越多的文学理论家和作家开始以人类学的视角进行文学研究和文学创作。世界不同文化的交流和对话成为文学研究的主导话语之一。文学创作中，特别是小说创作中则出现了一批具有中国本土的、中国多民族的形状、气质和格调的作品。更为值得关注的是这些优秀作品在书写中国的同时，转化和融合人类优秀文化，表现出在人类性的视野中审视中国的气度，以及沟通世界，文化交流与文明互鉴的意识。

新时期文学对外国文化的借鉴和吸收，特别是对西方现代主义文学的借鉴所引起的艺术变革，在以西方文艺理论资源作为主导话语的新时期文学研究中得到了充分的研究。而对新时期文学怎样继承和更新中国传统文

① 代迅：《去西方化与寻找中国性——90 年代中国文论的民族主义话语》，《文艺评论》2007 年第 3 期。

化和艺术精神的研究明显比较薄弱，本来这是中国文学在现代性与民族性的张力中发展嬗变的另一维度。将新时期文学置入一百多年来的中国新文学的历史河流中来看，新时期文学相对于之前的中国新文学，它在创造适合本民族文化心理的审美精神和审美形式方面更为自觉，它往往从文学自身的变革要求出发，对中国传统进行现代性的改造和重建，它疏离此前文学社会功能的民族性建构，而着眼于文学审美属性的民族性建构。新时期文学中，许多优秀作品表现出对中国文学传统的依归，涉及文学精神、文学体裁、文学语言、美学风格等方面。

新时期文学对中国传统艺术精神的依归并不是简单的复归，而是一种重建和创造。马克思说："人们自己创造自己的历史，但是他们并不是随心所欲地创造，并不是在他们自己选定的条件下创造，而是在直接碰到的、既定的、从过去承继下来的条件下创造。"[①] 在全球化语境中，新时期文学的发展必然是一个在种种历史的、现实的，直接的、间接的，外在的、内在的合力作用下的创造过程。在中国现代化的进程中，在全球化的影响下，新时期文学怎样延续具有五千年历史的中国文化精神，怎样在现代性与民族性的张力中对中国文学传统进行更新与创造？产生了哪些艺术变革？有哪些具体的表现？赋予了新时期文学哪些特质？这些问题必须结合具体的文学创作现象和具体作品的分析，来进行梳理和审思。其研究的前提应该基于这样一种认识：中国新文学的民族性建构，一方面应该继承和发扬中国传统文化精神，另一方面要与外来文化相碰撞、相交融，其理想的状态是既不简单地确认和复归传统，也不单纯地"移植"某种外来文学，而是在多种因素相互作用下重构。

---

① 马克思:《路易·波拿巴的雾月十八日》，载《马克思恩格斯选集》（第 1 卷），人民出版社 1972 年版，第 603 页。

在这个研究中，首先要厘清的是文学的民族性建构中对待文化传统的方法和态度。

二、民族性建构与传统重构

在怎样建构文学的民族性时，我们经常说要继承和发扬传统艺术的营养。那么，传统是否就等同于民族性？怎样看待文学所面对的传统？这些问题纠结在一起，形成了文学传统认同的复杂状况。要探讨新时期文学的民族性建构中对待传统的方法和态度，以全球化为背景，并引入近年来人类学对民族与民族主义的探讨，以及人类学对文化传统认同和重建的理论来进行是一种可行的方法和途径。

许多人认为传统就是民族性，认为只有立足于传统，才能确保民族性。这样的看法的隐含意义是文学的民族性建构必然要依赖于对文学传统的认同和彰显。不过，建构民族性与怎样认同传统远比这个看法复杂得多，因为传统自身是复杂的。一方面，传统是经过历史的筛选和文化变迁的过滤，其价值得到人们的确认和认可，并作用于人们的观念，指导人们行为的文化模式。这意味着传统具有超越时空的共同性和稳定性。但另一方面，传统又有建构性和变动性。霍布斯鲍姆在《传统的发明》中指出，“当社会的迅速转型削弱甚至摧毁了那些与旧传统相适宜的社会模式，并产生了旧传统已不再能适应的新社会模式时；当这些旧传统和它们的机构载体与传播者不再具有充分的适应性和灵活性，或是已被消除时；总之，当需求方或供应方发生了相当大的迅速变化时”①，那延续了很长时间的旧

① ［英］E. 霍布斯鲍姆、T. 兰格：《传统的发明》，顾杭、庞冠群译，译林出版社 2004 年版，第 6 页。

传统可能就走出了人们的生活。人们“为了相当新近的目的而使用旧材料来建构一种新形式的被发明的传统”①，在任何社会都有大量的积累。所以，传统不是流传下来的不变的陈迹，而是当代人活生生的创造。当代人的许多节庆仪式具有“被发明的传统”的意义。当然，“发明传统”并非随意的，它要与当时当地的社会文化基点相关联。传统所具有的稳定性和建构性及其相互作用，和民族性认同及其建构有紧密联系。

在民族认同这个问题上，有两类观点：一类是以赫尔德等人为代表的“原初派”的文化民族主义；另一类是以安德森等人为代表的“现代派”的民族国家创生主义。

赫尔德从挖掘民族认同的起源入手，认为每个民族的文化都有其历史和地理层面的独特性，并且依赖于民族的独特语言而存在与发展，这种民族文化的内核是民族精神，这种民族精神植根于民族全体对于自身语言、象征和风俗的集体认同。② 在赫尔德之前，维柯也论证过民族性，他认为：“一个‘民族’从字源学来看，就是用一种‘出生’或‘出世’，因此，就是具有一种共同起源，或说得粗疏一点，具有一种共同语言和其他制度的同种或有血缘关系的一族人（这并不涉及近代的民族国家、不专指各种政治制度）。”③ 维柯的意思是一个民族的起源决定了其精神形态或者说文化特性。总之，“原初派”的观点中，民族性与一个民族历史内部发育形成的文化精神紧密结合在一起，一个民族的民族性表现为这个民族历史上形成的具有共性且相对稳定的文化特性。“民族是有根的。”“每种文化都会

---

① [英]E. 霍布斯鲍姆、T. 兰格：《传统的发明》，顾杭、庞冠群译，译林出版社 2004 年版，第 6 页。

② FrederickM. Barnard. Self-Determination and Political Legitimacy: Rousseau and Herder. Oxford: Clarendon Press, 1988:224.// 转引自陈怀宇：《赫尔德与周作人——民俗学与民族性》，《清华大学学报》2009 年第 5 期。

③ [意] 维柯：《新科学》，朱光潜译，商务印书馆 1989 年版，第 16 页。

拥有它自己的重心。你想理解某一文化类型的人民，你就得找出它的文化重心。”[①] 这种文化重心或者文化特性深刻地影响着这个民族的一切。文化民族主义在不同民族中，体现为各民族人民的独特性格，在不同民族的文学艺术中，体现为各个民族文学艺术的独特精神和风格。所以民族性的认同与一个民族内部的文化传统的认同应该是合而为一的。文化民族主义体现的民族性认同具有超越历史和地域的特征。德国作家托马斯·曼流亡美国时所说的“凡我所在，即为德国”即为一例，它所体现的民族性认同正是对德国文化精神的认同。霍布斯鲍姆称这种“超地域的普遍认同，人类超越自己的世居地而形成一种普遍认同感”为“民族主义原型”[②] 的一种。这种“民族主义原型”并不等同于近代的民族主义。“因为这些普遍认同并没有或还没有和以特定领土为单位的政治组织建立必然联系，而这种关系却正是了解近代‘民族’的最重要的关键所在。”[③] 也因为此，赫尔德虽不是民族主义的创始人，但他的很多观点却已经被确凿无疑地纳入民族主义之中。

“现代派”对民族认同的观点与“原初派”的观点相对立。安德森对民族做了一个界定：“它是一种想象的政治共同体——并且，它是被想象为本质上是有限的（limited），同时也享有主权的共同体。”[④]“‘想象的共同体’这个名称指涉的不是什么‘虚假意识’的产物，而是一种社会心理学上的‘社会事实’……（le fail socall）。”“‘民族’本质上是一种现代的（morden）想象形式——它源于人类意识在步入现代性（modernity）过程

① ［英］以赛亚·柏林：《浪漫主义的根源》，吕梁译，译林出版社2008年版，第67页。

② ［英］埃里克·霍布斯鲍姆：《民族与民族主义》，李金梅译，上海人民出版社2006年版，第44页。

③ ［英］埃里克·霍布斯鲍姆：《民族与民族主义》，李金梅译，上海人民出版社2006年版，第45页。

④ ［美］本尼迪克特·安德森：《想象的共同体——民族主义的起源与散布》，吴叡人译，上海人民出版社2005年版，第6页。

当中的一次深刻变化”①，这种人类意识的变化表现在世界性宗教共同体、王朝以及神谕式的时间观念的没落，资本主义、印刷科技的兴起，以及人类语言的多样性这三者的重合。民族主义其实是殖民主义的产物，“民族主义以一种和资本主义发展过程类似的‘不平均与合并的发展’（uneven and combined develepmennt）方式，从美洲到欧洲再到亚非，一波接着一波先后涌现，它们既属同一场历史巨浪，又相互激荡，各擅胜场”②。但民族主义并非起源于对殖民主义的反抗，恰恰相反，民族主义滋生于当地殖民政府对殖民地的想象的行政规划以及文化教育。所以，民族主义是一种现代运动，是为了实现新的社会规划而诞生的意识形态的建构。安德森的观点意味着民族性并非产生于一个民族的内部。从这个立场出发，在如何看待传统这个问题上，他认为“民族”的想象能在人们心中召唤出一种强烈的历史宿命感，这种被召唤出来的历史宿命感被人们确认为传统。所以，传统正是现代民族国家建构中被现代性呼唤出来的东西。没有现代性，也就没有传统。

安德森是在对印度尼西亚、越南、泰国等在近现代历史上完全沦为殖民地的国家进行具体研究后得出的观点，其理论的适用性和有效性是有限的。史密斯指出，民族国家是一种“国家建构”（nation-building），但在讨论民族国家建构时，还应当考虑到民族国家作为一个现代认同方式对传统认同的借用。“只要进入一个现代民族国家的‘历史’，我们就不难发现一种‘被发明的传统’，这种‘被发明的传统’其实是对过去历史的‘重新建构’。种族的过去当然会限制‘发明’的想象空间。虽然我们可以以

① ［美］本尼迪克特·安德森：《想象的共同体——民族主义的起源与散布·导读》，吴叡人译，上海人民出版社 2005 年版，第 8—9 页。

② ［美］本尼迪克特·安德森：《想象的共同体——民族主义的起源与散布·导读》，吴叡人译，上海人民出版社 2005 年版，第 11—12 页。

不同的方式‘解读’过去，但‘过去’毕竟曾经存在，它具有明确的历史事件的线索、独特的英雄人物和特定的背景谱系。我们决不能任意取用另外一个共同体的过去以建立一个现代民族国家。”[①] 对中国来说，葛兆光认为：“在文化意义上说，中国是一个相当稳定的‘文化共同体’，它作为‘中国’这个‘国家’的基础，尤其在汉族中国的中心区域，是相对清晰和稳定的，经过‘车同轨，书同文，行同伦’的文明推进之后的中国，具有文化上的认同，也具有相对清晰的同一性，过分强调‘解构中国（这个民族国家）’是不合理的，历史上的文明推进和政治管理，使得这一以汉族为中心的文明空间和观念世界，经由常识化、制度化和风俗化，逐渐从中心到边缘，从城市到乡村，从上层到下层扩展，至少在宋代起，已经渐渐形成了一个‘共同体’，这个共同体是实际的，而不是‘想象的’，所谓‘想象的共同体’这种新理论的有效性，似乎在这里至少要打折扣。”[②] 费孝通曾提出从“自在”到“自觉”的中华民族认识论，强调“中华民族作为一个自觉的民族实体，是近百年来中国和西方列强对抗中出现的，但作为一个自在的民族实体，则是在几千年的历史过程中形成的”[③]。这里所说的“自觉的民族实体”，指中国近代以来，仁人志士为救国救亡或思想启蒙，在书写和传播中国的国家形象中，聚焦和凝聚的近现代中国的民族国家认识与想象。

“自在的民族实体”，正是中国几千年的历史文化的积淀，也就是赫尔德所说的中国的“文化重心”。作为中国的“民族主义原型”，它“以近代国家或近代诉求为名，来动员既存的象征符号和情感”[④]，使近代以来中国

① 转引自李杨：《文学史写作中的现代性问题》，山西教育出版社 2006 年版，第 302 页。

② 葛兆光：《重建关于“中国”的历史论述——从民族国家中拯救历史，还是在历史中理解民族国家?》，《二十一世纪》（网络版），2005 年第 43 期。

③ 费孝通：《中华民族多元一体格局》，中央民族学院出版社 1989 年版，第 1 页。

④ ［英］埃里克·霍布斯鲍姆：《民族与民族主义》，李金梅译，上海人民出版社 2006 年版，第 73 页。

自觉的民族主义进程更为顺利，而且成为中国现代民族国家建构的基石。

当下中国的民族性建构，一方面要与我们历史上形成的稳定的、具有普遍认可价值的文化传统紧密相连。“传统因此几近于民族性的标志性存在，因为民族性作为民族自我认同的主要言说方式，正是传统给予了言说的力量和历史的内容。”① 文学的民族性建构就要着眼于对中国古典艺术精神这个大传统的继承。另一方面也要看到不同历史时期人们对传统的建构，因此还要整合五四新文学传统；更重要的是在今天以世界性的眼光看待久远的传统，看待民族文化传统，传统文化精神的承续中更新，创造和丰富民族文化，以保持民族文化的活力。这里面牵涉到的最重要的问题是全球化对本土传统在当代存在形态的影响。在全球化的今天，要返回并发掘未受任何外来文化影响的原汁原味的本土文化传统是根本不可能的，进行“文化孤立主义”的民族性建构也是行不通的，一定要警惕狭隘的民族主义情绪。

三、新时期文学民族性建构的自觉和实践

新时期文学在民族性与现代性既竞争又合作的张力中进行了民族性建构和对中国文学传统的重构，这种努力和尝试是一种有益的探索，其间成就和缺失都值得重新评价和反思。

面对全球化背景下西方现代性的强势影响，部分中国作家既能够对中国文化文学艺术精神这个大传统进行认同，在创作中浸入丰厚的中国文

① 谭好哲、韩书堂：《论中国现代文学理论建设的民族性问题》，转引自周宪主编：《中国文学与文化的认同》，北京大学出版社 2008 年版，第 181 页。

化，创作出中国特色的文学。而且能够在现代文明的观照中，进行传统文化的世界性转换，立足于民族性的同时，追求人类性的超越。新时期文学具有了这种重构传统的自觉，出现了一批既有民族特色又有“世界性质素”的作品。从重要作家的创作来看，汪曾祺、阿城、韩少功、莫言、张炜、贾平凹、阿来、王安忆、铁凝等人在文学创作中都具有民族性和人类性的双重自觉。从主要的文学潮流和流派来看，寻根文学、新写实小说、乡土小说中也都有此类佳作呈现。一些优秀作品有浓厚的中国文学艺术气质，它既以本土化的独特的面貌加入世界文学行列，同时具有穿越文化壁垒的超越性、人类性的“世界性质素”。

这里所说的中国文学的“世界性质素”是在陈思和的“中国文学的世界性因素”的概念基础上提出的。“中国文学的世界性因素”是指“在20世纪中外文学关系研究中一种新的理论视野。它认为：既然中国文学的发展已经纳入了世界格局，那么它与世界的关系就不可能完全是被动接受，它已经成为世界体系中的一个单元，在其自身的运动中形成某些特有的审美意识，不管其与外来文化是否存在着直接的影响关系，都是以上独特的面貌加入世界文化的行列，并丰富了世界文化的内容。在这种研究视野里，中国文学与其他国家的文学在对等的地位上共同建构‘世界’文学的复杂模式”①。本书之所以没有用“世界性因素”这个概念而用“世界性质素”的概念，是因为“因素”同时包含了影响—接受二元模式的影响研究视角，“世界性质素”这个概念则主要强调全球化文化语境中中国文学不管与外来文化的影响是否直接，它既以自身独特的特质要素加入世界文学行列，同时具有穿越文化壁垒的超越性、人类性的性质。

---

① 陈思和：《中国当代文学关键词十讲》，复旦大学出版社2008年版，第234页。

以汪曾祺为代表的散文化小说经常表现的是传统文艺中的情韵和意境，在美学风格上具有“温柔敦厚”“乐而不淫”的中和之美。其对文学传统的继承主要以《世说新语》等志人小说和书画艺术为资源，是传统士大夫气质、修养、境界在当今的自我确认。汪曾祺在“文革”后的出现连续了现代文学中由废名、沈从文等人形成的写意小说之抒情传统，也接通了新时期文学与中国文学“诗缘情”的传统。尽管，汪曾祺的创作在20世纪80年代前期，当时全球化的文化多元化和本土化还没有20世纪90年代之后影响巨大；汪曾祺在创作意识上也还没有意识到这种中国的抒情小说所具有的诗意生活之美恰恰弥补了现代性之科学万能、技术至上对人类生存感性之美的剥夺。但是，他却影响了当代一批作家和小说潮流。阿城、何立伟、贾平凹、铁凝、鲁敏等人的一些小说中都有这种文化情致和艺术表现。而且，这些作家将中国诗性文化传统与现代文明进行观照，进一步深入地思考了这个问题。对汪曾祺当时的创作评价还未意识到其反思现代性的一面。今天，有学者将这种中国式的抒情小说归到“新古典主义文学”旗下，并指出：“新古典主义文学深沉的人文性乃在于，它与20世纪初盛行一时的未来主义大异其趣，是对唯技术主义和科学万能论的反思，从而形成了一种审美的现代性或自反的现代性，其目的则如诗人荷尔德林所说，使人‘诗意地安居于这块大地上’。”①

回归日常生活的小说写作在新时期文学中蔚为大观。对世俗日常生活的书写，从中国小说传统来看，仍然以宋代以来的世俗文学传统为认同。从文学精神来看，它深受中国传统文化或儒家文化的影响。“中国传统文化常常难以描述或届说，但如同在中国人日常生活当中表现出来

① 李钧：《中和与重构，归心与返魅——20世纪中国新古典主义文学论纲》，《文艺争鸣》2010年第10期。

的注重人情、乡情，牵扯于家庭生活、婚丧嫁娶等日常伦理一样，以传统文化为底蕴的生活美学仍然发挥着重要的影响力。”[①] 应该说，20 世纪 90 年代以池莉为代表的世俗化日常生活书写是对传统的具体生活内容层面的认同，它所写的生活是中国人的、中国式的俗世生活；而在价值取向上则以全球化语境中的现代生存和当代生活价值为旨归。这种“生活取向”应和了当代世界范围内以“生活”来对抗或解构以“理性”“主体”“理想”等作为价值判断的思想主流。它是两种生活美学，即中国文化传统中生活美学和当代世界资本主义整体语境中，当代中国迅速发育的、基于市场和消费的生活美学之间的对话与交融，这二者在本土与现代的张力之间通向“生活”这个共同文化。对生活美学的肯定，在另一些文学作品中也表现出超越性的倾向。这些作品在写世俗生活的同时，也注重在超越层面上追求某种美和价值。比如王安忆的小说，着力于世俗人生的日常生活书写，但她以现代意识和人文关怀，在日常生活中透视到了人类生命本体意义上所具有的孤独感和漂泊感。特别是《富萍》《我爱比尔》《月色撩人》这些具有描写不同时期上海文化性格的民族志现实主义小说，除了对人类生命本体意义上所具有的孤独感和漂泊感的抒发，还有从人类学局域文化变迁角度对当代中国文化境遇的认知性的哲性的思考。当代小说中，回归日常生活的小说，在题材上不仅仅描写当下的生活之流，许多历史小说的笔触也深入生活的潜流，在民间的事理风情中，民族历史的河流缓缓地淌过城乡大地小人物的生活，比如铁凝的《笨花》。

新时期乡土小说形态多样，成就卓著。它对传统的继承和重构难以用几句话描述清楚。但有一点，它将现代意识与本土文化相结合，对中国传统文艺资源，特别是民间文艺进行了最为集中的继承和化用。以莫言为

① 陈雪虎：《生活美学：当代意义与本土张力》，《文艺争鸣》2010 年第 13 期。

例，莫言早期的作品艺术技巧和方法上更多地学习西方现代主义文学。但小说的内在精神上一直坚守中国民间文化价值的立场，民间原始生命力的浑然冲动与混成的自然生命形态凝聚成中华民族喷薄的热力。“红高粱家族”中，“‘红高粱’精神是一种广阔而沉潜的民族精神”[①]。这与以鲁迅为代表的“五四”乡土文学有明显的区别：“五四”乡土文学往往用西化的小说模式描写中国乡土生活气息，而且主要在于对中国国民性的批判。莫言的“红高粱家族”、《丰乳肥臀》等则将西方文学技巧与中国民间狂欢文化以及生存意志力的张扬结合在一起，着力点在借鉴民间精神中能为中国现代文化的振兴所吸收的因子上。近年来，莫言向中国文学传统“撤退”的意识更加自觉。《檀香刑》中，“民间渊源首次被有意识地作为对近二三十年中国小说创作中从西方话语的大格局寻求超越和突破的手段加以运用；民间戏曲、说唱，既被移植到小说的语言风格中，也构成和参与了小说人物的精神世界[②]。”《檀香刑》在语言和文本结构上模拟民间猫腔剧的文化形态，并在中国式的戏剧性、传奇性的情节中进行不无偏颇又典型化了的民间立场的历史叙述。民间立场最容易以道德进行价值判断。《檀香刑》并非取自道德，更没有进行政治批判，而是“写文化”，在地方性知识的书写中透视中华官方传统文化残酷的一面，在批判这种文化的凶残与暴虐的同时，叹息中国民间生命意志的淳朴、坚韧和蒙昧。这样的写作无疑也具有现代性视角、人类性质素。所以，莫言“撤退”不是纯粹的复归。近年来，莫言的《生死疲劳》和《蛙》在形式上传统与现代相结合，在内容上对人类“生死之厄”和中国现代化进程的负面性之思考更加沉重。特别是《蛙》，是一部涉及国家政策，涉及人口学、人类生存问题的小说。

① 雷达：《历史的灵魂与灵魂的历史——论红高粱系列小说的艺术独创性》，转引自杨扬：《莫言研究资料》，天津人民出版社 2005 年版，第 146 页。

② 《檀香刑》获 2002 年首届“鼎钧文学奖”授奖词。

而这些恰恰也是当代社会人类学讨论的问题，就是如何找到一条现代性的政治和经济之外的“他者”，来保证人类的持续生存。因为“真正威胁超过60亿人民的生存的，与政治和经济存在莫大的关系”，① 而非人们所设想的“道德”“资源”或者其他的一些原因。所以，评论家包括莫言本人将《蛙》的主旨定位于“赎罪”其实是表面性的。莫言之外，从整体来看新时期乡土小说，其在作家的个人风格和小说艺术之炉火纯青方面取得的成就最大。优秀的乡土小说经常将地域文化、民族文化置于现代性的视野中进行审视，如陈忠实的《白鹿原》、贾平凹的《秦腔》等。

当代小说中的神秘主义美学思潮表现非常广泛。神秘主义是东方文化的重要特征。东方人的“天人感应”、重直觉、顿悟、想象力丰富以及命运轮回观念等思维方式常常带有神秘色彩。神秘色彩是东方的，也是中国文化的重要特色。可以说，神秘主义也参与了当代中国文学民族性的建构。不过，神秘主义在不同作家的作品中表现并不相同，其与中国传统文化的哪个方面发生联系需要仔细辨析。比如，韩少功的《爸爸爸》《女女女》等早期作品中的神秘主义在对中国巫楚文化的依归中可以看到拉美魔幻现实主义文学的影响。《马桥词典》《山南水北》则有中国古代笔记小说的遗风和地方志书写的人类学诗学性质。而在迟子建的《额尔古纳河右岸》中，鄂温克族人原始文化性质的神秘主义，是人类作为大自然的一种物类，与万物相通的感性生存之自然本真状态，是对现代性“祛魅”的反思。神秘主义本身也有表达人类经验的普遍性意义。当代文学中的神秘主义二重性本身就体现在，它既继承了中国传统文化，也处于20世纪现代文化思潮中人类普遍产生的非理性意识之中，它是从古到今人类对世界的神秘性、人生的神秘性孜孜以求的情感体验

① ［美］卢克·拉斯特：《人类学的邀请》，北京大学出版社2008年版，第140页。

的艺术表现。

新时期文学有了在世界性语境中进行民族性建构的自觉，并努力进行有效的实践。但这并不意味着新时期文学整体上已经实现了民族性和世界性的二重建构，其中的缺失和差距更值得思考。

以寻根文学为例，寻根文学所抒发的思古之幽情，是深感文学缺失了民族文化传统的“无根”之焦虑，而发掘中国美学传统，在理论上表达了将新文学与民族文化结合起来的愿望。不过，在创作实绩上，呈现出这样一种面貌：他们“向往在传统中发掘具有民族意味的思维方式、哲学底蕴、精神品格，开掘民族文化的现代资源，他们甚至以批判的姿态审视了当时被视为现代思想、新文学源头的‘五四’新文化，把‘五四’看成是传统文化断裂、全盘西化的起点，持一种与‘五四’先驱不同的肯定的态度回望传统……但处于80年代中期的他们，并不可能在反思现代性的维度上来理解‘现代观念’，也没有清晰地意识到20世纪的西方现代性所面临的深刻危机，更难于从学理的角度去反思这种危机正是启蒙现代性负面价值的充分展开……也无法在全球化的语境中真正探索出中西对话中的民族——国家主体形象，真正实现传统的现代意蕴转换”①。寻根文学站在西方启蒙现代性的价值起点和问题框架中去寻找中国传统文化，其思维并未走出西方现代性的内在逻辑，所以重建传统的愿望在以韩少功为代表的“寻根文学”中又落入了批判传统的圈套，落入了五四文学的国民性批判话语之中。而以张承志、乌热尔图、李杭育、阿城等人为代表的另一支“寻根文学”，在返回传统中寻找“种族之根”和“道德之气”，然而亦不能对传统与现代的实际关系和理论认知作出清晰的思索，不能对西方文化、现代文明的价值作出明确的

① 朱水涌、张静：《传统重建为何尴尬——以“寻根文学”为例》，《文艺争鸣》2009年第6期。

回答。

“寻根文学”重建传统的尴尬表明：其一，如果文学在试图确认文化传统以捍卫文明的独特性与多样性的同时，又难以在现代民族国家建构中走出西方现代性认知思维的窠臼而离弃文化传统，必然会造成民族性与现代性之间的矛盾冲突。文化立场的偏执必然会影响文学作品的穿透力，也影响其文化价值。其二，如果文学不能对传统文化进行现代意义上的反思和转换，不能在现代性以及反思现代性的立场上重新认识和思考中国传统文化在现代社会中的根本价值和真正需要改进的问题，就不具备建构文学的民族性和文化传统重建的综合能力。诗人杨炼早就对“寻根文学”进行过富有洞见的反思：“一个诗人是否重要，取决于他的作品相对历史和世界双向上的独立价值——能否同时成为‘中国的’和‘现代的’？”[①] 今天来看，“寻根文学”总体上的缺失是尚未意识到文学民族性的建构中所应有的多元文化进行对话的姿态，不能在人类性的高度上反思民族文化传统的特点，在文学创作和研究中对其进行取舍和改造，达到民族性的借重和人类性的超越。

再从全球化的背景下来考察新时期文学，作家对自己的民族身份和文化身份是否有清醒的自觉，对作品所牵涉的民族文化与现代性的冲突是否有足够的思想和文化功力进行深入的剖析和展现，化用中国古代艺术资源时是否有能力把握其艺术精神，能否做到艺术形式与艺术精神的融合……从这些方面来看，新时期文学创作仍然不尽如人意。只能说有一部分作家具有了这样的自觉意识，也做出了较为突出的努力，有一部分作品一定程度上达到了“民族的”和世界的双向价值和艺术水平。

① 杨炼：《诗的自觉》，《当代文艺探索》1987 年第 2 期。

四、民族志小说在文学的民族性建构中的意义

在新时期文学的民族性建构的整体格局中，民族志小说有更为独特的意义。

其一，民族志小说将“地方性知识”的呈现作为文学本土化的策略，与建设性的后现代主义倡导在全球化境遇中实现了合流，因而具有了民族性的借重与超越的特色。民族志小说对作为传统的原生态文化的书写与呈现，提供了关于中国的多样态的族群文化，或者说微观地域性的“地方性知识”，而且如果将中国也作为在世界参照下的一个“地方”，也可以说民族志小说呈现了关于中国的“地方性知识”。这种“地方性知识”并非大而无当或者模糊不清的理论。它以文学的鲜活灵动的表现，人类学的民族志书写方法，接近“原生态”的族群社会生活文化的描写，触及了族群文化的内核，从而实现了中国传统文化在全球化语境中更为深刻的“本土化”。

民族志小说在处理与现代性的关系时，一方面，它的“本土化”指向对现代性的反思。如彭兆荣所说：“它原来就是一个隐喻。它的指向是对现代文明的一种反思。人们试图通过这个概念的隐喻，去检索、去追索、去怀旧，或者是去恢复某一种我们传统有的东西。”① 当然，民族志小说对中国族群的，以至中国的本土文化并未持狭隘的民族主义立场。因为它们所描写的“原生态文化”也是经过作者选择、精选、重构的，也可能只是本文化的一部分。而且，这恰恰表达了在文学的民族性建构时倚重民族性并寻求重建和超越民族性的文化追求。这就形成了民族志小说的另一层面，它在现代性的反思中表现出的超越性和建设性。它以建设性的后现代主义

① 徐杰舜、梁枢、郑杭生等：《原生态文化与中国传统》，《广西民族大学学报》2011 年第 1 期。

（Constructive Postmodernism）的思维方式在戳破现代性的神话方面，起到了积极的、建设性的作用。“建设性后现代主义（Constructive Postmodernism）指的是一种建立在有机联系概念基础之上的鼓励历险和创新，推重多元和谐的整合性的思维模式，它是传统、现代、后现代和当代现实的有机整合。”[①]《额尔古纳河右岸》《最后的巫歌》《地方性知识》等小说文本都具有这一层面的意义，《走婚》《炎黄》在一定程度上也可提供参照性的思考。建设性的后现代主义恰恰与民族志小说呈现的中国文化传统的精髓在许多方面相契合。因此，民族志小说“又构成了现代开拓和成长的因素，构成了现代发展的资源。这也是作为传统的一种原生态民族文化的魅力和价值的所在”[②]。

其二，好的民族志小说在承认地方性知识和解释话语自主性的同时，也在努力寻求人类各种文化意义的共通性。这就“将原本与‘地方性’似乎相对立的‘普遍性’也纳入‘地方性’的视野中，倡导和阐释价值的多元立场”[③]。民族志小说以较为严谨的、知识性的甚至是学术性的族群社会文化记载，提供了各种各样的族群文化知识谱系。民族志小说的作家一般不是浪漫主义者，因为民族志小说较为严谨的知识性向度的约束，民族志小说写独特的族群生活，却不会走向浪漫主义风情的展示，所以民族志小说多数是现实主义的。马库斯（Marcus）和库什曼（Cushman）曾把现实主义文学与现实主义民族志相提并论，以“民族志现实主义（ethnographic realism）”这个名称来指称那种“寻求表述某一整体社会或生活型的现实写作模式”[④] 的小说。

---

① ［美］王治河：《另一种生活方式是可能的——论建设性后现代主义对现代生活方式的批判与启迪》，《华中科技大学学报》2009 年第 1 期。

② 徐杰舜、梁枢、郑杭生等：《原生态文化与中国传统》，《广西民族大学学报》2011 年第 1 期。

③ 汪民安：《文化研究关键词》，江苏人民出版社 2007 年版，第 42 页。

④ ［美］乔治・E. 马库斯、米开尔・M.J. 费彻尔：《作为文化批评的人类学》，王铭铭、蓝达居译，生活・读书・新知三联书店 1998 年版，第 45 页。

但民族志小说也并非停留于本土的族群的文化表达。阿来说："文学最终是要在个性中寻求共性。"① 这个观点应该代表了民族志小说家的文学观。从阿来本人的创作看，《尘埃落定》真实地呈现了嘉绒地区藏族土司制度的没落史，逼真地呈现了民族地域生活图景和文化特征，同时也在隐含着对历史、欲望、权利与刑罚的本质等人类性命题的思考。小说《格萨尔王》对藏族史诗《格萨尔王》做了小说化的重新呈现，关于格萨尔王的情节框架与史诗是一致的，这部分话语与史诗一样有民族文化记忆的民族志功能，而小说对当下格萨尔王说唱艺人的生存状况、心理描写，以及作者以自主性想象对格萨尔王内心世界的深入描写，远远超出了史诗《格萨尔王》的蕴含，形成了另外的声音，其间包含着阿来对民族传统文化的现代性审视，以及人类性层面的人文关怀。其他民族志小说兼具民族性与世界性的品质，已在本书正文部分具体的小说文本解读中有论述，故在此不再赘述。总之，一本民族志小说，就是以鲜活生动的文学方式进行的关于族群社会生活文化的"深描"，族群生活图景在这里逼真地呈现，族群文化的声音在这里回荡，让我们真切地认识到文化的多元化、文明的多样态、世界的多样性。更由于民族志小说借重族群性的同时，对人类各种文化符号意义的共通性的努力寻求，沟通了族群独特性与人类共同性，一定程度上达到了民族性的借重与超越的高度。

其三，从方法论的层面来看，民族志小说引入人类学"写文化"意识和民族志书写方法，提供了建构文学的民族性和实现文化传统重建的一种范式。这种范式从大的方面来讲表现为民族志书写与小说的融合与互文，但由于不同的民族志小说体现出不同的人类学理论及"写文化"的不同方法和视角，民族志小说也呈现出多样化的形式和内蕴，形成了种种小范

① 冉云飞、阿来：《通往可能之路——与作家阿来谈话录》，《西南民族大学学报》1999 年第 5 期。

式，而丰富了新时期小说。民族志小说在书写方法上为新时期文学如何在民族性的建构中具有超越性，同时成为“中国的”和“世界的”这个命题做出了积极的探索。

其四，民族志小说借用人类学方法、观念和立场，给予文学以新的考察和审视，从文学的文化内涵挖掘文学蕴含的人类精神类型，这有助于我们进一步理解“文学即人学”这个命题。因为民族志小说借助于读者的想象，常常能够以数月的实地体验传达出更多的有关异文化生活方式的体验。这有助于扩展我们的人性观念，加深对我们自身的理解，也摆脱狭隘的种族、国别、阶层、圈子等集群式地利益式地去看待人，从而实现一种基于人类的人性的关怀。这是民族志小说的重要的人类学价值。民族志小说的这种人类学价值也给我们指出文学的根本立足点是“人”，所以文学民族性或者族群性是不同文学形态的特征，文学的共同性质则是超越民族性的人类性。这也要求民族文学走向世界文学必须要树立文学的世界一体的观念。

不过，民族志小说的缺失也是明显的。一般来说，在新时期文学的整体格局中，民族志小说作家在民族文化身份方面具有比较自觉的创作意识。但对作品所牵涉的民族文化与现代性的冲突是否有足够的思想和文化功力进行深入的剖析和展现，能否做到艺术形式与文化内涵的有机融合，对民族文化生活的描写是否深入民族精神方面，都是需要长期探索的课题。

郭文斌的小说《农历》也是民族志小说的一个范本，详尽地描述了元宵、干节、龙节、清明、小满、端午、七巧、中元、中秋、重阳、寒节、冬至、腊八、大年、上九这些中国传统节日、节气的文化历史，及其民间相应的民俗仪式，而具有“民族志诗学”意义。《农历》对中国传统农业文明进行“写文化”，其间融汇了儒、道、释、阴阳五行、民间观念等博大丰富的中国传统文化知识，显示出作者深厚的传统文化积淀。更为重要的是小说对中国传统节日、节气庆典的描写，指向一种互惠的文化，一种如何感恩的文化，而这恰恰是传统“中国社会”的意义基础。小说实际上非常深刻地将乡村民俗传统中呈现的关联性创造的关系结构、互惠模式和感恩心理与中国的经典仪式“礼”联系了起来。而且，小说以两个孩子为主人公，通过对孩子在节日、节气庆典和仪式中的行动、心理感受的描写来展示文化怎样塑造人的心理本体，从而指出中国传统文化的精髓。这些都是《农历》具有民族志书写的维度的表现，是值得赞赏的。但是，小说对儿童心理和孩子的行动举止的描写，给人感觉过于智慧，有失儿童之无羁。他们的启蒙者父亲大先生是一个农民，却感觉更像一位有大才学的读书人，一位智者、哲思者。这样的人物描写在小说的艺术性上略有欠缺，这也促使作家们进一步思考民族志小说如何实现艺术形式与文化内涵的完美结合这个问题。

总之，民族志小说和新时期文学以坚实的创作实践引导我们思考如何进行文学的民族性建构，文学如何在全球化时代处理民族性与现代性之间的关系。应该认识到，它们之间是相互冲突碰撞又相互补充交融的关系。所以，新时期文学的民族性建构应该是一种重建和创造，包含着解构和重构的二重性。它对传统的继承必然是一种重建，也必然是语境化的，是对话性质的。在当今全球化语境中建构文学的民族性，就要以世界为视野，以对话为姿态，以穿越为意识，以多种文化为参照系，在心理上通过一段时间的反复参照和积淀，穿越中西文化的壁垒，在人类性的高度上理解和反思民族文化传统的特点，在文学创作和研究中对其进行选择、取舍和改造，以具有民族独特性的艺术精神来表达人类性意义的精髓，达到民族性的借重和人类性的超越。

参考文献

国内学术著作

费孝通:《中华民族多元一体格局》，中央民族学院出版社 1989 年版。

乐黛云:《比较文学与比较文化十讲》，复旦大学出版社 2004 年版。

李泽厚:《美学三书》，天津社会科学院出版社 2003 年版。

葛兆光:《思想史研究课堂讲录》，生活 · 读书 · 新知三联书店 2005 年版。

葛兆光:《古代中国的历史、思想与宗教》，北京师范大学出版社 2006 年版。

葛兆光:《宅兹中国——重建有关“中国”的历史论述》，中华书局 2011 年版。

袁行霈等主编:《中华文明史》，北京大学出版社 2006 年版。

庄孔韶:《人类学概论》，中国人民大学出版社 2006 年版。

王铭铭:《西学“中国化”的历史困境》，广西师范大学出版社 2005 年版。

王铭铭:《西方人类学思潮十讲》，广西师范大学出版社 2005 年版。

王铭铭主编:《中国人类学评论》（第 12 辑），世界图书出版公司 2009 年版。

叶舒宪:《文学与人类学——知识全球化时代的文学研究》，社会科学文献出版社 2003 年版。

叶舒宪:《文学人类学教程》，中国社会科学出版社 2010 年版。

叶舒宪:《现代性危机与文化寻根》，山东教育出版社 2009 年版。

叶舒宪主编:《文化与文本》，中央编译出版社 1998 年版。

叶舒宪主编:《国际文学人类学研究》，百花文艺出版社 2006 年版。

曹毅:《土家族民间文化散论》，中央民族大学出版社 2002 年版。

程金城:《中国 20 世纪文学思潮论》，甘肃人民美术出版社 2008 年版。

程金城:《中国 20 世纪文学价值论》，甘肃人民美术出版社 2008 年版。

程金城:《文艺人类学的理论与实践》，民族出版社 2007 年版。

段宝林主编:《中国民间文艺学》，文化艺术出版社 2006 年版。

丁守璞:《历史的足迹——论民族文学与文化》，四川民族出版社 1995 年版。

方克强:《文学人类学批评》，上海社会科学院出版社 1992 年版。

傅其林:《审美意识形态的人类学阐释——二十世纪国外马克思主义审美人类学文艺理论研究》，巴蜀书社，2008 年版。

郭淑云:《中国北方民族萨满出神现象研究》，民族出版社 2007 年版。

洪子诚、孟繁华:《当代文学关键词》，广西师范大学出版社 2002 年版。

黄应贵:《反景入深林——人类学的观照、理论与实践》，商务印书馆 2010 年版。

黄子平:《革命、历史、小说》，香港牛津大学出版社 1996 年版。

李继凯:《秦地小说与“三秦文化”》，商务印书馆 2013 年版。

林惠祥：《文化人类学》，商务印书馆 1991 年版。

李欧梵：《中国现代文学与现代性十讲》，复旦大学出版社 2008 年版。

李杨：《文学史写作中的现代性问题》，山西教育出版社 2006 年版。

刘禾：《跨语际实践——文学、民族文化与被译介的现代性》，宋伟杰等译，生活·读书·新知三联书店 2002 年版。

刘润清：《西方语言学流派》，外语教学与研究出版社 1999 年版。

马丽华：《西行阿里》，中国社会科学出版社 2002 年版。

王逢振主编：《詹姆逊文集》（第四卷），中国人民大学出版社 2001 年版。

王安忆：《心灵世界——王安忆小说讲稿》，复旦大学出版社 1998 年版。

汪民安：《文化研究关键词》，凤凰出版传媒集团、江苏人民出版社 2007 年版。

汪立珍：《鄂温克宗教信仰与文化》，中央民族大学出版社 2002 年版。

王明珂：《羌在汉藏之间——川西羌族的历史人类学研究》，中华书局 2008 年版。

王晓明主编：《二十世纪中国文学史论》（上、下），东方出版中心 2003 年版。

王晓岩：《历代名人论方志》，辽宁大学出版社 1986 年版。

吴义勤：《中国新时期文学的文化反思》，江苏文艺出版社 2009 年版。

谢选骏：《神话与民族精神》，山东教育出版社 1986 年版。

徐迺翔编：《文学的“民族形式”讨论资料》，知识产权出版社 2010 年版。

徐新建：《全球语境与本土认同——比较文学与族群研究》，巴蜀书社 2008 年版。

徐新建主编：《人类学写作——中国文学人类学研究第四届年会文辑》，四川大学出版社 2010 年版。

余虹：《文学知识学》，北京大学出版社 2009 年版。

周宪、包兆会主编：《中国文学与文化的认同》，北京大学出版社 2008 年版。

纳日碧力戈：《语言人类学》，华东理工大学出版社 2010 年版。

纳日碧力戈等：《人类学理论的新格局》，社会科学文献出版社 2001 年版。

司马迁：《史记》，李全华标点，岳麓书社 1988 年版。

国外学术著作

[美] 本尼迪克特·安德森：《想象的共同体——民族主义的起源与散布》，吴叡人译，上海世纪出版集团 2005 年版。

[美] 伊万·布莱迪：《人类学诗学》，徐鲁亚等译，中国人民大学出版社 2010 年版。

[美] 大卫·费特曼：《民族志：步步深入》，龚建华译，重庆大学出版社 2007 年版。

[美] 克利福德·格尔茨：《文化的解释》，韩莉译，译林出版社 1999 年版。

[美] 克利福德·格尔兹：《地方性知识：阐释人类学论文集》，王海龙译，中央编译出版社 2004 年版。

[美] 勒内·韦勒克、奥斯汀·沃伦：《文学理论》，刘象愚等译，江苏教育出版社 2005 年版。

[美] 余英时：《中国文化的重建》，中信出版社 2011 年版。

[美] 弗里德里克·詹姆逊：《后现代主义与文化理论》，唐小兵译，

北京大学出版社 2005 年版。

[美] 弗雷德里克 · 詹姆逊:《文化转向》，胡亚敏等译，中国社会科学出版社 2000 年版。

[美] 弗雷德里克 · 詹姆逊:《詹姆逊文集》，王逢振主编，中国人民大学出版社 2004 年版。

[英] 阿兰 · 巴纳德:《人类学历史与理论》，王建民等译，华夏出版社 2006 年版。

[美] 海登 · 怀特:《后现代历史叙事学》，陈永国、张万娟译，中国社会科学出版社 2003 年版。

[美] 塞缪尔 · 亨廷顿:《文明的冲突与世界秩序的重建》，周琪等译，新华出版社 1998 年版。

[美] 马丁 · 华莱士:《当代叙事学》，伍晓明译，北京大学出版社 1990 年版。

[美] 乔纳森 · 卡勒:《文学理论》，辽宁教育出版社 1998 年版。

[美] 詹姆斯 · 克利福德等:《写文化——民族志的诗学与政治》，高丙中等译，商务印书馆 2006 年版。

[美] 朱丽 · 汤普森 · 克莱恩:《跨越边界——知识、学科、学科互涉》，姜智芹译，南京大学出版社 2005 年版。

[美] 卢克 · 拉斯特:《人类学的邀请》，王媛、徐默译，北京大学出版社 2008 年版。

[美] 保罗 · 拉比诺:《摩洛哥田野作业反思》，高丙中、康敏译，商务印书馆 2008 年版。

[美] 詹姆斯 · 皮科克:《人类学透镜》，汪丽华译，北京大学出版社 2009 年版。

[美] 爱德华 · 萨丕尔:《语言论》，陆卓元译，商务印书馆 1985 年版。

[美] 爱德华·W. 萨义德:《东方学》，王宇根译，生活·读书·新知三联书店 2007 年版。

[美] 乔治·E. 马库斯，米开尔·M. J. 费彻尔:《作为文化批评的人类学——一个人文学科的实验时代》，王铭铭、蓝达居译，生活·读书·新知三联书店 1998 年版。

[美] 拉尔夫·科恩:《文学理论的未来》，程锡龄译，中国社会科学出版社 1993 年版。

[美] George Lakoff. *Women, Fire, and Dangerous Things*，The University of Chicago Press，1987.

[美] Conrad.Phillip Kottak.Anthropology The Exploration of Human Diversity, (Twelfth Edition)，中国人民大学出版社 2014 年版。

[英] B. 马凌诺斯基:《西太平洋的航海者》，梁永佳、李绍明译，华夏出版社 2001 年版。

[英] 拉曼·赛尔登编:《文学批评理论——从柏拉图到现在》，刘象愚、陈永国等译，北京大学出版社 2003 年版。

[英] 齐格蒙·鲍曼:《全球化——人类的后果》，郭国良、徐建华译，商务印书馆 2001 年版。

[英] 以赛亚·柏林:《浪漫主义的根源》，吕梁等译，译林出版社 2008 年版。

[英] 安·格雷:《文化研究：民族志方法与生活文化》，徐梦云译，重庆大学出版社 2009 年版。

[英] 埃里克·霍布斯鲍姆 :《民族与民族主义》，李金梅译，上海人民出版社 2006 年版。

[英] 安东尼·吉登斯:《现代性的后果》，田禾译，译林出版社 2000 年版。

[英] 迈克·克朗:《文化地理学》，杨淑华等译，南京大学出版社2005年版。

[英] 泰勒:《原始文化》，上海文艺出版社1992年版。

[英] Robert Redfield. *Peasant Society and Culture*, The University of Chicago Press, 1987.

[法] 雅克·勒高夫等主编:《新史学》，姚蒙编译，上海译文出版社1989年版。

[法] 艾玛纽埃尔·勒华拉杜里:《蒙塔尤》，许明龙等译，商务印书馆2007年版。

[法] 米歇尔·福柯:《知识考古学》，谢强、马月译，生活·读书·新知三联书店2003年版。

[奥] 西格蒙德·弗洛伊德:《图腾与禁忌》，赵立玮译，上海人民出版社2005年版。

[苏] M.M. 巴赫金:《巴赫金全集》，钱中文译，河北教育出版社2009年版。

[匈] 卢卡奇:《卢卡奇早期文选》，张亮、吴勇立译，南京大学出版社2004年版。

[捷克] 米兰·昆德拉:《小说的艺术》，董强译，上海译文出版社2004年版。

[德] 恩斯特·卡西尔:《人论》，甘阳译，西苑出版社2004年版。

[意] 维柯:《新科学》，朱光潜译，商务印书馆1989年版。

[瑞] 雅各布·坦纳:《历史人类学导论》，白锡堃译，北京大学出版社2008年版。

[加] M. 西佛曼、P.H. 格里福:《走进历史田野——历史人类学的爱尔兰史个案研究》，贾士蘅译，麦田出版有限公司1999年版。

[日] 秋道智弥、市川光雄：《生态人类学》，云南大学出版社 2005 年版。

文学作品

王蒙：《这边风景》，花城出版社 2015 年版。

张承志：《心灵史》，花城出版社 1991 年初版，1999 年再版。

张承志：《张承志文集》，上海文艺出版社 2015 年版。

王安忆：《纪实与虚构》，人民文学出版社 1993 年版。

王安忆：《长恨歌》，作家出版社 1996 年初版，人民文学出版社 2004 年再版。

王安忆：《我爱比尔》，南海出版公司 2000 年初版，北京联合出版公司 2014 年再版。

王安忆：《富萍》，湖南文艺出版社 2016 初版，2000 年再版。

王安忆：《月色撩人》，云南人民出版社 2009 年版。

王旭烽：《茶人三部曲》，浙江文艺出版社 1999 年初版，人民文学出版社 2013 年再版。

韩少功：《马桥词典》，作家出版社 1996 年初版，2009 年再版。

韩少功：《暗示》，人民文学出版社 2002 年版。

韩少功：《山南水北》，作家出版社 2008 年版。

迟子建：《额尔古纳河右岸》，北京十月文艺出版社 2005 年版。

阿来：《尘埃落定》，人民文学出版社 1988 年初版，作家出版社 2012 年再版。

阿来：《空山》（三部），人民文学出版社 2005—2009 年版。

阿来：《大地的阶梯》，南海出版公司，2008 年版。

阿来：《格萨尔王》，重庆出版集团重庆出版社 2009 年版。

阿来:《看见》，湖南文艺出版社 2011 年版。

阿来:《瞻对》，四川文艺出版社 2014 年版。

阿来:《蘑菇圈》，人民文学出版社 2016 年版。

方棋:《最后的巫歌》，作家出版社 2011 年版。

芭拉杰依:《驯鹿角上的彩带》，作家出版社 2016 年版。

次仁罗布:《祭语风中》，中译出版社 2015 年版。

格绒追美:《青藏辞典》，作家出版社 2013 年版。

郭文斌:《农历》，上海文艺出版社 2010 年版。

霍香结:《地方性知识》，新世界出版社 2010 年版。

金宇澄:《繁花》，上海文艺出版社 2014 年版。

姜戎:《狼图腾》，长江文艺出版社 2004 年版。

康赫:《人类学》，作家出版社 2015 年版。

梁鸿:《中国在梁庄》，江苏人民出版社 2010 年初版，中信出版社 2014 年再版。

林白:《妇女闲聊录》，新星出版社 2008 年版。

潘年英:《故乡信札》，上海文艺出版社 2001 年版。

潘年英:《伤心篱笆》，上海文艺出版社 2001 年版。

潘年英:《木楼人家》上海文艺出版社 2001 年版。

冉平:《蒙古往事》，人民文学出版社 2005 年版。

孙慧芬:《上塘书》，作家出版社 2010 年版。

孙慧芬:《后上塘书》，作家出版社 2015 年版。

乌热尔图:《萨满，我们的萨满》，青海人民出版社 2014 年版。

阎连科:《炸裂志》，上海文艺出版社 2013 年版。

张绍民:《村庄疾病史》，新世界出版社 2010 年版。

赵宇共:《走婚》，作家出版社 2001 年版。

赵宇共:《炎黄》,作家出版社 2001 年版。

[美] 约瑟夫·康拉德:《黑暗的心》,黄雨石译,商务印书馆 2012 年版。

[塞尔维亚] 米洛拉德·帕维奇:《哈扎尔词典》,南山、戴骢、石枕川等译,上海译文出版社 1984 年版。

[美] 尼古拉斯·黑麋鹿口述、约翰·G. 奈哈特记录:《黑麋鹿如是说》,九州出版社 2016 年版。

后　记

2023 年的春节，我和家人去了西安。这个春节，“西安年”热闹非凡，灯火照亮了十三朝古都气韵，汉服唐装、歌舞人声、鱼龙舞动，美得让人惊叹。我在摩肩接踵的人群中很想去大雁塔，不知道塔旁边的那个小梅园还在不在，想看看那一树嫩黄晶莹的蜡梅花，再闻一闻那沁鼻的清香。想攀登大雁塔，听风中铃铎清脆的鸣响。但因为临时有事，必须提前离开西安而错过了大雁塔的行程，也没有拜访尊敬的老师，知会故友同学。

坐在回兰州的动车上，回想起 2017 年 1 月，我从陕西师范大学中国语言文学博士后流动站出站，办完出站手续后，师姐张雪艳博士为我送行的情景。那天，我们一起美餐后走过大雁塔广场旁的一个小梅园时看到一树蜡梅，虬枝劲干上一朵朵小小的淡黄的花朵在寒风中盛开，琥珀般润滑透明，冰清玉洁，散发着清香。我们登上大雁塔看了贝叶经，走到塔外下塔的时候，一阵风过，塔角悬挂的铃铎发出悦耳的声音。那一刻，我觉得那是一种直透心灵的梵音，像是祝福也像是对人生精进的启示，心中油然充满了感动。

我的博士后出站报告的题目是“中国当代民族志小说理论与批评”，

我出站时答辩委员会的先生们都指出这个课题研究的不易，并对我的出站报告给予了肯定和鼓励。这个课题并非只是博士后阶段的研究成果，事实上这个研究已经持续了多年。博士后出站六年后的现在，拙作《二十世纪以来民族志小说研究》终于要付梓了，想起我出站答辩以及和雪艳游大雁塔时的情境，师友在心，都尚安好，百感交集，温暖的西安和陕西师范大学研学的日子成为我毕生难忘的记忆。

写下这些感性的话语，描绘如此多情的情境，似乎不符合一个学术研究者的理性。但是，为文者首先关注的是生命体验，在学术研究这条辛苦的道路上，也许正是许多珍贵的生命感受和体悟在激励一个人十几年如一日地持续一项研究，而只凭对知识理性探究或者其他东西的追求不足以支撑一个人长期进行寂寞的探索。

其实，民族志小说研究这个课题不仅是我博士后阶段的研究课题，它应该是我从硕士阶段就已经接触到的研究领域。我 2004 年进入兰州大学攻读文艺学硕士。2007 年硕士毕业时，毕业论文的选题是《维柯和〈新科学〉研究》，涉及思想史和人类学、历史学、哲学、美学、神话学等多学科的研究，这个研究也持续了多年，直至 2018 年出版了专著《人文时空：维柯和〈新科学〉》（人民出版社 2018 年版）。2009 年，我开始在兰州大学攻读中国现当代文学博士，师从程金城教授。应该是受硕士阶段形成的知识结构的影响，我在阅读和研究中国现当代文学的时候，不自觉地持有文学人类学的视角。在博士学习阶段，我必须要大量阅读中国现当代文学作品和研究成果，而由于个人的喜好持续在阅读人类学的系列书籍，也喜欢法国年鉴学派的一些论著，以及神话学、民俗学的书籍。中国学者葛兆光的《思想史研究课堂讲录》《古代中国的历史、思想与宗教》《宅兹中国——重建有关“中国”的历史论述》也是我喜欢的。程金城先生宏阔的学术视野、深厚的文艺理论功底，以及多领域多学科融通的学术研究更是我学习的榜样。此外，叶舒宪、彭兆荣、徐新建等学者的研究也给了我很大的启发，甚至提供了可操作的研究范式。

这样的阅读视野和知识结构，形成了我博士论文的选题《1990年代以来民族志小说研究》。这个研究的起点是何谓“民族志小说”，在国内的文学研究中，这个概念前人还没有界定过。为此，我对这个选题有所迟疑，因为作为一名博士生要去界定这个概念可能是很有风险的事情。在与程金城先生交流后，他鼓励我说，一个博士如果在博士阶段的研究中不去创新，又在什么时候去开辟自己研究的领域呢？又怎么能够奠定自己的学术功底呢？因为博士意味着具备了能够出原创成果的能力，意味着在知识的海洋里从之前的学习阶段进入自由研究的阶段。于是，我将人类学理论与文学理论以及一部分现当代小说的阅读理解结合起来，同时辨析前人对“人类学小说”的论述，如人类学界庄孔韶等人关于“人类学小说”的思想、文学界叶舒宪等人关于“人类学小说”的观点，融合到自己的思考中尝试提出了“民族志小说”的概念，并划分了1990年代民族志小说的类型，对典范性的民族志小说进行批评，来确立民族志小说批评的范式，同时也分析了民族志小说潮流在中国当代文学中兴起原因，以及在新时期文学的民族性建构中的作用和影响。这个在交叉学科研究中有一定创新性的课题研究应该是比较成功的，我的博士论文《1990年代以来的民族志小说研究》的外审专家叶舒宪教授、陈思和教授和陈国恩教授都给予了较高的评价。博士毕业答辩时的答辩委员会委员也全体给予了肯定。就这样，2012年6月我从兰州大学中国现当代文学专业博士毕业，获得博士学位。

2013年，我以博士论文的思路为基础，申报国家社科基金青年项目“新世纪民族志小说研究”，当年获批立项（项目编号13CZW074），同时进入陕西师范大学中国语言文学博士后流动站，跟随李继凯先生学习并开展博士后学习和研究。李继凯先生在充分了解我的博士论文之后，建议延展对这一课题的研究。于是，在博士论文的基础上，研究一点一点地深入，延展性研究增加了十余万字，也删掉了博士论文中一些不太成熟的部分，形成了《中国当代民族志小说理论与批评》的出站报告。

通过博士论文的写作和这次流动站工作的进一步研究，本来觉得这个课题的研究可以出成果了。但是，我在完成国家社科项目结项成果时，又感觉还有些地方需要完善，比如进一步廓清“民族志”“民族”“族群”“少数民族”这样一些概念和术语的内涵及其相互联系和区别。就这样一部分内容，写在著作里只能凝练概括表达不到一万字，却至少花半年时间，读了十几本书，才能清晰地写了出来。类似这样一点一点的完善性研究，又花了一年时间，直到 2018 年才放心提交了结项成果。“功夫不负有心人”这句话确实动人，当我看到结项成果的等级为良好的时候，心里很是欣慰。

伴随着上述学术积累，这部书稿也终于完成了，并定名为《二十世纪以来民族志小说研究》。此后，我一面寻找出版社，一面继续修订书稿内容。到今天，如果不算硕士阶段的积累，从博士阶段的学习和研究算起，这一课题的研究持续至今已经有 13 年，人言“十年一剑”，我的这把“剑”霜刃如何，想想心中有欢喜有忐忑。当然，不论学界怎样评价它，读者是否喜欢它，我对它充满珍视。因为，它伴随着我的学术成长过程，这一漫长的过程中有甘有苦，“甘”在于我一直在努力，始终没有被庸碌繁忙的生活消磨掉学术的热情和锐气，而且这个跨学科的研究为我打下了比较扎实的学术基础，让我近年来可以在多个学科领域中进行整体性思考和整合性研究。“苦”则是我的生活的枯燥乏味，工作、读书和写作几乎是日常生活的全部，娱乐几无。不过这样的苦带来更多内心的安宁，当坐在书桌前阅读和沉思的时候，我常常想起一句箴言：“一些愚妄正在埋葬，一些书卷正在写出。”

写下这些文字的时候，窗外大雪落下，一个冬季没有下的雪下在了这个春天，为这个干旱的城市增添着诗意、欢乐和丰收的希望。多年前，我坐在旧房子的小书房里，写完博士论文的某一章，吁一口气，抬头看向窗外的时候，也正是一场大雪纷扬，不过那是一个冬天，我尚年轻尚瘦尚美貌，并且满怀激情和力量。今天，我已不年轻身材发福对美貌二字小心翼翼，内心平静平和，时常感恩时光。

人生是旅程，相遇是种来自时光的馈赠。在本书的写作完成到出版的时光里，我的导师程金城先生都给予了指导和关怀。先生治学严谨，讷言敏行，待人宽厚又不失师之严厉。学生生涯里，在我偶尔不认真写出的文章粗陋的时候，我如问他意见，他虽不直接批评但冷哼一声，令我芒刺在背，立时整改。书稿出版在即，先生又为本书作序，先生的谆谆教诲，感佩于心。跟随先生治学多年，学到许多学问知识，更学到不少做人的道理。先生的教诲是我人生宝贵的精神财富。

中国社会科学院的叶舒宪研究员、复旦大学的陈思和教授、武汉大学的陈国恩教授、兰州大学的古世仓教授、彭岚嘉教授、张进教授、常文昌教授就博士论文的结构内容提出了许多宝贵意见。陕西师范大学的李继凯教授、赵学勇教授、程国君教授、王荣教授和西北大学的周燕芬教授等先生对博士后出站报告的不足之处给予了中肯的建议。在此向尊敬的先生们致谢。书中的一些篇章曾刊发于《文艺争鸣》《兰州大学学报》《陕西师范大学学报》《西北民族研究》《现代中国文化与文学》《阿来研究》《玉林师范学院学报》等学术期刊，在此谨表谢意！

感谢我的丈夫和儿子，两位理科生务实乐观，心灵丰富，并且有高度的幽默感，父子俩总是赞美我支持我，让我安心做喜欢的事情。

感谢兰州大学文学院和陕西师范大学文学院对我的培养。特别是兰州大学，我在这里完成了硕博士学业，走上了学术研究的道路，并且一直满怀热爱而快乐。也感谢我的工作单位兰州文理学院对我的支持。

最后，感谢人民出版社的侯俊智老师。我的《人文时空：维柯和〈新科学〉》一书就是他促成出版的，现在侯老师又不辞辛劳，一直协调和安排出版事宜，并且自己作责任编辑，在书稿的校对和编辑过程中校正了多处错误。在此亦表示真诚的谢意。

叶淑媛

2023 年孟春于兰州

责任编辑：侯俊智
责任校对：秦　婵
封面设计：王春峥

图书在版编目（CIP）数据

二十世纪以来民族志小说研究 / 叶淑媛 著．— 北京：人民出版社，
2023.10
ISBN 978－7－01－025462－3

Ⅰ. ①二…　Ⅱ. ①叶…　Ⅲ. ①小说研究－中国　Ⅳ. ① I207.4

中国国家版本馆 CIP 数据核字（2023）第 034668 号

二十世纪以来民族志小说研究
ERSHI SHIJI YILAI MINZUZHI XIAOSHUO YANJIU

叶淑媛　著

人民出版社 出版发行
（100706　北京市东城区隆福寺街 99 号）

廊坊市靓彩印刷有限公司印刷　新华书店经销

2023 年 10 月第 1 版　2023 年 10 月北京第 1 次印刷
开本：710 毫米 ×1000 毫米 1/16　印张：20.25
字数：260 千字

ISBN 978－7－01－025462－3　定价：85.00 元

邮购地址 100706　北京市东城区隆福寺街 99 号
人民东方图书销售中心　电话（010）65250042　65289539